rowohlt
POLARIS

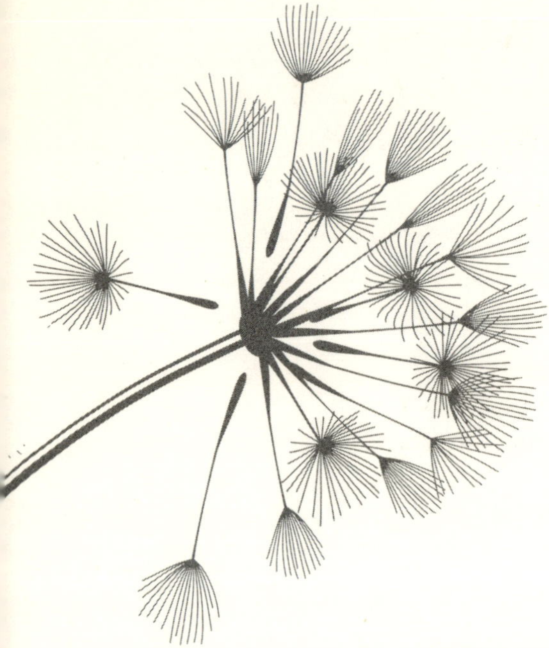

CATHERINE ISAAC

Was in unseren Sternen steht

ROMAN

Aus dem Englischen
von Katharina Naumann

Rowohlt Polaris

Die Originalausgabe erschien 2018 unter dem Titel
«You Me Everything» im Verlag Simon & Schuster, London.

Deutsche Erstausgabe
Veröffentlicht im Rowohlt Taschenbuch Verlag,
Reinbek bei Hamburg, April 2018

Redaktion Susann Rehlein
Umschlaggestaltung und -abbildungen bürosüd, München
Foto der Autorin Stephen Wolstenhome
Satz aus der ITC Legacy bei Dörlemann Satz GmbH, Lemförde
Druck und Bindung CPI books GmbH, Leck, Germany
ISBN 978 3 499 27303 2

Für meine Familie

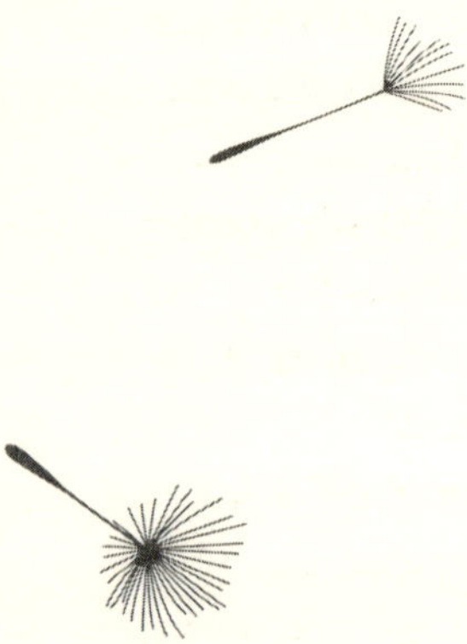

PROLOG

Manchester, England, 2006

Manchmal kippt das Leben das Beste und das Schlimmste, das es zu bieten hat, an ein und demselben Tag über einem aus.

Wahrscheinlich keine ungewöhnliche Erkenntnis während einer Geburt, aber es ist nicht der übliche Cocktail aus Schmerz und Freude, der mich darauf bringt. Es ist eher der Umstand, dass ich während der qualvollen Stunden, bis ich endlich das winzige Menschlein kennenlernen darf, das neun Monate lang meinen Körper mit mir geteilt hat, ständig versuche, seinen Vater zu erreichen – um ihn per Handy aus der Kneipe, Bar oder Frau zu holen, in der er gerade steckt.

«Haben Sie an Ihre Unterlagen gedacht?», fragt die Hebamme, als ich allein im Krankenhaus ankomme.

«Meine Unterlagen habe ich dabei. Nur meinen Freund habe ich leider verlegt», sage ich mit einem entschuldigenden Lächeln. Ich lehne mich an den Empfangstresen und warte, dass die Wehe abebbt. «Er kommt sicher bald nach.» Schweiß sammelt sich in meinem Nacken. «Ich habe ihm schon einige Nachrichten hinterlassen.» Zwölf, um genau zu sein. «Er ist bei einer Firmenveranstaltung. Wahrscheinlich hat er dort kein Netz.»

Ein Teil von mir hofft immer noch, dass das stimmt. Ich bin eben finster entschlossen, in Adam das Gute zu sehen.

«Früher waren die Männer auch nicht dabei», sagt die Hebamme. «Wenn wir also ohne den Papa zurechtkommen müssen, kriegen wir das auch hin.» *Papa.* Die biologischen Tatsachen sind zwar nicht von der Hand zu weisen, aber trotzdem klingt dieser Titel im Zusammenhang mit Adam irgendwie falsch.

Die Hebamme wirkt beruhigend mütterlich, mit stämmigen Beinen, einem Busen, auf dem man einen Blumentopf abstellen könnte, und einer Frisur, die man nur so hinbekommt, wenn man über Nacht Schaumwickler trägt. Auf ihrem Namensschildchen steht *Mary*. Ich kenne Mary erst drei Minuten und weiß bereits, dass ich sie mag, was ein gutes Zeichen ist, zumal sie gleich meinen Muttermund untersuchen wird.

«Na kommen Sie, Herzchen, wir besorgen Ihnen ein Zimmer.»

Ich greife nach der Reisetasche, die mir der Taxifahrer hereingeschleppt hat, aber sie kommt mir zuvor und hebt sie an, wobei sie ins Schwanken gerät.

«Wie lange haben Sie denn vor zu bleiben?», ruft sie lachend, und ich gebe mir die größte Mühe mitzulachen, obwohl gerade die nächste Wehe kommt. Ich schiele fast vor Schmerz, fest entschlossen, nicht eine der Gebärenden zu sein, die mit ihrem Geschrei alle in Angst und Schrecken versetzen.

Als der Schmerz nachlässt, schleiche ich Mary hinterher, den grell erleuchteten Korridor entlang. Dabei kontrolliere ich erneut mein Handy. Ungefähr ein Dutzend SMS von meiner Mum und von Becky, meiner besten Freundin, aber immer noch keine von Adam.

So war das alles nicht geplant.

Ich will das nicht allein durchstehen.

Ganz egal, wie viele Sorgen ich mir in den letzten Monaten um Adams und meine Beziehung gemacht habe – in diesem Moment würde ich alles dafür geben, ihn bei mir zu haben, damit er meine Hand hält und mir sagt, dass alles gut wird.

«Alles in Ordnung, meine Liebe?», fragt Mary, als wir vor der Tür des Kreißsaals stehen. Ich nicke stumm. Dabei fühle ich mich trotz ihrer vertrauenerweckenden Gegenwart furchtbar allein und voller Angst. Das wird wohl erst vergehen, wenn Adam kommt, um mir die Stirn abzutupfen und meine Hand zu halten.

Der Raum ist klein und zweckmäßig eingerichtet, mit dünnen gemusterten Vorhängen vor den Fenstern, die ihm den Charme eines Jugendherbergszimmers verleihen. Der Himmel draußen hat die Farbe von Rübensirup, und der perlweiße Mond versteckt sich hinter Wolken.

«Hüpfen Sie mal hier drauf», sagt Mary und klopft auf die Liege.

Ich lege mich auf den Rücken und spreize die Beine. Sie verkündet sachlich: «Ich gehe jetzt rein», und schiebt ihre Hand in mich. Mir treten die Augen hervor, und ich kann nicht mehr atmen.

«Vier Zentimeter.» Sie richtet sich auf, lächelt und zieht sich die Latexhandschuhe aus. Die nächste Wehe baut sich auf. «Sie liegen in den Wehen, Jessica.»

«Wie aufregend», ächze ich. Ich wage nicht einzuwenden, dass das für mich keine wirklich neue Erkenntnis ist; immerhin habe ich meinen Küchenboden bereits vor Stunden mit Fruchtwasser getauft.

«Am besten legen Sie sich jetzt auf den Geburtsball und lassen sich von der Schwerkraft helfen. Ich kümmere mich kurz um die Frau nebenan. Wenn Sie mich brauchen, drücken

Sie einfach auf den Klingelknopf. Gibt es denn sonst jemanden, der kommen könnte? Eine Freundin? Ihre Mutter?»

Becky wohnt nicht weit weg, aber Mum ist noch immer die erste Wahl in der Not, so peinlich es auch gewesen ist, ihr zu gestehen, dass sich Adam längst aus dem Staub gemacht hat.

«Meine Mutter steht auf Abruf bereit. Wenn ich von meinem Freund bis zwei Uhr nichts höre, kommt sie.»

«Hervorragend», sagt Mary und lässt mich mit meinem Hüpfball, einem iPod mit Jack-Johnson-Songs und einem Lachgas- und Sauerstoffgerät allein. Ich habe vergessen zu fragen, wie man das Gerät benutzt.

Punkt zwei rufe ich Mum an. Sechs Minuten später ist sie da, eingehüllt in eine Wolke von Estée Lauders *Beautiful*. Sie trägt eine schmale Jeans und eine weiche Leinenbluse und hat eine riesige Sporttasche dabei, in der ihre Last-Minute-Gebärausrüstung verstaut ist. Diese besteht aus einer kleinen Videokamera, einem Gänsedaunenkissen, Zahnputzzeug, der Zeitschrift *Die Frau und ihr Heim*, etwas Handcreme, einer Schale Trauben, zwei großen Tupperdosen mit frisch gebackenen Keksen, einigen rosafarbenen Handtüchern und – kein Witz – einem Kuscheltier.

«Wie geht es dir?», fragt sie ängstlich und zieht sich einen Stuhl heran. Dabei klemmt sie sich eine Strähne ihres blonden Haars hinter das Ohr. Sie trägt nur eine Andeutung von Make-up – bei ihrer schönen Haut braucht sie auch nicht mehr, nur einen Tupfer Foundation, Mascara und ein wenig hellbraunen Lidschatten, der das Blau ihrer Augen unterstreicht.

«Ganz gut. Und selbst?»

«Mir geht es sehr gut. Ich bin überglücklich, hier zu sein.»

Ich bemerke, dass sie mit dem Fuß rhythmisch gegen das Bett tritt. Das metallische Geräusch hallt im Zimmer wider. Mum behält immer die Nerven, aber in letzter Zeit werden ihre nervösen Tics auffälliger; und jetzt entwickelt ihr Bein praktisch ein Eigenleben.

«Es kann doch nicht sein, dass du nur sechs Minuten von zu Hause bis hierher gebraucht hast?», frage ich und nehme einen tiefen Zug aus dem Sauerstoffgerät.

«Ich stehe schon seit Mitternacht auf dem Krankenhausparkplatz. Man weiß ja nie, ob nicht irgendwo Stau ist.»

«Wenn sich Adam doch nur einen Bruchteil deiner Gedanken machen würde», murmele ich.

Ihr Lächeln erlischt. «Hast du ihm noch eine SMS geschickt?»

Ich nicke und versuche zu verbergen, wie aufgebracht ich bin. «Ja, aber offenbar war irgendetwas viel wichtiger als das hier.»

Sie greift nach meiner Hand und drückt sie. Sie ist es nicht gewohnt, dass ich gekränkt bin. Ich bin eigentlich überhaupt nicht der gekränkte Typ. Eigentlich bin ich so gut wie nie wirklich wütend auf jemanden oder auf etwas, außer vielleicht auf die Zustände in der Dritten Welt und unsere schreckliche Breitband-Verbindung.

Aber in dieser Nacht ist alles anders.

«Ich hasse ihn», schniefe ich.

Sie schüttelt den Kopf und streichelt mit den Fingerspitzen meine Hand. «Nein, tust du nicht.»

«Mum, du hast ja keine Ahnung, was in letzter Zeit so passiert ist.» Ich fürchte mich davor, sie ins Bild zu setzen, weil das die Seifenblase meiner Träume sicher endgültig zum Platzen bringt – den Wunsch, dass ein Familienleben mit Adam auch nur annähernd so sein könnte wie das, das sie und mein Dad mir geschenkt haben. Meine Kindheit war im Großen und Ganzen wundervoll – sicher und glücklich, trotz einiger schwieriger Phasen.

Sie atmet tief durch. «Okay. Versuch bitte, dich jetzt nicht darüber aufzuregen. Dieser Moment kommt nie wieder. Hast du Hunger?» Sie holt eine ihrer Tupperdosen heraus.

Ich bringe ein Lächeln zustande. «Im Ernst?»

«Nicht?», erwidert sie überrascht. «Ich bin fast vor Hunger umgekommen, als ich dich auf die Welt gebracht habe. Ich hatte schon einen halben Zitronenkuchen intus, bevor überhaupt meine Fruchtblase platzte.»

Meine Mutter ist eine echte Hilfe bei der Geburt. Sie bringt mich zwischen den Wehen zum Lächeln und beruhigt mich zumindest so lange, bis ich komplett die Kontrolle verliere und nur noch schreien kann.

«Warum haben sie dir nichts gegen die Schmerzen gegeben?», fragt sie leise.

«Ich hab ihnen gesagt, dass ich keine Epiduralanästhesie will. Ich wollte eine natürliche Geburt. Ich habe schließlich ... Yoga gemacht.»

«Jess, du versuchst gerade, ein menschliches Wesen durch deine Vagina zu pressen. Ich glaube, du brauchst mehr als Atemübungen und eine Kerze.»

Sie hat natürlich recht. Nachdem ich mich zum x-ten Mal übergeben habe – davon erzählt einem vorher auch keiner –, packt mich ein derart unvorstellbarer Schmerz, dass ich auch Crack geraucht hätte, wenn es in Reichweite gewesen wäre. Eine blasse Sonne scheint durch das Fenster, und eine andere Hebamme, die sich bestimmt vorgestellt hat, als ich gerade anderweitig beschäftigt war, bückt sich zu meinem Unterleib, um mich zu untersuchen.

«Tut mir leid, Jessica, Sie sind schon zu weit für eine Epiduralanästhesie. Sie können eine Betäubungsspritze haben, wenn Sie wollen, aber dieses Baby wird schon sehr bald da sein.»

Meine Beine zittern unkontrolliert, der Schmerz nimmt mir den Atem und die Fähigkeit, normal zu sprechen oder auch nur vernünftig zu denken.

«Ich will nur, dass Adam hier ist. Mum ... *bitte.*»

Sie fummelt hektisch an ihrem Handy herum, um ihn anzurufen, lässt es fallen, flucht über ihre Ungeschicklichkeit und kriecht auf dem Boden herum. Da klingelt mein Handy.

Und ich werde von der furchtbaren und wundersamen Macht meines eigenen Körpers fortgerissen.

Ungefähr eine Minute und drei Presswehen nach der Pethidinspritze erblickt mein Baby das Licht der Welt, und der Schmerz verzieht sich wie Wolken am Himmel.

Er ist ein Wunder, mein kleiner Junge, mit seinen runden Ärmchen und Beinchen und diesem verwirrten Gesichtsausdruck. Er blinzelt, und sein Gesichtchen wird ganz glatt, als die Hebamme ihn mir in die Arme legt.

«Oh mein Gott», keucht Mum. «Er ist ...»

«Wunderschön», flüstere ich.

«Gewaltig», versetzt sie.

Ich kannte Neugeborene bisher nur als hilflos und zart, aber William ist ein hilfloser Viereinhalb-Kilo-Brocken. Und er weint gar nicht, jedenfalls nicht in diesen ersten Minuten, sondern kuschelt sich einfach an meine warme Brust und macht alles wieder gut.

Fast alles.

Ich drücke meine Lippen auf seine Stirn und atme seinen süßen, ganz neuen Duft ein. Genau in diesem Augenblick wird die Tür aufgerissen. Adam ist da und widerlegt die allgemeine Annahme, dass es besser ist, spät zu kommen als nie.

Ich weiß nicht, was überwältigender ist, als er sich uns nähert – das Parfüm einer anderen Frau oder der säuerliche Gestank nach Alkohol. Er trägt noch die Kleidung vom Tag zuvor. Den Lippenstift hat er in der Hektik nicht von seinem Hals wischen können, sodass ein Fleck in Schlampenpink von seinem Ohr bis zu seinem Hemd reicht.

Plötzlich will ich ihn weder in meiner noch in der Nähe meines Babys haben – keine noch so große Menge antibakteriellen Handgels kann etwas an der Tatsache ändern, dass er vollkommen neben der Spur ist. In mehr als einer Hinsicht. Und ich frage mich, seit wann ich das eigentlich schon weiß.

«Darf ... darf ich sie mal nehmen?», fragt er und streckt die Arme aus.

Mum zuckt zusammen, und ich sauge scharf die Luft ein. «Es ist ein *Junge*, Adam.»

Überrascht blickt er auf, lässt die Arme hängen und sieht uns an, offenbar außerstande, noch irgendetwas zu sagen, ganz zu schweigen, das Richtige zu tun.

«Du hast es verpasst», stelle ich fest und wische mir eine Träne von der Wange. «Wie konntest du es nur verpassen, Adam.»

«Jess, hör zu ... Ich kann alles erklären.»

KAPITEL 1

Zehn Jahre später, Sommer 2016

Ich weiß gar nicht, warum ich neuerdings so schlecht packe. Früher, als ich noch Zeit und Muße hatte, aufblasbare Kissen und Kosmetik in Reisegrößen zu kaufen, konnte ich das gut. Es liegt gar nicht daran, dass ich zu wenig Platz zur Verfügung hätte; mein alter Citroën platzt aus allen Nähten. Trotzdem habe ich das unangenehme Gefühl, etwas vergessen zu haben – oder gleich mehrere Etwasse.

Das Problem ist, dass ich mir keine Liste gemacht habe. Heutzutage sind Listen ziemlich in Mode und die Lösung für praktisch alles, selbst für den Fall, dass die Welt untergeht. Leider bin ich bereits in der Phase, in der so viel zu tun ist, dass ich nur noch vor mich hin hetze und Listen unerreichbarer Luxus sind. Außerdem kann ich auch noch am Ziel einkaufen, wenn ich etwas vergessen habe – wir fahren schließlich nur nach Frankreich aufs Land, nicht ins Amazonasbecken.

Wenn ich schon planlos gepackt habe, dann weiß ich nicht, wie man Williams Packversuche nennen soll. In seiner Reisetasche sind hauptsächlich Haribos, die er nach einem Übernachtungsbesuch unter seinem Bett gefunden hat, Bücher mit Titeln wie *Die giftigsten Schlangen der Welt*, einige Wasserpistolen unterschiedlichen Formats und eine Auswahl penetrant riechender Toilettenartikel.

Für Letztere hat er erst seit neuestem ein Interesse entwickelt. Sein Freund Cameron hat entschieden, dass man ab zehn Jahren Deodorant benutzen muss. Es hat mich einige Überzeugungskraft gekostet, meinem Sohn klarzumachen, dass es Quatsch ist, in einer Wolke Axe Africa und Badehose herumzulaufen.

Ich setze mich auf den Fahrersitz, drehe den Schlüssel und bin wie immer überrascht, dass der Motor tatsächlich anspringt. «Hast du auch alles?», frage ich.

«Glaub schon.» Mein Herz zieht sich beim Anblick seines strahlenden Gesichts schmerzhaft zusammen. Seit ich ihm gesagt habe, dass wir den Sommer mit seinem Dad verbringen werden, ist er völlig aus dem Häuschen. Ich beuge mich zu ihm rüber, um ihm ein Küsschen zu geben. Er nimmt es hin, aber die Zeiten, in denen er die Arme um mich schlang und verkündete, dass ich die beste Mum sei, die er je gehabt habe, sind lange vorbei.

William ist groß für sein Alter, beinahe schlaksig, trotz seines enormen Appetits und seiner aktuellen Leidenschaft für Pizza von *Domino's*. Die Größe hat er von seinem Vater, ebenso die Augenfarbe, die aussieht wie flüssige Schokolade, seine leicht bräunende Haut und das dunkle Haar, das sich in seinem Nacken kräuselt.

Ich bin gerade mal 1,64 Meter groß, es wird also nicht lange dauern, bis er mich überragt. Aber auch jetzt schon kommt kaum jemand auf die Idee, dass er mein Kind sein könnte. Meine Haut ist blass, voller Sommersprossen und wird schon beim ersten Sonnenstrahl rot. Mein schulterlanges blondes Haar lockt sich nicht wie das meines Sohnes, aber ganz glatt ist es auch nicht; es hat einen Knick, der mich früher furchtbar geärgert hat – damals, als ich sonst keine Sorgen hatte.

«Wer passt eigentlich aufs Haus auf, während wir weg sind?», fragt er.

«Darauf muss eigentlich keiner aufpassen, mein Schatz. Hin und wieder muss nur die Post aus dem Briefkasten genommen werden.»

«Und wenn jemand einbricht?»

«Das wird nicht passieren.»

«Woher weißt du das?», fragt er.

«Wenn jemand in dieser Straße einbrechen will, ist unser Haus sicher das letzte, das er aussuchen würde.»

Ich hatte unser winziges Reihenhäuschen in Süd-Manchester dank einer Finanzspritze von Dad direkt nach Williams Geburt kaufen können, kurz bevor die Gegend trendy wurde.

Zu den ironisch gemeinten Bingo-Abenden in der Falafel-Bar am Ende der Straße gehe ich nicht, und ich habe vielleicht einmal das Quinoa-Sauerteigbrot in der Biobäckerei probiert. Aber ich bin sehr für diese Art von Läden. Doch die dank Falafel und Quinoa gestiegenen Immobilienpreise bedeuten auch, dass ich vermutlich die einzige dreiunddreißigjährige Alleinerziehende mit mickrigem Gehalt bin, die in dieser Gegend wohnt. Ich unterrichte kreatives Schreiben in der Oberstufe der Schule hier, und das bringt mehr inhaltliche als finanzielle Zufriedenheit.

«Bei Jake Milton haben sie aber eingebrochen», verkündet William düster, als wir die Straße hinunterfahren. «Sie haben den ganzen Schmuck von seiner Mum geklaut, das Auto seines Dads und Jakes Xbox.»

«Wirklich? Wie schrecklich.»

«Echt, ja. Er war schon auf dem letzten Level von *Garden Warfare*», seufzt er und schüttelt den Kopf. «Das kriegt er *nie* wieder hin.»

Zehn Minuten später halten wir vor den Willow Bank Lodges. Das Gebäude sieht von außen aus wie ein übergroßes Lego-Haus – mit schlammfarbenen Ziegelsteinquadern und einem grauen Dach. Andererseits sucht wohl niemand ein Pflegeheim nach dem Aussehen aus.

Ich tippe den Code für die beiden Eingangstüren ein und schreibe unsere Namen in die Liste. Ein Schwall altmodischer Küchengerüche dringt in die Eingangshalle – zu lange gebratenes Fleisch und totgekochtes Gemüse. Aber es ist alles sauber, hell und gut in Schuss hier, auch wenn der Innenarchitekt farbenblind gewesen sein muss. Die Tapete mit dem geprägten Wirbelmuster ist avocadogrün, der Boden mit roten und blauen Teppichfliesen bedeckt, und die Fußleisten sind in einem Orangeton lackiert, den jemand fälschlicherweise für natürlich gehalten haben muss.

Hinter einer Flügeltür befinden sich der Speisesaal und der Fernsehraum. Von dort aus hört man Mittagessengeräusche, also machen wir uns dorthin auf, statt den Flur entlang zu Mums Zimmer zu gehen.

Einer der Dauerbewohner tritt mit einem Gesichtsausdruck aus dem Badezimmer, als wäre er gerade in Narnia angekommen. «Alles in Ordnung, Arthur?», frage ich ihn sanft. Er richtet sich sofort auf. «Ich suche nach meinen Pfannen. Hast du mir meine Pfannen weggenommen?»

«Wir waren es nicht, Arthur. Wollen wir in den Speisesaal gehen?» Ich will ihn schon daran hindern, die Tür zur Besenkammer aufzumachen, als sich die Flügeltür öffnet und Raheem vom Pflegepersonal kommt, um ihn wegzuführen.

«Hi», sagt William. Raheem ist Mitte zwanzig und kommt aus Somalia. Außerdem besitzt er eine Xbox, deshalb haben William und er immer viel zu besprechen.

«Hallo, William. Deine Grandma sitzt gerade beim Mittagessen. Vielleicht haben wir sogar noch ein bisschen Ananasplunder übrig, wenn du möchtest?»

«Ja, gut.» Mein Sohn würde niemals ein Essensangebot ablehnen, es sei denn, ich habe mir für die Zubereitung ungeheure Mühe gegeben. Dann zieht er immer ein Gesicht, als ob ich ihm einen Teller voller dampfender Industrieabfälle servieren würde.

Arthur schlurft, von Raheem gefolgt, durch die Tür, und ein weiterer Mann erscheint. Auf seiner Stirn haben sich jahrelange Sorgen eingegraben.

«Granddad!» Auf Williams Gesicht breitet sich ein Lächeln aus, und die blassgrauen Augen meines Vaters erwachen funkelnd zum Leben.

KAPITEL 2

Es ist eins der kleinen Wunder in meiner Welt, dass mein Vater regelrecht aufleuchtet, sobald sein Enkel in der Nähe ist – und das trotz des unvorstellbaren Drucks, der auf ihm lastet. «Bist du bereit, William?»

«Jawohl. Alles gepackt und auf dem Weg, Granddad.»

Mein Vater fährt ihm durchs dicke, lockige Haar und tritt einen Schritt zurück, um ihn sich noch einmal genau anzusehen. «Ich hätte mit dir zum Friseur gehen sollen, bevor ihr losfahrt.»

«Ich mag meine Haare lang, Granddad.»

«Du siehst aus wie ein explodiertes Kissen.»

William kichert, obwohl er diesen Scherz öfter gehört hat, als er zählen kann.

«Wie viele Minuten haben viereinhalb Stunden?», fragt mein Vater.

«Hm. Zweihundert und ... siebzig.»

«Guter Junge.» Er zieht ihn an sich und umarmt ihn.

Die Tatsache, dass mein Sohn in Mathe auf der Liste der Begabten und Talentierten seiner Schule steht, ist leider nicht das Verdienst seiner Eltern. Dieses Fach ist definitiv nicht meine Stärke, und die einzigen Zahlen, mit denen Adam sich auskennt, sind weibliche Maße.

Aber mein Vater, der Buchhalter ist, war für William immer

mehr ein Vater als Adam. Die Doppelhaushälfte meiner Eltern liegt nur zehn Minuten von unserem Haus entfernt und ist für William wie ein zweites Zuhause. Dort hat er mit Dad Puzzles gelegt und Törtchen mit Mum gebacken.

Und als er zur Schule kam, wartete mein Vater immer vor dem Schultor und nahm ihn mit, um mit ihm Hausaufgaben zu machen oder ihn zum Karate zu bringen, während ich bei der Arbeit war.

In den letzten Jahren hat sich das alles geändert. Meine Mutter ist nicht mehr die Grandma, die sie einmal war - sie ist nicht mehr die Frau, die noch vor sieben, acht Jahren mit William auf dem Schoß die große, geschwungene Rutsche im Indoorspielplatz in unserem Viertel hinuntergerast ist. Sie hat sich nie darum gekümmert, dass sie vielleicht selbst wie ein großes Kind wirkte; während andere Frauen ihres Alters ihren Latte schlürften, schlüpfte sie einfach aus ihren Schuhen und stürzte sich mitten ins Getümmel, und William kreischte vor Begeisterung.

«Ich geb dir ein bisschen Taschengeld mit», sagt mein Vater und wühlt in seiner Hosentasche.

«Das musst du aber nicht, Granddad», murmelt William nicht sehr überzeugend, als mein Vater ihm eine Zwanzigpfundnote in die Hand drückt.

«Kauf dir auf der Fähre einen Comic.»

«Kann ich auch eine Cola haben?»

«Natürlich», antwortet mein Vater, bevor ich es verbieten kann.

«Danke, Granddad. Das weiß ich sehr zu schätzen.» William huscht in den Speisesaal, um seine Grandma zu finden, und ich bleibe noch, um ein wenig mit meinem Vater zu plaudern.

«Ihr hättet direkt zur Fähre fahren sollen, Schätzchen», sagt er. «Ihr müsst uns doch nicht noch vorher besuchen.»

«Natürlich müssen wir das. Ich dachte, ich geb Mum ihr Mittagessen, bevor wir abfahren.»

«Das mache ich gleich. Ich wollte nur noch schnell eine Zeitung kaufen.»

«Nein, ich würde das gern tun, wenn es dir nichts ausmacht.»

Er nickt und atmet tief durch. «Na gut. Aber versprich mir, dass du versuchst, dich in Frankreich ein bisschen zu erholen. Du hast den Urlaub wirklich nötig.»

Ich lächele zweifelnd. «So nennst du das? Urlaub?»

«Du wirst es genießen, wenn du es *zulässt.* Und bitte tu das unbedingt. Tu es um deiner Mum willen, wenn dir das hilft. Sie will das wirklich, weißt du.»

«Ich finde immer noch, dass wir zu lange weg sind.»

«Seit zehn Jahren leben wir schon damit, Jessica. In den nächsten fünf Wochen wird absolut gar nichts passieren.»

Mum sitzt ganz hinten im Speisesaal, neben dem offenen Terrassenfenster. William sitzt daneben und plaudert mit ihr. Zu dieser Tageszeit, wenn die Sonne hoch steht und gleichzeitig eine kühle Sommerbrise hereinweht, ist es der schönste Platz hier. Sie trägt das türkisfarbene Kleid, das ich ihr vor ein paar Monaten online bestellt habe, und sitzt in ihrem Rollstuhl. Aber wirklich ruhig sitzt Mum nur sehr selten. Dank der schweren Medikamente, die sie nimmt, zuckt sie immerhin nicht mehr so heftig wie früher. Leider wirken die Medikamente keine Wunder, dessen werde ich mir auch heute wieder schmerzlich bewusst. Sie krümmt und windet sich, ihre Gesichtszüge und knochigen Gliedmaßen nehmen sonderbare

Formen an. Sie ist inzwischen sehr dünn, ihre Wangenknochen stehen derart hervor, dass ihre Augen viel zu groß für ihr Gesicht wirken. Ihre Hände sind ganz knotig, und sie hält sie so, dass es einen schon beim Ansehen schmerzt. Sie ist viel zu früh krumm geworden. Früher sah sie immer jünger aus, als sie war. Jetzt würde man kaum glauben, dass sie erst dreiundfünfzig ist.

«Hallo, Mum.» Ich beuge mich zu ihr hinunter, um sie zu umarmen, und drücke sie ein bisschen länger als gewöhnlich.

Dann löse ich mich von ihr, um zu sehen, ob ihr schlaffer Mund mein Lächeln erwidern kann. Sie braucht eine Weile, aber schließlich bringt sie doch ein abgehacktes: «Eh ... mein Liebling» zustande.

Ich kann Mum immer noch verstehen, obwohl ich beinahe die Einzige bin. Sie spricht nur noch in Drei- oder Vierwortsätzen, und das ziemlich undeutlich. Ihre Stimme ist heiser und leise.

«Wie ich sehe, hast du dir wieder den besten Platz gesichert. Die anderen sind garantiert neidisch.»

Eine lange Pause folgt, während der meine Mutter sichtlich nach Worten ringt. «Hab sie bestochen», bringt sie schließlich hervor, und ich lache.

Eine Pflegekraft erscheint und stellt ihr das Essen auf den Tisch, entfaltet ein großes Plastiklätzchen und bindet es ihr um den Hals. Ich will es ein wenig glätten, aber ihr linker Arm schnellt immer wieder nach oben.

Ich überlege, den Babylöffel zu nehmen, beschließe dann aber, es zu lassen, falls Mum doch lieber selbst zu essen versuchen will. In letzter Zeit will sie das nur noch selten, auch wenn sie das Gefüttertwerden zu Beginn empört abgelehnt hat.

Sie lebt schon seit einem knappen Jahr in den Willow Bank

Lodges. Wir wollten alle, dass sie möglichst lange zu Hause bleibt, aber das wurde immer schwieriger, obwohl mein Vater ihr extra ein Bett im Erdgeschoss ihres Hauses aufgestellt hatte. Er arbeitet noch und kann sie nicht rund um die Uhr pflegen, und es liegt auf der Hand, dass sie mehr Pflegekräfte braucht als nur ihn, idealerweise an einem Ort, an dem nicht schon der Weg ins Bad voller tückischer Fallstricke ist. Und es mangelt ihr nie an Besuchern. Tatsächlich hat sie einen kleinen Kreis Freunde, die ihr die letzten zehn Jahre durch die dunklen Zeiten geholfen haben. Ihre beste Freundin Gemma kommt sogar jedes Wochenende, meist mit einem neuen Hörbuch oder ein paar formlosen Kirschscones, die sie ihr «Markenzeichen» nennt.

«Aufgeregt?», fragt Mum William.

«Ich kann es kaum erwarten!», antwortet er. «Dad hat schon ganz viel für uns geplant, Grandma. Und wir kriegen die tollste Hütte, stimmt doch, Mum? Wir gehen Kajak fahren und Bergsteigen, und er will mir zeigen, wie man Sachen repariert.»

Ich mache mir ernsthafte Sorgen wegen der Erwartungen meiner Mutter an diese Reise. Die Idee dazu ist ganz und gar auf ihrem Mist gewachsen, und sie hat sie gleich dramatisch als ihren «letzten Wunsch» bezeichnet. Sie gibt ganz offen zu, dass das immer zieht, wenn sie unbedingt ihren Willen bekommen will.

Nach der Trennung von Adam und mir war meine Mutter genauso wütend auf ihn wie ich, und sie verstand sehr gut, warum ich ihn mir vom Leib halten wollte. Und obwohl sie keinerlei Interesse daran hatte, uns wieder zusammen zu sehen, wollte oder hoffte sie, dass zumindest William eine Beziehung zu seinem Vater aufbauen könnte. Dann zog Adam nach Frankreich, und es wurde klar, dass dieser Plan nicht aufgehen würde.

Es ist nicht so, dass Adam seine Vaterpflichten komplett vernachlässigt. Er bezahlt den Kindesunterhalt rechtzeitig, denkt an Williams Geburtstag und skypt, wenn er sagt, dass er skypen wird. Aber unser Sohn ist nur ein winziges Puzzleteil in Adams buntem Leben. Sie sehen sich vielleicht zwei- oder dreimal im Jahr. Und ich bin mir nicht einmal sicher, ob Adam noch protestieren würde, wenn ich ihm vorwürfe, dass er kein echtes Interesse an seinem Sohn hat.

Mum konnte das einfach nicht verwinden – nicht nur den seltenen Kontakt, sondern auch die Tatsache, dass ich nie etwas dagegen unternahm. Ich habe Adam bereitwillig ziehen lassen. Wenn ich ehrlich bin, war es mir sogar ganz recht. Ich hatte schließlich genug Liebe für uns beide zu geben.

Sicher malt meine Mutter sich in ihren Träumen nicht unbedingt aus, wie Adam und ich *nur für William* jeden Sonntag zusammen zu Abend essen und uns, bebend vor unterdrückter Abneigung, die Bratensoße reichen, aber sie hat sich über Jahre hinweg immer wieder darüber ausgelassen, dass er eine *echte* Beziehung zu seinem Dad braucht.

Doch Adam führt inzwischen ein luxuriöses Leben in der Dordogne, während wir in Manchester im Reihenhaus wohnen. Aber ich verstehe schon, was sie sagen will. Ich teile ihre Meinung nicht, aber ich verstehe sie. Und immer wenn ich sie ansehe und sehe, welche Kämpfe sie täglich ausficht, erinnert mich das daran, dass ich kaum das Recht habe, ihr etwas zu verwehren. Also schickte ich Adam vor ein paar Wochen eine E-Mail und schlug vor, ihn zu besuchen. Wahrscheinlich ist er beim Lesen vor Schreck ohnmächtig geworden.

Aber wenn ich William und ihn zumindest dazu kriegen

könnte ... ich weiß auch nicht ..., eine *Bindung* zueinander aufzubauen, dann hätte ich das Gefühl, meiner Mutter ein wenig Trost bieten zu können. Außerdem werde ich da unten in Frankreich Rückendeckung haben. Meine Freundin Natasha kommt uns ein paar Wochen lang besuchen, und danach kommt Becky mit ihrem Mann und den Kindern.

«Ich ... liebe Frankreich», lässt sich Mum jetzt hören, und ihr unsicherer Blick fällt auf William. «Mach Fotos.»

Wir waren ein paarmal in Frankreich im Urlaub, als ich ungefähr so alt war wie William jetzt, und von dem Moment an, in dem wir mit unserem Vauxhall Cavalier auf die Fähre rollten, war ich jedes Mal vom Scheitel bis zur Sohle mit Vorfreude angefüllt. Wir verbrachten den Urlaub jedes Jahr in unserem Wohnwagen auf demselben Campingplatz, und es war immer himmlisch, endlose Sonnentage, Frühstück mit süßen Teilchen, die mit *echter* Schokolade gefüllt waren.

«Probier mal die Tretboote», sagt sie. «Deine Mum ... hat sie geliebt.»

Bei der Erinnerung daran, wie meine Mutter und ich kichernd über den See am Campingplatz strampelten, habe ich einen Kloß im Hals.

William erzählt irgendetwas, in dem ein Stockbett vorkommt, und ich schlucke mühsam und erinnere mich daran, dass wir ja nur ein paar Wochen fort sind. Es hilft niemandem, wenn ich jetzt anfange zu weinen, egal wie schmerzhaft diese Sache hier ist.

Ich schaue auf den Tisch und sehe, dass meine Mutter den Löffel nicht angerührt hat. Also nehme ich damit ein wenig matschige Gemüsepampe auf und hebe ihn zu ihrem Mund.

«Exklusiver Tischservice», murmelt sie, und ich schnaube, halb gerührt, halb amüsiert.

KAPITEL 3

Wir beginnen unsere 1400 Kilometer lange Reise in bester Stimmung und singen uns durch eine Playlist, in der es von den Beatles bis Avicii alles gibt. Wir plaudern über das Frankreich, das ich aus meiner Kindheit kenne, und ich erzähle William von den weichen Sandstränden, der traumhaften Eiscreme und davon, wie meine Mutter mir beibrachte, Blackjack um Francs und Centimes zu spielen.

Eine Weile spielt William auf meinem iPad. Er hängt so krumm über dem Bildschirm, dass ich plötzlich befürchte, seine Wirbelsäule könne für immer so bleiben, also lege ich uns das Hörbuch *Billionaire Boy* von David Walliams ein, und wir müssen so sehr lachen, dass meine Wangen schmerzen. Dann tritt darin eine Figur auf, die mit einem It-Girl ausgeht. Ich habe keine Ahnung, ob er überhaupt weiß, was das ist. Aber ich fühle mich wie Anfang des Jahres, als er mich fragte, woher eigentlich die Babys kommen. Damals bin ich sofort losgegangen und habe ein Aufklärungsbuch gekauft, das er lesen sollte, bevor er mir weitere Fragen stellte. So wollte ich Peinlichkeiten vermeiden. «Warum sollte mir das denn peinlich sein?», fragte er damals voller Unschuld und zwang mich, ihm daraus vorzulesen, sodass ich mich notgedrungen damit abmühte, Sätze wie *und das nennen manche Leute wichsen*, fröhlich entspannt vorzutragen.

Als wir an der Fähre ankommen, hat William kaum noch Lust zu reden. Seine Wangen sind ganz blass. Wir parken im Bauch des Schiffes und gehen die Treppen nach oben, um uns einen Platz am Fenster zu sichern.

«Von hier aus haben wir eine tolle Aussicht», sage ich heiter, worauf er entgegnet: «Ich muss gleich kotzen.» Er übergibt sich während unserer sechsstündigen Nachtüberfahrt siebenmal, sodass wir kein Auge zubekommen, und als wir schließlich von Bord gehen, sieht er aus wie dieses Kind aus *Der Exorzist*. Wir müssen auf dem ersten Rastplatz hinter der Grenze anhalten und eine Stunde abwarten, bis es ihm bessergeht. Wir sitzen auf einem Grasstreifen, trinken Wasser und schauen zu, wie ein Strom britischer Familien versucht, falsch herum durch einen Kreisel zu fahren.

William schläft den Rest der Reise und wacht nur hin und wieder auf, um auf die Toilette zu gehen. Das lässt mich bis zur Dordogne mit meinen Gedanken alleine. Dort eröffnet sich vor uns eine Landschaft mit Wäldern und Feldern, und wir gleiten durch das Land, entdecken verwunschene Weiler, deren Häuser mit knallroten Geranien berankt sind.

Aber auch die Schönheit der Landschaft kann meine Gedanken nicht von meiner Mutter ablenken. Es sind dieselben Gedanken, die mir so viel Angst gemacht haben, dass ich Anfang des Jahres zum ersten Mal in meinem Leben Antidepressiva nahm. Ich hatte mich nie für jemanden gehalten, der Stimmungsaufheller braucht – im Gegenteil, ich hatte geglaubt, eher ein *lustiger* Typ zu sein. Ich war doch immer die Erste gewesen, die zu Weihnachten einen albernen Hut aufsetzte, Karaoke sang oder sich mit William ein Wasserpistolengefecht lieferte. Das Stärkste an Stimmungsaufhellern, was ich bis dahin genommen hatte, war ein Magnum Mandel, gefolgt von Pinot Grigio. Bei der Arbeit lobte man stets meine «grenzenlose Energie und Beliebtheit bei den Schülern» – und ich musste noch nicht einmal jemanden dafür bezahlen, dass er das über mich sagte.

Aber seit meine Mutter in Willow Bank wohnt, gegen das wirklich nichts einzuwenden ist, habe ich mich schleichend verändert. Vor sechs Monaten wurde es dann richtig schlimm. Nicht, dass die Leute etwas bemerkt hätten. Ich habe die Rolle der alten Jess ziemlich gut weitergespielt. Aber in mir sieht es jetzt anders aus. Was als verständliche Sorge um Mums immer schlechter werdenden Zustand begann, entwickelte im Laufe der Zeit ein Eigenleben. Depression ist nicht der richtige Ausdruck dafür. Es war mehr eine erdrückende Furcht, die Unfähigkeit, an etwas anderes zu denken als an eine triste Zukunft, die immer grauer aussah, je schwerer das Leben für meine Mutter wurde.

Die Tabletten helfen, auch wenn ich sie immer noch nicht gern nehme. Aber sie haben nichts an dem Auslöser geändert, der all das in Gang gesetzt hat: dass meine Mutter in einem Heim lebt und langsam ihre Persönlichkeit verliert. Und dass daran niemand irgendetwas ändern kann.

KAPITEL 4

Auf einer Allee von Walnussbäumen, umgeben von üppiger Vegetation, verkündet unser Navi schließlich, dass wir unser Ziel erreicht haben. Aber da wir meilenweit von allem entfernt sind, redet unser Navi eindeutig Mist.

Ich wühle im Handschuhfach nach der Karte, von der ich so sehr gehofft hatte, dass ich sie nicht würde benutzen müssen, und nachdem ich ein paarmal falsch abgebogen bin, finde ich eine Kreuzung mit dem Wegweiser zum *Château de Roussignol*.

Der Kies der Auffahrt knirscht unter den Rädern, und mein Herz flattert. Für einen Augenblick frage ich mich, ob ich mich nicht doch auf diesen Urlaub freue. Ich nehme an, ich darf das, obwohl ich ihn in Adams Nähe verbringen muss.

Es gab mal eine Zeit, in der ich ihn abgrundtief hasste, aber Hass liegt mir einfach nicht und ist viel zu anstrengend. Also war ich immer ein Ausbund an Zivilisiertheit – ich lächelte um Williams willen, wenn er kam, um ihn abzuholen; ich rief pflichtschuldigst «Wie toll!», wenn unser Sohn McDonald's Happy Meal pries, das Adam ihm mal wieder vorgesetzt hatte.

Doch selbst wenn ich unbedingt irgendwelchen Hass auf Adam haben wollte, würde ich es nicht fertigbringen. Ich bin inzwischen vollkommen unempfindlich für ihn. Ich habe mir angewöhnt zu sagen, dass Adam in Frankreich lebt, weil ihn die Arbeit dorthin verschlagen hat und nicht etwa weil er, was eher den Tatsachen entspricht, keine Lust hat, sich mit so etwas Alltäglichem wie Monogamie oder Vaterschaft abzugeben.

Mein Sohn regt sich jetzt und setzt sich auf. Er reibt sich die Augen und wird mit dem Blick auf das *Château de Roussignol* belohnt. Ich habe es bisher nur auf Fotos gesehen, das aber in jedem einzelnen Stadium der Renovierung. Am Anfang war es eine heruntergekommene Ruine. Das war, noch bevor William sprechen konnte. Damals schickte mir Adam regelmäßig E-Mails mit angehängten Bildern des Châteaus. Alle hielten ihn für verrückt, als er es kaufte.

Man konnte erkennen, dass es ein herrschaftliches Gebäude war, aber nur, wenn man viel Phantasie und ein scharfes Auge besaß, denn die Mauern waren vollkommen überwuchert. Es gab keine Elektrizität, Mäuse unter den Dielen, und die Rohrleitungen stammten aus grauer Vorzeit. Aber trotz aller seiner Fehler war Adam entschlossen genug, sich der Aufgabe zu stellen, das muss ich zugeben.

Die E-Mails, die drei Jahre lang jeden Monat in meiner Mailbox aufpoppten, erlaubten mir einen Einblick in sein neues Leben, um den ich nie gebeten hatte: die körperliche Arbeit, seine besessene Planung, seine unglaublich ehrgeizige Vision für das Château. Ich machte mir die ganze Zeit Sorgen, dass das finanzielle Risiko zu groß war und er womöglich den Kindesunterhalt würde senken müssen, ohne den wir in den ersten Jahren nicht hätten überleben können.

Ich las seine Mails mit einer Mischung aus Interesse, Eifersucht, Wut und Verzweiflung. Aber im Nachhinein glaube ich, dass er sie nur deshalb schrieb, weil er das beinahe kindliche Bedürfnis danach hatte, allen (auch mir) zu beweisen, dass er doch in der Lage war, etwas aus sich zu machen.

Als unser Sohn fast drei war, war klar, dass Adam es geschafft hatte. Das Château war fast fertig. Ich wollte auf keinen Fall bitter werden, nicht angesichts seines Erfolges, für den er immerhin hart gearbeitet hatte. Wobei ich zugeben muss, dass ich es kaum glauben konnte, wie schnell er nach unserer Trennung mit einer anderen schlief, während ich noch mit wunden Brustwarzen, Schlafentzug und der Vorstellung kämpfte, dass mein Tag dann erfolgreich war, wenn ich es schaffte, mir vor drei Uhr nachmittags die Zähne zu putzen.

«Sind wir da?», fragt William und strahlt. «Wow, das ist aber toll, oder?»

«Das ist es. Dein Dad hat ganze Arbeit geleistet.»

Das Château ist umwerfend schön, eher ein französisches Herrenhaus als das, was ich mir unter einem Schloss vorstelle, aber mit aller Pracht und allem neoklassizistischem Glanz, den man sich nur wünschen kann. Es hat drei Stockwerke, und über den cremefarbenen Mauern thront ein silbrig graues Dach. Die riesigen Fenster sind von muschelfarben lackierten Fensterläden eingerahmt. Zwei Steinstufen mit einem verschnörkelten gusseisernen Geländer führen zu einer großen Rundbogentür. Ein hoher, mit Efeu überwucherter Balkon gibt den Blick auf die Kiesauffahrt frei, die von üppigen Zypressen gesäumt ist. Töpfe mit bunten Blumen stehen davor.

Wir suchen uns einen Parkplatz. Der Duft von Thymian und Lavendel liegt in der Luft, und man hört nur das sanfte Rauschen der Bäume und den Gesang der Nachtigallen.

«Ich kann es kaum erwarten, Dad zu sehen», sagt William. «Kommt er, um uns zu begrüßen?»

«Er versucht es. Er hat gesagt, dass wir uns gleich an der Rezeption melden sollen.»

Adam hat geschworen, in der Sekunde unserer Ankunft herauskommen und William in den Arm nehmen zu wollen, aber das erwähne ich lieber nicht. Immerhin sprechen wir von Adam, und weil er auf die SMS nicht geantwortet hat, die ich ihm vor einer Stunde an der Tankstelle geschickt habe, will ich nichts riskieren. Ich schalte den Motor aus und öffne die Fahrertür.

«Komm, wir gehen ihn suchen», schlage ich vor und steige aus. «Er erkennt dich sicher gar nicht wieder. Du bist ja mindestens fünf Zentimeter gewachsen, seit ihr euch zum letzten Mal gesehen habt.»

Wir haben Adam seit Weihnachten nur ein Mal gesehen. Da war er bei seiner neuen Freundin Elsa in London zu Besuch. Wie die meisten Frauen, die Adam nach mir gedatet hat, ist auch Elsa einige Jahre jünger als er und buchstäblich atemlos in seiner Gegenwart, seinen funkelnden Blicken vollkommen ausgeliefert.

Ich kann mir kaum vorstellen, dass ich ihm gegenüber einmal dieselben Gefühle hatte, aber es muss wohl so gewesen sein. Wir waren mehr als drei Jahre zusammen, einige Zeit davon auch verliebt, und haben immerhin ein Baby gemacht, wenn das auch eher ein Unfall war. Das war, bevor ich begriff, dass Adam es genauso meinte, als er sagte, dass er niemals Vater werden wollte. Er gab bereitwillig zu, dass er einfach nicht aus demselben Holz geschnitzt war wie mein eigener Vater. Der nun wirklich weit entfernt davon ist, perfekt zu sein, aber dessen Liebe in meinem Leben immer gegenwärtig war, ob er mit mir mit meinem Puppenhaus spielte oder mir später das Autofahren beibrachte. Diese Dinge interessierten Adam nicht, auch als seine Vaterschaft kein möglicher Lebensstil mehr, sondern unausweichliche Realität geworden war.

Und deswegen musste ich unsere Beziehung beenden. Es war die traurigste Entscheidung meines Lebens. Aber ich hatte keine Wahl.

KAPITEL 5

Wir betreten die kühle Empfangshalle und gehen an den langen, uralt wirkenden Tresen, auf dem eine bauchige Glasvase mit üppigen, stark duftenden Blumen steht. Daneben liegt eine weiße Schreibunterlage. Der Designerstuhl hinter dem Tresen ist leer, weshalb William ein paarmal die silberne Klingel betätigt.

Wir werden von einer jungen Frau in einem kurzen schwarzen Rock, einer weißen Bluse und Ballerinas begrüßt. Sie hat glatte, taufrische Haut, leuchtend weiße Zähne und langes blondes Haar, das wie bei einem Dressurpferdchen zusammengebunden ist.

«Kann ich Ihnen helfen?» Sie ist Engländerin und spricht mit der hohen, selbstsicheren Stimme, die auf eine gute Herkunft und eine gewisse gesellschaftliche Stellung weist. Ich würde sagen, dass sie Mitte zwanzig ist. Sie ist keineswegs dünn, aber nichts an ihr wabbelt, außer den Körperteilen, die wabbeln sollen. Und die wabbeln sogar ziemlich.

«Wir haben eines der Ferienhäuschen reserviert. Der Name ist Pendleton. Jessica.»

Auf ihrem Gesicht breitet sich ein Lächeln aus, als hätte sie gerade erfahren, dass Schokoladenostereier keine Kalorien haben.

«Jess! Ich bin Simone.» Sie legt ihren Stift hin, marschiert um den Tresen herum und schlingt ihre Arme um mich. Das ist ja wirklich mal eine ganz außerordentliche Kundenbetreuung hier – besonders angesichts der Tatsache, dass ich für diesen Urlaub nicht bezahlt habe.

«Und du musst William sein!»

William tritt von einem Fuß auf den anderen. «Ja.»

Sie lächelt immer noch breit. «Du siehst ja wirklich *genauso* aus wie dein Dad!»

Er ist erfreut. «Oh.»

«Ehrlich, wie aus dem Gesicht geschnitten. Einfach unglaublich gutaussehend.» Williams Wangen färben sich dunkelrot. «Ich bin jedenfalls begeistert, euch beide kennenzulernen. Und, William, wir beide werden sicher noch viel miteinander zu tun haben, denn ich konnte Adam davon überzeugen, dass wir in diesem Sommer auch Aktivitäten für Kinder anbieten, die *ich* organisieren werde.»

William grinst jetzt ebenfalls. Man könnte einen Bleistift in seine Wangengrübchen stecken, so breit lächelt er.

«Wenn du Fußball magst, bist du hier genau richtig. Soll ich dich in die Liste eintragen?»

William ist das einzige Kind in seiner Klasse und wahrscheinlich in der gesamten 89-jährigen Geschichte seiner Schule, das sich einen feuchten Kehricht für dieses Spiel interessiert.

«Ähm ... ja», antwortet er. Ich blinzele überrascht.

«Für welche Mannschaft bist du denn?»

Er schluckt. «Manchester.»

«City oder United?», hakt sie nach.

«Ähm ... beide.»

Sie kichert, und er stimmt ein. Sie schaut in ihren Computer. «Gut, also dann checken wir euch mal in euer Ferienhäuschen ein.» So luxuriös das Château auch aussieht – ich bin froh, nicht darin wohnen zu müssen, weil ich weiß, dass Adam dort sein Büro hat. Das wäre mir dann doch zu nah.

«Es kommt noch eine dritte Person dazu, stimmt das?»

«Ja, meine Freundin Natasha, aber erst in ungefähr einer Woche.»

«Ah, verstehe. Geputzt ist schon. Ich kann euch hinbringen.»

Sie verschwindet in ein Hinterzimmer und holt einen Schlüssel. Dann geht sie mit uns hinaus in den strahlenden Sonnenschein und springt in einen Golfwagen, während William und ich ihr in unserem Wagen hinterherfahren.

«Na, die ist doch nett, oder?», sage ich.

«Ja, und sie riecht so gut», erwidert William begeistert. Dazu fällt mir keine angemessene Antwort ein.

Die Straße führt um das Château herum, auf einen wunderschönen Pool zu, an dem sonnengelbe Liegen und passende Sonnenschirme stehen. Eine Handvoll junger Familien ist hier; Kleinkinder in Surfanzügen mit bretonischen Matrosenstreifen und auch Kinder in Williams Alter plantschen im Wasser.

Von der Barterrasse, auf der ein paar Tische und Stühle stehen, hat man Aussicht auf den Pool. Sie liegt im Schatten einer mit duftendem, blühendem Geißblatt berankten Pergola. Weiter hinten entdecke ich einen Tennisplatz, ein Fußballfeld und eine knallbunte Spielecke, alles inmitten gepflegter Gärten und romantischer Rosen- und Lavendelbeete.

Auf dem Weg zu einer bewaldeten Ecke des Grundstücks entdecke ich einen Wegweiser zu *Les Écuries* – den Ställen –. Die Temperatur fällt im Schatten der Bäume, und nach kurzer Fahrt erreichen wir einen kleinen Parkplatz neben ein paar

Gebäuden mit blauen Fensterläden und Terrassen, die um einen hübschen kleinen Hof angeordnet sind.

«Es ist wunderschön», sage ich zu Simone, als wir über den staubigen Hof zur Tür ganz am Ende gehen. «Wie viele Ferienhäuschen gibt es hier denn?»

«Einundzwanzig. Einige von ihnen haben zwei Zimmer, andere drei. Nicht alle sind alte Stallgebäude – die ehemaligen Dienstbotenquartiere auf der anderen Seite des Grundstücks sind ebenfalls renoviert.» Sie beugt sich zu mir und flüstert: «Aber diese hier sind die hübschesten. Und sie sind nur ein paar Minuten zu Fuß vom Château entfernt.» Sie lässt einen gusseisernen Schlüssel in das Schloss der dicken alten Holztür gleiten und stößt sie auf.

Innen ist das Ferienhäuschen schlicht und rustikal gehalten, mit hell gefliestem Boden und einer offenen Küche. Als Erstes fällt der große, altmodische Kamin ins Auge, vor dem zwei kleine blaue Sofas stehen. Es gibt einen großen Esstisch, und die Küche ist mit einer tiefen Keramikspüle, gusseisernen Töpfen, die an den Wänden hängen, und einer Arbeitsfläche aus dicken Eichenplanken ausgestattet. Die Schlafzimmer sind weiß getüncht und haben Balken an der Decke. Hübsch gemusterte Tagesdecken liegen auf den Betten, daneben auf den Nachttischchen stehen Emailvasen.

«Es ist wunderhübsch. Vielen Dank», sage ich. William sucht sich schon sein Zimmer aus.

«Adam wird sich freuen, dass ihr es mögt», entgegnet sie.

«Und ... wo ist er?»

«Oh! Ich sollte euch noch sagen, dass er diesen Nachmittag einen Termin hat», erwidert sie vage. «Er wollte bei eurer Ankunft hier sein, aber der Termin war unaufschiebbar.» Ich beiße mir auf die Unterlippe und nicke höflich.

KAPITEL 6

«Dieses Auto packt sich nicht von alleine aus», sage ich zu William, als Simone gegangen ist. «Wenn ich es vor die Tür fahre, hilfst du mir dann?»

«Lass mich das noch eben zu Ende schauen», murmelt er. Seine Stirn berührt beinahe das iPad.

«Was guckst du da?», frage ich und spähe über seine Schulter.

«Die Frau in Schwarz.»

«Wann hast du das denn heruntergeladen? Das ist doch sicher viel zu gruselig für dich?»

«Mum, es hat FSK 12», seufzt er.

«Wirklich?

«Ja.»

Zehn ist ein merkwürdiges Alter. William ist noch sehr Kind, zeigt aber schon beunruhigende Anzeichen seiner künftigen Karriere als Teenager.

«Aber komm dann nicht zu mir gelaufen, weil du Albträume hast», warne ich ihn.

«Mum. Ich habe keine Albträume.»

«Nur noch eine Minute, okay? Dann brauche ich dich.» Er antwortet gar nicht mehr. «William?»

«Okay. Kein Problem.»

Ich gehe nach draußen und fühle mich ein wenig schwindelig von der Hitze und der Müdigkeit. Ich habe keine Ahnung, wie ich all die Sachen im Kofferraum untergebracht habe. Ich weiß nicht einmal, ob ein derartig volles Auto überhaupt legal ist – durch die Heckscheibe kann man jedenfalls nichts mehr sehen, sie ist völlig zugepackt.

Ich lasse sanft das Schloss aufschnappen, erkenne meinen Fehler und werfe mich mit meinem ganzen Gewicht gegen die Heckklappe, um zu verhindern, dass alles herausfällt. Schweiß sammelt sich auf meiner Stirn, und ich ziehe vorsichtig einen Gegenstand nach dem anderen aus dem Auto, bis ich inmitten eines Haufens von Kram stehe, das Auto aber nicht wesentlich leerer ist.

«William?», rufe ich, obwohl ich nicht ernsthaft erwarte, dass er herauskommt, um mir zu helfen. «WILLIAAAM?»

«Diese liebliche Stimme würde ich doch überall wiedererkennen.»

Ich wirbele herum und spüre, wie bei Adams Anblick mein Hals zu kribbeln beginnt. «Oh, hallo», murmele ich.

«Komm, ich helfe dir.» Er legt ein Lavendel-Rosen-Bukett auf den Terrassentisch, gefolgt von einer braunen Papiertüte.

«Ich komme klar, ehrlich», sage ich, aber er hat schon seinen Kopf im Kofferraum und räumt darin herum.

«Ich halte den Rest fest, während du einzelne Gegenstände herausholst, dann sehen wir ja, ob wir es ohne Gabelstapler schaffen», sagt er in das Innere des Autos hinein.

Als ein riesiger Haufen auf dem Boden liegt und keine Gefahr mehr besteht, dass etwas herausfällt, sehe ich, dass Adam grinst.

«Hast du eigentlich *alles* mitgenommen, was du besitzt?» Er nimmt eine meiner Hanteln und fängt an, sie auf und ab zu bewegen. Sie sind das Einzige, was noch zwischen mir und den gefürchteten Winkearmen steht, aber das werde ich ihm nicht auf die Nase binden, also reiße ich sie ihm aus der Hand.

«So viel ist es nun auch wieder nicht. Es scheint nur so, weil das Auto so klein ist. Und wir sind immerhin zu zweit und wollen fünf Wochen bleiben, da brauchen wir schon ein paar Dinge.»

Er hält Williams Popcorn-Maschine hoch. «Ist die hier für Notfälle?»

«Die gehört mir nicht.»

Man muss Adam nur ansehen, dann weiß man, dass er jeden Tag frisches, reifes Obst und Gemüse isst, das die Augen glänzen lässt, dass er guten Wein trinkt, eine Menge Sport macht und warme Sonnenstrahlen auf seiner Haut liebt. Beim kleinsten Anlass lächelt er breit, und zwischen seinen Augenbrauen gibt es nicht die Spur von einer Zornesfalte. Sein dunkles Haar ist ein paar Zentimeter länger als damals, als er noch im Büro arbeitete, und lockt sich auf seiner gebräunten Stirn.

«Du siehst gut aus», sage ich höflich.

Er wirkt ein winziges bisschen verblüfft, sieht mich dann aber an und sagt: «Du auch, Jess.» Ich wende mich ab, bevor er sieht, dass ich rot werde.

Adam späht in den Kofferraum und nimmt das Aufklärungsbuch heraus. Ich habe keine Ahnung, wie es in das Auto gekommen ist; mehr als William schon weiß, muss kein Zehnjähriger über die ersten Schamhaare wissen.

«Du hättest es mir sagen können, wenn du was nicht weißt, Jess», sagt Adam und blättert darin. «Ich erkläre es dir gern.»

«Hö, hö.»

Er blättert weiter. «Das ist vermutlich für William?»

«Erraten.»

Er seufzt. «Es fühlt sich an, als hätte ich ihn noch vor fünf Minuten auf der Schaukel angeschubst. Jedenfalls tut es mir leid, dass ich nicht da war, als ihr ankamt. Ich hatte etwas zu tun.»

Ich spüre, wie ich mich anspanne, erinnere mich aber selbst daran, weshalb ich hier bin. «Schon in Ordnung. Danke, dass du uns so ein hübsches Ferienhäuschen reserviert hast. Du hast sicher immer viele Gäste im Sommer.»

«Freut mich, dass es dir gefällt. Oh ... ich habe ein paar Sachen für ihn.» Er holt die Papiertüte vom Tisch und gibt sie mir. «Ein paar Süßigkeiten und einige Oberteile.»

Ich ziehe ein T-Shirt raus. Es ist so klein, dass es sogar einem Gartenzwerg zu eng wäre.

«Das ist ja niedlich. Hast du noch die Quittung, für den Fall, dass es nicht passt?»

«Oh. Weiß ich nicht.» Kurz sieht er wieder genauso aus wie damals als 21-Jähriger, voller Widersprüche und Charisma.

«Geh doch einfach rein und überrasche William, dann kannst du es ihm selbst geben», schlage ich vor. «Er ist im Schlafzimmer.»

Er zögert einen Herzschlag lang, nickt dann und sagt: «Mache ich.» Er geht in Richtung Tür, bleibt dann stehen, nimmt den Blumenstrauß vom Tisch und streckt ihn mir entgegen. Es ist mir ein wenig unangenehm, aber ich nehme ihn.

«Das ist sehr aufmerksam von dir. Danke», murmele ich. Es verwirrt mich, wenn er versucht, nett zu sein. «Na los», füge ich hinzu und nicke in Richtung Ferienhäuschen. «Er kann es kaum erwarten, dich zu sehen.»

KAPITEL 7

Ich weiß nicht, wie ich mir das Wiedersehen meines Sohnes mit seinem Vater vorgestellt habe. William hat sich so wahnsinnig darauf gefreut, und sie haben sich wirklich lange nicht mehr gesehen. Ich hatte so ein Bild vor meinem inneren Auge, auf dem die beiden auf einem Weizenfeld in Zeitlupe aufeinander zurennen, wie in einer schlechten Parfümwerbung aus den Siebzigern.

Leider steht die Realität unseren Träumen oft in einigem nach, das wird mir wieder klar, als ich Adam sehe, wie er um das Häuschen schleicht.

«Was tust du da?», frage ich und folge ihm.

«Pst», sagt er und legt den Finger auf seine Lippen. Dann schaut er durch das Fenster und macht: «Buh!»

«ARRGGGGHHH! MUUUUMMMMMMM!»

Ich schaue gerade noch rechtzeitig hinein, um William aus der oberen Etage des Stockbetts auf den Boden krachen zu sehen. Ich renne zur Haustür. Er robbt panisch auf mich zu.

«Da kriecht was vor dem Fenster herum!», bricht es aus ihm heraus. Mühsam rappelt er sich auf.

«William, beruhige dich. Das war nur dein Dad.» Der sich wieder wie ein Arsch benommen hat.

Seine Schultern sacken herunter, und Adam biegt um die Ecke. «Oh, William. Es tut mir ja so leid», sagt er und schafft es kaum, ein Lachen zu unterdrücken. Sein Sohn steht wie ein gedemütigtes Häuflein Elend vor ihm.

Ich stupse ihn an. «Na komm, geh deinen Dad umarmen.»

Er macht einen Schritt auf ihn zu, und Adam stürzt sich auf ihn, packt seinen schmächtigen Körper und reißt ihn an sich. «Hallo, du.»

William sieht zu ihm auf und blinzelt. «Ich wusste nicht, dass du es warst, Dad. Ich hatte *richtig* Angst.» Man sieht immer noch, wie das Herz in seiner knochigen Brust hämmert.

«Macht nichts», sagt Adam, der gar nicht begreift, dass das sein Stichwort für eine Entschuldigung war. «Wie war denn eure Fahrt? Deine Mum hat eine SMS geschickt und gesagt, dass du die ganze Zeit gekotzt hast.»

William sieht mich böse an. «Nicht die *ganze* Zeit. Nur ein bisschen.»

«Na, jetzt bist du ja da. Wie findest du es hier?»

«Ganz toll», sagt er plötzlich lebhaft. «Das Stockbett ist super. Mein Freund Josh hat auch eins.»

«Der hat aber Glück.»

Dann stehen sie befangen einen Meter voneinander entfernt, und mir wird schmerzhaft klar, dass das womöglich das einzige Thema ist, über das sie die ganzen Ferien reden können.

«Also», sagt Adam und klatscht in die Hände.

«Also», wiederholt William.

«Freust du dich, dass du jetzt eine Weile nicht in die Schule musst?»

«Auf jeden Fall.»

«Aber du gehst gern zur Schule», wende ich ein.

«Ich weiß, aber noch lieber bin ich hier.»

«Ist Mathe immer noch dein Lieblingsfach?», fragt Adam.

William denkt einen Augenblick nach. «Hm. Ich glaube, ich mag Geschichte lieber. Wir haben in diesem Halbjahr Queen Victoria durchgenommen. Die war eigentlich lange Zeit ziemlich traurig. Als ihr Mann Albert starb, hat sie ihn so sehr vermisst, dass sie einen Gipsabdruck von seiner Hand gemacht hat, um sie immer halten zu können.» Er holt nicht einmal Atem. «Aber das ist nicht das einzig Faszinierende an der viktorianischen Zeit», fährt er ernsthaft fort, um Adam einen fünfminütigen Vortrag über die medizinischen Fortschritte und die Unterdrückung der Frauen am Ende des 19. Jahrhunderts zu halten.

«Wow. Ich wusste gar nicht, dass ich keine Ahnung von Diphtherie hatte», stellt Adam trocken fest.

«Ich kann dir noch mehr darüber erzählen, wenn du willst», bietet William an.

Ich werfe Adam einen bösen Blick zu, damit er weiß, dass er jetzt ganz vorsichtig sein muss. «Ja, das wäre toll. Ich habe schon eine Menge für deine Zeit hier geplant.»

William lächelt. «Dann hol ich mal schnell mein iPad», sagt er.

«Ich glaube, es ist wohl eher *mein* iPad», rufe ich ihm hinterher.

«Ich dachte, wir könnten heute Abend mit ein paar Leuten aus dem Team zu Abend essen. Ich kann es kaum erwarten, ihnen William vorzustellen. Und dich natürlich.» Adam geht hinaus und holt eine unserer Reisetaschen. Er stellt sie ab und rührt sich nicht vom Fleck.

«Den Rest schaffe ich schon allein. Danke für deine Hilfe», sage ich.

«Kein Problem.» Er rührt sich immer noch nicht. «Schön, dass du da bist, Jess.»

Ich nicke hastig. «William freut sich wirklich sehr, Zeit mit dir verbringen zu können.»

Er wirkt, als sei ihm plötzlich etwas eingefallen. «Wie geht's deiner Mutter?»

Ich spüre, wie es in meiner Brust wieder eng wird. «Nicht besonders.» Ich öffne die Reisetasche und fange an, den Inhalt auf den Tisch zu legen. «Du würdest sie vermutlich nicht wiedererkennen.»

«Das tut mir wirklich leid, Jess. Das ist sicher nicht einfach für dich.»

«Nein, das ist nicht einfach, Adam», sage ich und beschließe, das Thema zu wechseln. «Ich habe übrigens Simone kennengelernt.»

«Oh, wirklich?»

«Wann hast du dich von Elsa getrennt?»

Er erstarrt. «Woher weißt du das?»

Ich sehe ihn direkt an. «Simone *ist* doch deine neue Freundin?»

«Merkt man mir das an?»

«Ich lese in dir wie in einem Buch. Und es ist keine besonders schwierige Lektüre.»

«Wie gut, dass ich nicht so der empfindliche Typ bin, Jess», lacht er und winkt mir auf dem Weg zur Tür zu.

Ich beobachte, wie er die Hände in die Hosentaschen steckt und davonstolziert. Anders kann man es wirklich nicht nennen.

«Keine Sorge, Adam. Übermäßige Empfindsamkeit kann dir nun wirklich niemand vorwerfen.»

KAPITEL 8

Das Abendessen findet an einem langen Esstisch auf der Terrasse hinter dem Château statt. Die alten Wände des Gebäudes sind in das goldene Licht der untergehenden Sonne getaucht, die Luft duftet nach Kräutern und Citronellöl.

Das Wasser im Pool liegt glatt und seidig da. Einige Familien sitzen am anderen Ende der Terrasse an kleinen, weiß gedeckten Tischen. Sie reichen große Teller und Schüsseln herum. Weingläser klirren, und helles Kinderlachen erfüllt die Luft. Ich setze mich an den langen Tisch, auf dem Teelichte flackern, und man stellt ein eiskaltes Glas Pastis vor mich.

Einige französische Angestellte des Châteaus sitzen an unserem Tisch, darunter Jean-Luc, der Gärtner, aber auch ein älteres Paar, Monsieur und Madame Blanchard, denen Adam vor Jahren das Château abgekauft hat. Es war über Generationen im Besitz ihrer Familie gewesen, aber zuletzt hatten sie Schwierigkeiten gehabt, es zu unterhalten, obwohl auch sie geplant hatten, ein Hotel daraus zu machen. Sie sind eigentlich schon im Ruhestand, kochen aber exzellent. Zwei- oder dreimal die Woche kommen sie, um ihr Können in der Küche zu zeigen und Kochkurse zu geben. Adam scherzt, dass er auf ihrer Anwesenheit bestanden hat, damit sie aufpassen, dass er das Château nicht herunterwirtschaftet.

Vier junge Briten und ihre französischen Freunde sind ebenfalls dabei. Sie wirken wie Austauschstudenten, mit ihren Tattoos und Reisegeschichten. Adam hat überhaupt keine Probleme, sich in ihre Gruppe einzufügen. In seinem Alter hatte mein Vater schon einen Immobilienkredit, eine Familie und die Sorte Buchhalterjob, bei der man erst wieder mit fünfundsechzig Atem holen kann. Aber hier kann Adam für immer einundzwanzig bleiben, die Sonne scheint das ganze Jahr, und die Mädchen sind jung und wollen gefallen. Dabei ist es beileibe nicht so, dass nur die Mädchen hingerissen sind von ihm. Er wird wie eine Kreuzung aus coolem älteren Bruder und wohlwollendem Diktator behandelt, der hier Hof hält, während der Wein in Strömen fließt.

Das Essen ist typisch französisch. Es beginnt mit knackigem Salat und Aufschnitt mit Schinken, Pasteten und geräucherter Entenbrust, serviert auf Schieferplatten.

«Was ist das denn?», fragt William und untersucht den Salat. Er trägt eins der T-Shirts, die Adam ihm gekauft hat. Unter den Achseln ist es so eng, dass es ihm beinahe die Durchblutung abschneidet.

«Salat mit Gésiers. Probier mal, die sind sehr lecker», sagt Adam und schaufelt etwas davon auf den Teller seines Sohnes.

William rümpft die Nase. «Aber was sind Gésiers?»

«Geflügelmägen. Eigentlich ein Teil des Gänsemagens, wenn du es genau wissen willst, aber ich gebe zu, dass das zunächst mal nicht besonders appetitanregend klingt», grinst er. William verzieht das Gesicht, und ich deute hastig auf die Salami und erkläre, dass das genau dasselbe ist, was er immer auf der Pizza isst, nur besser.

«Adam sagt, du bist Dozentin», sagt Simone und hebt das Glas an ihre Lippen.

«Na ja, ich unterrichte Kreatives Schreiben an einer Oberstufe.»

«Wie faszinierend. Gefällt es dir?»

«Ich liebe es», antworte ich. Das ist meine Standardantwort. Es ist einfach zu kompliziert zu erklären, dass ich meinen Beruf bis Anfang dieses Jahres geradezu leidenschaftlich ausgeübt habe. Aber dann ging es mir so schlecht, dass ich mich schon fragte, ob ich jemals wieder *irgendetwas* gern machen würde.

«Das ist sicher ein ganz schöner Spagat für eine alleinerziehende Mutter.» Es liegt eine merkwürdige Betonung auf den letzten beiden Wörtern.

«Ja, man hat viel um die Ohren», nicke ich. «Außerdem geht es meiner Mutter nicht so gut. Sie kann nicht mehr so einspringen wie früher.»

«Ach du meine Güte. Dann hoffen wir mal, dass es ihr bald wieder bessergeht», sagt sie leichthin.

Ich lächele und nicke und frage mich hinterher, ob das womöglich das Britischste war, was ich je getan habe: einen Smalltalk nicht mit etwas so Lästigem wie einer unheilbaren Krankheit zu verderben.

«Du erinnerst mich wirklich an meine Mum, weißt du», sagt Simone plötzlich.

Ich schaue überrascht auf. «Oh. Hoffentlich ist deine Mum Angelina Jolie», grinse ich, aber sie sieht mich nur ausdruckslos an.

«Sie hat auch immer so viel zu tun. Ab einem gewissen Alter haben Frauen immer eine Menge Verpflichtungen, nicht wahr? Meine Mum ist ständig auf Trab. Deshalb bin ich wild entschlossen, möglichst viel aus meinen Zwanzigern zu machen, bevor mich all die Zwänge und Dehnungsstreifen einholen.» Sie lächelt und reißt dann erschrocken die Augen auf. «Nicht, dass ich damit sagen will, dass du Dehnungsstreifen hast. Oh, das klang jetzt aber *schrecklich*, oder?»

«Überhaupt nicht», versichere ich. «Und übrigens: schuldig im Sinne der Anklage.»

Adam und ich schweigen einen Augenblick, nachdem Simone zur Toilette gegangen ist.

«Sie ist süß», sage ich zu ihm.

«Danke.»

«Und William mag sie.» Er schaut so überrascht, als sei er nie auch nur auf die Idee gekommen, darüber nachzudenken, was William wohl von ihr halten könnte. «Hast du denn schon ihre Eltern kennengelernt?»

Er verschluckt sich und prustet in seinen Wein. Dann sieht er mir direkt in die Augen. Mir ist plötzlich ganz schwindelig von seinem Duft, wer weiß, welches Duschgel er heutzutage benutzt. «Ist das deine Art, mir zu sagen, dass sie zu jung für mich ist?», fragt er.

«Es liegt mir fern, das zu beurteilen.» Ich lächele in mein Glas und spüre seinen Blick auf mir. «Nein, sie ist nett, ehrlich», beharre ich und beschließe, dass es jetzt reicht mit diesem Thema. «Oh, William, ich mache mal schnell ein Foto von dir, das wir dann Granddad schicken.»

William lächelt für das Foto, und dann bietet Adam an, eins von Mutter und Sohn zu machen. Ich suche ein Foto aus und schreibe dazu:*«Sind gut angekommen. William hat nach der langen Fahrt endlich Spaß! Wie geht's Mum? X*

Ich tippe auf Senden und sehe zu, wie das WLAN-Signal auf und nieder zuckt.

«Das WLAN hat leider nicht gerade Überschallgeschwindigkeit. Es ist hier einfach zu ländlich», sagt Adam. «Irgendwann kommt die Nachricht sicher an, aber wenn du mit deinen Eltern skypen willst oder dringend eine Nachricht schicken musst, dann solltest du lieber ins Büro kommen.»

«Danke», sage ich. Adam holt ein Päckchen Tabak und Blättchen aus seiner Hosentasche. Ich lasse mein Handy sinken. «Ich dachte, damit hättest du aufgehört?»

«Ich rauche nur noch in Gesellschaft.» Ich schaue zu, wie er seine Zigarette rollt, und werfe einen Blick auf William. Ich weiß, dass er schlau ist, aber ich will auch nicht, dass er auf dumme Ideen kommt. «Wir haben eben alle unsere Laster», sagt Adam und zuckt mit den Schultern.

«Ja, aber meine sind Kuchen und Netflix, und die sind beide nicht tödlich.»

Er wirft mir einen verächtlichen Blick zu. «Nun mach mal halblang, Jess.»

In meinem Kopf wirbeln ein Dutzend mögliche Entgegnungen herum, aber ich atme tief durch, nehme einen Schluck Wein und suche nach jemand anderem, mit dem ich reden kann.

«Wie findest du denn dein Häuschen, Jessica?», fragt der junge Typ neben William. Er hat schläfrige braune Augen und einen weichen walisischen Akzent, aber seine Haare sehen aus wie die eines Surfers, sonnen- und salzwassergebleicht.

«Es ist wunderschön, danke.»

«Hast du das gehört, Boss?», sagt er und lächelt Adam zu.

«Bestnote.» Adam wendet sich an mich. «Ben hat es sauber gemacht, bevor ihr angekommen seid. Mit seinen Gummihandschuhen ist er einfach nicht zu stoppen.»

Ben lacht. «Das sind eben die Tücken, wenn man an einem

so wundervollen Ort wie diesem arbeitet. Man hat vielleicht Sonne und eine wunderschöne Landschaft. Aber gleichzeitig muss man die Ärmel aufkrempeln und die Toiletten schrubben, wenn sich die Putzfrau krankmeldet.»

«Na, das Klo ist aber auch auf Hochglanz poliert», versichere ich ihm. «Mein Kompliment.»

«Darauf trinken wir einen», sagt er und hebt sein Glas.

Als William und ich ein paar Stunden später ins Bett fallen, bleibe ich noch wach und checke mein Handy. Eine SMS von Dad ist durchgekommen.

Freue mich, dass es William so schön hat. Wie geht es dir? Deine Mum hatte heute einen guten Tag. Ich habe den ganzen Tag in Willow Bank verbracht, und das Wetter war so schön, dass wir im Garten gesessen und ihre Backbücher angeschaut haben. Dad X

Ich schließe die Augen und stelle mir die beiden vor, wie sie zwischen den Rosenbüschen sitzen und die dicken, glänzenden Seiten langsam umblättern, damit meine Mutter Zeit genug hat, mit ihrem Blick jedes einzelne Foto zu fixieren. Es gibt sicher nicht viele Tortenrezepte, die sie nicht irgendwann einmal ausprobiert hätte – für Mum war das nicht nur ein Hobby, sondern ihre Leidenschaft.

Und obwohl die komplexen Kreationen in diesen Büchern jetzt ihre Fähigkeiten überschreiten, sieht sie sich immer noch gern die Bilder an und erinnert sich daran, wie sie früher mit einem Küchenschrank voller Zutaten, ein bisschen Geduld und künstlerischer Begabung wahre Kunstwerke gezaubert hat.

KAPITEL 9

Der tollste Kuchen, den meine Mutter jemals für mich buk, war der für meinen sechsten Geburtstag, und noch heute macht mein Herz jedes Mal einen Hüpfer, wenn ich daran denke.

«Bist du sicher, dass er rechtzeitig fertig wird?», hatte ich gefragt, als sie gerade drei Bisquitböden mit einem Berg schaumiger Buttercreme aufeinandertürmte.

Unsere Küche war klein – meine Eltern hatten damals den Durchbruch zum Esszimmer noch nicht gemacht –, mit schlichten Küchenschränken, beigefarben gemusterten Bodenfliesen und einer Mikrowelle, der keiner von uns über den Weg traute.

«Du hast nicht allzu viel Vertrauen in mich, was?», lachte sie und gab mir einen Teigschaber zum Ablecken, was natürlich das Beste am Backen war.

«Soll das heißen, er wird rechtzeitig fertig?», fragte ich sicherheitshalber nach.

Sie beugte sich zu mir herab und gab mir einen Kuss auf den Scheitel. «Jess. Ich verspreche dir, dass dieser Kuchen fertig ist, wenn morgen vierzehn kleine Mädchen über uns hereinbrechen, und wenn ich dafür bis Mitternacht daran arbeiten muss.»

Das hätte sie jederzeit in Kauf genommen.

Man musste sie nicht lange bitten, Kuchen für Geburtstage, Taufen oder Hochzeiten zu backen: eine Marienkäfertorte zu meinem dritten Geburtstag, eine vierstöckige Torte für meine Cousine Charlotte und ein Meisterstück mit meinem Dad als Superman darauf.

Ich ging ins Esszimmer, das mein Dad gerade schmückte.

«Willst du meine Arbeit überwachen?», fragte er von der obersten Stufe seiner Leiter herab. Er hatte blaue, grüne und weiße Luftballons und ein riesiges *Happy-Birthday*-Banner an den Bilderleisten befestigt. Luftschlangen hingen von den Regalen, die drei von vier Wänden bedeckten.

Wenn man sich die Mühe gemacht hätte, sie alle zu zählen, wäre man bestimmt auf mehrere hundert Romane gekommen. Meine Mutter hatte ein eigenes Regal für ihre Backbücher, aber ansonsten waren es hauptsächlich Taschenbücher, Unterhaltung. Am liebsten mochte sie Krimis, alles von Ruth Rendell bis zum *Mord im Orientexpress,* den sie immer wieder las.

«Ich bin ja so aufgeregt!», sagte ich.

«Ja, den Eindruck habe ich auch», versetzte Dad grinsend und stieg von seiner Leiter. «Sag mir doch noch einmal ... was wünschst du dir mehr als alles auf der Welt?»

«Ein Fahrrad», log ich.

Er lächelte ein wenig unsicher. «Wirklich? Ich dachte, da gäbe es noch etwas anderes, aber ... bist du sicher, dass ein Fahrrad auch in Ordnung wäre?»

Ich wusste nicht recht, was ich sagen sollte.

In einem Schaufenster in London hatte ich einen Frisiertisch im Prinzessinnenstil gesehen, als wir im Sommer meinen Onkel Alan besuchten. Es war das erste Mal, dass ich mir etwas wünschte, das kein Spielzeug war. In meinen Augen war dieser Tisch mit seiner nierenförmigen Oberfläche, dem verzierten dreiteiligen Spiegel und dem Gobelinvorhang, der ein wahres Labyrinth aus Schubladen verbarg, die pure Schönheit.

«Nein, wirklich, ich würde mich sehr über ein Fahrrad freuen.» Ich spürte, wie meine Wangen ganz warm wurden.

Sein Blick wurde ernst. «Du weißt aber, warum du den Frisiertisch nicht haben kannst, oder?»

Ich nickte. «Es wäre dumm, etwas so Teures zu kaufen, oder, Daddy?»

«Sehr dumm», stimmte er zu und widmete sich wieder den Luftballons.

Am nächsten Morgen fand ich ein neues Fahrrad im Wohnzimmer und war begeistert. Ich gab mir Mühe, es auch zu zeigen, weil ich gerade erst *Charlie und die Schokoladenfabrik* gesehen hatte und auf keinen Fall ein so verwöhntes Balg werden wollte wie Veruca Salt.

Der Morgen verging quälend langsam. Mum schmierte die Sandwiches, Dad bereitete die Musik vor und stellte die Stühle für die Reise nach Jerusalem zurecht, um dann eine günstige Gelegenheit zu nutzen und sich im Pub sein Mittagsbier zu genehmigen. Dann kam Grandma Jill und half mir, mein rotes Partykleid, weiße Strumpfhosen und die schwarzen Lackschuhe anzuziehen.

«Wofür hat man eigentlich einen Bauchnabel?», fragte ich, während mich Grandma Jill mitsamt den Strumpfhosen hochzog. Ich las damals viel in meinem *Kinderlexikon des Körpers*, und obwohl ich ein umfassendes Wissen über die Eingeweide besaß, konnte ich mich nicht daran erinnern, etwas über den Sinn und Zweck des Loches in meinem Bauch gelesen zu haben.

Grandma Jill zog das Gummiband am Saum meiner Strumpfhosen zurecht. «Erst hat Gott dir die Ohren am Kopf befestigt und deine Haare ausgesucht. Dann hat er dir seinen Zeigefinger in den Bauch gesteckt und gesagt: ‹Jetzt bist du fertig.› Der Storch hat dich dann zu deiner Mum und deinem Dad gebracht.»

Ich rümpfte die Nase. «Das *kann* doch gar nicht stimmen.»

«Natürlich stimmt das.» Es klingelte. «Oh, da ist ja dein erster Gast!»

Ich war zu sehr damit beschäftigt, Spaß zu haben, um zu bemerken, dass Dad noch nicht wieder zurück war. Zu beschäftigt damit, um Stühle herumzurennen, Geschenke aufzureißen und die allgemeine Bewunderung zu genießen, als Mum die Geburtstagstorte brachte. Sie war überwältigend: eine Feenvilla mit einem Rankgerüst voller gelber Zuckerröschen und Türmchen, verziert mit Liebesperlen.

Ich blies die Kerzen aus, und die Mädchen um mich herum applaudierten, und ich sah aus dem Augenwinkel, dass Grandma Jill die Hand auf Mums Arm legte. «Ist wahrscheinlich besser, dass er *nicht* da ist.»

Mum nickte und sah aus, als würde sie gleich in Tränen ausbrechen.

«Gibt es noch mehr Partywürstchen?», fragte Sarah Hems.

Meine Mutter fasste sich wieder. «Ja, es gibt noch jede Menge. Wie wär's mit noch einem Spiel?»

Ich erinnerte mich daran, dass es eigentlich gar nicht ihre Aufgabe war, die Partyspiele zu organisieren. «Warum ist Daddy nicht da?», fragte ich.

«Er kommt später», antwortete Mum vage.

«Hat er meine Party vergessen?»

Sie schwieg.

«Vielleicht fand er es besser, uns Mädchen allein feiern zu lassen, so wie damals, als wir *Meine Lieder, meine Träume* geschaut haben?», schlug ich vor.

«Ja, wahrscheinlich», sagte sie.

Aber ich glaubte selbst nicht, dass das stimmte. Und ich war traurig darüber, dass Dad meinen großen Tag verpasste. Er konnte manchmal ganz schön vergesslich sein – er kam ständig zu spät, und dann explodierte Mum immer. Aber ich wusste, dass er sich sehr ärgern würde, wenn er begriff, dass er einen Fehler gemacht hatte.

Ich versuchte, die Sache zu vergessen und meine Party zu genießen, aber ich konnte nicht anders, ich machte mir Sorgen. Immerhin konnte es ja sein, dass er von einem Bus überfahren worden war. Diese Möglichkeit erschien mir immer wahrscheinlicher, je mehr Zeit verging, zumal ich das Mum schon oft hatte sagen hören.

Als die Eltern ihre Töchter abholen kamen, zupfte ich an Grandma Jills Ärmel. «Sollten wir nicht die Polizei anrufen und nachfragen, ob sie wissen, wo Dad ist?»

«Warum das denn?»

«Vielleicht wurde er von der Linie 86 zu einem Pfannkuchen platt gequetscht?»

Um ihre Augen bildeten sich Fältchen. Sie wirkte sehr traurig und irgendwie gleichzeitig sehr verärgert.

«'n Abend, Leute!»

Ich fuhr herum, und dort, inmitten der Eltern, die sich an der Tür drängten, war mein Dad. Er sah richtig glücklich aus. Sein Haar bauschte sich auf seiner Stirn wie ein Staubwedel. Ich rannte zu ihm, umarmte ihn und erstickte fast am säuerlichen Geruch seines Mantels. Er roch immer so, wenn er aus dem Pub kam.

«Also, Geburtstagskind. Du musst jetzt ins Esszimmer gehen für einen Augenblick ... Ich habe eine Überraschung für dich.»

Seine Stimme klang ganz verwaschen, und ich warf Mum einen Blick zu, um zu sehen, wie wütend sie auf ihn war, aber diesmal wirkte sie nur überrascht und ein wenig unruhig, genau wie alle anderen im Flur.

«Hör mal, Kumpel, hilfst du mir mal eben?», sagte Dad machohaft, was ganz untypisch für ihn war, packte Vicky Jones' Vater beim Arm und zog ihn hinter sich her zur Tür.

Grandma Jill führte mich etwas steif ins Esszimmer und schloss die Tür hinter uns. Eine Minute und eine Menge Gerumpel und Gemurmel später riss jemand die Tür auf, und Daddy rief: «Überraschung!»

Und da, direkt vor mir, stand der Prinzessinnen-Frisiertisch, der den ganzen Weg von London zu mir gefunden hatte.

Sarah Hems stand der Mund offen. «Du hast ja *so* ein Glück.»

Es war, als flatterte ein kleines Vögelchen in meiner Brust herum. «Ich weiß», flüsterte ich und schwor, in dieser Nacht zu Gott zu beten und mich dafür zu bedanken, dass er meinen Storch zur besten Mum und zum besten Dad der Welt geschickt hatte. Und vielleicht auch, um ihn zu bitten, dass mein Daddy uns keine Sorgen mehr machte.

KAPITEL 10

Die Landschaft ist am nächsten Morgen dunstig und wenig verlockend, mit einer niedrigstehenden Sonne, die der Nebel fast verschluckt hat. Ich mache mir einen Kaffee und trage ihn nach draußen.

In dem Moment, in dem ich mich setze, öffnet sich eine Tür auf der anderen Seite des kleinen Hofplatzes. Ein Mann und ein Mädchen, bestimmt seine Tochter, treten heraus. Er ist ungefähr in meinem Alter, möglicherweise ein wenig älter, und trägt Shorts, die muskulöse, braun gebrannte Beine zeigen. Sein Hemd ist modisch und gebügelt. Das Mädchen hat langes schwarzes Haar, trägt einen Nasenring und so viel Make-up, dass sie genauso gut zwölf wie zwanzig sein könnte.

«Morgen, Mum!» William steht in der Tür und reckt sich. Seine Augen sind noch ganz verschlafen. Er hat seine Pyjamahose falsch herum an.

«Morgen, mein Schatz. Wie geht es dir?»

«Ich sterbe vor Hunger.» Diesen Satz höre ich neuerdings mindestens zwölf Mal am Tag, außer natürlich, wenn es Geflügelmägen gibt. «Können wir Schokocroissants zum Frühstück holen?»

«Gut, wir gehen zum Château hinüber», sage ich. «Dann kann ich mein Französisch ein bisschen anwenden.»

Ich habe die Sprache in der Mittelstufe gelernt. Der Unterricht ist mir immer dann sehr zugutegekommen, wenn ich sagen musste, dass ich vierzehn Jahre alt bin und meine Hobbys Korbball und Judy-Blume-Bücher sind. Allerdings habe ich mir neulich einen Sprachkurs heruntergeladen, der hoffentlich was gebracht hat.

Auf den Weg zum Château verzieht sich der Dunst bereits. Die Luft ist frischer als gestern Abend. Pudrige Wölkchen ziehen über den knallblauen Himmel. Wir treten aus dem Streulicht unter den Bäumen hervor und sehen, dass schon einige Paare auf der Terrasse sitzen, Zeitung lesen und ihr Frühstück genießen. Es duftet verlockend nach frisch gebackenen süßen Teilchen und starkem Kaffee. Überall stehen feuchte, leuchtend bunte Blumen in Töpfen.

Durch eine Flügeltür treten wir in einen kühlen Salon, in dem ein auf Hochglanz polierter antiker Tisch steht, eine Schüssel mit reifen Feigen in seiner Mitte. In einer hohen Glasvase stehen Lilien. Der ganze Raum duftet nach Designerseife, frisch geschnittenen Blumen und Luxus.

«Bonjour Madame.» Die Dame, die uns begrüßt, ist ein paar Jahrzehnte älter als der Rest der Belegschaft, aber sie lächelt heiter und strahlt vor Vitalität. *«Je peux vous aider? Vous avez l'air un peu perdu tous les deux.»*

Sie spricht sanft und melodisch und beendet den Satz mit einem leichten Lachen. Ich lache mit, obwohl ich nicht die leiseste Ahnung habe, was sie da gerade gesagt hat.

«Vous désirez quelque chose?», fragt sie, leider wesentlich schneller als die Stimmen in meinem Französischkurs.

Ich räuspere mich und beschließe, mit etwas Einfachem anzufangen. *«Vous avez EAU?»*

Eine Falte erscheint über ihrer Nasenwurzel.

«Eauuuu», wiederhole ich.

Ich sage das Wort so klar und deutlich wie möglich, aber sie schaut mich an, als ob ich etwas so Abwegiges gefordert hätte, dass sie es erst einmal googlen und dann bei einem Spezialisten im tiefsten Sibirien bestellen muss.

«OOOhhhwww?», spricht sie mir langsam nach und runzelt die Stirn.

«Oui!», bestätige ich und grinse breit und triumphierend.

«Je ne comprends pas. Vous pouvez répéter? Si nous n'en avons pas, je peux en commander.»

Ich erröte bis zu den Haarwurzeln. «Geht es dir gut, Mum?», fragt William besorgt.

«Ja, sehr gut», sage ich und beschließe, mich mit Händen und Füßen verständlich zu machen. Ich tue so, als ob ich eine Flasche aufschraubte, und setze sie dann an den Mund, um ihren Inhalt begeistert herunterzustürzen.

«Ahh!», macht sie endlich und bedeutet uns, draußen Platz zu nehmen. Sie verschwindet in den Tiefen des Châteaus und kehrt mit der Weinkarte zurück.

«Kann ich helfen?» Adam tritt aus der Tür. Er trägt eine leichte graue Hose und ein weiches blaues Hemd, dessen oberste Knöpfe geöffnet sind.

«Alles unter Kontrolle», sage ich, aber dann lässt sie eine Salve Französisch auf ihn los, er antwortet in ebenso schnellem Französisch, und ich nicke, um den Eindruck zu erwecken, als könne ich dem Gespräch folgen.

«Was wolltest du denn bestellen?», fragt Adam. «Claudine scheint zu glauben, dass du Frostschutzmittel für dein Auto brauchst, aber ich kann mir nicht vorstellen, dass du das gemeint hast.»

«Ich will nur etwas Wasser», murmele ich. «Das ist alles.»

«AHHH, water!», ruft Claudine aus.

«Ja, Wasser.» Ich lächele hilflos. «*Eau.* Nur *eau.* Oh, und two *pains aux chocolats* und einen *café au lait,* wenn es geht.»

«*Bien sûr*», sagt sie und verschwindet durch die Flügeltür. Adam und William sehen zu mir herüber und wechseln einen belustigten Blick.

Diese Sorte Vater-Sohn-Beziehung hatte ich eigentlich nicht erhofft.

KAPITEL 11

Adam geht ins Büro, um zu telefonieren. Ein kleines Mädchen im gelben Badeanzug und mit passendem Sonnenhut kommt an der Hand seines Vaters zur Terrasse. In der anderen Hand trägt es ein Plastikeimerchen, Harke und Schaufel.

Ich wühle in meiner Tasche nach der Sonnencreme. Als ich wieder auftauche, sehe ich, dass das Teenager-Mädchen aus dem Ferienhäuschen unserem gegenüber am Nachbartisch sitzt. Sie trägt eine schwarze Sonnenbrille, ein schwarzes T-Shirt und abgeschnittene Jeans, die den Blick auf ihre blassen, schlanken Beine freigeben. Sie ist ganz in Kafkas *Die Verwandlung* versunken, vielleicht nicht ganz die erste Wahl als Ferienlektüre. Sie schaut auf und sieht, dass ich sie anschaue.

«Hallo», sage ich lächelnd, aber ihre Nase kraust sich misstrauisch. «Hervorragendes Buch. Gefällt es dir?»

«Ich halte es für überbewertet.»

«Oh?»

«Ich mochte den *Prozess* lieber. Das war lustiger. Ich bin mehr so der Existenzialismus-Fan, um ehrlich zu sein.»

Sie erwartet offenbar keine Antwort, denn sie schaut wieder in ihr Buch. Ich öffne die Tube mit der Sonnencreme. Dann hebt sie den Blick wieder. «Ihr wohnt uns gegenüber, in den Ställen, nicht?»

«Genau. Wir sind gestern angekommen», sage ich.

«Wir auch. Noch dreizehn Tage.» Sie seufzt theatralisch.

«Woher kommst du?»

«Devon», antwortet sie. «Ich zumindest – ich wohne dort mit meiner Mum. Dad wohnt in Cheshire.»

«Oh, das ist ganz bei uns in der Nähe. Wir sind aus Manchester.»

Einen Augenblick lang sieht es so aus, als ob sie weiterlesen wollte, aber dann schaut sie erneut hoch. «Haben Sie schon mal von Hampson Browne gehört?»

«Sind das nicht Anwälte?» Die Kanzlei schaltet einen Spot im Lokalfernsehen.

«Genau. Das ist die Kanzlei meines Vaters.»

«Er arbeitet da?»

«Er ist Hampson.» Falls sie darauf stolz ist, zeigt sie es nicht.

Mein Telefon klingelt, und ich entschuldige mich. Es ist Beckys Nummer, und ich drücke auf Annehmen.

«Hallo, Fremde. Wie ist es so?», frage ich.

«Na ja, es ist halb elf, und ich überlege ernsthaft, den Sauvignon Blanc aufzumachen, wenn das deine Frage beantwortet. Aber viel wichtiger: *Wie geht es dir?*»

«Mir geht's gut.»

«Wirklich?»

«Ja, das Wetter ist toll. Sonnig, aber nicht zu heiß. Und die Kinder können eine Menge unternehmen – sie haben hier einen kleinen Fußballplatz und einen Spielplatz, und der Pool ist toll ...»

Zwei hohe Stimmen quietschen in meinem Kopfhörer. Es sind Beckys ältere Kinder, der sieben Jahre alte James und der fünf Jahre alte Rufus.

«JUNGS, HÖRT AUF, EUCH ZU SCHLAGEN!», kreischt Becky. «JUUUNGS!»

Man hört Schritte und das Schlagen von Türen, dann wird es wieder ruhig. Als sie endlich zurückkommt, ist sie ganz außer Atem. «Tut mir leid.»

«Hast du deine Kinder in einem Schrank eingesperrt?»

«Nein, ich habe *mich* in einem Schrank eingesperrt, im Schuhschrank.»

Ich muss lachen, und sie lacht mit. «Ich musste mich schnell entscheiden, aber eigentlich gibt der Schuhschrank ein ziemlich gutes Büro ab. Natürlich müffelt es ein bisschen, zugegeben, aber immerhin kann ich hier hören, was du sagst – und Poppy findet es toll, weil sie glaubt, dass wir Verstecken spielen.» Poppy ist Beckys zweieinhalbjährige Tochter.

«Hör mal», fährt sie fort. «Ich rufe nur an, um zu fragen, ob es im Ferienhäuschen auch einen Föhn gibt oder ich einen mitnehmen muss?»

«In unserem gibt es einen. Das ist in deinem sicher genauso.»

«Super. Also, wie läuft's mit Adam?»

«Ganz gut.»

«Ist er immer noch so eklig fit?», fragt sie.

«Oh bitte.»

«Entschuldige. Ist er also immer noch so ein Wichser?»

Ich schnaube und werfe einen Blick auf William, der das hoffentlich nicht gehört hat. «Das musst du selbst beurteilen.»

«Na, ich bin bereit, ihm alles zu vergeben, wenn wir auch nur eine Minute Frieden haben in diesem Urlaub. Oh ... nein.»

«Was ist los?»

Sie seufzt. «Die Jungs haben eine Zweiliterflasche Milch ausgekippt, der Fensterputzer steht vor der Tür, und Poppy hat in die Hose gemacht. Hier hat man wirklich rund um die Uhr Spaß.»

KAPITEL 12

Das buttrige Croissant auf meinem Teller duftet so himmlisch, dass mir das Wasser im Mund zusammenläuft. In den letzten zehn Minuten hat sich die Terrasse mit Frauen gefüllt, die allesamt um die zwanzig sind, sehr weiche Haut haben und Shorts tragen, wie ich sie zuletzt mit neun anhatte. Ich schiebe den Teller von mir weg. «Willst du das nicht?», fragt William, die Backen dick vom Schokoladencroissant.

«Natürlich will ich es. Ich will *zehn* davon.»

William zieht die Augenbrauen hoch, als ob ihm der Gedanke, zehn davon zu essen, zum ersten Mal käme und ganz neue Möglichkeiten eröffnete. Ich betrachte das *pain au chocolat* und überlege, warum ich mir überhaupt Mühe gebe, mich zurückzuhalten. Ich beiße davon ab.

«Geh doch schon mal los und schau dir die Anlage an», schlage ich vor, als William fertig ist. «Aber nicht zu weit weglaufen, ja?»

Er rollt mit den Augen.

«Oh, ich kann es kaum erwarten, dass er in die Pubertät kommt», murmele ich, als Adam mit einer Kaffeetasse in der Hand aus dem Château kommt und sich zu mir setzt.

«Er ist ein guter Junge. Er wird dir sicher nicht allzu viele Probleme machen.»

Woher willst du das denn wissen?, liegt mir auf der Zunge.

«Du hast diese Anlage aber wirklich toll hingekriegt», sage ich stattdessen.

In seinen Augen blitzt Stolz auf. «Na ja, es hat echt lange gedauert, bis es so schön war wie jetzt.»

«Ich weiß. Du musst dich unglaublich darüber freuen.»

«Ja. Das tue ich auch.» Er greift nach seiner Kaffeetasse, und mir fällt auf, wie anders seine Hände aussehen. Als er noch im Büro arbeitete, waren seine Nägel gepflegt, die Hände weich und zart. Jetzt sind sie dunkler, honigfarben und etwas schwielig an den Knöcheln.

«Letzten Monat hat mir jemand ein Angebot für das Château gemacht.»

«Wirklich?», sage ich und schaue auf.

«Ich würde es nie verkaufen, aber ich war doch geschmeichelt.»

Ich beobachte William, der Steine sammelt und sie genau untersucht, wie damals als Kleinkind.

«Hör mal, was das Rauchen angeht», sagt Adam plötzlich. «Ich mache das nicht mehr, wenn William in der Nähe ist.»

Ich bin überrascht, dass er so einsichtig ist. «Okay.»

«Ich werde es mir nicht abgewöhnen, aber ich verstehe, warum du nicht möchtest, dass sein Dad es vor ihm tut.»

«Danke.»

«Allerdings glaube ich, dass du meinen Einfluss auf ihn vollkommen überschätzt.»

«Du würdest dich wundern», flüstere ich, weil William jetzt vor unserem Tisch steht.

«Kann man hier irgendwo Süßigkeiten kaufen?», fragt er Adam.

«Du hattest doch gerade zwei Schokocroissants! Wir gehen gleich in den Supermarkt, um uns Vorräte zu besorgen, da kaufen wir welche. Und viel Obst. Also, was schlägst du vor, was wollen wir die nächsten paar Wochen unternehmen, Adam?»

Er erstarrt mitten im Trinken und lässt langsam die Tasse sinken, ohne den Blick von der Untertasse zu heben. Er will eindeutig Zeit schinden, um darüber nachdenken zu können, was er antworten soll.

«Na ja, man kann hier eine Menge unternehmen», sagt er schließlich.

«Das habe ich auch gelesen. Was hast du denn geplant?»

«Ich wollte lieber bis zu eurer Ankunft warten, damit ich mit euch besprechen kann, was ihr gern machen würdet.»

Ich verenge meine Augen zu Schlitzen. «Wie unglaublich ... rücksichtsvoll von dir.»

Er übergeht meinen zynischen Tonfall und wendet sich an William. «Ihr könnt hier haufenweise Sachen machen. Ich kann euch Wanderwege zeigen, und ihr könnt Kanu fahren. Wenn ihr Lust auf Abenteuer habt, werde ich euch den Kontakt zu einer Firma verschaffen, die Klettertouren anbietet.»

«Ich habe die Reiseführer durchaus gelesen», informiere ich ihn. «Eigentlich wollte ich wissen, was *du* mit William unternehmen willst.»

Er zögert. «Ich?»

«Ja.»

So, wie er plötzlich seinen Rücken durchdrückt, scheint er seinen Fehler begriffen zu haben. «Also gut. Es ist Hochsaison, deshalb kann ich mir kaum frei nehmen. Ich kann hie und da mal einen Nachmittag übernehmen, aber ich muss ja auch an Simone denken.» Ich verschlucke mich fast am Kaffee.

«Aber natürlich bist *du* meine oberste Priorität, solange du hier bist, William», fügt er hastig hinzu. «Ich sag dir was, wie wäre es, wenn wir mal in eine Schlucht absteigen oder ein bisschen Canyoning machen?»

«Was ist das denn? Klingt ganz schön gefährlich.»

Adams Gefühl dafür, was man mit einem Kind in Williams Alter unternehmen kann, ist jämmerlich unterentwickelt. Zu seinem fünften Geburtstag kaufte er ihm ein riesiges Thomas-Die-Kleine-Lokomotive-Set, obwohl sich William zum letzten Mal dafür interessiert hatte, als er drei war. Als William acht wurde, kaufte er ihm ein Fahrrad, auf dem ein Fünfzehnjähriger Mühe gehabt hätte zu fahren; es war so groß, dass ich drei Versuche brauchte, bis ich *mein* Bein über die Stange geschwungen hatte.

«Das Canyoning wird super», sagt er leichthin, aber irgendwie klingt es ungut.

«Und wie läuft das denn *genau* ab?»

«Ein bisschen klettern, in Bergseen springen, Wasserfälle runterspringen. Es ist toll. Ich habe einen Kumpel, der uns mitnehmen kann.»

Kalter Schweiß läuft mir den Rücken herunter. «Wie wäre es denn, wenn ihr euch lieber an Dinge halten würdet wie ... zum Beispiel Fahrradtouren?», schlage ich vor. «Oder gibt es hier vielleicht irgendwo Tretboote?»

«Ich gehe mit zum Canyoning», verkündet William.

Ich schließe den Mund wieder. «Ähm ... okay.» Und an Adam gewandt, sage ich: «Ich muss wohl noch ein paar Dinge mit dir besprechen, bevor du mit ihm irgendwohin gehst. Zum Beispiel seine Allergien. Und er hat eine Wespenphobie.»

«Hab ich nicht!»

«Letzten Sommer warst du jedes Mal völlig außer dir, wenn sich dir eine Wespe genähert hat.»

«Das war letzten Sommer. Da war ich erst *neun*», sagt er, als wäre das Jahrzehnte her.

Ich schaue zu Adam. Sein Blick ruht auf einer eleganten Frau in Tennisshorts und einem breitkrempigen Hut, die auf der anderen Seite des Pools liegt. Sie muss schon um die fünfzig sein, hat aber den festen, schlanken Körper eines Menschen, der mit beinahe religiöser Hingabe auf sich achtet.

Adam begreift endlich, dass ich ihn ansehe. «Sorry – ich dachte, ich hätte da jemanden erkannt. Was hast du gesagt?»

«Nichts», antworte ich und frage mich, wie ich mich jemals mit jemandem wie ihm einlassen konnte. Zumal ich nicht einmal behaupten kann, dass man mich nicht gewarnt hätte.

KAPITEL 13

Im Grunde ist es völlig unwichtig, welchen Ruf Adam hatte, als wir zusammenkamen, denn die Liebe folgt nun mal keiner Logik. Wenn dein Herz singt, ist dein Verstand im Eimer.

Wir lernten uns in Edinburgh kennen, wo wir beide Englische Literatur studierten. Zum ersten Mal wurde ich in einer Vorlesung über die Aufklärung auf ihn aufmerksam, etwa eine Woche nach Studienbeginn. Es traf mich nicht wie der Blitz, aber im Laufe der Zeit bemerkte ich, dass mein Körper jedes Mal ganz weich wurde, wenn ich sein Gesicht irgendwo sah, selbst von weitem. Er war nicht der bestaussehende Typ auf der Uni, hatte aber trotzdem den Status des Herzensbrechers in unserem Seminar und brachte ansonsten recht vernünftige Mädchen dazu, vollständig den Kopf zu verlieren. Ich war eine von ihnen. Aber während des ersten Jahres saß ich immer ganz am Rand des Hörsaals, unsichtbar.

Auf unserer Rundreise durch Thailand während der Sommerferien gestand ich Becky schließlich meine Gefühle für ihn. In diesem Urlaub schwamm sie nachts nackt im Meer, hatte einen Dreier mit zwei schwedischen Barmännern und rauchte vom Aufwachen morgens um elf an den ganzen Tag über Pot. Ich für meinen Teil zog es vor, um diese Zeit meinen Kaffee zu trinken oder meinen Rock hochzubinden, um ein wenig zu paddeln und mit einer sehr netten Frau aus Dunstable zu plaudern, die immer *The King and I* schaute und uns dann besuchte.

«Warum gehst du nicht einfach zu ihm und sprichst ihn an?», sagte Becky, als wäre so etwas für mich ebenso einfach wie für sie.

Stattdessen ließ ich mich im zweiten Studienjahr auf eine pflegeleichte Beziehung mit einem sehr netten Typen namens Carl ein, der inzwischen ein hohes Tier in der Versicherungsbranche ist. Das weiß ich nur, weil ich ihn vor ein paar Jahren mal im Fernsehen gesehen habe, wo er von einer Frau berichtete, deren eingewachsener Zehennagel sie im Urlaub ein Vermögen gekostet hatte, weil sie sich nicht um das Kleingedruckte in ihrer Auslandsversicherung hatte kümmern wollen. Wir blieben nicht lange zusammen und trennten uns kurz nach Weihnachten. Keiner von uns war besonders unglücklich darüber.

Ein paar Wochen später, in den frühen Morgenstunden einer Januarnacht, fand ich mich auf der klebrigen Tanzfläche eines Nachtclubs wieder. Die Beats ließen meinen Körper beben, und in meinem Hirn wurde es in schneller Folge hell und dunkel. Beckys Zunge steckte im Hals eines Typen mit einem Sex-Pistols-T-Shirt, während ich mich am Rand der Tanzfläche herumdrückte und überlegte, ob ich versuchen sollte, sie nach Hause zu zerren.

Dann bemerkte ich, dass jemand neben mir tanzte. Ich sah auf und fühlte eine Explosion in meinem Brustkorb. Adam war keiner von diesen Ausdruckstänzern, aber er bewegte sich mit instinktivem Rhythmusgefühl, und er schien völlig vergessen zu haben, dass noch andere Menschen auf der Tanzfläche waren. Ich hielt die Luft an und versuchte, nicht in seine verträumten Augen zu schauen, nicht auf die vollen Lippen, seine breiten Schultern, die sich unter seinem T-Shirt bewegten. Becky stieß mich auf Adam zu, als die ersten Takte von *Common People* von Pulp aus den Lautsprechern dröhnten.

Später sagte er immer, dass er mich in diesem Augenblick zum ersten Mal gesehen hätte – also *wirklich* gesehen hätte: wie ich auf ihn zustolperte, während Jarvis Cocker dazu sang.

Wir sprachen kein Wort miteinander. Kein einziges Wort. Er nahm mich einfach in den Arm, während die Beats und etwas weit Mächtigeres durch meinen Körper vibrierten. Den Rest der Nacht tanzten wir und küssten uns. Wir versuchten, uns zu unterhalten, konnten bei der lauten Musik aber kein Wort verstehen, bis der Club schloss und wir Hand in Hand auf der Suche nach einem Taxi durch die Straßen liefen. Es war eine bitterkalte, stockdunkle Nacht, und ich stand in Flammen.

«Ich studiere Englische Literatur», sagte er, ganz eindeutig überzeugt, dass das für mich eine Neuigkeit sein musste.

Es war mir ein wenig peinlich, es aussprechen zu müssen: «Ja, ich weiß. Ich bin in deinem Seminar.»

Er war überrascht, und ich glaubte, in seiner Reaktion einen Hauch Besorgnis darüber erkennen zu können, dass er mich in jedem Fall wiedersehen würde. Was Adam anging, hatte ich schon immer die Neigung, alle möglichen Katastrophen für möglich zu halten.

Aber als ich am nächsten Montag in den Hörsaal ging, spürte ich, wie mir jemand auf die Schulter tippte. Er war es, und er lächelte mich an. «Hallo. Darf ich mich neben dich setzen?», fragte er.

Und so fing alles an.

In den ersten drei Jahren unseres Zusammenseins war ich wirklich glücklich. Pleite, aber absolut glücklich. Wir beide waren es.

Weil er selbst keine richtige Familie hatte, folgte Adam mir nach dem Studienabschluss nach Manchester, wo wir in eine kleine, notdürftig möblierte Wohnung in Salfort zogen. Man blickte von da aus über das Gebiet, auf dem heute die Media City UK steht, der geschäftige, hypermoderne Großstadtkomplex, in dem die BBC, ITV und eine Menge hipper Bars und Restaurants ihre Räume haben. Zu jener Zeit war das Areal ein Parkplatz. Aber wir brauchten keinen schönen Ausblick. Wir hatten einander, und das war mehr als genug.

Ich begann eine einjährige Fortbildung, nach deren Abschluss ich Dozentin sein würde, während Adam, der einen der besten Abschlüsse an der Universität gemacht hatte, einen Job als Trainee in einem Energieunternehmen bekam. Wir hatten einen tollen Freundeskreis. Ich konnte die alten Freundschaften aus der Kindheit wiederbeleben und fand neue Freunde in meiner Fortbildung. Auch Becky und Seb, von denen ich angenommen hatte, dass sie in Edinburgh bleiben würden, bekamen Jobs in Manchester und zogen wieder zurück.

Leider begann Adams Begeisterung für seine Arbeit bald nachzulassen. Das wurde mir aber erst im Rückblick klar; damals bemerkte ich es kaum. Ich bin mir nicht einmal sicher, ob er selbst es bemerkte. Unser Leben damals bestand nur aus ihm und mir. Es war eine aufregende Zeit, in der ich jeden Morgen mit seinen warmen Lippen auf meinem Hals aufwachte und einen frisch gebrühten Tee serviert bekam.

«Warum kommst du nicht einfach zurück ins Bett?», murmelte ich eines Morgens unter meiner Bettdecke. Er war schon rasiert und bereit, zur Arbeit zu gehen. Er sah toll aus und schmeckte umwerfend.

«Weil ich um Viertel vor neun eine Sitzung habe.»

«Ist gut», sagte ich und steckte die Arme wieder unter die Bettdecke.

«Man könnte mich allerdings dazu überreden, ein bisschen zu spät zu kommen», flüsterte er und küsste mich auf den Mund.

«Ich möchte aber nicht, dass du Ärger bekommst.»

«Na ja, dieser öffentliche Nahverkehr ist heutzutage aber auch wirklich unzuverlässig», grinste er, zog sein Jackett aus und kroch zurück ins Bett, in meine Arme.

Selbst hinterher beeilte er sich nicht, sondern gönnte sich noch die verträumte Plauderei danach, nur unterbrochen von unseren Küssen. Adam wollte immer über die Zukunft sprechen. Fast nie über die Gegenwart und auf keinen Fall über die Vergangenheit, aus Gründen, die ich erst viel später begriff.

«Wo wollen wir eigentlich wohnen, wenn du mit deiner Fortbildung fertig bist?»

«Oh, irgendwo, wo es glamourös ist ... Burnley?», schlug ich vor.

Er lachte. «Ich kann es kaum erwarten.»

«Wobei ... New York könnte auch gut sein», fügte ich hinzu.

«Allerdings. Wie wäre denn Frankreich? Oder Italien?»

«Da ist es überall so teuer.»

«Ja, aber wir könnten ein heruntergekommenes Häuschen kaufen und es herrichten. Etwas, das jahrhundertelang vernachlässigt wurde und ein wenig liebevolle Pflege braucht. Das würde ich echt gern machen, du auch?»

«Das würde ich, Adam», sagte ich und meinte es ganz ernst. «Wobei ich unsere Freunde natürlich vermissen würde.»

«Ach, es ist doch egal, wo wir sind, solange wir einander haben», sagte er leichthin.

«Du alter Romantiker», murmelte ich sarkastisch, aber eigentlich glaube ich, dass er wirklich meinte, was er sagte.

KAPITEL 14

Die verschlungenen Sträßchen von Sarlat üben eine zeitlose Faszination aus, die offenbar alle genießen wollen. In dem mittelalterlichen Städtchen summt es nur so vor Geschäftigkeit, seine karamellfarbenen Gassen und der elegante Hauptplatz sind vom Duft frischgebackenen Brotes, würziger Käsesorten und dickflüssigen, schwarzen Kaffees erfüllt.

Es ist unser dritter Ausflug, und William und ich fädeln uns durch die Menschenmenge, an Villen und Straßencafés entlang.

«Das hier ist offenbar ein kleiner Markt. Zu einer bestimmten Zeit im Jahr verkaufen sie hier ausschließlich Trüffel», sage ich und schaue von meinem Reiseführer hoch. Die Spezialität der Region wird hier tatsächlich überall angeboten, liebevoll in kleinen Körbchen arrangiert. William wirft mir einen skeptischen Blick zu, und ich muss zugeben, dass unter all den Dingen, die ich jemals dringend kaufen wollte, Trüffel ganz weit unten rangieren.

Aber trotzdem ist es überraschend leicht, den Gegenwert von zweiundzwanzig Pfund für ein Stückchen Pilz auszugeben. Was ich damit anstellen soll, weiß ich allerdings nicht.

Nach dem Stadtbummel setzen wir uns in eins der hübschen Straßencafés und essen zwei saftige *Gateaux aux noix*. Ich schaffe es, meinen Einkauf in seiner kleinen braunen Papiertüte unter dem Tisch zu vergessen. Zehn Minuten später erkenne ich meinen Fehler, aber als wir zurückkommen, sitzen an unserem Tisch zwei charmante Herren, deren Hund fröhlich auf meinem Périgord Noir herumkaut.

Da in meinem Sprachkurs der Satz *«Ihr Pudel frisst gerade meinen Trüffel»* noch nicht vorgekommen ist, beschließe ich, die Sache nicht zu thematisieren, und ziehe mich stattdessen unauffällig zurück.

Es gibt noch ein paar andere hübsche Städtchen, die wir uns am Nachmittag anschauen könnten, aber es ist mehr als deutlich, dass nicht einmal William – der alle Ehefrauen von Heinrich dem Achten in der richtigen Reihenfolge aufzählen kann – noch Lust auf eine weitere mittelalterliche Kirche hat.

«Hast du eigentlich mein iPad mitgenommen?», fragt er beiläufig.

«Du meinst *mein* iPad? Ja, es ist in meiner Tasche.»

Er wird wieder munter. «Sollen wir mittagessen gehen?»

«Du meinst, sollen wir irgendwo hingehen, wo es WLAN gibt, damit du *Clash of Clans* spielen kannst?»

«Können wir?»

«Na, dann komm», gebe ich nach und lege den Arm um seine schmalen Schultern, während wir die kopfsteingepflasterte Straße hinuntergehen.

«Wie wär's denn mit dem hier?», fragt William, der es jetzt eilig hat, mit seinem Spiel anzufangen. Aber das Café mit seinen hellen Sonnenschirmen sieht wirklich hübsch aus – das tun sie hier alle.

Ich kann nicht verhehlen, dass mich Adams Weigerung ärgert, an unseren Ausflügen teilzunehmen. Seine vage in Aussicht gestellten Aktivitäten sind noch nicht in die Tat umgesetzt worden, und es sieht auch nicht so aus, als würden sie das jemals. Stattdessen rennt er ständig von einem Ende der Anlage zum anderen, besorgt Lebensmittel oder trifft sich mit nicht näher bezeichneten, aber *ungeheuer wichtigen* Leuten.

William hat sich bisher noch nicht darüber beschwert, was mir an sich schon Sorgen macht. Er hat sich schon viel zu sehr an all die kleinen Enttäuschungen und den Mangel an Mühe seitens seines Vaters gewöhnt. Und obwohl ich natürlich verstehe, dass gerade Hochsaison ist, finde ich doch, dass es nicht zu viel verlangt ist, ein wenig Engagement zu zeigen. Immerhin hat William 1300 Kilometer zurückgelegt, um seinen Vater zu besuchen. Und ich habe meine Mutter zu Hause zurückgelassen. Auch wenn mein Vater tut, was er kann, verliert sie doch Stück für Stück ihr altes Selbst.

Das alles lässt mich nicht gerade beruhigt in die Zukunft schauen. Ich versuche mir ständig einzureden, dass Adam vielleicht doch noch irgendwann väterliche Erziehungsverantwortung übernimmt, wenn William größer wird womöglich. Aber irgendwie will es nicht klappen.

Ich habe jetzt schon das Gefühl, meine Mutter im Stich gelassen zu haben, und mich selbst beim Flunkern ertappt, als ich gestern Abend mit meinem Vater telefonierte. Es war der erste Anruf zu Hause, seit wir angekommen waren, wobei Dad und ich schon unzählige SMS ausgetauscht haben. Er fragt immer wieder, ob ich mich «auch gut erhole», worauf ich stets antworte: «Ja, absolut!» Wahrscheinlich macht es die Sache leichter für uns, wenn wir dieses Theater weiterspielen. Aber gestern Abend wollte ich unbedingt den Klang seiner Stimme hören, obwohl er mir bestimmt schon tausend Mal versichert hat, dass ganz sicher nichts Dramatisches passieren wird, nur weil ich in Südfrankreich bin. Wahrscheinlich hat er recht – der Verfall von Mums Körper und Hirn zieht sich über Jahre hin und geschieht nicht in ein paar Wochen.

Als William und ich wieder im *Château de Roussignol* ankommen, ist es nach drei, und Adam ist nirgends zu sehen. Ich laufe Simone über den Weg, die mir sagt, dass er zu einem Meeting nach Salignac musste, aber sicher später wieder da sein wird. «Soll ich ihm etwas ausrichten?»

Ich überlege gründlich, bevor ich antworte. «Es wäre gut, wenn er uns sagen würde, wann er etwas mit William unternehmen kann. Er hat es ihm versprochen.»

Ihr Lächeln zuckt unsicher, als William erwartungsvoll zu ihr aufsieht. «Ich glaube, er hat gerade heute Vormittag gesagt, dass er etwas Tolles geplant hat», sagt sie fröhlich, und ich kann förmlich sehen, wie ihre Nase um einige Zentimeter länger wird. «Ich habe übrigens ein Fußballspiel für die älteren Kinder organisiert. Es fängt bald an. – William, willst du nicht mitmachen? Und Jess: Im Pool gibt es Aqua-Aerobic, hast du Lust? Das ist direkt in eurem Bereich der Anlage.»

«Fußball ist nicht wirklich Williams Sache, nicht wahr, Liebling?» Ich drehe mich zu ihm um und sehe, dass seine Wangen etwas gerötet sind.

«Ich versuch's mal damit», murmelt er. «Geh ruhig zu diesem Aqua-Dings, Mum. Ich weiß doch, dass du so was magst.»

Und ich weiß doch, wenn mich jemand loszuwerden versucht.

Kurze Zeit später stehe ich im Pool und warte darauf, dass die Aqua-Aerobic-Stunde beginnt. Ich schätze, dass ich in etwa ein halbes Jahrhundert jünger bin als der durchschnittliche

Teilnehmer. Nur fünf andere sind mit mir im Pool, alle in ihren Siebzigern und Achtzigern, außer der hübschen Dame mit dem Witwenbuckel direkt vor mir. Die hat wahrscheinlich noch den Burenkrieg miterlebt. Dann geht es los, und das Sportlichste, was wir machen, ist ein rhythmisches Auf- und Abhüpfen zur französischen Coverversion von *Eye of the Tiger*. Die Frau, die uns vom Beckenrand aus dirigiert, ist jugendliche sechzig und trägt eine grell pinkfarbene Kombination, deren Anblick Löcher in die Netzhaut brennt. Sie schwitzt heftig und wirkt, als ob sie jeden Moment tot zusammenbrechen könnte.

Ich beschließe, mich davonzustehlen. Aber kaum bin ich halb aus dem Pool gestiegen, stoppt die Aqua-Aerobic-Lehrerin die Musik und fängt an, mich auf Französisch anzuschreien.

«*Pardon?*», sage ich.

«Sie will ihre Schwimmnudel zurückhaben.»

Ich wirbele herum: Es ist der Typ aus dem Ferienhäuschen unserem gegenüber, die eine Hälfte von Hampson Browne. Er zeigt auf die blaue Schwimmnudel in meiner Hand. «Oh, sorry. *Pardon!*», stammele ich und lege sie auf den Beckenrand. Dann schleiche ich mich davon.

«Ich bin nicht ganz sicher, ob Sie sich in der Gruppe gut aufgehoben gefühlt haben», sagt er, als ich mich auf den Liegestuhl neben ihm setze, auf dem mein Handtuch liegt. Um ihn herum sind Dokumente ausgebreitet, aber seine Büroblässe ist nach ein paar Tagen in der Sonne völlig verschwunden. Der Effekt ist dramatisch. Er sieht beinahe aus wie jemand, der sich die ganze Zeit draußen aufhält.

«Zukünftig halte ich mich lieber ans Laufen», sage ich und ziehe mir mein Handtuch befangen bis zum Kinn.

«Um den See herum gibt es eine gute Laufstrecke. Knapp fünf Kilometer, also nicht allzu weit.»

Ich überlege, wie unfit ich eigentlich wirke. «Super. Dann kann ich ja zweimal um den See laufen.» Er lacht. Ich fühle mich wie eine Idiotin. Ich *bin* eine Idiotin. «Tja, ich muss dann mal los und nachsehen, ob mein Sohn mit seinem Fußballspiel fertig ist», sage ich und stehe auf. «Es ist immer gut, wenn sie mal nicht Computerspiele spielen, also muss ich das ausnutzen.»

«Lassen Sie mich raten: ein Teenager?»

«Noch nicht ganz – er ist zehn, fast elf.»

«Na, da werden Sie noch viel Spaß haben. Ich sage das als Vater einer vierzehnjährigen Tochter.»

«Ich fühle mit Ihnen. Obwohl ich Ihre Tochter gestern schon kennengelernt habe und sie absolut bezaubernd fand.»

Ein Hauch väterlichen Stolzes hebt seine Mundwinkel.

«Sie ist nicht so übel, meine Chloe, nicht wahr? Besonders wenn sie mal lächelt oder sich wirklich mit jemandem unterhält, was vielleicht alle paar Wochen mal passiert.»

«Ich heiße Jess. Wir können uns gern duzen.» Ich strecke ihm meine Hand entgegen, und er schüttelt sie.

«Charlie. Freut mich sehr, dich kennenzulernen. Also, ich höre, dass du aus Großbritannien kommst, aber woher genau?»

«Manchester», sage ich, woraufhin wir zehn Minuten lang darüber sprechen, wie viel sich gerade in der Stadt verändert und auf welchen Konzerten im Etihad Stadion wir waren, bevor wir herausfinden, dass sein Büro ganz in der Nähe von meiner Wohnung liegt.

«Das ist eine hübsche Gegend», sagt er. «Familienfreundlich.»

«Ja, William und ich wohnen gern dort.»

Einen Herzschlag lang herrscht Schweigen. «Du bist nicht verheiratet?»

Ich schüttele den Kopf.

«Ich auch nicht», sagt er. Und mein Magen zieht sich zusammen. Teilweise deswegen, weil er mich so ansieht. Teilweise auch deshalb, weil es mich so erstaunt, dass ich das offenbar immer noch genießen kann.

KAPITEL 15

Am Samstag wachen wir auf, und es regnet. Ich kuschele mich im Pyjama auf das Sofa, ziehe die Knie an die Brust und wärme meine Finger an einem Becher Kaffee, während sich Wassertropfen ihren Weg die Fensterscheiben herunter bahnen – eine bedrückende Erinnerung an die Dunkelheit in meinem Leben, an all die Dinge, die ich nicht einfach vergessen kann, nur weil ich an einem schönen Ort bin, umgeben von prachtvollen Blumen, gutem Essen und Wein.

Jemand klopft ans Fenster, und ich schaue auf. Es ist Adam. Bevor ich mich rühren kann, ist William schon aus dem Schlafzimmer geflitzt und bittet ihn herein.

«Lust auf Baden?», fragt er William.

«Okay!»

«Gut, du brauchst dann Turnschuhe, eine Badehose und ein Handtuch.»

«Turnschuhe?», frage ich verwirrt. «Warum braucht er Schuhe im Pool?»

Adam grinst mich an. «Wer hat denn was von einem Pool gesagt?»

Zwei Stunden später hat der Regen zwar aufgehört, aber es ist so kalt, wie es in der Dordogne sicher seit Beginn der Wetteraufzeichnungen nicht mehr gewesen ist. Unter der zweifelhaften Obhut eines Guides namens Enzo trotten wir einen Bergpfad empor und finden uns vor einem Wasserfall wieder, der so mächtig ist, dass unsere Gesichter sofort tropfnass sind. Wir tragen Neoprenanzüge, Schienbeinschoner und Helme, alles Dinge, die meiner Meinung nach nicht zu einem Urlaub gehören.

«Hast du daran gedacht, dass William zu Asthma neigt?», frage ich Adam.

«Es wird ihm schon nichts passieren», erwidert er wegwerfend.

Ich runzele die Stirn. «Aber woher *weißt* du, dass ihm nichts passieren wird?»

Er winkt William zu sich herüber. «Wann war das letzte Mal, dass er einen Inhalator gebraucht hat? Damals trug er noch Windeln, oder?»

Ich beschließe, nicht zu antworten, und beobachte, wie Adam den Verschluss an Williams Helm prüft. Dann muss ich doch etwas sagen. «Aber sieh doch mal hin. Ernsthaft, Adam. Das kann für einen Zehnjährigen nicht das Richtige sein.»

Er wendet sich an Enzo, der noch kleiner ist als ich, tief gebräunt und breitschultrig. Sie unterhalten sich auf Französisch, und ich verstehe kein einziges Wort. «Enzo sagt auch, dass nichts passieren wird», informiert mich Adam.

«Enzo ist nun wirklich nicht vertrauenswürdig», murmele ich leise.

Enzo grinst mich an. «Vertrauen Sie mir, keine Sorge. Ich passe auf Ihren Sohn auf.»

Ich nicke und beiße mir auf den Daumenknöchel.

«Mum, ich habe keine Angst», meldet sich jetzt William. «Außerdem kommst du doch mit, oder? Dann kannst du ein Auge auf mich haben, wenn du dir Sorgen machst.»

Das ist das nächste Problem. Ich will nämlich nicht mit. Ich würde so ziemlich alles lieber tun als das: die Einkommenssteuer machen, einen Strafzettel bezahlen, einen Gebärmutterhalsabstrich machen lassen. All das wäre ein riesiger Spaß im Vergleich zu dem hier. Denn obwohl Bergsteigen und Wasserfälle hinabrutschen möglicherweise anderer Leute Vorstellung vom Paradies entspricht – man sieht das ja manchmal in Müsli-Werbespots –, ist das wirklich nicht so mein Ding. Ich mustere William, den die Aussicht auf Sprünge ins eisige Wasser oder auf schlimme Verletzungen oder, wie es in dem gerade von mir unterschriebenen Haftungsausschluss so fröhlich steht, auf den TOD überhaupt nicht zu erschüttern scheint. Seinen vor Aufregung geröteten Wangen nach zu schließen, tendiert die Erfolgsaussicht eines Überredungsversuchs meinerseits gegen null, dies hier doch besser zu lassen und stattdessen ein bisschen in Kathedralen aus dem vierzehnten Jahrhundert herumzuspazieren und Messingknäufe zu befühlen.

«La première chose à faire, c'est d'entrer dans l'eau comme ça, tout doucement, pour éviter une crise cardiaque», sagt Enzo.

Adam bricht in Lachen aus.

«Was sagt er?», frage ich, tippe Adam auf die Schulter und verziehe mitfühlend das Gesicht, als Enzo sich in das erste Felsbecken sinken lässt.

«Er sagt, kommt rein. Aber es könnte kalt sein.» Adam steigt ins Wasser. Es reicht ihm bis zur Taille, und er zuckt nicht einmal mit der Wimper. Ich mache es ihm nach und setze meine weiblichen Geschlechtsorgane einer derart unangenehmen und durchdringenden Kälte aus, dass es sicher Tage brauchen wird, bis ich wieder vollständig aufgetaut bin.

«Vous me remercierez de vous avoir avertis», verkündet Enzo, und ich schaue Adam an, damit er es mir übersetzt.

«Er sagt, du wirst ihm noch dankbar sein.»

Bevor ich die Gelegenheit habe zu fragen, *wofür*, beginnt Enzo, sein Bein vor und zurück zu schwingen wie ein Irrer. Er spritzt mir eisiges Wasser ins Gesicht, das mir in die Nase und in die Augen dringt und mir den Atem verschlägt. Als er endlich damit aufhört, merke ich, dass ich jetzt weinen würde, wäre ich nicht so erschrocken. William und Adam, die ebenfalls pitschnass sind, kreischen vor Lachen.

«Alles okay mit dir?», fragt Adam und legt mir die Hand auf den Arm. Im Reflex schüttele ich ihn ab und versuche, nicht allzu sehr mit den Zähnen zu klappern. «Natürlich», erwidere ich und entferne eine dicke Strähne nassen Haares aus meiner Nase. «Pass einfach nur auf deinen Sohn auf.»

Er runzelt die Stirn. «Jess. Ich verspreche es dir. Es wird ihm *nichts* passieren.»

In den nächsten anderthalb Stunden erleben wir die Natur in ihrer rausten und wildesten Schönheit – eine der schlimmsten Erfahrungen meines Erwachsenenlebens. Es ist nicht einmal die Tatsache, dass ich kurz vor dem Erfrieren stehe, die mich so fertigmacht. Sondern der Fakt, dass im Gegensatz zu allem, was Adam und Enzo behaupten, diese Freizeitaktivität eindeutig gefährlich und vollkommen unangemessen für ein Kind ist. Oder zumindest für *mein* Kind. Dem all das offenbar derart egal ist, dass es einen Riesenspaß hat.

Wir rutschen Wasserfälle in tiefe Felsbecken herab, und ich muss die ganze Zeit an Knochenbrüche, kollabierte Lungen und klaffende Wunden denken. Und daran, dass wir hier womöglich nie wieder wegkommen und uns mit kaum mehr als einem Päckchen Chips über Wasser halten müssen.

«Mum, das ist vielleicht TOLL!», schwärmt William.

«Oh … schön», wimmere ich.

Gerade als in mir die vage Hoffnung keimt, dass dieser Ausflug sich seinem Ende nähern könnte, dreht sich Enzo zu mir um und schenkt mir ein strahlendes Lächeln. «Das hier ist die Mutprobe. Nur für dich.» Er zwinkert mir zu. Es dauert immer eine Weile, bis ich jemanden wirklich nicht leiden kann, aber Enzo stellt gerade den Geschwindigkeitsrekord auf.

«Voici comment il faut faire. Si vous ne faites pas comme moi, vous vous ferez mal, donc écoutez-moi bien.»

«Er sagt, du musst es ihm *genau* nachmachen, sonst verletzt du dich», übersetzt Adam.

Enzo steht am Rand des Felsens, und ein Schwall Wasser klatscht gegen seine Schienbeine.

Dann springt er.

Einen Herzschlag lang passiert nichts, dann höre ich ein Platschen im Wasser unter uns. Ich spähe über den Rand. Enzo taucht endlich wieder auf und reckt die Daumen, um dann ans Ufer zu klettern.

«Das tut mein Sohn nicht», erkläre ich Adam.

Adam prüft die Felskante, und sein Kiefer zuckt. «Okay.»

«Ich meine es ernst, Adam. Das ist doch völlig übertrieben. Er ist erst zehn.»

«Finde ich auch», sagt er. «Ich glaube, diesmal hast du recht ...»

Das Klatschen unterbricht ihn, und mich durchzuckt ein Adrenalinblitz. Ich schaue auf und sehe nur Leere an der Stelle, an der William gerade noch gestanden hat. Adam und ich hasten zur Felskante und spähen ins Wasser. Unter der Oberfläche ist ein dunkler Schatten zu erkennen. Luftblasen zerplatzen an der Stelle, wo gerade mein Sohn untergetaucht ist.

Meine Knie werden weich.

Ich weiß, dass es sinnlos ist, mich darauf verlassen zu wollen, dass diese beiden ihn retten werden, also sprinte ich vor zum Rand. Dann tue ich etwas, das nur durch mütterlichen Instinkt zu rechtfertigen ist: Ich setze mich auf den Hintern, halte mich an Gras und Erde und Felsen fest, lasse los und mache eine Arschbombe ins Wasser. Die weiße, blendende Explosion um mich herum in den fünf Sekunden unter Wasser kann ich kaum beschreiben. Eiskaltes Wasser dringt mir in Mund und Nase. So muss sich ein Hamster fühlen, den man die Toilette hinunterspült.

Ich rudere wie wild mit den Armen, bis ich etwas zu fassen kriege, das Williams Bein zu sein scheint. Kurz überlege ich, was jetzt zu tun ist, die Augen fest zusammengekniffen und die Ohren voller Rauschen, da merke ich, dass mein Sohn ganz lebendig ist und tritt. Er tritt *mich*, um genau zu sein.

Gegen das brodelnde Wasser und tretende Gliedmaßen schaffe ich es, mich auf den Rand des Felspools zu hieven. Ich huste und reibe mir die Augen und sehe, wie er neben mir sitzt und den Kopf schüttelt.

«Du hättest ruhig warten können, bis ich wieder herausgeklettert bin, Mum», murmelt er. «Du warst doch noch gar nicht dran.»

Danach ziehen wir uns in einem hohen Wurfzelt um. Mehr kann man so weit auf dem Land nun mal nicht erwarten. Den ganzen Morgen hat sich William wie ein kleiner Elitesoldat verhalten – kompetent, leistungsfähig, jemand, der mit allen Unwägbarkeiten der Natur mühelos zurechtkommt –, aber jetzt schafft er es nicht einmal mehr, sich die Socke selbst auszuziehen.

«Die ist aber auch echt nass», beschwert er sich. «Die klebt richtig fest. Ich kann sie nicht ausziehen.»

Die nächsten drei Minuten verbringe ich mit wild klappernden Zähnen damit, ihm die Socke auszuziehen, dann schicke ich ihn zu seinem Vater und ziehe mich selbst aus. Dafür muss ich mich in eine ganze Reihe merkwürdiger Positionen verrenken. Das Zelt bauscht sich um mich, und ich kugele mir beinahe die Schulter aus, um mir den BH wieder anzuziehen. Als ich aus dem Zelt auftauche, schiebt sich die Sonne hinter den Wolken hervor, und Enzo lädt die Ausrüstung in den Wagen. Ich gebe ihm meinen Neoprenanzug.

«Danke», sage ich und zwinge mich zu einem Lächeln.

«Dein Sohn war echt gut. Mutig», sagt er.

Ich spüre einen merkwürdigen Stolz. «Ja, das stimmt.» Enzo knallt die Tür zu. «Wo ist er denn?» frage ich.

Er zeigt auf die andere Straßenseite, wo Adam und William nebeneinander am See sitzen. Sonnenstrahlen dringen durch die grauen Wolken am Himmel, und ich gehe langsam auf sie zu.

Ich kann nicht hören, was sie sagen, aber sie lachen beide, ein lautes, unbekümmertes Gewieher. Adam legt den Arm um William und drückt ihn an sich.

Ich bleibe stehen und hole hastig mein Telefon heraus, um heimlich ein Foto von ihnen zu machen.

Die Beziehung zwischen meinem Sohn und seinem Vater ist weit brüchiger und komplizierter, als das Foto glauben macht, selbst mit einem Instagram-Filter. Aber es ist trotzdem ein wunderschönes Bild. Eines, das meine Mutter so lange in ihrem Herzen bewahren soll, wie es noch schlägt.

KAPITEL 16

Das Problem mit Adam ist folgendes: Man verliebt sich sehr leicht in ihn. Wenn man ihn nicht richtig kennt, ich meine *wirklich* kennt, verdecken seine guten Charaktereigenschaften die schrecklichen – er ist lustig, charismatisch und gutaussehend. Er besitzt die Fähigkeit, einem das Gefühl zu geben, der Mittelpunkt seiner Welt zu sein – zumindest für den Moment. Und so fühlt sich William an diesem Nachmittag.

Aber ich fürchte, dass er schließlich verletzt und im Stich gelassen wird. Ich kenne diese Seite an Adam nur zu gut, selbst wenn ich nicht behaupten kann, das Ende unserer Beziehung kommen gesehen zu haben, bevor es zu spät war.

Die erste Hürde, der wir uns gegenübersahen, war der Moment, als Adam den Job, den er anfangs ertrug, plötzlich aufs äußerste verachtete.

Ich wusste, dass es um seinen Job nicht gut stand, weil es mir immer eng in der Kehle wurde, wenn er von der Arbeit heimkam und ich ihn fragte: «Wie war's denn heute?» Weil ich schon im Voraus wusste, dass sein Tag voller Stress, kleinlicher Bürointrigen und einer großen Leere gewesen war.

«Was soll ich sagen?», sagte er eines Abends, als er sich aufs Sofa fallen ließ, wo ich mit meinem Laptop saß, während der Fernseher leise im Hintergrund lief. «Der Höhepunkt meines

Tages war, dass ich dreimal hintereinander im Meeting im Bullshit-Bingo gewonnen habe.»

Ich legte den Laptop auf das Kissen neben mir, schlang die Arme um seinen Hals und drückte ihm einen Kuss auf seinen Fünf-Uhr-Bartschatten. «Tut mir so leid, dass es für dich gerade so schrecklich ist.»

«Ich will gar nicht herumjammern. Ich hasse diesen Laden einfach.»

Ich weiß nicht, ob Adams Karriere in einem seelenlosen Unternehmen das Problem war, mit Tätigkeiten, die so banal waren, wie es nur ging. Oder die Tatsache, dass manche Menschen die Fesseln des Büroalltags einfach nicht ertragen. Mein Freund, ein Träumer und Abenteurer im Herzen, gehörte definitiv zu dieser Sorte Mensch.

«Bald ist meine Fortbildung vorbei, dann können wir all das tun, worüber wir gesprochen haben», sagte ich. «Ich möchte aber, dass du weißt, wie dankbar ich dir bin, Adam.»

«Wofür denn?»

«Dafür, dass du mich finanziell unterstützt, während ich studiere. Weil *ich* der Grund dafür bin, dass wir jeden Abend Baked Beans essen. Weil alles, was ich zu dieser Wohnung beisteuern kann, ein paar Pennys von meinem Studentenkredit sind.»

«Na ja, wenn man es so sieht, bist du wirklich kein besonders guter Fang, was?» Er lächelte.

«Ha, ha.»

«Mir ist das alles egal, Jess. Das wird ja nicht ewig dauern. Wollen wir uns heute noch mal die Auslandsjob-Website anschauen?»

«Du weißt, wie man Nägel mit Köpfen macht, was?»

Er beugte sich zu mir und gab mir einen kurzen, zärtlichen

Kuss, um sich dann wieder zurückzuziehen. «Oh, übrigens, hast du etwas dagegen, wenn ich am Donnerstag mit Georgina ausgehe? Sie ist für einen Tag in der Stadt.»

Adam war ein paar Monate mit Georgina zusammen gewesen, als er erst siebzehn war. Sie hatten sich freundschaftlich getrennt, als er auf die Universität ging, aber der Kontakt war nicht abgerissen.

«Natürlich nicht.»

«Möchtest du vielleicht mitkommen?»

«Ich hab zu viel zu tun, Adam. Und ich bin pleite.»

«Ich lade dich ein. Ach, komm schon, ich würde mich freuen, wenn du auch dabei wärst.»

«Adam, ich kann nicht. Geh doch einfach allein», sagte ich. «Viel Spaß euch beiden, und liebe Grüße an sie.»

Ich spürte nicht den Hauch der Unruhe, unter der viele Frauen leiden, wenn ihr Freund mit einer alten Freundin ausgeht: Georgina war vielleicht eine alte Flamme, aber ich wusste, dass zwischen ihnen längst nichts mehr lief. Außerdem hatte ich sie beim ersten Kennenlernen längst nicht so hinreißend gefunden, wie ich sie mir vorgestellt hatte, trotz ihrer langen Beine und der üppigen Oberweite. Ihr Gesicht war eher auffällig als hübsch, sie hatte dicke Lippen, die sie mit knallpinkfarbenem Lippenstift noch betonte, und Porzellanhaut, eingerahmt von glattem schwarzem Haar.

Sie war geistreich und sprach viel zu schnell und zu laut, als müsste sie sich beeilen, schnell zum Ende ihres Satzes zu kommen. Ich mochte sie. Zumindest mochte ich sie, bis ich begriff, dass Adam mit ihr die Nacht verbrachte, in der ich unser Baby zur Welt brachte. Aber ich greife vor.

Der Punkt ist, dass sie einander immer nahe waren und mir das überhaupt nichts ausmachte. Und ich schwor mir, dass ich eines Tages all die Opfer ausgleichen würde, die er für mich brachte, und mit ihm all die Reisen unternehmen, nach denen er sich so sehnte.

Dann passierte etwas, das nicht zum Plan gehörte.

Ich wurde schwanger.

Man kann nicht wissen, was man fühlt, wenn man ungeplant schwanger geworden ist, bis man es ist. Und meine Reaktion war diametral entgegengesetzt zu Adams. Das Problem war nicht nur, dass er noch nicht bereit war, sondern durch die Welt reisen und all seine Ideen ausleben wollte. Das Problem war, dass er niemals bereit sein würde.

Das sah man nicht nur an seinem völlig entsetzten Gesichtsausdruck, als ich ihm den Schwangerschaftstest zeigte und erklärte, dass die Übelkeit, unter der ich in den letzten Tagen gelitten hatte, wohl doch nicht von einem etwas zwielichtigen Madras-Huhn kam. Man sah es auch daran, dass er eine volle Woche danach noch ganz genau denselben entsetzten Gesichtsausdruck hatte. Offenbar hatte er sich in den sieben Tagen kein bisschen an die Vorstellung gewöhnen können.

«Ich weiß, dass keiner von uns das so geplant hat, aber wir können das hinkriegen», sagte ich und hörte, wie sich meine Stimme ein paar Oktaven höher schraubte, weil er wie erstarrt auf dem Sofa saß und eine Folge *Fawlty Towers* schaute, ohne auch nur ein einziges Mal zu lachen.

Ich hatte Angst und keine Ahnung, was zu tun war. Klar wusste ich, dass das Timing denkbar schlecht war und dass es eine Million Gründe gab, die Schwangerschaft für eine Katastrophe zu halten. Aber im Laufe der Tage spürte ich auch eine gewisse Leichtigkeit, ich sah, wie meine Wangen rosig wurden und mein Puls jedes Mal schneller schlug, wenn ich daran dachte, dass ich bald eine *Mutter* sein würde. Ich fühlte mich nicht nur körperlich gut; irgendetwas in mir hatte sich bereits verändert, und selbst wenn ich es gewollt hätte, hätte ich nicht verhindern können, dass sich mein Brustkorb bei dem Gedanken voller Glück weitete.

Adam teilte meine Gefühle jedoch nicht.

«Ich verstehe, dass du das hier nicht wolltest. Aber es ist nun mal passiert», fuhr ich fort und wartete verzweifelt darauf, dass er etwas entgegnete. «Wir können es schließlich nicht *ungeschehen* machen.»

Er hob langsam den Kopf, sein Blick war leer. «Na ja ... wir *könnten* schon.»

Adrenalin durchfuhr mich, als ich begriff, was er da vorschlug. «Du meinst eine Abtreibung?»

«Jess ... in diesem Stadium ist es nur eine Pille. Dann wäre das Problem gelöst. Mehr muss man gar nicht tun, nur einmal zum Arzt gehen, und dann ...»

«Und dann würde der Strich auf dem Schwangerschaftstest verschwinden, und wir könnten einfach so weitermachen wie vorher», beendete ich den Satz für ihn.

Sein Blick brannte trotzig. «Ist das denn so ein abwegiger Wunsch?»

Ich ging aus dem Zimmer, aber er sprang auf und ging mir nach. «Mach mich hier nicht zum Arschloch, Jess, nur weil ich die Sache mit dir ausdiskutieren will.»

Ich wirbelte herum. «Aber wir *diskutieren die Sache hier nicht nur aus*, nicht wahr? Du hast dich längst entschieden, und du willst, dass ich das Baby wieder loswerde, das in mir wächst.»

«Aber die Sache geht mich schließlich auch was an, weißt du, Jess.»

Mein Magen zog sich vor lauter Empörung zusammen, aber ich schwieg.

«Ich dachte immer, du wärst dafür, dass man die Wahl hat, ob man ein Baby austragen will oder nicht», murmelte er.

«*Wahl* ist hier das Schlüsselwort, Adam. Und meine Wahl könnte nicht eindeutiger sein. Ich habe es wirklich nicht darauf angelegt, schwanger zu werden, aber Tatsache ist, dass ich es bin. Und ... ich werde dieses Baby behalten.» An dem Punkt schrie ich bereits, denn wenn ich damit aufgehört hätte, wäre ich unweigerlich in Tränen ausgebrochen.

«Gut. Ende der Durchsage also», versetzte er barsch. Dann ging er spazieren, um seine Gedanken zu ordnen, was offenbar drei Stunden brauchte.

Was dann folgte, war wirklich kein idealer Beginn für unsere Elternschaft. Wir stritten wochenlang. So etwas hatte ich noch nie erlebt – weder mit ihm noch mit jemand anderem. Jeden Abend entbrannten Kräche unterschiedlichen Ausmaßes, jeden Abend wurden meine Gefühle für den Mann, nach dem ich so verrückt gewesen war, ein wenig schwächer. Seine Reaktion kam mir so unverständlich, so kindisch und bockig vor.

Ja, ich weiß schon, dass William damals noch nicht William war – Adam konnte ihn sich nur als blaue Linie auf einem Stäbchen und als Zerstörung all seiner Träume vorstellen. Aber für mich war er ein weiteres Herz, das in mir pochte. Ich liebte ihn vom ersten Augenblick an. Deshalb, nein, ich würde ihn nicht abtreiben lassen. Nicht für Adam, für niemanden.

Nach vier Wochen sagte Adam, er habe es akzeptiert. Wahrscheinlich hatte er das Gefühl, in der Falle zu sitzen. Und es wurde sehr deutlich, dass Männer wie Adam es überhaupt nicht mögen, gefangen zu sein. In den folgenden Monaten gab er mir an allem die Schuld. Er musste es gar nicht aussprechen; ich sah es in seinem Blick. Außerdem ist es offenbar immer die Schuld der Frau, wenn ein Paar mit der Verhütung nachlässig ist und die Sache schließlich schiefgeht. Ich hatte die Pille nicht nehmen wollen, weil mir davon übel wurde. Stattdessen verließen wir uns auf Kondome. Und dann kam jene betrunkene Nacht, in der wir keine mehr finden konnten und es darauf ankommen ließen.

Er entliebte sich vor meinen Augen. Er war ständig irgendwie abgelenkt und aufbrausend, was gar nicht zu ihm passte. Er hetzte nicht mehr so schnell wie möglich nach Hause, um mir einen Kuss zu geben. Stattdessen näherte er sich einer Frau an, und sie wurde seine Vertraute.

«Wem schreibst du da?», fragte ich eines Abends, als ich die geschwollenen Beine auf dem Sofa hochgelegt hatte und die *Sopranos*-Special-Edition schaute.

«Ist das wichtig?»

«Es interessiert mich nur», murmelte ich und fügte dann hinzu: «Grüß sie von mir.»

Er schaute auf. «Was?»

«Ich sagte, grüß sie von mir. Georgina.»

Er ignorierte mich und widmete sich wieder seinem Handy, um die neueste SMS zu lesen. Was auch immer darin stand, es brachte ihn zum ersten Mal an diesem Abend zum Lächeln.

Sie arbeitete ganz in der Nähe, und er ging oft mit ihr noch einen trinken. Er lud mich immer ein mitzukommen, wenn auch wahrscheinlich nicht ganz ehrlich, aber ich lehnte immer ab. Ich hätte es nicht ertragen, dort mit meinem Babybauch zu sitzen, an einem Mineralwasser zu nuckeln und ihnen zuzuhören, wie sie vor Lachen über irgendeine gemeinsame Erinnerung wieherten, an der ich nicht teilhaben konnte.

Der einzige Mensch, dem ich von meinen Ängsten erzählte, war Becky. Meiner Mutter hätte ich nichts davon sagen können. Sie vergötterte Adam, und wenn ich auch nur ein Wort gesagt hätte, hätte das ihre Begeisterung darüber zerstört, dass sie zum ersten Mal Großmutter wurde.

Becky fand, ich solle mir keine Sorgen machen. «Er ist doch total verliebt in dich. Er braucht nur ein wenig Zeit, um sich an die Schwangerschaft zu gewöhnen. Außerdem mag es vielleicht gerade nicht der Moment für Reizwäsche sein, aber das bedeutet noch lange nicht, dass er mit seiner Exfreundin schlafen will.»

Wie falsch sie da doch lag.

KAPITEL 17

Für jeden Urlaub in den letzten acht Jahren habe ich eine weiße Shorts eingepackt, aber bisher habe ich mich noch nicht ein einziges Mal getraut, sie auch zu tragen.

Aber als ich mich umziehe, um Natasha am späten Sonntagnachmittag vom Flughafen abzuholen, hat die Sonne ein spektakuläres Comeback hingelegt. Sie erleuchtet die Hügel und Wiesen, als wollte sie Natasha extra strahlend begrüßen. Und die Shorts kommen mir plötzlich gar nicht mehr so schlimm vor.

Ich war nie eine Shorts-Trägerin. Selbst mit zwanzig fand ich meine Beine nicht lang genug, nicht fest genug, nicht Gisele-Bündchen-genug. Aber da mir mein Hausarzt neben den Antidepressiva auch Sport angeraten hat, bin ich in den letzten Monaten regelmäßig in der Mittagspause eine halbe Stunde zum Crossfit-Training gegangen.

Heimlich gefällt es mir, dass das Training eine derartige Folter ist. Es ist so hart, dass ich von Rechts wegen eigentlich einen Po aus Stahl haben müsste. Jetzt, da mir also die weißen Shorts in die Hände fallen, denke ich, scheiß drauf. Ich fühle mich eigentlich recht wohl in meiner Haut, alles in allem – bis Adam vor unserer Tür auftaucht, mich ansieht und ausruft: «Tolle Shorts!»

Ich verziehe das Gesicht. «Ach ... halt doch den Mund.»

«Sorry. Aber früher hast du eher eine altmodische Länge bevorzugt. Nicht, dass ich dich entmutigen will.»

Ich werde rot und murmele: «Jetzt ist es dir aber gelungen.»

Unglücklicherweise habe ich keine Zeit, mich noch einmal umzuziehen. Also stehe ich am Flughafen, ziehe Blicke auf mich und wünsche mir inständig, die Shorts verbrannt und stattdessen einen Kaftan angezogen zu haben.

Natasha taucht in der Ankunftshalle auf. Sie sieht aus wie Grace Kelly – schwarze Sonnenbrille, große Handtasche und perfekt frisiertes Haar. Sie winkt und schreitet elegant zu mir herüber, um mich schließlich so fest zu umarmen, dass sie mir damit bestimmt ein paar innere Organe verschiebt.

«Oh mein Gott, es ist ja so schön, dich zu sehen», grinst sie, tritt einen Schritt zurück und mustert mich von Kopf bis Fuß. «Wow.»

«Was?», frage ich.

«Tolle Shorts», sagt sie und fügt dann hinzu: «Tolle *Beine.*»

«Danke», antworte ich und fühle mich jetzt schon viel besser.

«Wie war denn dein Flug?»

«Super, außer dass meine Beine total angeschwollen sind. Sieh sie dir bloß an, sie könnten auch einem Hobbit gehören.» Sie streckt mir ihre Michael-Kors-Keilsandaletten entgegen, und ich lache. Natürlich übertreibt sie. «Aber ich kann mich nicht beschweren. Zwei Stunden und ein Gin Tonic nach dem Abflug, und schon bin ich hier.»

«Das klingt ja längst nicht so lustig wie das ständige Erbrechen, das ich ertragen musste.»

Sie schüttelt den Kopf. «Armer William.» Dann hält sie inne und sieht mich an. «Wie geht's deiner Mutter? Und wie geht es dir?»

«Mum geht es nicht so gut. Aber bei mir ist alles in Ordnung. Ehrlich.»

Sie verengt misstrauisch die Augen, aber ich gehe schon zum Parkscheinautomaten. Sie schiebt mich sanft zur Seite, um zu bezahlen. «Hast du dich denn schon an Adams Gegenwart gewöhnt? Ist er erträglich?»

«Ich wäre nicht nach Frankreich gekommen, wenn ich das mit ihm nicht hinkriegen könnte.»

«Du verdienst wirklich einen Orden. Die meisten Leute finden es unerträglich, im selben Raum zu sein wie ihr Ex», sagt sie. «Und du tust dir das gleich fünf Wochen an.» Wir warten auf den Aufzug, der uns zum richtigen Parkdeck bringen soll. «Ich habe mal Stuart bei Sainsbury's gesehen und bin buchstäblich durch den Weingang gekrochen, um nicht hallo sagen zu müssen.»

Abgesehen von Adam bin ich nur mit wenigen Leuten ausgegangen. Da war Carl auf der Uni, wenn man den überhaupt zählen kann, dann ein Typ namens Toby, mit dem ich ein Jahr lang zusammen war, als William sechs war. Er war in jeder Hinsicht nett, und es gab im Grunde nichts an ihm auszusetzen. Aber obwohl ich noch nie auf allen vieren in meinem Supermarkt herumgekrochen bin, weiß ich, was Natasha meint. Ich wäre jetzt auch nicht besonders scharf darauf, ihn wiederzusehen. Leider können Adam und ich uns den Luxus nicht leisten, uns aus dem Weg zu gehen.

«Das ist das Problem, wenn man mit jemandem ein Kind hat», erkläre ich ihr. «Man *möchte* vielleicht eine Million Kilometer Abstand halten, aber man ist für immer aneinandergekettet. Ob man will oder nicht.»

Ich lernte Natasha kennen, als ich fast im sechsten Monat war. Es war auf der Weihnachtsparty des Geschäftsführers von Adams Firma. Ich fühlte mich auf der Feier vollkommen fehl am Platz, die in einem Zelt neben einer Villa in Cheshire stattfand, und zwar an einem kalten, verschneiten Abend. Die wichtigsten Kunden und Angestellten der Firma waren eingeladen – es war eine glamouröse Angelegenheit mit Champagnercocktails und Businessgesprächen. Ich durfte nur mitgehen, weil jemand, der an Adams Tisch hätte sitzen sollen, in letzter Minute abgesagt hatte.

Wenn man bedachte, wie sehr Adam seinen Job hasste, fügte er sich bemerkenswert glatt in die Gruppe der anderen Überflieger ein. Er plauderte mit Kunden und Führungskräften, bis sie ihm aus der Hand fraßen. Tatsächlich war er so gut darin, dass mir sein schlecht verborgener Ärger darüber, dass er jetzt wegen des Babys in England festsaß, noch übler aufstieß. Ich trabte hinter ihm her, fühlte mich fett und müde und hatte absolut nichts Sinnvolles zu der Unterhaltung beizutragen, außer auf die Frage «In welchem Monat sind Sie denn?» zu antworten.

Natasha war mir gleich aufgefallen, sie hatte mit dem Geschäftsführer geplaudert. Sie war so schlank wie ein Model und trug ein elegantes mitternachtsblaues Seidenkleid. Ihr helles Haar hatte sie zu einem lockeren Knoten gesteckt. Ihr stumpfes Näschen und die geraden Augenbrauen verliehen ihr ein wissbegieriges und zielstrebiges Aussehen, bis sie etwas Lustiges hörte – dann brach sie in wildes, völlig ungezähmtes Gelächter aus.

Nach dem Abendessen, als sich die Leute in Grüppchen miteinander unterhielten, setzte sie sich auf den Stuhl neben mir.

«Das muss ja total nervtötend für Sie sein», flüsterte sie.

«Oh, überhaupt nicht!», protestierte ich höflich.

«Sicher? Denn ich arbeite für diese Leute und rede wirklich gerne über die Weltölpreise ... aber ich bin mir darüber im Klaren, dass *normale* Menschen diese Leidenschaft eher nicht mit mir teilen.»

Ich lachte.

«Sie müssen Jess sein. Ich heiße Natasha. Wollen wir uns duzen?» Sie grinste, und wir schüttelten uns die Hand. Sie hatte einen Händedruck wie ein Feldwebel. «Adam hat schon so viel von dir erzählt. Ich kann kaum fassen, dass er nie erwähnt hat, dass du schwanger bist.»

Natasha und ich hatten eigentlich nichts gemeinsam. Sie strahlte Ehrgeiz und Leistungsfähigkeit aus, während ich davon überzeugt war, dass mein dicker Bauch den Eindruck erweckte, ich sei entweder unfähig zu einer Karriere oder nicht daran interessiert.

Immer wenn sich die anderen Gäste an jenem Abend die Mühe machten, mit mir zu sprechen, hatte ich das Gefühl, dass sie nur widerwillig mit der schwangeren Frau herumstanden und sich viel lieber an wichtige Klienten herangewanzt hätten. Aber Natasha war ganz anders. Natasha war warmherzig, unkompliziert und wirklich witzig.

Wir saßen am Tisch und redeten über alles, vom Schwimmen - das sie liebte und womit ich erst gerade begonnen hatte - bis hin zu der Tatsache, dass sie gerade neulich mit jemandem Schluss gemacht hatte, weil er Pringles im Bett aß. «Eigentlich bin ich gar nicht so oberflächlich, aber wenn man zum zehnten Mal Barbecue-Chips in seinem Slip findet, weiß man, dass man etwas unternehmen muss.»

Dann drehte der DJ die Musik auf, und sie zeigte auf die Tanzfläche. «Na los, ich tanze, wenn du auch mitmachst.»

Ich warf einen Blick zu Adam hinüber, aber der war ins Gespräch mit der Frau neben ihm vertieft. Also steuerten wir auf die Mitte des Saals zu und tanzten, als ob wir ganz allein wären. Ich bin mir ziemlich sicher, dass Adam sich bald genau das wünschte.

Später verabredeten wir uns zum Schwimmen. Wir gingen dreimal die Woche, über Weihnachten und bis zum Tag von Williams Geburt. Diese Abende waren die reine Seligkeit. Nicht nur das Gefühl der Schwerelosigkeit im Wasser, sondern auch ihre Gegenwart. In jener Zeit, in der die Angst um meine Beziehung zu Adam immer größer wurde, fühlte ich mich einhundert Prozent leichter, wenn ich mit Natasha reden konnte.

Jetzt setzt sie sich auf den Beifahrersitz meines Autos. Ich lasse den Motor an, und plötzlich schießt mir ein Gedanke durch den Kopf: Hoffentlich hat sie hier dieselbe Wirkung auf mich.

KAPITEL 18

Die Landschaft sieht aus wie in flüssigen Honig getaucht, als wir am *Château de Roussignol* ankommen. Wir stellen Natashas Gepäck bei *Les Écuries,* den Ställen, ab, um dann direkt zum Pool zu gehen, wo ein Familien-Grillabend stattfinden soll.

Das Kommando über den unfassbar riesigen Grill hat Ben (oder *der kleine Ben*, wie er unerklärlicherweise genannt wird, obwohl er genauso alt ist wie der Rest des Personals). Ein paar Kinder im Alter von vier bis zwölf versammeln sich beim Volleyballnetz, wo Simone sie in Mannschaften einteilt. Auf dem Rasen daneben baut William gerade mit Adam einen Hindernisparcours auf. Dann geht er rüber, um bei Simones Spiel mitzumachen.

«Diese Anlage ist unglaublich», sagt Natasha überrascht. Sie hat sich natürlich die Bilder und die Website angesehen und alle Kundenmeinungen gelesen, aber aus der Nähe hat das Château noch einmal eine ganz andere Wirkung.

«Na ja, Barbados ist es jetzt nicht», sage ich lächelnd. Dort hat sie letztes Jahr einen Single-Urlaub verbracht.

«Ach, Barbados wird sowieso überschätzt.»

«Echt?»

Sie seufzt. «Na ja. Nein. Nicht wirklich.» Natasha arbeitet immer noch für dieselbe Firma wie damals – aber inzwischen ist sie die Leiterin der Abteilung für Neugeschäfte, mit Sitz in

London, wo sie in einer kleinen, zentral gelegenen Wohnung mit Designer-Wasserhähnen und einem cremefarbenen Teppich wohnt. Als sie dort einzog, sah die Wohnung aus wie aus einem Spionagefilm. Allerdings schafft es Natasha nicht so recht, den minimalistischen Stil aufrechtzuerhalten, weil sie jede Ecke mit Büchern und Reisesouvenirs vollstopft.

«Wo ist denn mein Lieblingsachtjähriger?», fragt sie.

«Wenn du William damit meinst, der ist dahinten und spielt Volleyball. Er ist übrigens schon zehn.»

Sie zieht scharf die Luft ein. «Wann ist das denn passiert?»

«März.»

«Verdammt. Das bedeutet wahrscheinlich, dass er zu groß ist für Bob den Baumeister?» Sie grinst.

Wir gehen zum Spielfeld, und Natasha winkt wie wild, vollkommen blind gegenüber der Tatsache, dass Aufmerksamkeit so ziemlich das Letzte ist, was ein Junge dieses Alters will. Weil er nicht reagiert, tritt sie genau in dem Augenblick auf den Sand des Spielfelds, als ein Ball in ihre Richtung fliegt.

Ohne zu zögern, springt sie hoch und schlägt ihn weit über das Netz. Die anderen Spieler, Durchschnittsalter etwa sieben, stehen mit offenen Mündern da.

Sie wirkt ebenso überrascht wie alle anderen. «Ha! Ich hab's noch drauf.» Sie kichert. «Abklatschen, William!»

Er gibt ihr einen schlaffen Schlag auf die Handfläche und fällt dann befangen wieder in sich zusammen. Es sieht fast so aus, als wolle er seinen Kopf wie eine Schildkröte in den Panzer ziehen. «Hallo, Tante Natasha», sagt er und lächelt unsicher, weil jetzt Simone kommt und ziemlich ärgerlich aussieht.

«Hier dürfen nur Kinder unter zwölf Jahren mitspielen», verkündet sie streng.

«Tut mir leid», sagt Natasha und grinst. Sie sieht überhaupt nicht so aus, als tue ihr irgendwas leid.

«Er ist so ein Schätzchen, Jess. Also, wie wär's mit Vin blanc? Oder Vin rouge? Oder Vin irgendwas. Ich bin seit einem Monat auf Detox-Kur und im Flugzeug rückfällig geworden, da kann ich auch gleich damit weitermachen.»

William wartet, bis Natasha an der Bar ist. Dann kommt er zu mir gerannt. «Mum, darf ich morgen was mit Dad unternehmen?»

«Hat er gesagt, dass das für ihn in Ordnung ist?»

«Ja, er hat gesagt, dass wir morgen früh zum Wildwasser-Rafting gehen können.»

«Oh, okay. Mal sehen, ob Natasha dazu Lust hat. Hat sie sicher – sie mag solche Sachen. Wir könnten uns Proviant mitnehmen.»

Aber er schüttelt den Kopf. «Ich meinte, nur er und ich. Wir wollen einen *Männertag.*»

Für diese Sorte Spaß habe ich eindeutig nicht die richtige Ausstattung.

«Ist das in Ordnung? *Bitte, Mum.*»

Plötzlich fühle ich mich, als ob er mich gebeten hätte, dass Charlie Sheen auf ihn aufpassen soll. Aber die Begeisterung in seinem Blick zwingt mich dazu, meine Sorgen herunterzuschlucken. Immerhin ist jetzt Natasha hier, die mich von der schlimmen Vorstellung ablenken kann, dass er ertrinkt, während Adam eine raucht.

«Immerhin spielst du dann nicht ständig auf dem iPad», sage ich lächelnd.

«Ja! Danke, Mum. Ich hab dich lieb.»

«Das tust du ja immer, wenn du wieder deinen Willen bekommen hast», grinse ich. Er läuft zurück zu seinem Spiel.

Natasha kommt mit einer Flasche Rotwein und zwei Gläsern, und ich merke, dass Ben herüberschaut, der sich offenbar weit mehr auf meine Freundin als auf seine Burger konzentriert.

«Da interessiert sich jemand für dich», sage ich und zeige in seine Richtung.

Sie schaut auf, und auf seinem Gesicht breitet sich ein schüchternes Lächeln aus. In ihrem Blick blitzt so etwas wie ein Wiedererkennen auf. Aber das geht sofort vorüber, ein Reflex, dann schenkt sie uns Wein ein. «Der ist unbestreitbar umwerfend. Aber ich gebe mir Mühe, heißen, blutjungen Typen aus dem Weg zu gehen.»

Ich runzele die Stirn. «Warum?»

«In den letzten Jahren hatte ich einfach zu viele flüchtige Affären, Jess. Ich suche nach etwas mit mehr ... Bedeutung.»

«Oh ... gut.»

«Aber das ist leichter gesagt als getan. Und Tinder hilft da auch nicht.»

«Wirklich? Als wir letztes Mal miteinander gesprochen haben, warst du ganz begeistert davon.»

«Das war, bevor ich Nachrichten wie diese hier bekommen habe.» Sie zieht ihr Telefon hervor und zeigt mir ihren letzten Chat.

Hi, ich bin sehr schüchtern, aber ich will dir trozdem sagen, dass ich dir das Hirn rausvögeln will. Du bist so HEISS.

Ich muss lachen und scrolle zu ihrer Antwort.

Du hast es mir gerade rausgevögelt. Danke, aber geh weg.

«Natasha!» Adam kommt auf uns zu, in Outdoor-Shorts und einem schlichten weißen T-Shirt, das sich eng an seine Brust schmiegt. Er beugt sich herunter und gibt ihr einen Kuss auf die Wange. Im ersten Moment scheint sie sich zu freuen, aber sie reißt sich zusammen und presst die Lippen aufeinander. Dann lächelt sie wieder. Es ist bestimmt nicht leicht – immerhin hat er ihr einen Urlaub geschenkt, aber gleichzeitig ist sie mir gegenüber so loyal, dass sie nicht allzu begeistert wirken will. «Hallo, Adam. Wie geht es dir?»

«Sehr gut», erwidert er. «Es ist so schön, dass Jess und William da sind.»

«Offenbar war das Leben gut zu dir, Adam. Du siehst großartig aus.» Sie hält inne und wirft mir einen Blick zu. «Dafür, dass du jetzt so viel älter bist.»

Er lacht. «Ja, die Zeit vergeht ganz schön – ich bin schon dreiunddreißig. Hält dich die Arbeit immer noch in Atem?»

«Ja, aber auf gute Art. Ich freue mich trotzdem auf ein bisschen Sonne – und die Zeit mit Jess und William. Darauf freust du dich sicher auch sehr ...»

«Auf jeden Fall.» Er wendet sich an mich. «Hat William dich schon gefragt, ob er mit mir zum Wildwasser-Raften gehen kann?»

«Hat er, und für mich ist das in Ordnung. Er freut sich ja schon wie wild.»

«Gut.» Er sieht überrascht und erfreut aus. «Gestern sind wir Canyoning gewesen», erklärt er Natasha. «Jess findet das supertoll.»

«Er macht Spaß», murmele ich.

«Um ganz ehrlich zu sein, Jess, war das Wetter nicht ideal dafür. Beim nächsten Mal achte ich darauf, dass es sonnig ist, damit deine Nase nicht so blau wird.»

«Für den Fall, dass es noch nicht absolut klargeworden ist: Es wird kein nächstes Mal geben.»

Natasha lacht.

«Na ja, ich war jedenfalls stolz auf dich, dass du es überhaupt versucht hast», sagt Adam. Dieser Satz klingt in meinen Ohren irgendwie komisch; wie kann er stolz auf mich sein, obwohl ich nichts mehr mit ihm zu tun habe?

Ich schaue zu William auf dem Volleyballfeld hinüber. Genau in diesem Moment schaut Simone zu uns her. Adam bemerkt ihren Blick ebenfalls und tritt einen Schritt von mir zurück, was natürlich seltsam wirken muss.

«Hast du dir denn schon euer Häuschen anschauen können?», fragt er Natasha.

«Adam, es ist einfach wunderbar. Danke, dass du uns so ein hübsches Häuschen reserviert hast.»

«Natasha ist eher an Luxusvillen auf den Malediven gewöhnt», erkläre ich. «Da ist es nicht leicht mitzuhalten.»

«Ach Jess, hör doch auf. Ich bin doch keine verwöhnte Prinzessin. Aber wenn ich euch beide satthabe, dann miete ich einfach eins dieser Zimmer mit Himmelbett im Château, die ich im Internet gesehen habe.»

«Dann sage ich dem Butler Bescheid», sagt Adam. «Also gut, ich wollte nur hallo sagen – ich muss noch ein paar Dinge erledigen, bevor ich mich hinsetzen und entspannen kann.» Er wendet sich zum Gehen. «Es ist wirklich ganz *wunderbar*, dass du hier bist Natasha.»

Er verschwindet, und sie sieht mich an. «Wie macht er das?»

«Was?»

«Wie kriegt er es hin, dass man ihn beim besten Willen nicht hassen kann?»

«Ich will doch gar nicht, dass die Leute Adam *hassen*», sage ich. «Immerhin ist er Williams Vater. Und ja, da sind einige Dinge zwischen uns vorgefallen, aber das ist lange her, und jetzt haben wir uns alle weiterentwickelt.»

Natasha schaut zu Simone rüber, die wiederum zu uns herschaut.

«Ich glaube, da gibt es jemanden, der sehr hofft, dass es wirklich so ist.»

KAPITEL 19

Am nächsten Morgen kommt William in aller Herrgottsfrühe in mein Zimmer gehüpft, als wäre Weihnachten.

«Mum, wie viel Uhr ist es?»

Ich schaue schlaftrunken auf mein Handy. «Uh ... sieben», krächze ich. Er verschwindet in der Küche.

Ich will ihm schon hinterherrufen und fragen, warum er so früh schon wach ist, aber dann fällt es mir selbst wieder ein. Der Rafting-Ausflug, den ich beinahe vergessen hatte, bis ich gestern Abend nach ihm schaute und sah, dass er vorsichtshalber schon mit Badehose ins Bett gegangen war. Er öffnete noch kurz die Augen und erklärte, dass er so am Morgen Zeit sparen würde.

Ich schlage die Baumwolldecke zurück und reibe mir die Augen, stehe auf und öffne die Fensterläden, sodass das Licht auf den antiken Schrank und die warmen Eichenbalken an der Decke fällt. Es ist schön, in einem Zimmer aufzuwachen, das so unangestrengt gemütlich ist, mit seinem gefliesten Boden, dem hübschen Webteppich und dem großen schmiedeeisernen Bett.

Noch halb im Schlaf, binde ich mir die Haare mit einem Gummi hoch und folge William in die Küche.

«Wann will dein Dad dich abholen?», frage ich. «Ich hätte ihn gestern Abend genauer danach fragen sollen.»

«Halb neun, glaube ich», sagt er.

«Du *glaubst?*» Ich gehe zurück ins Schlafzimmer, um das Handy zu holen. Ich will Adam eine SMS schicken, aber wie meistens gibt es kein Netz.

Weil ich keine Ahnung habe, was William für seinen Ausflug braucht, packe ich zwei Garnituren Wechselsachen ein, Handtuch, Turnschuhe, Sonnenmilch mit Lichtschutzfaktor 50, Insektenspray, Flip-Flops, eine Flasche Wasser und ausreichend Chips mit Brathähnchengeschmack – nach denen er merkwürdigerweise süchtig ist –, um eine fünfköpfige Familie zu ernähren.

«Meinst du, dass ich die hier gebrauchen kann?», fragt er, als er mit Schwimmflossen an den Füßen aus seinem Zimmer kommt.

«Ich glaube nicht, mein Liebling», antworte ich. Er nimmt mein iPad und steckt es in seinen Rucksack.

«Und das kannst du auch nicht mitnehmen.»

«Aber ich will ein Video machen.»

«Wo willst du denn damit hin, wenn du auf dem Wasser bist?»

«Oh.»

Ich schaue erneut aufs Handy und entdecke den ersten Netzbalken. Einen Ort mit genug Netz zu finden, um eine SMS rauszuschicken, ist hier eine Herausforderung. Am besten hat es bisher funktioniert, wenn die Sterne richtig stehen, man auf einem Bein steht und das Handy neunzig Zentimeter über den Toaster hält.

Muss ich ein paar Sandwiches für diesen Rafting-Ausflug machen, oder kümmerst du dich darum? Und geht es um 8.30 los? Er ist völlig außer sich vor Vorfreude ☺

Kaum habe ich auf Senden gedrückt, verfluche ich mich dafür, dass ich das Smiley dahintergesetzt habe. Smileys und Adam passen einfach nicht zusammen.

Um zwanzig nach acht setzt sich William nach draußen, um auf seinen Dad zu warten. Ich schenke mir ein kleines Tässchen dickflüssigen Kaffee ein und setze mich neben ihn ins dunstige Morgenlicht. Auf dem kleinen Hof ist es immer noch ganz ruhig, nur die Bienen in den Bougainvilleas sind zu hören und das leise Zwitschern der Vögel im Himmel, die den neuen Tag ankündigen. William schweigt, beginnt aber aufgeregt, mit dem Fuß gegen den Tisch zu kicken. Ich vermute, dass nicht das Rafting der Grund für seine Begeisterung ist. Hier geht es um seinen Dad. Er kann es nicht erwarten, Zeit mit ihm zu verbringen. Ich spüre, wie es in meiner Kehle ganz eng wird, und mich überkommt eine völlig unerwartete Gefühlswelle. Ich habe keine Ahnung, was genau sie ausgelöst hat.

«Was ist denn los?», fragt William.

Ich blinzele die Tränen weg. «Nichts. Ich glaube, ich bin gegen irgendwas allergisch. Vielleicht gegen die Sonnencreme.»

Aber meine Antwort interessiert ihn gar nicht. Er hält nach Adam Ausschau. «Wie viel Uhr ist es?»

Ich werfe einen Blick auf meine Armbanduhr. «Acht Uhr zweiunddreißig.»

«Er hätte schon vor zwei Minuten hier sein müssen.»

«Gedulde dich ein bisschen. Ich mache mir jetzt Frühstück. Hast du heute Morgen schon etwas getrunken?»

«Da ist er ja!»

Aber ich sehe gleich, dass es nur ein schwarzes Auto ist, ähnlich wie Adams, aber eine ganz andere Marke. «Das ist er nicht, Schatz. Aber keine Sorge – er kommt schon noch.»

Fünfzehn Minuten später sitzen wir immer noch draußen. Ich habe William jetzt schon etwa zwölf Mal gesagt, dass er sich keine Sorgen machen soll, so oft, dass er jetzt auch gar nicht mehr besorgt wirkt. Was mehr ist, als ich von mir selbst sagen kann. Ich schaue auf mein Handy, aber auf meine SMS ist keine Antwort gekommen. Kurz überlege ich, zum Château zu gehen und nach ihm zu schauen, aber wenn wir nicht die Straße nehmen – und die ist länger als der Fußweg –, könnte er uns verpassen. Ich wähle seine Nummer, aber der Anruf geht direkt auf die Voicemail.

«Können wir ein Quiz spielen?», fragt William.

«Hm?»

«Ein Quiz.»

«Oh, ja klar.»

William ist ein großer Fan von Quizfragen, zumindest wenn er die Antworten kennt. Noch ist er nicht alt genug, um seine Enttäuschung über ein verlorenes Spiel für sich zu behalten.

«Was ist die Hauptstadt von Spanien?»

«Madrid.» Er schnalzt überlegen mit der Zunge. «Du weißt doch, dass ich das weiß.»

Ich beginne, auf und ab zu gehen. «Der längste Fluss der Welt?»

«Das ist doch schon wieder eine Geographiefrage.»

«Na und?»

«Wir hatten doch gerade eine. Können wir nicht eine andere Frage nehmen?»

«Soll das heißen, dass du die Antwort nicht weißt?»

«Doch, es ist der Amazonas. Kann ich jetzt eine andere Frage haben?»

Ich werfe einen Blick auf meine Armbanduhr und beschließe, dass ich Natasha wecken und sie bitten werde, kurz auf William aufzupassen, damit ich nach Adam suchen kann.

«Mum?»

«Äh. Okay. Buchstabiere Chlorwasserstoffsäure.»

«Och, *kein Buchstabieren*», stöhnt er. «Wie wär's denn mit Filmen?»

«Na gut», seufze ich. «Wie heißt Supermans Vater?»

«Jor-El.»

«Sehr gut.»

Natasha taucht in einem übergroßen T-Shirt in ihrer Tür auf und reckt sich träge. «Schön, dass du schon wach bist. Wartest du hier mit William, falls Adam kommt?»

Sie reibt sich die Augen. «Wird gemacht. William und ich bleiben hier sitzen und unterhalten uns über ... worüber würdest du dich gern unterhalten, William?»

«Kannst du mit mir ein Film-Quiz spielen?»

«Tolle Idee!», sagt Natasha. «Also: Nenne einen der Hauptdarsteller in Hitchcocks Version von *Die Vögel* von 1966.»

KAPITEL 20

Ich trete aus dem Wäldchen und gehe direkt auf die großen Türen des Châteaus zu. In der Empfangshalle steht Ben hinter dem Tresen.

«Er hat tatsächlich erwähnt, dass er einen freien Tag nimmt, Jess – und dass er ins Vérzère-Tal will.»

Meine Schultern entspannen sich. «Dann will er wirklich dorthin. William ist offenbar davon ausgegangen, dass er vor einer Dreiviertelstunde hätte abgeholt werden sollen, und ich kann Adam nicht erreichen.»

«Hast du es schon in seinem Häuschen versucht?»

Adam wohnt fünf Minuten vom Château entfernt, mit ein wenig Abstand von den Gästeunterkünften, in einem kleinen Häuschen am Rand der Anlage. Er hat mir sein Häuschen von ein paar Tagen zeigen wollen, aber ich habe nur einen kurzen höflichen Blick hineingeworfen. Es war mir unangenehm, einen solchen Einblick in sein Privatleben zu bekommen.

Sein Häuschen wirkt kantiger als die Gästehäuschen. Es hat ein Steindach, eine Tür, von der der blaue Lack abblättert, und steht inmitten von Hirsegras und wilden Orchideen. Drinnen sah es sehr bewohnt aus, soweit ich das auf einen Blick beurteilen konnte, mit überquellenden Bücherregalen, Briefstapeln, einem gut sortierten Weinregal und alten Fotos, die auf einem uralten Kaminsims um ihren Platz kämpften.

Vor der Tür angekommen, rast mein Puls weit mehr, als durch den kleinen Fußmarsch zu erklären wäre. Ich zögere einen Augenblick und klopfe dann an. Die Tür gibt nach, sie ist nicht verschlossen.

«Adam? Ich bin's.» Ich öffne die Tür ganz und trete ein.

Dann kreische ich auf. Oder jaule auf. Es ist jedenfalls viel lauter als beabsichtigt. Aber wenn man gerade mit einer Frau zusammengestoßen ist, deren Bluse weit offen steht und die einen spitzenbesetzten, kaum vorhandenen BH präsentiert, ist es auch schwierig, adäquat zu reagieren.

Adam reißt sich von Simone los. Sie wendet sich ab, um sich die Bluse zuzuknöpfen. Dann plustert er sich auf und will wissen, warum ich nicht angeklopft habe.

«Ich *habe* angeklopft!», protestiere ich, jetzt mit hochroten Wangen. «Ihr habt die Tür offen gelassen!» Ich halte mir die Augen zu, ein Reflex, der hoffnungslos ist, angesichts des Details, das ich gerade gesehen habe.

«Das ist wohl meine Schuld, sorry.» Simone streicht ihren Rock glatt und ordnet ihr Haar. Sie wirkt jetzt derart engelsgleich unschuldig, als wäre ich gerade in ihre Bibelstunde geplatzt.

«Es ist ... hör mal, es ist schon okay», sage ich und gehe zur Tür. Ich wage es nicht, ihnen in die Augen zu sehen. «Gott sei Dank habe ich nicht William losgeschickt. Ich bin nur gekommen, um zu fragen, wann ihr zu diesem Rafting-Ausflug aufbrechen wollt. Das arme Kind scheint zu glauben, dass du ihn eigentlich schon vor einer Stunde hättest abholen sollen.»

«Ich kann heute nicht mit ihm zum Rafting gehen», antwortet Adam. «Ich habe mir für Simone einen Tag freigenommen.»

Simone verschränkt mit zufriedenem Lächeln die Arme vor der Brust.

Ich spüre, wie ich den Rücken durchdrücke.

«Aber wir haben erst gestern über diesen Ausflug gesprochen, Adam. Du kannst einem Zehnjährigen nicht so etwas versprechen und dann einfach deine Meinung ändern.»

«Ich gehe schon noch mit ihm zum Rafting, aber eben nicht heute», sagt er leichthin. «Heute kann ich nicht.»

«Aber du hast *gesagt*, du kannst heute», wende ich ein.

«Nein, habe ich nicht.» Er schüttelt den Kopf, und mich überkommt Verzweiflung.

«Du *hast* es gesagt, Adam.»

Aber er lässt sich einfach nicht auf einen Streit ein, trotz Simones wütenden Blicken. «Da hast du wohl was in den falschen Hals bekommen, Jess. William hat mich um diesen Ausflug gebeten, als ich gerade ein leckes Rohr in einem der Schlafzimmer repariert habe. Es war kurz davor, einen Teppich zu verderben, für den ich ein Heidengeld bezahlt habe. Ich war abgelenkt.»

Ich kann nur noch an William denken, wie er mit dem Rucksack auf dem Schoß vor unserem Häuschen sitzt, müde, aber aufgeregt nach einer Nacht, in der er vor Vorfreude kaum geschlafen hat. Wie um alles in der Welt soll ich ihm diese Sache hier erklären?

«Also behauptest du, du hättest ihm *nicht* versprochen, heute mit ihm einen Ausflug zu machen?»

«Nein, das hat er nicht», unterbricht Simone scharf.

Adams Blick zuckt zu ihr hinüber. «Na ja, genau genommen warst du nicht dabei, Simone.» Sie will offensichtlich etwas entgegnen, beschließt dann aber, lieber den Mund zu halten.

«Hör mal, Jess, ich weiß nicht mehr genau, was ich gesagt habe», fährt er fort. «Ich habe ihm versprochen, mit ihm zum Rafting zu gehen - was wir auch tun können -, aber ich hätte ihm nie gesagt, dass wir das heute machen, weil ich zu tun habe. Ich wollte ihn nur schnell loswerden.»

Meine Verständnislosigkeit verwandelt sich in etwas weit Stärkeres. «Was hast du da gesagt?»

«So habe ich es nicht gemeint.»

«Egal was gesagt wurde oder nicht, Tatsache ist, dass er *diesen Ausflug nicht machen kann*, Jess», kreischt Simone.

«Aber Adam hat es William *versprochen,* Simone», sage ich ganz ruhig, um wenigstens mit einem von den beiden vernünftig zu sprechen.

«Tja, dann muss er wohl damit fertigwerden, nicht wahr?», faucht sie. «Außerdem war es kein *Versprechen.*»

«*Alles* ist ein Versprechen, wenn man einem Zehnjährigen sagt, dass man etwas mit ihm unternehmen will.»

Aus Simones Mund kommt ein Geräusch, das wie «Pfffffhhh» klingt, als ob sie ein Loch hätte, aus dem die Luft entweicht.

Adam sieht von einer zur anderen, dann bleibt sein Blick an mir hängen. «Jess. Wir sind erst vor zwei Tagen zum Canyoning gegangen. Ich hatte eigentlich gedacht, dass ich irgendwann nächste Woche den Ausflug mit ihm mache.»

Ich denke an William, der extra in seiner albernen Badehose geschlafen hat, und spüre, wie ich immer wütender werde. «Also sind wir den ganzen Weg hierhergekommen, und er darf nur einmal die Woche ein wenig Zeit mit dir verbringen?»

«Man konnte es auch gar nicht richtig verstehen», fährt Adam fort, ohne auf mich zu achten. «Ich wusste gar nicht, dass er über heute spricht. Er hat ‹ungefähr halb neun› vorgeschlagen, und ich dachte, dass er das eher so ... allgemein meint. Was natürlich rückblickend dumm von mir war, aber wie schon gesagt, ich war abgelenkt. Tut mir leid, aber ich mache den Ausflug noch mit ihm.» Er wirft einen Seitenblick auf Simone und fügt hinzu: «Nur nicht heute.»

Ich starte einen letzten Versuch, vernünftig mit ihm zu reden. «Adam», sage ich leise, wenn auch mit zitternder Stimme. «Es ist *völlig* egal, ob du mit ihm zum Rafting gehst. Es kann auch irgendetwas anderes sein. Er will nur Zeit mit seinem Dad verbringen. Den er *liebt.* Deshalb sind wir *hier.*»

Adam schwankt. Einen kurzen Augenblick lang denke ich schon, dass er das Richtige tun wird.

«Wenn du es unbedingt wissen willst, Jess, wir haben ein Zimmer in einem Romantikhotel gebucht», verkündet Simone. «Es hat ein Vermögen gekostet, und man muss ewig auf ein Zimmer dort warten. Deshalb kann er das auf gar keinen Fall absagen.»

Ich stehe da, grabe die Fingernägel in meine Handflächen und versuche, die Nachricht zu verdauen, dass Adam seinen freien Tag lieber im Bett mit seiner zweiundzwanzigjährigen Freundin verbringt als mit William. Plötzlich kann ich es nicht mehr ertragen, mit den beiden in einem Raum zu sein.

Ich drehe mich um und marschiere davon. Adam folgt mir zur Tür und ruft mir hinterher. «Ich denke mir was für William aus, sobald ich wieder da bin. Versprochen.»

Ich bleibe am Ende des Gartenweges stehen. Das Blut in meinen Adern kocht. Ich drehe mich um und kann mich leider nicht zurückhalten. «Wie ich aus erster Hand weiß, Adam: Ein Versprechen von dir bedeutet rein gar nichts.»

KAPITEL 21

Ich kann wirklich nicht behaupten, dass mein Vater perfekt war. Aber er wäre es gewesen, wenn es da nicht diese eine Sache gegeben hätte – die allerdings ziemlich bedeutend war. Als ich Teenager war, konnte ich nicht mehr so tun, als fiele mir nicht auf, wie sich Dad benahm, wenn er getrunken hatte. Meistens war er großartig, aber dazwischen gab es immer wieder Zeiten, zu denen er eine absolute Katastrophe war. Und das hing mit dem Alkohol zusammen.

Da war jener Tag, an dem er mit dem Auto in unsere Gartenmauer krachte. Er hatte sich eingeredet, dass er problemlos noch bis zur nächsten Tankstelle fahren könnte. Oder jene Nacht, als wir ihn zusammengekauert auf der Veranda fanden, weil er den Schlüssel nicht ins Schloss gekriegt hatte.

Diese Dinge passierten nicht ständig; lange Monate lagen zwischen seinen Aussetzern, keine Tage. Trotzdem muss ich mich manchmal daran erinnern, dass auch mein Dad nicht perfekt war, gerade wenn sich Adam wieder so einen Klopper geleistet hat und ich voller Wut bin, weil mir mein Sohn so leidtut. Und doch gibt es einen grundlegenden Unterschied zwischen den beiden. Mein Vater hatte seine Probleme, aber er tat etwas dagegen. Und zwar für Mum und mich.

Meine Eltern lernten sich kennen, als mein Vater seine Prüfung als Buchhalter gerade abgelegt und einen Job bei Arthur

Mitchell in Manchester angetreten hatte, wo meine Mutter als Sekretärin arbeitete, seit sie mit sechzehn von der Schule abgegangen war. Meine Mutter hatte ihre Freizeit immer mit Backen verbracht, und jeden Freitag nahm sie eine Auswahl ihrer Erzeugnisse mit zur Arbeit: fluffige Éclairs, Mokka- und Walnussschnitten, aromatische Zitronentartes mit knusprigem Zuckerguss.

«Ich habe sie bei einem Bienenstich gebeten, mit mir auszugehen», scherzte Dad immer. Bei ihrem ersten Date gingen sie ins Kino, um den Horrorstreifen *Tanz der Teufel* zu schauen, offenbar Mums Idee. Vier Monate später waren sie verlobt.

Es steht einer Tochter nicht an, die Ehe ihrer Eltern zu beurteilen, aber ich habe sie fraglos für glücklich gehalten. Manchmal, wenn ich zurückschaue, wundere ich mich, wie ich darauf kam. Denn es gab durchaus Zeiten, zu denen ein objektiver Zuschauer sie alles genannt hätte, nur nicht glücklich.

Ich war sechzehn, als ich eine Rolle in einer Schulaufführung ergatterte, einer ehrgeizigen Inszenierung von *Les Misérables.* Es war nur eine kleine Rolle – als Prostituierte in einem Wirtshaus –, und ich hatte nur einen einzigen Satz zu sprechen, aber ich nahm die Sache sehr ernst. Bei der ersten Aufführung stand ich nervös backstage und wartete auf mein Debüt als Theaterschauspielerin. Da hörte ich eine Gruppe von Oberstufenschülern lachen.

«Im ganzen Jungsklo ist alles voller Kotze. Mr. Jones ist ausgerutscht und beinahe auf den Arsch gefallen. Degsy glaubt, dass es irgendjemandes Dad war, der stockbesoffen ist.»

Kalt durchfuhr mich die Erkenntnis. Ich wusste, über wen sie sprachen; als meine Mutter mich anderthalb Stunden vor

Beginn des Stückes zur Schule fuhr, hatte mein Vater schon die erste Flasche intus gehabt. Ich trat auf die Bühne, voll bohrender Angst, und ließ den Blick über die volle Aula schweifen, um die Gesichter meiner Eltern zu finden. Ich musste nur einen einzigen Satz sagen, aber als ich meinen Vater erkannte, blieben mir die Worte im Hals stecken. Dad saß zusammengesunken in Reihe drei, fest schlafend, während Mum steif an seiner Seite saß, mit bitterem Gesicht und im Licht der Bühne glitzernden Augen. Ich brachte den Satz schließlich heraus, aber als das Stück zu Ende war, glaubte ich, dass die ganze Schule wissen müsste, was passiert war.

An dem Wochenende sprach ich kaum ein Wort mit meinem Vater und konnte ihn auch nicht ansehen. Ich lag nur in meinem Zimmer und hörte zu, wie der Regen gegen mein Fenster prasselte. Ich war ungeheuer wütend. Meine Mutter versuchte, mich davon zu überzeugen, dass niemand wissen konnte, wer das Jungsklo vollgekotzt hatte, aber am Montag wurde ich eines Besseren belehrt. Es war *das* Gesprächsthema in der Schulkantine.

Als ich an jenem Abend zum Abendessen aus meinem Zimmer kam, sah Dad mich nervös an.

«Hör mal, es tut mir wirklich leid, okay?», sagte er und stellte Salz und Pfeffer auf den Tisch. Mum kam mit einer selbstgemachten Lasagne aus der Küche, die sie gerade aus dem Ofen geholt hatte. «Aber ... ich glaube nicht, dass es *so* schlimm war.»

Mum erstarrte. Sie schien es nicht glauben zu können.

Ich hielt die Luft an, weil ich ahnte, was sie sagen würde. Aber einen Augenblick lang herrschte Stille, und man konnte buchstäblich sehen, wie es in ihr zu brodeln begann.

«DU VERDAMMTER VOLLTROTTEL!», schrie sie. Dann

hob sie die bis zum Rand volle Auflaufform an und schleuderte sie durch die Küche. Ich hörte, wie Dad aufkeuchte, und starrte mit offenem Mund auf die Wand, von der eine sonderbare Mischung aus Glas und Tomatensoße und Hackfleisch heiß und dick heruntertroff. Einen Moment lang starrte auch Mum zornig auf das Chaos, das sie angerichtet hatte, und schlug ihre zitternde Hand vor den Mund, als könne sie nicht glauben, was sie da getan hatte. Dann stürmte sie aus dem Zimmer.

Ich sah Dad an. Der Schock hatte mein Hirn auf Autopilot geschaltet. Wortlos stand ich auf und holte Gummihandschuhe. Er bückte sich und begann, Glasscherben auf eine Zeitung zu fegen.

Und in diesem Moment merkte ich, dass er weinte.

«Es tut mir leid, Jess», flüsterte er, ohne mich anzuschauen. «Es tut mir ja so leid.»

Aber ich konnte ihn noch nicht vom Haken lassen. «Das glaube ich dir gern, Dad. Genau wie immer. Aber so etwas wird immer wieder passieren, oder? Du hasst dich selbst dafür, aber *du änderst dich nicht.* Du gibst dir die Kante und lässt zu, dass es alles kaputt macht.»

Seine Lippen öffneten sich, sein Gesicht war ganz nass vor Tränen. Er wirkte niedergeschmettert, aber ich konnte nicht aufhören. «Manchmal bin ich völlig am Boden zerstört, weil du so etwas tust, Dad. Es ist mir peinlich, wie du dich benimmst. Und das alles nur für diesen bescheuerten Alkohol. Kapierst du gar nicht, was du mir und Mum damit antust?»

Drei Tage später ging er zu seinem ersten Treffen bei den Anonymen Alkoholikern.

Die Wandlung meines Vaters vom Trinker zum trockenen Alkoholiker war schwierig, aber das ist sie wohl immer, nehme ich an. Er ging regelmäßig zu den Treffen, aber es war nicht so, dass er sich dort einfach in die Liste eintrug, in den Kreis setzte und das Licht der Erkenntnis sah. Er hegte eine Hassliebe zu den Anonymen Alkoholikern und konnte keinen rechten Draht zu den anderen Mitgliedern finden. Aber er blieb bei der Stange, weil er wusste, dass er es ohne sie nicht schaffen würde.

Im ersten Jahr gab es Phasen, in denen seine Entschlossenheit auf der Kippe stand. Wenn wir ausgingen, hielten Mum und ich buchstäblich die Luft an, wenn Bekannte ihn dazu drängten, doch einen mitzutrinken, weil sie erstaunt waren, dass jemand auf einer Party nur Limonade trinken wollte. In jenen Tagen veränderte sich sein Gesichtsausdruck, wenn er den Alkohol nur roch. Als hätte er Angst davor.

Wir wussten nicht genau, wie wir ihn unterstützen sollten. Wir wollten ihm nicht ständig im Nacken sitzen und fragen, wie es ihm geht. Aber manchmal musste ich ihm sagen, wie stolz ich auf ihn war. Das Prinzip «ein Tag nach dem anderen» war zu etwas geworden, was noch vor kurzem unmöglich erschienen war.

An einem Sommertag, ungefähr achtzehn Monate nach seinem letzten Drink, spielten wir Tennis, und ich erinnere mich daran, dass ich seinen Ball nicht mehr erwischte. Es machte mir gar nichts aus, gegen ihn zu verlieren; seine neue Vitalität machte mich glücklich.

«Wer hätte vor einigen Jahren noch gedacht, dass du wieder so gesund werden könntest», sagte ich. «Du bist wirklich großartig.»

«Lass mal stecken, Jess – ich bin ein Mann mittleren Alters

mit einer Plauze, die auch noch so viele Stunden auf dem Tennisplatz nicht mehr verschwinden lassen.»

«Du weißt schon, was ich meine.»

Und ich muss ein wenig bestürzt ausgesehen haben, denn er senkte die Stimme und sagte: «Natürlich weiß ich das. Aber großartig ist nicht das richtige Wort. Ich bin nur ... wild entschlossen, niemals mehr so zu werden, wie ich einmal war. Darüber musst du dir keine Sorgen machen, das verspreche ich.»

Und ich habe mir tatsächlich keine Sorgen machen müssen. Weil er siebzehn Jahre lang jeden einzelnen Tag für uns alle drei da war. Uns unterstützt und geliebt hat. Und zwar vollkommen nüchtern.

KAPITEL 22

Ich habe Angst davor, William sagen zu müssen, dass sein Rafting-Ausflug mit seinem Vater ausfällt. Aber er macht kein großes Theater, er beschwert sich nicht oder schreit oder so etwas, obwohl er jedes Recht dazu hätte. Er hört mir nur schweigend zu, wie ich mir Lügen zu Adams Verteidigung ausdenke.

«Und dann musste er einspringen und einer Familie helfen, die ihre Pässe verloren hatte», sage ich. «Sie wären sonst nicht nach Hause gekommen. Aber er holt euren Ausflug ganz bald nach.»

Seine Unterlippe zittert ein wenig. Er senkt den Kopf, und dann springt er auf, rennt in sein Zimmer und schließt die Tür hinter sich. Ich lasse ihn zehn Minuten in Ruhe, bevor ich in Aktion trete und einen Alternativausflug für uns und Natasha organisiere.

Wir fahren zum Lac du Causse, in der Nähe von Brive, etwa eine Stunde entfernt. Dort gibt es einen Sandstrand, klares Wasser – und Tretboote.

«Hast du Lust? Das war Grandmas Idee», frage ich ihn heiter.

«Hm. Na gut», sagt er und zuckt mit den Achseln, aber nur, weil der Akku des iPads leer ist.

Doch sobald wir auf dem Wasser sind, lebt er auf. Hauptsächlich, weil es offenbar wahnsinnig witzig ist, wenn eine erwachsene Frau wie wild in die Pedale tritt, sobald sie sich einem Windsurfer auf fünf Meter nähert. Als wir es einmal um den See herum geschafft haben, brennen meine Knie, und, Kindheitserinnerungen hin oder her, ich bin ausgesprochen erleichtert, wieder auf dem Trockenen zu sein.

William sammelt Stöcke am Wasser, und ich breite mein Strandtuch neben Natasha aus. Sie nickt ein und schläft tief und fest – so tief schlafe ich schon seit längerem nicht mehr. Ein paar Stunden bleiben wir am See und kehren erst am späten Nachmittag zum *Château de Roussignol* zurück.

Wir gehen gerade zu unseren Häuschen, als Natasha mich anstupst. «Da winkt dir jemand zu.»

«Hi Jess!» Charlie steht vor seiner Tür, auf der gegenüberliegenden Seite des Hofes.

«Oh, hi!» Ich winke zurück und suche nach meinem Schlüssel.

«Der steht auf dich», flüstert Natasha. Ich blicke mich hastig um, ob William uns hören kann.

«Red keinen Blödsinn», zische ich zurück. «Woher willst du das wissen?»

«Immerhin kommt er jetzt her.»

Ich öffne die Tür und lasse William und Natasha hinein. Er rennt sofort in sein Zimmer, aber sie hat offenbar beschlossen, sich nicht vom Fleck zu rühren.

«Wie geht's denn so?», frage ich Charlie.

«Ich freue mich, dass die Sonne wieder zurück ist. Gestern war es ja nicht so schön.»

«Ha! Ja, hoffentlich war das nur ein einmaliger Ausrutscher. Das ist übrigens Natasha – sie ist gerade angekommen.»

«Sehr erfreut», sagt Natasha und mustert ihn von Kopf

bis Fuß, als ob sie beim Autohändler den Lack eines neuen Coupés prüft.

«Ebenso», lächelt er, um sich dann wieder mir zuzuwenden. «Seid ihr gestern zum Familien-Grillabend gegangen? Wir haben es vergessen und sind essen gegangen.»

«Ja, es war schön», antworte ich. «Ich weiß nicht, ob Chloe es gemocht hätte, aber William fand es toll.»

Der Blick seiner grün gefleckten Augen ruht auf meinem Gesicht. «Schade, dass ich es vergessen habe – wir wären gekommen, wenn wir gewusst hätten, dass ihr auch da seid.»

Mir wird Natashas erwartungsfrohes Grinsen ein bisschen unangenehm.

«DAD!»

Charlie dreht sich um und sieht seine Tochter. «Ah. Sorry – die Pubertät ruft. Wehe dem, der nicht sofort springt. Bis bald, hoffe ich.» Und dann geht er. Ich überlege, ob Natasha vielleicht recht hat und er mich wirklich mag.

«Der konnte seinen Blick ja gar nicht von dir wenden», verkündet sie, sobald wir drinnen sind.

«Ach, hör doch auf.»

«Das stimmt! Wie gut, dass er dich gestern nicht in diesen weißen Shorts gesehen hat. Der hätte ja gar nicht mehr gewusst, wohin mit sich.»

William liegt auf dem Sofa, das iPad auf dem Schoß. «Hat es dir denn heute gefallen, Schätzchen?»

«Es war gut», sagt er.

«Hör mal ... es tut mir so leid, dass dein Dad dich heute versetzt hat.»

Er hebt den Kopf. «Er hat mich *nicht* versetzt. Er ist hier der Chef. Wenn er arbeiten muss, muss er eben arbeiten.»

Ich unterdrücke meinen Ärger. Ich war es ja selbst, die William erzählt hat, dass Adam arbeiten muss. Doch zu hören, wie er ihn so bereitwillig verteidigt, erfordert Selbstbeherrschung. Aber immer noch weit besser, als wenn er wüsste, dass sein Dad ihn verraten hat.

KAPITEL 23

Am Nachmittag ändert sich der Geruch in dieser Gegend. Wenn die Sonne hoch steht und ihre Wärme jede Blume und jede Pflanze durchdrungen hat, trägt der Wind den süßen, würzigen Duft des Sommers mit sich.

Am Tag nach unserem Ausflug zum See spazieren William, Natasha und ich zum Château, um etwas Kühles zu trinken. Ein paar Kinder sind auf dem Fußballplatz. Ein Junge kommt zu uns herübergerannt. Er hat vor ein paar Tagen mit William im Pool gespielt, obwohl er ein paar Jahre jünger zu sein scheint als mein Sohn. Er hat karottenrotes Haar und eine große Lücke zwischen den Schneidezähnen.

«In fünf Minuten fängt hier ein großes Turnier an, und wir brauchen noch einen Spieler. Machst du mit?»

«Ich weiß nicht», antwortet William.

«Ach, komm schon, William, mach doch mit.»

Er denkt kurz nach und nickt dann und geht mit, wirkt dabei aber ein bisschen unfroh.

Ich winke Ben zu, der die gelben Liegestühle am Pool zurechtrückt, und er winkt zurück. Dann zögert er und kommt auf uns zu.

«Genießt ihr eure Ferien?», fragt er. Er trägt ein paar Lederarmbänder an seinen braunen Handgelenken und ein altes T-Shirt mit dem ausgeblichenen Logo des Châteaus.

«Es ist ganz wunderbar, Ben, danke. Schade, dass du bei diesem großartigen Wetter arbeiten musst», sage ich.

«Es gibt schlimmere Jobs. Immerhin muss ich heute keine Toiletten putzen.»

«Das ist übrigens meine Freundin Natasha.»

«Freut mich, dich kennenzulernen.» Ihr Blick trifft seinen. «Das klingt ja wie ein Cardiff-Akzent.»

Ein Lächeln breitet sich auf seinem Gesicht aus. «Gut geraten!»

«Meine Großmutter stammte von dort, deshalb höre ich das sofort heraus.»

Sieben Kinder unterschiedlicher Nationen spielen jetzt auf dem Platz und unterhalten sich hauptsächlich in der universellen Sprache des Fußballs. Leider beherrscht William sie nicht besonders gut. Die anderen Kinder rennen über das Feld, aber mein Sohn scheint einfach nur ... herumzustehen. Um ehrlich zu sein, wirkt es so, als hätte man ihm erklärt, dass es im Fußball vor allem darum geht, aktiv dem Ball aus dem Weg zu gehen. Manchmal läuft er doch, aber da ihm niemand etwas erklärt, ist es hoffnungslos – und sein Gesicht verzieht sich verzweifelt, wenn er mal wieder den Ball durchlässt. Er verflucht sichtlich seine eigene Ungeschicklichkeit.

Mein Herz zieht sich zusammen.

Ich schaue dem Spiel weiter zu, nur abgelenkt durch Bens und Natashas Lachen. Er ist ganz eindeutig vollkommen hingerissen von ihr. Schließlich verabschiedet sie sich von ihm, weil sie sich noch für das Abendessen umziehen will, und er fährt fort, die Liegestühle auszurichten. Seine Bewegungen wirken sichtlich beschwingt.

«Hallo.» Adam taucht neben mir auf. Ich schaue hoch und sehe sein Profil. Es ist fast unerträglich, so gut sieht er aus. Es ist, als seien all die Dinge, die mich damals verzauberten – der Duft seiner Haut, die Tiefe seines Blickes –, nur dazu da, mich zu verhöhnen.

«Hallo», gebe ich eisig zurück.

Wir stehen schweigend nebeneinander und schauen zu, wie unser Sohn sich so weit in die Ecke zurückzieht, wie er kann. Wir sind die einzigen Zuschauer.

«Hat er schon ein Tor geschossen?», fragt Adam.

«Noch ... nicht.»

«Los, William!», ruft Adam. Mein Sohn schaut auf, sieht seinen Vater und legt einen Zahn zu. Aber leider reicht hier auch finstere Entschlossenheit nicht aus. Er rennt über den Platz wie eine Fee, die über Trittsteine in einem Bach tänzelt, und ist ganz schlicht nicht in der Lage, auch nur in die Nähe des Balls zu kommen.

Adam schaut ganz merkwürdig drein. Offenbar hat er gerade eine schlimme Erkenntnis: Sein Sohn ist einfach scheiße beim Fußball. «Er ...»

«Sag es nicht.»

Er sieht mich an. «Aber er ...»

«Ja, Adam, ich weiß. Er spielt ganz schlimm. Er wird nie ein Tor schießen. Er ...»

«Ich wollte nur sagen, dass sein Schnürsenkel offen ist.»

Ich wende mich von ihm ab. «Oh. Ups. William!»

Ich winke ihm zu, aber er wedelt mit der Hand, als scheuche er eine räudige Katze weg. «Dein Schnürsenkel!»

Er bleibt abrupt stehen und sieht mich böse an. Da rempelt ihn eines der holländischen Mädchen an – komplett aus Versehen –, und er segelt über das Spielfeld, landet auf dem Gesicht und hat den ganzen Mund voller Sand. Adam läuft zu ihm hin.

«Ich hab mir nichts getan, Dad», stammelt er, als Adam ihn hochhebt.

«Sicher? Komm doch zu uns und setz dich erst mal hin.»

Aber er will lieber heldenhaft weiterspielen. Die Kinder in seinem Team benehmen sich allerdings noch heldenhafter, denn sie behaupten, ihn unbedingt dabeihaben zu wollen. Adam und ich schleichen zurück an den Spielfeldrand.

«Und ich dachte, du wolltest dich darüber beschweren, dass er so schlecht spielt», beichte ich.

«Ganz und gar nicht.»

«Sorry.» Wir schweigen befangen.

«Er ist allerdings ... wirklich erstaunlich schlecht.»

Ich werfe ihm einen Blick aus dem Augenwinkel zu und lache auf. «Oh, der Arme. Wie gut, dass ich ihn so liebhabe.»

«Dass *wir* ihn so liebhaben», verbessert er mich.

KAPITEL 24

In meinem Kopf schwirren Einwände gegen Adams Behauptung herum. Wie kann er das sagen, nach der Nummer, die er da gestern gebracht hat? Wenn er William wirklich liebte, würde er sich entsprechend *verhalten*. Er würde tun, was man eben tut, wenn man Eltern ist: sein Kind an erste Stelle stellen. Immer.

«Tut mir leid wegen gestern», sagt er.

Ich kann ihn nicht ansehen.

«Darf ich das erklären? Es war Simones Geburtstag. Sie hatte dieses Hotel schon gebucht, bevor du überhaupt vorgeschlagen hast hierherzukommen. Vor Monaten schon. Ich hätte es dir sagen sollen, aber ich dachte, das wäre keine große Sache – nur ein Tag in den fünf Wochen, die ihr hier seid. Ich hatte keine Ahnung, dass ihr jeden Tag mit mir verbringen wolltet.»

«*Ich* will das ja auch gar nicht. Aber da William dich monatelang nicht gesehen hat, ganz im Gegensatz zu Simone übrigens, findest du da nicht auch, dass er Vorrang haben sollte?»

Er antwortet nicht.

«Du scheinst zu glauben, dass du deinen Teil abgeleistet hast, weil du einmal mit ihm zum Canyoning gegangen bist. Du hast den Superpapa gegeben, schön die Bilder von eurem Ausflug auf Facebook gepostet und kannst jetzt zu deinem

Leben zurückkehren. Einem Leben, in dem es William kaum zu geben scheint.»

«Das ist nicht wahr, Jess.»

«Doch.»

«Hör mal, wir wohnen wirklich weit voneinander entfernt, das ist nun einmal so. Und deshalb muss ich mit Skype und so ...»

«Du kennst ihn kaum, Adam.» Er schaut weg, weil er nicht weiß, was er darauf sagen soll. «Für dich ist er eher so etwas wie ... ein Neffe, den du magst, aber nicht oft zu Gesicht bekommst. Du hast dich als Vater nie abrackern müssen. Du hast dir den Luxus der Abwesenheit gegönnt. Den Luxus, nie erwachsen werden zu müssen.»

Sein Kiefer spannt sich an.

«Was soll denn in Zukunft werden, Adam? Ich rede nicht von seiner Kindheit, sondern auch von später. Wer soll ihm helfen, sein erstes Auto zu kaufen oder seine erste Wohnung zu mieten? Gehst du davon aus, dass ich all das auch übernehmen soll?»

Er sieht verwirrt aus, eindeutig deshalb, weil ich von einer Zeit spreche, die ihm Äonen weit entfernt zu sein scheint.

«Jess. Ich will keinen Streit mit dir, wirklich nicht. Aber manchmal glaube ich, du hast vollkommen vergessen, dass du diejenige warst, die Schluss gemacht hat.»

«Oh, fang bloß nicht *damit* an», sage ich, weil er ganz genau weiß, dass ich keine Wahl hatte. Rein formell gesehen, war ich diejenige, die gegangen ist, aber er hat alles dafür getan, dass unsere Beziehung auseinanderbrechen musste. In den Monaten davor und den Jahren danach hat er daran keinen Zweifel gelassen.

Er versucht, meinen Blick aufzufangen, aber ich weiche aus.

«Hör mal, es tut mir wirklich leid, dass ich nicht ständig da sein kann, dass ich euch bei eurem Alltag nicht helfen kann. Und ich entschuldige mich auch - noch einmal - für gestern, aber das war ein Missverständnis, mehr nicht. Ich werde es aber wiedergutmachen.»

Ich beiße die Zähne zusammen und schaue zu William hinüber. «Du musst endlich erwachsen werden und dich wie ein Vater benehmen, Adam», flüstere ich. Zuerst antwortet er nicht. Er lässt meine Worte auf sich wirken.

«Darf ich etwas dazu sagen?»

Ich bereite mich auf einen Gegenangriff vor, auf den Krach, den ich begonnen habe, indem ich eine brandgefährliche, wenn auch vollkommen gerechtfertigte und richtige Bemerkung gemacht habe.

«Ich sage es vielleicht nicht oft genug, aber ich möchte, dass du weißt, wie sehr ich das alles schätze, was du tust. Du bist eine wunderbare Mum. Und was auch immer zwischen uns passiert ist, du ziehst da einen wirklich tollen Jungen groß, ob er nun Fußball spielen kann oder nicht.»

Ich atme tief durch und spüre, dass ich gefährlich gerührt bin. Ich konzentriere mich auf das Gras und versuche, meine zitternde Lippe ruhig zu halten.

«Was ich noch sagen möchte, ist ... Ich weiß nicht, warum, aber nach all den Jahren, in denen du mir aus dem Weg gegangen bist, hast du plötzlich beschlossen hierherzukommen. Und ich freue mich darüber.»

Ich kann ihn nicht ansehen, weil meine Brust vor lauter Gefühlen fast explodiert.

«Es war Mum.»

«Was?»

«Meine Mutter wollte, dass wir dich besuchen.» Meine Bemühungen, nicht in Tränen auszubrechen, lassen mein Herz pochen. «Auch wenn sie schrecklich fand, wie du dich benommen hast, Adam, hat sie ein Problem mit der Vorstellung, dass William und du voneinander getrennt seid. Das hat sie immer so gesehen. Aber seit sie krank ist, ist ihr die Sache noch wichtiger geworden. Sie findet, dass Familie das Wichtigste ist.» Ich schaue zu Boden. «Und irgendwie geht es ihr auch ums Praktische. Sie und Dad haben William im Grunde mit mir zusammen aufgezogen. Unter den neuen Umständen kann sie das nicht mehr. Sie macht sich Sorgen, dass William am Ende nur noch mich haben könnte.»

«Willst du mehr Geld?», fragt er.

«Nein. Um ehrlich zu sein, bin ich nur ihretwegen hier.» Er schweigt. «Aber die volle Wahrheit ist: Seit wir hier sind, sehe ich, wie sehr William dich in seinem Leben haben will. Er stellt dich auf ein Podest. Und obwohl es mir weh tut, das zu sagen, glaube ich, dass Mum recht hat. William *braucht* dich in seinem Leben. Weit mehr, als du bisher für ihn da warst.»

Ich schaue auf meine Hände und rede dann weiter. «Ich weiß, dass du nie wieder nach Großbritannien ziehen wirst. Ich weiß, dass dein Leben hier stattfindet, aber ... vielleicht könntest du öfter als bisher zu Besuch kommen, oder William könnte hierherkommen, oder ...»

«Natürlich. Natürlich.»

Meine Schläfen pochen. Ich stelle ganz leise eine Frage, die mir auf der Zunge liegt. «Glaubst du, du könntest irgendwann nach England zurückziehen? Nur so hypothetisch?»

Er überlegt einen Augenblick, bevor er antwortet. «Ich glaube, diese Frage hast du bereits beantwortet, Jess, oder?»

Ich schniefe und lächele höflich. «Ich dachte, ich frage einfach mal.» Dann richte ich mich auf und überlege, wie ich die

Stimmung wieder aufhellen kann. «Versprich mir jedenfalls, dass du nie wieder so eine Nummer wie gestern mit William abziehst, sonst ...»

Sein Blick wird weich. «Drohst du mir, Jess?»

«Absolut. Noch einen solchen Hammer, und ich schreibe eine ganz miese Rezension auf Tripadvisor.»

Er lacht und verstummt dann. Schließlich fragt er: «Weiß man jetzt genauer, was deine Mum hat?»

Mein Herz zieht sich zusammen. «Es ist eine neurodegenerative Erkrankung.»

«Ich weiß, aber ... was denn, ist es ALS oder so?»

«Sie wissen es nicht genau», sage ich. Das ist gelogen. Weil es immer noch viel zu schwierig ist, Adam die Wahrheit zu sagen.

KAPITEL 25

Als meine Mutter die ersten Symptome ihrer Krankheit zeigte, merkten wir kaum etwas davon. Weil wir nicht darauf achteten.

Zuerst veränderte sich ihre Stimmung. Sie verwandelte sich von einer Frau, die meist ausgeglichen und fröhlich war, in jemanden, der wegen der kleinsten Kleinigkeiten vollkommen aus der Fassung geraten konnte. Nicht die ganze Zeit, versteht sich; ihre Wutanfälle waren selten, aber so explosiv, dass man sie nicht vergaß. Und buchstäblich alles konnte sie auslösen: mein unaufgeräumtes Zimmer. Der ausgefranste Saum an ihrem Rock. Mein Dad, der versuchte, uns weiszumachen, dass es nicht schlimm war, sich direkt vor meinem Theaterauftritt auf der Schultoilette zu übergeben.

Ich erinnere mich an ein paar solcher Ausbrüche während meiner Studienzeit, die ich damals nicht groß beachtete, die rückblickend jedoch bedeutsam erscheinen.

Als ich einmal während der Semesterferien zu Hause war, kam ich eines Sonntagmorgens nach unten. Sie stand in der Küche, umgeben von ihren Backzutaten.

«Was willst du denn backen?»

Amy Winehouse sang im Radio, und die Sonne schickte ihre ersten Frühlingsstrahlen durch die Fenster.

«Einen Osterkuchen», sagte sie und zeigte mir ein Bild in ihrem Hochglanz-Kochbuch. Sie hatte schon weit schwierigere Backwerke hergestellt, aber dieser hier war besonders niedlich – ein Kokoskuchen, ganz mit grasgrüner Glasur überzogen und einem weißen Häschen, das oben herausschaute.

«Sehr süß», sagte ich, setzte mich an den Küchentisch, blätterte durch die Tageszeitung und plauderte mit ihr, während sie den Teig zuzubereiten begann.

Ich erzählte ihr von einem meiner letzten Kurse vor den Semesterferien. Dabei bemerkte ich, dass sie immer wieder innehielt und das Rezept durchlas. Dabei warf sie ängstliche Blicke auf die Zuckerglasur. Es war fast, als ob ihr Hirn das Rezept nicht mit der Glasur in Einklang bringen könnte. Sie begann, ein kleines Stückchen Marzipan zu kneten und es zu formen, aber dann hielt sie wieder inne und murmelte ärgerlich vor sich hin.

«Ist alles in Ordnung, Mum?», fragte ich und faltete die Tageszeitung zusammen.

«Ja, ich bin letzte Nacht nur spät ins Bett gekommen», blaffte sie und blies sich eine Strähne aus dem Gesicht. «Ich bin nicht in Stimmung. Ich mache den Kuchen morgen fertig.»

Sie klappte das Buch zu.

Der Osterkuchen wurde nie fertig.

Rückblickend häuften sich die Anzeichen, bevor einer von uns irgendetwas unternahm. Ihr ständiges Gezappel, die kleinen Muskelzuckungen, die merkwürdigen, wenn auch kaum erkennbaren Bewegungen: All das gab es schon eine lange Zeit, bevor wir darüber nachzudenken begannen.

Ich wusste nicht, ob meine Mutter selbst nichts merkte oder ob sie die Anzeichen absichtlich ignorierte.

An dem Weihnachten vor Williams Geburt war ich mit ihr im Traffort Centre gewesen, um Geschenke einzukaufen. Wir waren auf dem Heimweg, der Kofferraum ihres kleinen roten Corsa vollgestopft mit Geschenken und Babysachen, denen sie nicht hatte widerstehen können.

«Meinst du, du hast genug Schlafstrampler?», fragte sie, als wir an der Ampel anhielten, an der sie in ihre Straße abbiegen sollte.

«Ich habe ungefähr vierzig, also nehme ich an, dass es reicht.»

«Glaub mir, davon kann man nicht genug haben. Wenn dieses Baby dir auch nur im mindesten ähnelt, wird es ständig vollgesabbert sein.»

Die Ampel schaltete auf Grün. Aber sie fuhr einfach geradeaus.

«Mum, was machst du da?», lachte ich.

Sie schaute mich an, fuhr aber weiter. «Was meinst du?»

«Du bist gerade an deiner Straße vorbeigefahren», sagte ich.

Sie setzte den Blinker und fuhr an die Seite. Sie war ganz blass, der Blick voller Panik.

«Mum, was ist los?»

Sie schüttelte den Kopf. «Nichts. Ich war nur ein bisschen abgelenkt. Ich habe an das Baby gedacht.» Sie wartete, bis eine Verkehrslücke entstand, fuhr einen U-Turn und klammerte sich dabei am Steuerrad fest. Aber ich merkte sofort, dass etwas nicht stimmte: Sie konnte sich nicht an den Weg nach Hause erinnern. «Die nächste links», sagte ich.

«Ich weiß, ich weiß», versetzte sie ärgerlich. Aber ich bin mir nicht sicher, ob sie ohne meine Anweisungen wieder zu dem Haus gefunden hätte, in dem sie fünfzehn Jahre lang gelebt hatte.

Ich nahm ihr das Versprechen ab, zu ihrem Hausarzt zu gehen. Hinterher sagte sie mir, dass man ein paar Tests mit ihr machen wolle, aber dass es sicher nichts Großes sei. Sie war fest entschlossen, mir die schlimmen Neuigkeiten nicht während meiner Schwangerschaft zu erzählen. Zu sehr fürchtete sie, welche Auswirkungen der Stress auf mich und das Baby haben könnte.

Ich war mit Adams und meiner Beziehung beschäftigt und konzentrierte mich auf meine Schwangerschaft, also akzeptierte ich ihre Beschwichtigungen nur zu gern. Ich redete mir ein, dass Mum nun mal eine jener Frauen war, die nicht stillsitzen konnten, und dass ich das, was im Auto passiert war, wohl etwas übertrieben in Erinnerung hatte. Es war leicht zu verdrängen.

Wie ich jene Zeit vermisse! Als Chorea Huntington noch kein Teil unseres Alltagsvokabulars war. Als ich noch nicht wusste, dass meine Mutter an einer tödlichen Krankheit litt, die auch als grausamste aller bekannten Krankheiten bezeichnet wird. Und als ich noch keine Ahnung hatte, dass die Chance, dass ich ebenfalls daran erkranken würde, bei fünfzig Prozent lag.

KAPITEL 26

Bevor ich herausfand, dass meine Mutter unter der Huntington-Krankheit litt, hatte ich dasselbe Verhältnis zu meinem Körper wie die meisten von uns. Wir gehen davon aus, dass Gesundheit zu unseren gottgegebenen Rechten gehört. Wir gehen davon aus, dass wir uns immer gut fühlen werden. Ernsthaft krank sind nur die anderen: Leute in Zeitschriften oder auf Facebook, die Geschichten von ihrem edlen und mutigen Kampf gegen die Krankheit schildern.

Nur dass wir über Nacht selbst zu diesen anderen Leuten wurden.

Meine Mutter und mein Vater erzählten mir gemeinsam von ihrer Diagnose, nur ein paar Wochen, nachdem Adam und ich uns getrennt hatten. Sie baten mich, mich zu ihnen an den großen Kiefernholztisch zu setzen, wo ich schon als Kind mein Abendbrot gegessen hatte. Ich erinnere mich, dass die sonst immer makellose Küche befremdliche Anzeichen von Vernachlässigung zeigte: Kaffeeringe auf der Holzarbeitsfläche, ein kleiner Tellerstapel im Ausguss, ein geblümtes Küchenhandtuch, das, zerknüllt und von Flecken übersät, in der Ecke neben der Waschmaschine lag.

Ich versuchte, William zu füttern, aber er wollte einfach nicht aufhören zu weinen. Er beruhigte sich nur, wenn ich mit ihm auf dem Arm herumlief und ihn wiegte.

«Na komm, gib ihn mir», sagte Mum und stand auf, und ich legte ihn ihr in die Arme. Er beruhigte sich sofort. Sie sah ihm in die Augen und wirkte so zufrieden, dass niemand hätte vorhersehen können, was sie mir gleich sagen würde. Dann setzte sie sich wieder und schuckelte ihn sanft.

«Die Ärzte haben herausgefunden, dass ich eine Krankheit habe, die Chorea Huntington heißt.»

Ich verengte meine Augen zu Schlitzen und versuchte, ihre Worte zu begreifen. «Was?»

«Hast du schon mal davon gehört?», fragte sie ruhig.

«Ich glaube schon ... Ich weiß nicht.»

«Okay. Na ja, ich erzähle dir mal alles, was ich weiß.»

Und dann erklärte sie mir ganz direkt und ohne Umschweife, was Huntington ist und dass ich eine fünfzigprozentige Chance hätte, es von ihr geerbt zu haben.

Sie war damals dreiundvierzig, viel zu jung, dachte ich, um eine tödliche Krankheit zu haben. Sie war ganz ruhig, als sie mir davon berichtete, beinahe heiter. Und obwohl sie mir den erschreckendsten, grausamsten Witz meines ganzen Lebens erzählte, weinte sie nicht. Sie bewahrte sich ihre Tränen für später auf. Die Auswirkungen ihrer Krankheit werden meine Mum töten, vermutlich eher früher als später. Sie ist von Natur aus eine Kämpferin, aber ihre Zeit läuft ab.

«Das ist alles ein bisschen viel, Jess», sagte sie. «Aber ich möchte, dass du weißt, dass ... egal wie schwierig es wird, wir werden alle füreinander da sein.»

Ich fing an zu schwitzen. Ich spürte, wie meine Haut ganz klamm wurde und ich keinen klaren Gedanken mehr fassen konnte. Weinen konnte ich erst ein paar Tage später. Große, feuchte Schluchzer, die einfach nicht aufhören wollten.

Ich verbrachte jenen Abend am Computer. Vermutlich

kann ich heute noch den ersten Artikel auswendig, den ich über die Krankheit auf der Website der Huntington's Disease Society of America las.

Chorea Huntington, auch abgekürzt als HD, ist eine tödliche Erbkrankheit, die die Nervenzellen im Gehirn absterben lässt. Die körperlichen und geistigen Fähigkeiten des Erkrankten nehmen immer weiter ab. Es gibt keine Heilung. Das Kind einer Mutter oder eines Vaters mit Chorea Huntington hat eine fünfzigprozentige Chance, das beschädigte Gen geerbt zu haben.

Einige beschreiben die Symptome von Chorea Huntington wie die von ALS, Parkinson und Alzheimer – aber alle zusammen.

Die Symptome treten normalerweise zwischen dreißig und fünfzig auf, ausgerechnet in dem Lebensabschnitt, der gemeinhin als «beste Jahre» bezeichnet wird, und verschlechtern sich über den Zeitraum von zehn bis fünfundzwanzig Jahren. Mit der Zeit beeinträchtigt Chorea Huntington die Fähigkeit, logisch zu denken, zu gehen und zu sprechen.

Zu den Symptomen gehören:

- Persönlichkeitsveränderungen, Stimmungsschwankungen und Depressionen
- Vergesslichkeit und vermindertes Urteilsvermögen
- unsicherer Gang und unwillkürliche Bewegungen (Chorea)
- undeutliche Aussprache, Schwierigkeiten beim Schlucken und deutlicher Gewichtsverlust

Schließlich erliegt der geschwächte Körper einer Lungenentzündung, Herzversagen oder anderen Komplikationen.

Nur eine Handvoll Leute kennt die ganze Wahrheit. Becky und Natasha gehören dazu. Bei allen anderen habe ich vermieden zu sagen, was Mum wirklich hat. Stattdessen bleibe ich so vage wie Adam gegenüber: dass sie eine degenerative Erkrankung des Nervensystems hat. Alle scheinen daraus zu schließen, dass es eine Motoneuron-Erkrankung sein muss.

Ich verschweige es nicht gern. Ich weiß, dass ich damit eigentlich offen umgehen sollte. Mein Gewissen sagt mir, dass ich dazu beitragen sollte, die Menschen über Chorea Huntington zu informieren. Oder ich sollte Geld für die Erforschung der Krankheit sammeln.

Aber erst muss ich den richtigen Zeitpunkt finden, um es William zu sagen, und bis dahin muss es so weitergehen.

Ich habe lange und gründlich darüber nachgedacht, wann ich es ihm sagen soll. Aber letztlich ist es so: Ich möchte, dass William lebt, wie ein Kind leben soll – voller Begeisterung und Optimismus. Seine einzige Sorge sollte sein, dass er beim Fußball einen anständigen Schuss zustande bekommt.

KAPITEL 27

Williams Team muss eine 18:3-Niederlage einstecken, aber bis dahin habe ich eine lange SMS-Konversation mit Dad gehabt und vier Monate Crossfit-Training zunichtegemacht, indem ich eine Platte kalorienreicher Köstlichkeiten bestellt habe: Saucisson Sec mit würzigem Sellerie-Coleslaw und knusprigem Brot.

«Ich kann einfach nicht glauben, dass wir verloren haben», sagt William niedergeschlagen.

«Oh, macht doch nichts. Soll ich dir etwas zu trinken bestellen?»

Ich bestelle einen Apfelsaft bei Delphine, der jungen Kellnerin, die gerade Dienst hat. Die Sonne beginnt unterzugehen. Sie badet die Zypressen und die Steinmauern des Châteaus in orangefarbenem Licht. Der Pool ist leer, nur eine einsame Schwimmerin zieht darin ihre Bahnen, die Schwimmbrille fest auf dem Gesicht. Die Hitze des Tages hat die Düfte in der Luft noch intensiviert. Es riecht nach Veilchen und Thymian.

«Was hat Dad denn zu meinem Spiel gesagt, als er mit dir zugeguckt hat?», fragt William.

«Er fand dich phantastisch.»

«Hat er gesehen, dass ich am Ende beinahe ein Tor geschossen hätte?»

Ich habe keine Ahnung, wovon er spricht; soweit ich es sehen konnte, hätte er nicht weiter davon entfernt sein können, ein Tor zu schießen, wenn er in São Paulo gestanden hätte.

«Das konnte er ja wohl kaum übersehen, William. Gut gemacht», sage ich begeistert.

Natasha ist gekommen, aber sie bleibt bei einem Typen stehen, der etwas weiter entfernt auf der Terrasse sitzt.

«Du solltest mal mit deinem Dad kicken», fahre ich fort, als Delphine mit dem Saft kommt. «Früher war er richtig gut. Vielleicht kann er dir ein paar Tipps geben.»

«Super.» William kippt sein Getränk herunter. Natasha kommt auf uns zu, den Typen im Schlepptau, mit dem sie gerade geredet hat. Er hat ein Glas Rotwein in der Hand.

«Jess, das ist Joshua. Er wohnt in Islington, ganz in der Nähe von mir. Wir sind im Grunde Nachbarn.» Sie schaut mich bedeutungsvoll an, und es muss an meiner weiblichen Intuition liegen, dass ich sofort begreife, dass sie Potenzial in ihm sieht. Andererseits wäre es wohl kaum weniger subtil gewesen, wenn sie mir einen Ziegelstein an den Kopf geworfen hätte.

«Oh, wie schön. Setzt euch doch zu uns.» Ich lächele und ziehe einen Stuhl heran. «Das hier ist übrigens William.»

«Schön, dich kennenzulernen.» Joshua hat meerblaue Augen und eine sauer verdiente Bräune. Er ist ein wenig rundlich und gut fünf Jahre älter als Natasha. Aber er hat ein nettes Lächeln und dichtes Haar. Meine Grandma würde ihn für einen Traummann halten.

«Ich geh dann mal zu den Schaukeln», verkündet William und läuft los zu den anderen Kindern, die sich auf dem Spielplatz versammelt haben.

«Ich wollte Natasha gerade davon überzeugen, dass sie sich in meiner neuen Wohnung in London wohlfühlen würde», grinst Joshua.

Ich runzele die Stirn und frage mich, was ich da verpasst habe, aber Natasha lacht nur.

«Ich versuche mich ein wenig an Projektentwicklung», erklärt er und hebt eine Augenbraue.

«Ach.»

«Leider fühle ich mich sehr wohl in meiner Wohnung», sagt Natasha. «Und ich musste so lange nach ihr suchen; so bald ziehe ich ganz sicher nicht wieder um.»

Er verzieht den Mund. «Das ist allerdings schade. Dann muss ich mir wohl eine andere Ausrede ausdenken, um dich wiederzusehen.»

Die nächste halbe Stunde scheinen sie sich glänzend zu verstehen. Und zwar trotz der Tatsache, oder vielleicht auch genau deswegen, dass Natasha gar nicht mitbekommt, dass Joshuas Lieblingsthema ganz eindeutig ... Joshua ist.

Als diesbezüglich endlich alle Aspekte abgehandelt sind, einschließlich seiner beiden Autos, seines Hauses, des Antiquitätengeschäftes, das ihn in die Dordogne geführt hat, seines Golf-Handicaps und seines Snowboard-Trips nach Verbier Anfang des Jahres, schaut er auf seine Armbanduhr.

«Tja, ich muss dann los. Aber ich hoffe doch, dich bald wiederzusehen.» Natasha hebt die Hand und winkt ihm hinterher, als er geht.

«Glaubst du, er mag mich?», flüstert sie

«Ja, das glaube ich.» Ich nehme einen Schluck von meinem Getränk. «Beruht das denn auf Gegenseitigkeit?»

«Na ja, er erfüllt alle Voraussetzungen. Intelligent. Finanziell abgesichert. Gut erzogen. Spricht fünf Sprachen. *Tolles* Haar. Oh, da ist ja wieder unser Nachbar.»

Ich schaue auf und sehe Charlie, der uns ansieht. Für einen Moment scheint er erschrocken zu sein, dass ich ihn beim

Herüberschauen erwischt habe, aber dann breitet sich ein Lächeln auf seinem Gesicht aus.

Natasha schiebt ihre Sonnenbrille auf die Nasenspitze. «Bei dem hast du definitiv Chancen.»

«Das sagst du zumindest ständig.»

Sie grinst. «Also, was hatte Adam nach dem Rafting-Desaster zu seiner Verteidigung vorzubringen?»

Ich seufze. «Er hat sich entschuldigt und gesagt, dass er dankbar für meine Bemühungen als Mutter ist, dass er William liebt und nur absagen musste, weil Simone Geburtstag hatte und die Suite schon vor Jahren gebucht wurde.»

Sie schürzt die Lippen und macht leise «Hm». Dann sagt sie: «Na ja, ich hoffe, dass du dich davon nicht einwickeln lässt.»

«Natürlich nicht. Für was für eine Idiotin hältst du mich?»

KAPITEL 28

Seit Natasha da ist, haben wir uns daran gewöhnt, später aufzustehen, als es William von zu Hause gewöhnt ist. Dann essen wir mehr zum Frühstück, als er schaffen kann, machen einen Ausflug oder entspannen uns am Pool.

Körperlich genieße ich diese einfachen Annehmlichkeiten, wenn ich auch innerlich nicht ganz dabei bin. Sobald ich morgens die Augen öffne, denke ich an Mum, und die Gedanken, die daraus folgen, bleiben den ganzen Tag in meinem Kopf.

Trotzdem freue ich mich, als Becky und ihre Familie ankommen – wenn irgendwer den ständigen Gedankenlärm in meinem Kopf übertönen kann, dann sind sie es.

«Vielleicht muss ich ein bisschen von diesem Gesöff in deinem Kühlschrank aufbewahren, Jess. Ist das in Ordnung? In unserem haben wir nicht genug Platz», sagt Becky zu mir. Seb schwankt unter dem Gewicht einer Bierkiste. Er hat das verschmitzte Lächeln, das er auch schon auf der Uni hatte, aber die Zeit und drei Kinder haben sein Haar ein wenig grauer, seine Haut ein wenig weicher und seine allgemeine Erscheinung ein wenig erschöpfter werden lassen.

«Was sie meint», sagt Seb, «ist, dass wir so viel Alkohol gekauft haben, dass die Federung des Autos durchhängt. Als hätten wir ein Känguru im Kofferraum.» Er stellt die Bierkiste mit einem Rumms auf dem Tisch ab und kommt zu mir, um mich zu umarmen.

«Oh, ich hab euch beide so vermisst!» Ich drücke ihn an mich.

«Wann haben wir uns das letzte Mal gesehen?»

«Silvester», antworte ich. «Superparty übrigens - auch wenn jemand mal deiner Frau sagen sollte, dass sie inzwischen zu alt ist, um am nächsten Morgen im Badezimmer aufzuwachen.»

Beckys und Sebs Ferienhäuschen liegt ein Stück entfernt von unserem. Es ist ein hübsches kleines Arbeiterhäuschen nahe dem Château, ganz mit cremegelbem Geißblatt berankt. Es wurde erst letztes Jahr renoviert und ist groß genug, alle fünf zu beherbergen. Ich spähe in den Kofferraum ihres Allradautos. Es ist bis oben hin mit Buggys, Kleinkind-Ausstattung, Windeln und Barbiekleidern vollgestopft. «Ihr seid also auch nur mit dem Nötigsten gereist?»

«Eigentlich hätten wir einen Viertonner gebraucht», erwidert Becky. Sie nimmt mit einer Hand zwei Flaschen Wein, schiebt sich eine Windelmatte unter die Arme und zieht mit der anderen eine Sporttasche heraus. Ich nehme einen Koffer und folge ihr.

Beckys Haar war kastanienbraun gefärbt, als wir noch an der Uni waren. Nach kurzen Flirts mit circa sechzehn Farbtönen trägt sie jetzt dunkelblonde Wellen. Sie hat ein wenig zugelegt, aber die Kurven passen zu ihr, mit ihrer Pfirsichhaut und den haselnussbraunen Augen. Sie trägt ausgewaschene Jeans und ein lässiges weinrotes Top. Dutzende Reifen klimpern an ihren Armen.

Obwohl sie in einem anständigen Haus mit vier Zimmern in Hebden Bridge wohnt, wirkt Becky immer noch wie jemand, der einfach nicht dazu gemacht ist, sich niederzulassen. Vielleicht sehe ich immer noch das Mädchen in ihr, das ich damals kannte, das zweimal den Studiengang wechselte, sechsmal umzog und die längste Beziehung mit seinem Studienkredit hatte.

An der Uni waren Becky und Seb schon lange mit Adam und mir befreundet, bevor sie zusammenkamen. Seb kam aus Birmingham und studierte Wirtschaft. Er war süß, schüchtern und, wenn man die Gelegenheit hatte, hinter die stille Fassade zu schauen, ungeheuer witzig, mit jenem trockenen Humor, der einen sofort losprusten lässt. Er war damals eine richtige Bohnenstange mit ernstem Blick und dickem blondem Haar, das sich kaum bändigen ließ.

Als Adam uns einander im zweiten Studienjahr vorstellte, kam ich schnell zu dem Schluss, dass Seb ein echter Schatz war und der Bruder, den Adam nie hatte.

Es lag nicht an Sebs mangelnder Motivation, dass Becky und er nicht gleich zusammenkamen. Er vergötterte Becky. Er strahlte Sehnsucht aus, sobald sie den Mund aufmachte. In seinen Augen glänzte Bewunderung, wenn sie lachte, und er wurde rot, wenn sie mit ihm flirtete. Aber Seb war nicht Beckys Typ – sie stand auf Egomanen. Als sie sich mal wieder von der Trennung von einem dieser schönen Scheißkerle erholte, kaufte einer von uns Tickets für Oasis im Stadion von Manchester.

In jener Nacht waren wir angenehm stoned und high von der Musik und unserem Leben, von dem wir naiverweise annahmen, dass es für immer so leicht und gut bleiben würde. Adam schlang im Morgenzwielicht die Arme um mich, und die tobenden Gitarrenriffs von *Champagne Supernova* pulsierten durch meine Adern, als mir aus dem Augenwinkel plötzlich etwas auffiel. Seb hatte Beckys Hand genommen. Ich sah, wie er ständig verstohlen zu ihr hinsah, ob sie ihre Hand wohl wegziehen würde.

Doch in ihrem Gesicht erkannte ich nur milde Überraschung. Sie musste längst gewusst haben, was er für sie empfand. Aber seine plötzliche Kühnheit ließ ihn in einem vollkommen anderen Licht erscheinen. Die Musik um uns herum schwoll an, die Luft war voll von den berauschenden Gerüchen der sommerlichen Großstadt, und zwei meiner Lieblingsmenschen hatten sich endlich gefunden.

«Becky, kommst du mal kurz?», ruft Seb aus dem Häuschen. Sie seufzt und beeilt sich mit ihren Weinflaschen. James und Rufus streiten sich lautstark darüber, wer wen zuerst gehauen hat, während Poppy sich auf dem Boden wälzt und einen Wutanfall hinlegt, der sich gewaschen hat.

«Was ist los mit Poppy?», fragt Becky über das Geschrei hinweg.

«Es gibt hier kein Fernsehen. Sie kann *Peppa Pig* nicht schauen», erwidert Seb und reibt sich die Stirn.

Becky seufzt, dann hockt sie sich vor ihre Tochter. «Also gut, Poppy.» Ihre Stimme klingt ganz ruhig und respekteinflößend und jagt sogar mir Angst ein. «Wenn du so weitermachst, musst du auf die stille Treppe.»

«Das hier ist ein Bungalow», erinnert Seb sie. Dann wendet er sich streng an die Jungen. «Und ihr beide: *Es reicht.*»

Sie merken offenbar gar nicht, dass er da ist.

«JUNGS. ES REICHT!»

Ich habe noch nie gehört, dass Seb seine Stimme erhebt. «Hört mal, wir sind hier im *Urlaub*. Und das bedeutet, dass man gut miteinander auskommt. Jetzt will ich, dass ihr mir erzählt, ganz ruhig und friedlich, worin das Problem liegt.»

«ERHATZUERST-NEINERWAR'S-ABERERHATMICHGEHAUENUND-ICHHASSE-IHNUND ...»

«STOPP!», schreit Becky und schiebt Seb zur Seite. Sie befiehlt ihren Söhnen, sich jeweils an eine Seite des Zimmers zu verziehen. Sie fangen an zu streiten, welche Seite die bessere ist.

«So geht das schon, seit wir von zu Hause aufgebrochen sind», sagt Becky.

«So geht das schon seit 2012», verbessert Seb sie.

Becky seufzt. «Na ja, jedenfalls ist es hier wunderschön. Und Seb kann es kaum erwarten, Adam wiederzusehen.»

Seb und Adam sind in all den Jahren Freunde geblieben, wenn auch anders als Becky und ich. Wir rufen uns mehrmals die Woche an und schicken uns SMS, und wir bemühen uns, uns wenigstens alle paar Wochen zu sehen. Seb und Adam halten den Kontakt wie Männer. Indem sie ihre Facebook-Posts kommentieren, zusammen auf Junggesellenabschiede gehen und ein Bier zusammen trinken, wenn sie sich mal über den Weg laufen.

«Adam ist ziemlich beschäftigt», sage ich. «Er hat eine neue Freundin.»

«Er hat doch ständig eine neue Freundin», sagt Becky wegwerfend. «Seb ist im Laufe der Jahre schon Dutzenden vorgestellt worden. Er hat nicht einen der Namen behalten ...»

«Matilda», unterbricht er sie.

«Was?», murmelt sie.

«Matilda», wiederholt er. «An die kann ich mich erinnern.»

«War das die klassische Cellistin mit der Figur von Jessica Rabbit?», fragt Becky. «Warum du dich wohl ausgerechnet an die erinnerst ...»

«Du weißt doch, wie sehr ich Strawinsky liebe», grinst er.

KAPITEL 29

Weil Becky, Seb und die Kinder eine lange Reise hinter sich haben, laden Natasha und ich sie zum Grillen ein. Also gehen wir am Nachmittag zum nächsten Supermarkt, um Burger, Würstchen, ein paar Steaks und ein weiteres, nicht identifizierbares Fleischprodukt zu kaufen, von dem die Dame an der Fleischtheke glaubte, dass wir es haben wollten. Es war einfach zu kompliziert, sie vom Gegenteil zu überzeugen.

Der Vorteil, im letzten Ferienhäuschen von *Les Écuries* zu wohnen, ist, dass wir mehr Platz als die anderen haben. Hinter dem Häuschen erstreckt sich eine sattgrüne Wiese, und davor gibt es eine kleine gepflasterte Terrasse, auf der wir sitzen können. Adam hat sechs Klappstühle und einen Tisch gebracht, und wir legen Bestecke und Teller aus beiden Häuschen zusammen, sodass wir genug für alle haben.

Die Kinder spielen Fangen auf dem Rasen, und bald steigt Rauch vom Grill in den Himmel. Becky schenkt allen Rioja ein und stellt sich dann zu mir an den Grill.

«Was ist *das* denn?», fragt sie.

«Fleisch. Mehr kann ich leider auch nicht dazu sagen, fürchte ich.»

«Seb ist es sowieso egal, mach dir mal keine Sorgen. Er hat einen Magen wie ein Müllzerkleinerer.» Poppy windet sich aus ihrer Umarmung und rennt zu ihrem Daddy, der sie hochhebt und sie unter dem Kinn kitzelt, sodass sie sich vor Lachen ausschüttet.

«Wie schön, dass sich die Jungs gut verstehen», sagt Becky. «William hat immer so einen beruhigenden Einfluss auf sie.»

Ich weiß schon, dass sich alle Geschwister streiten, aber James und Rufus sind Erzfeinde, die auf zwei verschiedenen Planeten geboren sein könnten: James ist ernsthaft, wissbegierig, Fan von One Direction, Barbies und *Meine Lieder – meine Träume*. Rufus ist ein wildes, fünfjähriges Raubein, das Wrestling, Rugby und so viel Lärm wie möglich mag. Sie sind beide großartige Kinder - bis man sie aufeinander loslässt. Dann verwandeln sie sich in Psychopathen.

«Bist du sicher, dass ich das nicht übernehmen soll?»

Adam steht plötzlich neben mir, so nah, dass ich die Sonne auf seiner Haut riechen kann. Ich weiche zurück und nehme meine Grillzange.

«Alles unter Kontrolle», sage ich und wende ein Steak.

Er sieht entschieden außer Dienst aus, in langen Shorts und einem olivfarbenen Hemd, das eng an seinem Oberkörper anliegt. Ich hatte gedacht, dass er Simone mitbringen würde, um vor Seb anzugeben, aber er sagt, dass sie lieber früh ins Bett wollte und zurück in das Apartment gefahren ist, das sie zusammen mit Ben in Sarlat bewohnt. Ich kann nicht behaupten, dass mich das nicht erleichtert. Den quälenden Vorfall in Adams Häuschen haben wir zwar hinter uns gelassen, aber es ist dennoch schöner, den Abend in der Gesellschaft alter Freunde zu verbringen.

«Es würde mir wirklich nichts ausmachen», hakt er nach.

Becky muss plötzlich lachen. «Was ist das nur mit Männern und Grillen?», fragt sie und knufft mich in die Seite. «Jess, du bist eindeutig in sein Herrschaftsgebiet eingedrungen.»

Er grinst sie an. «Ich wollte nur meine Hilfe anbieten. Aber da du es erwähnst – ich bin sicher, wenn du mir die Grillzange überlassen würdest ...»

«Hau ab», sage ich lachend und schlage mit einem Küchenhandtuch nach ihm. «Wenn du wirklich helfen willst, mach den Salat.»

«Ah, verstehe. Also stehst du am Grill und wendest die Rib-Eye-Steaks, während ich drinnen eine Schüssel Rucola anrichten soll. Das kommt ja beinahe einer Entmannung gleich, Jess.»

«Da hast du aber eindeutig nicht mitgekriegt, was sie hinter deinem Rücken so über dich sagt.» Becky grinst.

«Na gut. Ich mache Salat. Aber nur dass du's weißt, es wird ein *ausgesprochen* männlicher Salat.»

Er geht hinein, und Becky kichert, hört dann aber abrupt auf. «Entschuldige», flüstert sie. «Er ist wirklich witzig. Aber trotzdem ein Wichser. Eindeutig ein Wichser.»

KAPITEL 30

Die sternenklare Nacht senkt sich über uns. Wir trinken Wein und schwelgen in Erinnerungen. Drei müde, aber glückliche Kinder spielen auf der Wiese, ihr Lachen klingt zu uns herüber. Es ist halb zehn, und Poppy schläft tief und fest in ihrem Schlafanzug im Buggy, gemütlich in eine Decke gehüllt. Eigentlich ist es längst Schlafenszeit für die anderen Kinder, aber sie sind wild entschlossen, so lange wie möglich aufzubleiben, und keiner hat Lust, es ihnen zu verbieten, selbst wenn das bedeutet, dass Seb und Becky hin und wieder einen Streit schlichten müssen. Die Erwachsenen sitzen um einen Tisch herum, auf dem die Citronella-Kerzen flackern. Wir sind alle beseelt vom Essen und vom Alkohol und der puren Freude, von Menschen umgeben zu sein, die wir lieben.

«Ist zwischen uns wieder alles okay?» Adam beugt sich zu mir. Ich schrecke zusammen und schaue dann geradeaus, um nicht sehen zu müssen, wie das Kerzenlicht sein Gesicht erleuchtet und in seinen dunklen Augen flackert. «Natürlich ist zwischen uns alles okay.»

«Falls dir das etwas bedeutet ... Ich habe alles gehört, was du mir neulich gesagt hast.»

Dieses Aftershave ist neu. Früher trug er eins von Hermès, das ich ihm einmal zu Weihnachten gekauft hatte, selbst noch Jahre nach unserer Trennung.

«In Ordnung. Gut.»

«Und ich will mehr Zeit mit ihm verbringen, während ihr noch hier seid.»

«Das ist schön zu hören. Danke.» Ich möchte es dabei belassen, schaffe es dann aber doch nicht. «Also ... wann?»

Er rutscht auf seinem Stuhl herum, als hätte ich ihn in Verlegenheit gebracht. «Tja, ich schau dann mal in meinen Kalender.»

Ich bin enttäuscht. «Tu einfach, was du kannst, Adam. Mehr will ich gar nicht.»

«Dad, spielst du mit uns?» William taucht neben uns auf. Er hat bisher kein einziges Mal um Adams Aufmerksamkeit gebeten. Er hätte sie auch nicht bekommen – Adam hat den ganzen Abend nur mit Seb gesprochen.

«Gute Idee. Wie wär's mit Gin Rommé?» Adam zieht ein Kartenspiel aus der Hosentasche.

«Wir dachten eigentlich mehr so an ... Kricket?», sagt William.

«Für Kricket ist es doch schon viel zu dunkel. Na komm, setz dich hier hin. James und Rufus, wollt ihr auch mitmachen?»

Die Kinder kommen herbeigetrottet, eher erschöpft als begeistert, und schauen zu, wie er uns allen Karten austeilt.

«Natürlich darf man *nur* um Geld spielen», sagt Adam. «Sonst hat es ja gar keinen Sinn.»

Das lässt die Sache, wie sich herausstellt, in einem ganz anderen Licht erscheinen. Das Interesse der drei Jungs ist sofort geweckt. «Also, William, die Frage lautet folgendermaßen: Wie viel hast du, und wie viel möchtest du einsetzen?»

«Ich habe ein bisschen Taschengeld von Granddad», sagt er und steht auf, um es holen zu gehen. Adam legt ihm die Hand auf den Arm und drückt ihn sanft zurück auf seinen Stuhl. «Dieses eine Mal finanziere ich dich.» Er holt eine Handvoll Münzen hervor.

Wir spielen um Cents, und obwohl sich die schwarze Nacht kühl auf unsere Schultern legt, wünscht sich ein Teil von mir, dass sie niemals enden möge – vor dem Hintergrund, dass ich ständig von einem Fünfjährigen vernichtend geschlagen werde, bedeutet das schon was.

Gerade als Rufus seinen zweiten Sieg feiert, merke ich, dass in Charlies Häuschen das Licht angegangen ist.

«Hoffentlich stören wir die nicht», sagt Natasha und zeigt dorthin.

«Seid mal alle ein bisschen leiser», fordere ich die anderen auf. Aber beim Spiel bemüht sich niemand auch nur im mindesten, leise zu sein, einschließlich Adam, der seinen einzigen Sieg über die Kinder viel zu begeistert feiert.

«Wichser», flüstere ich ihm zu. Ich bin kaum betrunken, und ich sage es halb im Scherz.

Er bricht in Lachen aus. «Ach, komm schon. Ich habe sie fünf Runden lang gewinnen lassen. Irgendwann muss ich auch mal wieder ein bisschen Würde zeigen.»

«Ich hasse es, dir die Augen öffnen zu müssen, aber du hast einfach versagt.»

«Ich helfe ihnen nur dabei, ausgeglichene Erwachsene mit vielseitigen Fähigkeiten zu werden. Außerdem habe ich kein Geld mehr.»

Jetzt steht Charlie auf seiner Terrasse. Das Licht aus dem Fenster erleuchtet ihn von hinten. Er scheint mit seinem Handy beschäftigt. Dann hebt er den Kopf, und ich schaue weg. Natasha stupst mich an. «Na komm, geh schon hin und sag hallo.»

Ich fühle mich plötzlich so mutig. Oder vielleicht bin ich auch nur beschwipst. «Entschuldigt mich einen Augenblick», sage ich ein wenig befangen und schiebe meinen Stuhl zurück. Adam ist ohnehin damit beschäftigt, eine neue Runde Karten auszuteilen.

Ich gehe in unser Häuschen, bleibe lange genug drin, um mein Täuschungsmanöver aufrechtzuerhalten, und schleiche dann über unseren kleinen Hof zu Charlie, der seinen Anruf gerade beendet.

«Tut mir sehr leid wegen des Lärms. Halten wir Chloe und dich wach? Wir schicken die Kinder bald ins Bett.»

«Nein, überhaupt nicht, keine Sorge. Chloe ist noch wach und liest, und ich gehe ohnehin nie vor eins ins Bett.»

«Sind das normale Zeiten für einen Anwalt?», frage ich.

«Es sind normale Zeiten für jemanden, der unter Schlaflosigkeit leidet. Ich muss einfach ständig grübeln.»

Zwischen uns herrscht plötzlich ein merkwürdiges, aber nicht unangenehmes Schweigen. Hinter uns erklingt Gelächter. «Möchtest du vielleicht auf einen Drink zu uns an den Tisch kommen?», schlage ich vor.

«Oh, ich möchte nicht aufdringlich sein. Ihr habt sicher viel zu besprechen.»

«Ach was, wir trinken das eine oder andere Glas zusammen.»

Erst antwortet er nicht, und ich komme mir dumm vor, dass ich überhaupt gefragt habe. Aber dann lächelt er. «Okay. Aber nur auf einen Drink. Ich sage bloß eben Chloe Bescheid, wo ich bin.»

KAPITEL 31

Ich kehre an den Tisch zurück, genau in dem Moment, in dem William Adam um eine Quizfrage bittet. «Diesmal Biologie.»

Adam denkt einen Moment lang nach. «Okay, hier kommt eine: Welches Tier frisst seinen Partner, nachdem sie, du weißt schon, sich *fortgepflanzt* haben?»

Ich schüttele den Kopf. «Nur dir kann so etwas einfallen.»

«Was? Das ist eine echte Frage. Die Antwort lautet: die Gottesanbeterin. Oder vielleicht auch die Schwarze Witwe. Beides läuft auf ein ziemlich übles Date hinaus.»

«Ich konnte ja gar nicht antworten», protestiert William. Ich mache Platz für Charlie und stelle ihn der Gruppe vor.

«Ah, ihr habt Karten gespielt», sagt Charlie. «Wer hat gewonnen?»

«Rufus hat ganz oft gewonnen, aber in der letzten Runde war ich der Sieger», antwortet William.

«Ich habe ihn gewinnen lassen», sagt Adam und knufft seinen Sohn in die Seite.

«Davon träumst du wohl, Dad», sagt William grinsend und schüttelt den Kopf.

Im Laufe der nächsten Stunde plaudern wir und trinken, und mir wird so kalt, dass ich den Pullover anziehe, den ich zwar eingepackt habe, von dem ich aber sicher war, dass ich ihn nicht brauchen würde. Obwohl wir mit den anderen zusammen am Tisch sitzen, habe ich beinahe das Gefühl, mit Charlie allein zu sein. Er erzählt mir von seinem erfüllten und wirklich faszinierenden Leben – wie er über die Chinesische Mauer gewandert ist, um Geld für die Asthma-Gesellschaft von Großbritannien zu sammeln, nachdem sein Bruder starb. Dass er sehr gern Tennis spielt, früher sogar als Halbprofi. Dass er in diesem Jahr zweiundvierzig geworden ist. Und dass er überlegt, nach Devon zu ziehen, um in Chloes Nähe zu sein, aber zwischen ihr und seinem alten Vater hin- und hergerissen ist, der in Manchester wohnt. «Wenn ich ehrlich bin, braucht er mich mehr», sagt er.

Es wird Mitternacht, bis alle anderen zu Bett gegangen sind. Charlie bleibt noch und hilft mir, die Gläser einzusammeln. Um uns herum zirpen die Grillen in der Dunkelheit.

«Das musst du nicht tun», sage ich. «Ich habe dich schließlich nicht eingeladen, damit du mir beim Abwasch hilfst.»

«Ich wasche ganz gern ab.»

«Wirklich?»

«Na ja, eigentlich nicht.» Er nimmt eine Flasche vom Tisch. «Das ist nur eine Ausrede, um noch ein wenig bleiben zu können.»

Mir steigt die Hitze in die Wangen, aber wenn er es bemerkt, zeigt er es nicht.

«Ich habe überlegt, ob du eventuell jemand finden könntest, der auf William aufpasst, über die Mittagszeit vielleicht.»

«Möglich. Warum?», frage ich, obwohl ich schon weiß, worauf er abzielt. Aber ich will mir hundertprozentig sicher sein, dass er mich um ein Date bittet, bevor ich zustimme.

«Ich hatte gehofft, dass du vielleicht Lust hättest, mit mir einen Happen essen zu gehen.»

Ich halte die Luft an, gehe zum Grill und hole die Grillzange. So lange hatte ich keine Lust, über so etwas auch nur nachzudenken. Ich hatte schon geglaubt, dass ich dafür nie wieder den Kopf frei haben würde. Und vielleicht liegt es am Wein oder am leichten Sonnenbrand, aber irgendetwas bringt mich dazu, ja zu sagen.

«Das würde ich sehr gern», antworte ich, und das Kribbeln in meinem Bauch fühlt sich gleichzeitig merkwürdig und schön an.

«Toll. Also, Chloe und ich unternehmen morgen etwas, aber wie wäre es, wenn wir übermorgen gemeinsam zu Mittag essen? Ich hole dich gegen zwölf ab.»

KAPITEL 32

Etwas in Charlies Blick gestern Nacht hat mich daran erinnert, wie es sich anfühlt, begehrt zu werden. Ich hatte das Gefühl zu schweben, als wir uns verabschiedeten, mir war fast ein wenig schwindelig, als ich in meiner Unterwäsche ins Bett stieg. Ich schlief so gut wie seit Monaten nicht mehr.

Jetzt, da die Sonne durch die Fenster dringt, liege ich mit geschlossenen Augen da und versuche, mich daran zu erinnern, wie es ist, Männerhände auf meiner Haut zu spüren.

Da klopft jemand gegen die Scheibe.

Ich ziehe die Decke bis zum Kinn hoch und blinzele zum Fenster. Ich habe die Fensterläden aus Versehen offen gelassen. Draußen erkenne ich eine Gestalt, die vor dem Fenster steht und hereinlinst, schwarz vor einer grellen Sonne. Dann duckt sich derjenige.

«Ahhh!», kreische ich erschrocken. Ich greife mir einen Morgenmantel, versuche, mich in den Ärmel zu kämpfen, lasse es sein und ziehe T-Shirt und Jeans an, um dann zur Wohnungstür zu taumeln.

Adam steht davor und sieht geradezu aufdringlich fit aus.

«Was machst du hier?»

«Dir auch einen guten Morgen.» Er tritt einfach so ein.

«Warum hast du durch mein Fenster gelinst?», frage ich streng.

«Ich habe nicht *gelinst.* Ich habe dreimal an die Tür geklopft und wollte schon aufgeben, als ich gesehen habe, dass die Fensterläden auf waren. Da habe ich angenommen, dass du längst wach bist.»

«Ich habe letzte Nacht nur vergessen, sie zu schließen.»

«Tja, ich wollte deine Privatsphäre jedenfalls nicht verletzen», sagt er.

«Gut.»

«Zumal du dich ja sehr gut amüsiert hast.»

Ich verschränke die Arme vor der Brust. «Was *willst* du, Adam?»

Er atmet tief durch. «Ich habe beschlossen, Ben zeitweilig zu befördern und ihn heute Vormittag mit meinen Aufgaben zu betrauen. Das bedeutet, dass ich frei habe, um etwas mit William zu unternehmen.»

«Oh. Na ja, er schläft noch, aber ...»

«Ich bin wach!» William kommt im Pyjama herein und reibt sich die Augen.

«Hallo, Bürschchen», sagt Adam, als wäre sein Sohn erst drei. «Hättest du Lust, heute mit mir eine Burg zu besichtigen?»

«Er hat sich mit mir schon eine Burg angeschaut. Eigentlich sogar mehrere. Wenn er so weitermacht, hat er bald einen Abschluss in mittelalterlicher Architektur.»

Adam lässt sich nicht entmutigen. «Ja, aber diese Burg ist echt gut.»

«Das wäre toll», sagt William begeistert. «Kommst du mit, Mum?»

Mir fällt das Gespräch mit Charlie letzte Nacht wieder ein. «Ähm ... okay. Oder könntet ihr das vielleicht stattdessen morgen machen? Ohne mich?»

«Warum?», fragt William.

«Weil ich vielleicht etwas anderes zu tun habe, deshalb. Also dachte ich, ihr könntet einen Jungsausflug machen.»

«Was hast du denn zu tun?»

«Es ist nur ... ich habe Charlie versprochen, ihm bei etwas zu helfen.»

«Ist Charlie dieser Typ von gestern Nacht?», fragt William. «Wobei hilfst du ihm denn?»

Ich spüre, wie ich rot werde. «Nichts ... ich ... Er überlegt, einen Crossfit-Kurs zu machen, zu denen ich auch gehe, und ich wollte ihm davon erzählen.»

«Will er, dass du ihm zeigst, wie man die Übungen macht?», fragt William.

«Nein.»

«Oh, das ist gut. Sonst reiherst du vielleicht wieder.»

Ich will gerade protestieren, als Adam mich unterbricht. «Ich kann mir auch morgen ein paar Stunden freischaufeln, wenn du möchtest. Ich muss zwar hier sein, aber William kann mir ja ein bisschen helfen.»

Einen Moment lang schweige ich peinlich berührt.

«Kommst du dann heute mit, Mum?», wiederholt William.

«Spielen bei diesem Ausflug Neoprenanzüge oder Wasserfälle eine Rolle?»

«Weder noch», versichert mir Adam. «Es wird nur ein netter Familienausflug.»

Mein Mund öffnet sich erstaunt, weil er diesen Ausdruck benutzt. Instinktiv will ich widersprechen. Wir sind keine Familie. Wir sind zwei Teile eines auseinandergebrochenen Paares, die durch den allerschönsten Fehler zusammengeklebt werden, den wir je gemacht haben.

Wir lassen Natasha ihre Pläne mit Joshua machen und fahren zur Burg Beynac, die in gestrenger Pracht ganz oben auf den Kalksteinfelsen über der Dordogne thront. Sie ist eine riesige mittelalterliche Festung, der ultimative Kriegsschauplatz, mit einer breiten Zugbrücke und Wachtürmen auf den Schutzmauern. Ein Labyrinth aus Höhlen erstreckt sich darin, das man nur über geheime Wendeltreppen erreichen kann. Die blutrünstige Geschichte dieser Burg fasziniert William sehr. Als wir schließlich ganz oben wieder ans Tageslicht treten, werden wir mit einer beeindruckenden Aussicht über das Tal belohnt, durch das sich der Fluss blau glitzernd hindurchschlängelt.

«Richard Löwenherz hat es geschafft, diese Burg zu erobern», erzählt Adam und deutet auf den schroffen Felsen unter uns. «Er musste den ganzen Weg hochklettern.»

William runzelt die Stirn und versucht herauszufinden, ob Adam ihn auf den Arm nimmt. «Das kann doch gar nicht sein.»

«Doch, das stimmt.»

«In Geschichte mag ich am liebsten die Wikingerzeit», erklärt William. «Wusstest du, dass sie auf ihre Kleider gepinkelt haben, damit sie nicht die Farbe verloren?» William erzählt eine fürchterliche Geschichte und feuert grauenerregende Informationen auf Adam ab, einschließlich der Tatsache, dass man eine Schwertklinge härter machen kann, indem man sie eine Weile im Bauch des Getöteten stecken lässt. Ich folge den beiden um die Burg herum. William plappert unaufhörlich auf seinen Vater ein, während wir uns durch die Touristenmassen fädeln.

«Beeil dich, Mum!» Sie erreichen den Fuß einer steilen Wendeltreppe und machen sich an den Aufstieg.

«Ihr wollt es echt wissen», lache ich, halte mich am Geländer fest und setze den Fuß auf die erste Stufe. Hier drin ist es dunkel und ziemlich kalt. Mein Herz beginnt zu klopfen, als ich eine schmale, unebene Stufe nach der anderen erklimme. Kurz vor dem Ende verliere ich den Halt. Ich weiß nicht genau, wie es passiert ist; ich weiß nur, dass ich in der einen Sekunde an den Rat meines Crossfittrainers denke – «Immer schön die Pobacken anspannen!» –, und in der nächsten falle ich fünf oder sechs Stufen hinunter, und Schmerz schießt durch meine Hände und Knie, bevor ich liegen bleibe. Eine Hand legt sich auf meine Schulter, und als ich hochschaue, erkenne ich schemenhaft das Gesicht einer jungen Frau. «Geht es Ihnen gut?»

«Alles in Ordnung», bringe ich hervor und setze mich hin. «Aber vielen Dank.»

«Kein Problem», sagt sie und lächelt unsicher. «Lassen Sie sich Zeit.»

Ich rappele mich auf. Meine Achseln sind nass vor kaltem Schweiß. Eine Hand blutet, beide Knie sind aufgeschlagen.

«Jess, alles okay mit dir?», ruft Adam von oben und kommt zu mir heruntergelaufen. «Was ist passiert?»

Er legt mir die Hand auf den Rücken, und ich schaue zu ihm hoch. Seine dunkelbraunen Augen sind nur ein paar Zentimeter von meinen entfernt und schauen besorgt. «Ich bin bloß hingefallen, das ist alles. Es ist nichts. Keine gebrochenen Knochen», betone ich und weiche zurück, weil meine Haut unter seiner warmen Handfläche zu prickeln beginnt.

KAPITEL 33

Hinterher machen wir einen Spaziergang am grasbewachsenen Flussufer entlang. Wir gehen aus dem Dorf hinaus und in die endlose Landschaft hinein, wo die Vögel über unseren Köpfen durch die Luft schießen und die Sonne auf unsere Schultern herabbrennt. Adam und William gehen voraus. Mein Sohn muss auf seinen dünnen Beinen hüpfen, um mit seinem Vater Schritt halten zu können. Schließlich kommen wir an einen Teich, in dem das Wasser ganz glatt daliegt. Libellen tanzen auf seiner Oberfläche, und Seerosen leuchten im hellen Licht. Ein Fahrradfahrer fährt auf dem Kiesweg an uns vorbei, und ein unglaublich schönes Paar sitzt auf dem Hügel und picknickt.

Wir werfen Steine, bis William es schafft, einen Kiesel drei- oder viermal hüpfen zu lassen. Adam tut so, als wäre er beleidigt, weil seine Steinchen immer nur ins Wasser fallen und auf den Grund sinken.

Danach essen wir in einem belebten Café in Beynac-et-Cazenac zu Mittag. Wir sitzen unter einer knallroten Markise, und um uns herum verspeisen die anderen Gäste Salat mit Tomaten, die aussehen wie Schmucksteine, weichen Cabécou-Ziegenkäse und Erdbeeren mit Mimoseneis.

«Sieh mal, die bestellen hier alle keine Geflügelmägen», sage ich zu Adam.

«Das werden sie aber bereuen. Was wollt ihr trinken?»

«Schon okay, ich bestelle.» Ich wende mich an die Kellnerin, fest entschlossen, die perfekte Bestellung abzugeben. *«L'eau, s'il vous plaît.»*

«Pardon?», erwidert sie.

«L'eau, s'il vous plaît.»

Sie sieht Adam an und macht ein belustigtes Gesicht. William kichert.

«Ich sagte, *je voudrais* some *l'* ... Coca Cola.»

«Ah oui!»

Langsam macht es mich mürrisch, dass mich niemand versteht. Adam bestellt den Rest, dann genießen wir den sanften Schatten unter der Markise und hören dem Leben rings um uns zu.

«Wie findest du mein Team?», fragt Adam.

«Klasse», sage ich. «Sehr professionell. Ben mag ich besonders.»

«Unseren hauseigenen Herzensbrecher? Der ist toll, oder? Er scheint Natasha sehr zu mögen.»

«Aber sie scheint sich mit diesem Antiquitätenhändler Josh zusammentun zu wollen, fürchte ich.»

Ich werfe einen Blick in meinen Reiseführer. Als ich wieder hochschaue, holt Adam ein Päckchen Zigarettenpapier und etwas Tabak heraus. Ich schaue ihn böse an. Als das nichts hilft, trete ich ihn unter dem Tisch sanft gegen das Schienbein.

«Aua!» Dann begreift er, was ich meine. «William ist schon ein großer Junge, Jess. Er ist bestimmt vernünftig genug zu wissen, dass einige Erwachsene rauchen, ohne gleich süchtig zu werden.»

William schaut zwischen uns beiden hin und her. Adam

rollt seine Zigarette und zündet sie dann an. Er inhaliert den Rauch ganz tief.

«Tu das *niemals*», sage ich streng zu William. «Es wird dich umbringen. Und davor hast du dann Lungen, die aussehen wie zwei zusammengeschrumpelte Bohnen, und riechst aus dem Mund wie ein Aschenbecher.»

«Das stimmt», sagt Adam und zuckt mit den Schultern. «Aschenbecherfresse, das ist mein zweiter Name.» Er zieht erneut an seiner Zigarette.

«Warum tust du es denn dann?», fragt William.

Adam senkt die Zigarette. «Ich bin süchtig. Und das ist weder cool noch klug. Das stimmt schon.»

«Aber ... kannst du nicht einfach *versuchen* aufzuhören? Ich will nicht, dass du stirbst.»

Adam erstarrt, dann entspannt er sich wieder. Er drückt stumm die Zigarette im Aschenbecher aus, gerade als die Kellnerin mit dem Essen kommt.

William beißt von seinem Croque Monsieur ab. «Ich freue mich, im einundzwanzigsten Jahrhundert geboren zu sein», sagt er beiläufig. «Die Burg war schon toll, aber ich würde nicht gern dort leben müssen.»

«Ich auch nicht», sage ich. «Stell dir mal vor, keine Klospülung zu haben, keine Zentralheizung oder ...»

«iPads», beendet William den Satz für mich.

«Ob du es glaubst oder nicht, als dein Dad und ich in deinem Alter waren, gab es auch keine iPads.»

«Ich weiß», sagt er. «Und nur Schwarzweißfernseher, und ...»

«Für wie alt hältst du uns eigentlich?», bricht es aus mir heraus.

Er kichert. «Jedenfalls hast du immer gesagt, dass du als

kleines Mädchen alles hattest, was du dir nur wünschen konntest.»

«Das stimmt», antworte ich. Er überlegt einen Augenblick. «Wie waren denn deine Mum und dein Dad so, Dad?»

Adam senkt sein Besteck. «Sie waren ein bisschen anders als deine Grandma und dein Granddad.»

KAPITEL 34

Ich weiß, dass mein Vater zu viel trank, aber ich bin trotzdem behütet und mit viel Liebe aufgewachsen und war eigentlich immer glücklich. Adam hatte diesen Luxus nicht, was ich erst vollständig begriff, als wir schon ungefähr fünf Monate zusammen waren.

Er hat mir erzählt, dass er seinen Vater nie kennengelernt hatte und dass seine Mum bei einem Verkehrsunfall ums Leben gekommen war, als er neun Jahre alt war. Aber den Rest kannte ich nur in groben Zügen, und ich hatte ihn nicht drängen wollen, weil sein Gesicht immer so traurig aussah, sobald ich das Thema anschnitt.

Es war Tante Julie, die die Lücken für mich gefüllt hat. Sie lud uns zum Sonntagsessen ein. Julie war in Wirklichkeit gar nicht seine Tante, sondern eine entfernte Großcousine, die seiner Mutter Lisa nahegestanden hatte. Nach Lisas Tod hatte Julie Adam zu sich genommen, obwohl sie selbst drei Kinder hatte – Mike und Daniel, Zwillinge und damals zwölf Jahre alt, und Stephanie, die ein Jahr jünger als Adam war.

Tante Julie war eine jener Frauen, deren Alter man schlecht schätzen konnte. Als ich sie kennenlernte, musste sie schon Anfang fünfzig gewesen sein. Obwohl sie Falten hatte, besaß sie eine Ausgelassenheit, eine positive Grundeinstellung, die ihre Augen glänzen ließ.

«Es ist so still hier, seit Steph und du ausgezogen seid», sagte sie und stellte riesige Mengen Bratkartoffeln auf den Tisch. Adam zerlegte ein knusprig gebackenes Hähnchen. Ihr Haus stand in Leeds, hatte eine Terrasse und war recht klein, aber die Tatsache, dass sie eine hervorragende Hausfrau war, erkannte man schon an den polierten Ornamenten des Kaminsimses und dem überwältigenden Tannenduft, der aus der Gästetoilette aufstieg, sobald man die Spülung betätigte. «Erinnerst du dich noch, wie es war, als du damals bei uns einzogst, Adam? Du, Mike und Danny habt alle in einem Zimmer geschlafen. Das war vielleicht ein Chaos!»

Adam schaute auf. «Aber bei euch hatte ich immer das Gefühl, zu Hause zu sein.»

Sie schmolz sichtlich dahin. «Oh. Danke schön, mein Schatz.»

Danach ging Adam mit Danny auf ein Bier in den Pub gegenüber. Ich blieb und half Julie aufzuräumen, obwohl sie dagegen protestierte.

«Wie war denn Adams Mum so?», fragte ich. «Er spricht kaum von ihr.»

Sie tauchte die Hände in eine Schüssel mit dampfend heißem Wasser. «Lisa war ... hoffnungslos und wunderbar gleichzeitig. Sie hatte einen furchtbaren Männergeschmack und war total durchgeknallt. Aber sie war auch wunderschön – innerlich wie äußerlich.»

Lisa war erst siebzehn gewesen, als sie Adam bekam, und schien eine liebevolle, wenn auch vollkommen unfähige Mutter gewesen zu sein. Die Kinder hatten oft Hunger oder froren, und Adam trug ständig Jacken mit den Namensschildern anderer Kinder auf. Sie ließ es nicht nur zu, dass er regelmäßig die Schule schwänzte, sondern ermutigte ihn sogar noch dazu, damit sie zum Spielen in den Park gehen oder sich auf dem Sofa zusammenkuscheln und fernsehen konnten.

«Als er ungefähr sechs war, kaufte sie dieses Wohnmobil», fuhr Julie fort. «Du hättest das Ding mal sehen sollen, eine echte Möhre, Gott weiß, wo sie die herhatte. Sie holte ihn eines Mittags mit einer Landkarte, Konserven und ein paar Klamotten von der Schule ab – und los ging's auf große Fahrt durch Großbritannien. Vier Monate lang waren sie fort und hatten den Spaß ihres Lebens.» Sie lachte.

Ich hob die Brauen. «Hat sich denn keiner gewundert, dass er nicht zur Schule ging?»

«Sollte man meinen, oder? Eine Frau und ihr sechsjähriger Junge, die wie Thelma und Louise durch Großbritannien gondeln. Aber nein. Sie kamen erst nach Hause, als die Federung des Wohnmobils den Geist aufgab und sie sich die Reparatur nicht leisten konnten.»

Ich hatte ein paar Fotos von Lisa gesehen, daher wusste ich, dass sie ebenso faszinierend aussah wie Adam: mit hohen Wangenknochen, einer geraden Nase, geschwungenen Lippen und dunklen, ein wenig schläfrigen Augen.

«Sie hat wirklich versucht, eine gute Mutter zu sein», sagte Julie nicht zum ersten Mal. Dann erzählte sie mir von Warren, einem Versicherungsvertreter, den Lisa ungefähr ein Jahr nach ihrer Tour kennenlernte.

«Lisa blickte zu ihm auf. Er war ein berufstätiger Mann mit einem guten Job. Zu Beginn behandelte er sie wie eine Prinzessin. Sie erzählte, dass er für sie kochte, ihr Geschenke machte und kaum die Finger von ihr lassen konnte. Aber dann wurde er unangenehm.»

«Gewalttätig?»

Julie nickte. «Ich merkte, dass irgendwas nicht in Ordnung

war, aber sie wollte nicht darüber sprechen. Dann brach sich Adam den Arm, und sie erzählten mir, er sei vom Baum gefallen ... Ich wusste genau, dass das Unsinn war. Ich sagte ihr, dass ich zur Polizei gehen würde, aber sie flehte mich an, es nicht zu tun. Der Gerechtigkeit halber muss ich sagen, dass Warren *Adam* hinterher nie wieder angerührt hat. Stattdessen übernahm sie die Rolle des Prügelopfers.»

Adams Kinderaugen haben Dinge gesehen, die niemand je sehen sollte. «Für eine Weile wurde er zu einem ganz anderen Kind. Er war immer so liebevoll und frech gewesen, zu jedem Unfug bereit. Aber dann wurde er sehr still. Es war grauenvoll. Ich kann immer noch nicht verstehen, warum sie diesen Warren nicht einfach in die Wüste schickte. Es gab keine Entschuldigung für sein Verhalten. Ich meine, man muss sich von einem solchen Mann doch trennen, oder? Wenn man ein kleines Kind hat?»

«Vielleicht hatte sie Angst vor ihm?»

«Die hatte sie ganz sicher.»

Lisa starb bei einem Verkehrsunfall, als sie Adam von der Schule abholen wollte. Ein Augenzeuge sagte, dass sie mit den Gedanken woanders war und aus dem Nichts auf die Straße trat. Ein Auto nahm sie auf die Motorhaube.

«Drei Wochen lag Lisa im Krankenhaus und kämpfte um ihr Leben. Dann verlor sie den Kampf. Über Nacht hatte das arme Mäuschen keine Mutter und kein Zuhause mehr.»

«Also hast du ihn aufgenommen.»

«Na ja, ich hätte ihn doch auf keinen Fall in ein Waisenhaus gehen lassen können. Aber ich musste um ihn kämpfen. Ich habe es niemals bereut. Es war wirklich eine Freude, ihn bei uns zu haben. Ich bin so stolz auf ihn, auf alles, was er aus sich gemacht hat.»

Adam kam prima zurecht in der Schule und machte einen guten Abschluss, um dann in Edinburgh aufs College zu gehen.

«Er hörte eigentlich nie auf zu arbeiten», sagte sie. «Er wusch in den Semesterferien Teller in einem Café und arbeitete in den Sommern für ein Bauunternehmen auf den Scilly-Inseln.»

Ich begriff, dass Adam schon mehr als ein Leben hinter sich hatte. «Aber er spricht kaum über all das», sagte ich. «Abgesehen von der Fahrt mit dem Wohnmobil. Davon hat er schon einige Male erzählt.»

Das schien sie nicht zu überraschen. «Ich glaube, auf dieser Fahrt war Adam am glücklichsten in seinem ganzen Leben.» Sie lächelte mich an. «Ich wusste damals irgendwie, dass dieses Abenteuer nur das erste in einer langen Reihe sein würde.»

KAPITEL 35

Seit ich hier bin, habe ich einige Male mit meinem Vater telefoniert, aber am Sonntag fragt Dad per SMS, ob ich Zeit zum Reden hätte. Irgendetwas in diesen Worten macht mir Angst – und ich möchte mehr als nur telefonieren und mir seine Versicherungen anhören, dass es ihnen beiden «ganz prima» geht. Ich will meine Mutter mit meinen eigenen Augen sehen. Ich lasse William bei Natasha am Pool und gehe ins Château, wo Simone am Empfangstresen steht.

«Hallo, Jess», sagt sie beinahe barsch.

«Hallo, Simone. Ist Adam vielleicht im Büro?»

Ihr gezwungenes Lächeln zittert ein wenig. «Ja, er ist da. Möchtest du mit ihm sprechen?»

«Eigentlich nicht. Ich möchte mit meinem Vater skypen, und Adam hat gesagt, ich darf die Breitbandverbindung im Büro nutzen.»

«Oh. Dann folge mir bitte.» Sie führt mich ans Ende des Flurs und klopft an eine schwere Eichentür, bevor sie sie aufdrückt. Adam sitzt an seinem Computer und tippt.

«Jess ist hier.» Es klingt, als ob sie die Ankunft der Schulkrankenschwester ankündigte, die die Schüler auf Läuse untersuchen soll. Er schaut auf.

«Dürfte ich vielleicht auf dein Angebot zurückkommen, mit meinem Vater zu skypen?»

«Natürlich, kein Problem. Ist denn alles in Ordnung?»

Ich werfe einen Blick auf Simone. Sie begreift und zieht sich zurück. «Es ist bestimmt alles okay. Dad fragt, ob wir reden können, und ... na ja, ich möchte einfach nur sichergehen, dass es Mum wirklich gut geht.»

Er fährt sich mit der Hand durchs Haar und beginnt, Papiere zu stapeln und zur Seite zu räumen. «Ich gebe dir mein Passwort.» Er nimmt einen gelben Zettel und kritzelt etwas darauf, dann steht er auf und gibt ihn mir. «Ich lass dich dann mal alleine. Ich kann auch woanders E-Mails beantworten.» Er nimmt seinen Laptop und hält inne, als wir nebeneinanderstehen. Dann streichelt er kurz meinen Arm. Es ist eine unterstützende Geste, aber ich werde ganz steif.

«Danke», sage ich.

«Richte deiner Mum und deinem Dad liebe Grüße von mir aus, okay?», sagt er und verschwindet.

Bevor die Beziehung mit Adam den Bach runterging, verstand er sich gut mit meinen Eltern, besonders mit meinem Vater. Sie hatten immer Themen, über die sie reden konnten, ob nun über Fußball oder Politik oder darüber, wie man eine Waschmaschine repariert (soweit ich mich erinnere, wurde übertrieben viel über Heimwerkerthemen gesprochen).

Meine Mutter mochte ihn auch, zumindest bis zu dem Tag, an dem ihr Enkel geboren wurde und er nicht auftauchte. Da half es auch nichts, dass ich ihr davon erzählte, wie schwierig es zwischen uns schon eine ganze Weile gewesen war – fortan musste er ein paarmal aus erster Hand erleben, in was für einen Drachen sie sich verwandeln konnte, wenn sie wütend war.

Ich schaue mich um, während ich darauf warte, dass sich mein Laptop mit dem WLAN verbindet. Dieses Zimmer ist der einzige Raum im Gebäude, in dem wirklich nichts gestylt ist. Hier gibt es nur schlichte weiße Wände, langweilige Büromöbel und triste Vorhänge an den hohen Fenstern.

Adam hat auch hier sein typisches Ablagesystem eingeführt: ungeordnete Papierstapel und einen überquellenden Papierkorb. Ich würde jetzt nicht so weit gehen und sagen, dass hier überhaupt keine Ordnung herrscht, aber wenn, dann ist es nur so viel, wie absolut notwendig ist. An einer Wand hängt ein Schlüsselbord neben einem halboffenen Aktenschrank, auf dem zerfledderte Ordner gefährlich hoch gestapelt liegen.

Ich klicke auf das Skype-Icon. Während ich warte, fällt mein Blick auf die Pinnwand vor mir, an die Bilder geheftet sind. Seit der Erfindung von Instagram haben nur noch wenige Leute so etwas. Die zwei oder drei Fotos von seiner Mutter sind sicher die einzigen, die er überhaupt besitzt. Die meisten sind von William als Baby, als Kleinkind und an seinem ersten Schultag, an dem er vor unserer Haustür stand, mit einem breiten Milchzahn-Grinsen und Grübchen in den Wangen. Viele von diesen Bildern habe ich Adam selbst geschickt, in meinen Updates ungefähr alle sechs Monate, damit er unsere Existenz nicht vollkommen vergisst.

Es gibt auch ein paar Selfies von ihm und William, sogar erstaunlich viele, wenn man bedenkt, wie wenig Zeit er in den letzten zehn Jahren mit ihm verbracht hat. Auf einem davon, William ist ungefähr sieben, stehen sie in einem Vergnügungspark in der Schlange zum Piratenschiff. Auf einem anderen essen sie übergroße Eisbecher in einer Pizzeria. Dann gibt es eines, das in Formby am Strand aufgenommen wurde. William schüttet sich aus vor Lachen, während er Adam im Sand eingräbt.

Wenn man sich die Fotosammlung anschaut, könnte man meinen, dass die beiden in den letzten Jahren praktisch unzertrennlich gewesen seien. Dabei sind es in Wirklichkeit nur vereinzelte Erlebnisse, ein Tropfen im Meer – und alle stehen im scharfen Gegensatz zu unserem Alltag, der aus Hausaufgaben, Klavierüben, dem Transport zu den Pfadfindertreffen besteht – und den Worten «SCHUHE!» und «ZÄHNE!», die ich jeden Morgen schreien muss, um ihn rechtzeitig aus dem Haus jagen zu können. Aber trotzdem beruhigen mich die Fotos ein wenig. Sie lassen darauf schließen, dass Adam, obwohl er absolut keine Ahnung hat, wie man ein guter Vater ist, vielleicht doch das Potenzial dazu hat – ob er es weiß oder nicht.

Ich berühre das Foto von William in seiner Schuluniform, dabei fällt die Nadel herunter, und drei Fotos segeln zu Boden. Ich hebe sie auf und hefte sie wieder an die Pinnwand. Da entdecke ich ein ausgeblichenes Foto, das hinter den anderen versteckt war.

Es zeigt Adam und mich in New York.

Etwa eine Woche nach unserem Abschluss in Edinburgh fuhren wir dorthin. Wir hatten die Reise schon ewig geplant. Übernachten konnten wir bei Steph – Tante Julies jüngster Tochter –, die eine Lehrstelle als Köchin in einem schicken neuen Hotel an der Upper East Side ergattert hatte. Die Wohnung, die sie mit einem anderen Lehrling teilte, einem Bulgaren namens Bojan, war so klein, dass man nur seitwärts und mit eingezogenem Bauch ins Bad konnte.

Aber es war ein unvergesslicher Urlaub. Wir nahmen die Fähre nach Ellis Island, erkundeten den Central Park, standen bei Einbruch der Nacht ganz oben auf dem Empire State Building und schauten zu, wie das funkelnde Nachtleben der Stadt erwachte. An dem Morgen, an dem das Foto aufgenommen wurde, waren wir unsinnig früh aufgewacht, weil wir noch unter Jetlag von unserem Flug von vor zwei Tagen litten. Aber in jenen Tagen vor unserer Elternschaft mussten wir uns nur um uns selbst kümmern, deshalb blieben wir, wenn Steph bei der Arbeit war, stundenlang in ihrem kleinen Gästezimmerchen, in das das Sonnenlicht durch die Jalousien fiel, und erforschten jeden einzelnen Zentimeter voneinander.

Er sagte immer, dass es sein Lieblingsfoto von uns beiden sei – ein Bild von uns und unserem Mammutfrühstück direkt nach dem Sex, aufgenommen in einem coolen kleinen Café im Meatpacking District. Er hatte in diesem Augenblick alles, was er sich je im Leben gewünscht hatte. Und ich fragte, ob er damit mich oder den knusprigen Speck meinte.

«Hallo?» Dads Stimme beendet den Lauf meiner Gedanken, und ich schaue auf. Er steht in der Eingangshalle der Willow Bank Lodge und sieht aus wie jemand, der dringend eine Mütze Schlaf gebrauchen könnte.

KAPITEL 36

Es ist alles *prima*», betont Dad, aber ich weiß, dass er dasselbe sagen würde, wenn er auf der Titanic stünde. «Wir haben heute Morgen nur einen kleinen Schreck bekommen.»

Mein Puls beginnt zu rasen. «Was meinst du damit?»

«Jetzt gerate nicht in Panik, aber wir mussten heute ins Krankenhaus. Nur zur Sicherheit, und wir sind auch schon wieder zu Hause. Das Wichtigste ist: Ihr geht es gut.»

Mir wird ganz heiß. Ein halbes Dutzend Fragen schießen mir durch den Kopf. «Was ist passiert? Warum wart ihr im Krankenhaus? Wo ist sie jetzt?»

«Deine Mum hat sich an ihrem Frühstück verschluckt.» Er schaut nur ganz kurz hoch, als wolle er meinem Blick ausweichen. «Raheem war hier und hat sie wieder in Ordnung gebracht. Sie haben mich bei der Arbeit angerufen. Als ich in der Notaufnahme ankam, war alles schon unter Kontrolle. Ihr geht es wirklich wieder gut, ehrlich. Ein bisschen fertig ist sie, aber im Grunde geht es ihr gut.»

Das ist nicht zum ersten Mal passiert. Bevor wir anfingen, Mum das Essen zu Brei zu zerdrücken, habe ich es mit eigenen Augen gesehen. Der Anblick ihres Gesichts, wie es ganz grau wird, die blauen Lippen, wenn sie nach Luft ringt – all das möchte ich nie wieder mitansehen müssen. Dr. Gianopoulos findet, sie solle mit einer Magensonde ernährt werden, aber

Mum hat schon vor Jahren eine Patientenverfügung unterschrieben, also wird es dazu niemals kommen.

«*Es ist okay,* Jess», sagt mein Vater in die Stille hinein. «Nur wieder eine von diesen Sachen. Wir müssen einfach von nun an vorsichtig sein, das ist alles.»

«Ich glaube, ich sollte doch lieber abreisen», sage ich sofort.

«Nein. Absolut nicht.» Er schüttelt den Kopf. «Alles ist jetzt wieder in Ordnung. Ich wollte es dir noch nicht einmal erzählen, aber ich dachte, dass du vermutlich stinksauer bist, wenn ich es dir verschweige.»

«Ganz richtig gedacht. Ich kümmere mich gleich heute Nachmittag um einen Flug.»

Mein Vater schaut mich streng an. «Was glaubst du eigentlich, was deine Mum sagen würde, wenn sie wüsste, was du da vorhast?», sagt er leise. «Ihr Tag war auch so schon schlimm genug.»

Ich atme aus; erst jetzt merke ich, dass ich die ganze Zeit die Luft angehalten hatte. «Ist sie denn jetzt da?»

«Moment.» Er geht durch den Flur und stößt dann die Tür zu ihrem Zimmer auf. Dort sitzt Mum in ihrem Rollstuhl und schaut eine australische Seifenoper im Fernsehen.

Dad hält ihr das iPad vors Gesicht. Ich ertappe mich dabei, wie ich ihr Aussehen analysiere. Objektiv gesehen, sieht sie nicht anders aus als an dem Tag, an dem ich gefahren bin. Aber das bedeutet nicht viel.

Ihre Glieder sind so zusammengekrümmt, dass es unbequem aussieht, ihre Unterlippe hängt ein wenig herunter, als hinge ein unsichtbares Gewicht daran. Ihre Haut hängt schlaff an ihren Knochen herunter – es ist ein Körper, der aussieht, als hätte er nicht genug Energie, sich zu bewegen. Aber sie reckt das Gesicht nach oben.

«Dad hat mir erzählt, was heute passiert ist, Mum. Geht es dir gut?»

Eine Sekunde vergeht, dann zuckt sie ein paarmal und antwortet dann mit einem Grunzen. «Scheißtoast.»

Ich bringe es kaum fertig zu lächeln.

«Morgen Haferbrei», fügt sie hinzu.

«Ja, gute Idee.» Ich will meiner Mutter eine Million Dinge sagen. Dass ich sie liebe, dass es mir das Herz bricht, wenn ich sie so sehe, dass ich alles tun würde, damit sie wieder die glückliche, gesunde Frau wird, die sie wäre, wenn es diese hinterhältige Krankheit nicht gäbe. Wenn ich nur daran denke, habe ich schon einen Kloß im Hals.

«Es ... schön da?», fragt sie. Jedes einzelne Wort erfordert große Mühe. Ihr Kiefer bewegt sich einfach anders als früher, und sie macht merkwürdige, gedämpfte Geräusche.

Ich versuche, mich zusammenzureißen. «Ja, es ist wunderschön, Mum. Adam hat ganze Arbeit geleistet. William genießt die Zeit, die sie zusammen verbringen.»

Sie schweigt, und mein Blick fällt auf ihr knochig hervorstehendes Schlüsselbein, das im Ausschnitt ihrer blassblauen Bluse sichtbar wird. Ich habe ihr die Bluse vor mehr als zehn Jahren bei Oasis zum Geburtstag gekauft. Ich erinnere mich, dass ich damals dachte, Größe 12 könne vielleicht ein bisschen eng sein. Jetzt sitzt sie in ihrer Bluse wie in einem Zelt; ihre einstmals üppige Oberweite ist verschwunden, und man kann jede Rippe an ihrem Brustkorb sehen.

«William ... da?»

«Nein, er ist am Pool, aber ich kann ihn holen gehen.»

«Nein», prustet sie. «Heute nicht.»

«Okay. Morgen dann vielleicht.»

Aber sie antwortet nicht. Sie zuckt und zappelt in ihrem

Rollstuhl, das Gesicht verzerrt zu etwas Fremdem und völlig Übertriebenem. Dieses Bild wird irgendwann zurückkommen, wenn ich im Spiegel mein eigenes Gesicht anschaue, und dann wird mich die kalte Angst packen.

KAPITEL 37

Nach dem Skype-Anruf trete ich aus dem Château in die brütende Hitze – eine Hitze, die die Fußsohlen verbrennt und die Haut in Sekunden klebrig werden lässt. Im Pool planschen die Kinder. Ihre Eltern haben sich in den Schatten zurückgezogen und schauen zu. Natasha sitzt an einem Tisch unter einem Sonnenschirm und plaudert mit Ben, der neben ihr steht. Entweder hat er keine Ahnung, dass er in Joshua einen Rivalen um ihre Gunst hat, oder es ist ihm völlig egal. So, wie er sie jetzt ansieht, ist er bereits völlig hin und weg.

William, James und Rufus sitzen auf der anderen Seite des Tisches und warten auf das Mittagessen. Ich setze mich zu ihnen. Sie sind gerade inmitten einer Diskussion über die menschliche Speiseröhre.

«Ich hab das in einer Medizinsendung gesehen», sagt William ernsthaft. «Das war super. Da hatte ein Kind seinen Zehennagel abgebissen und verschluckt. Er war aber ziemlich groß, und sie mussten den Jungen röntgen, um nachzusehen, ob der Zehennagel vielleicht die Lunge durchdrungen hatte oder sogar eine Arterie.»

Das Sonnenlicht glitzert auf dem Wasser des Pools. Ich ziehe mir einen Stuhl heran. Eine Kellnerin erscheint mit einem Tablett voller Speisen: Salate, angemacht mit Walnussöl, duftende Käse und Salzfleisch und knuspriges Brot, das innen ganz weich und fluffig ist.

«Dein Nagellack ist aber toll, Natasha», meldet sich James.

Sie wirft einen Blick auf ihre Hände. «Oh, danke, James. Er ist ganz neu.»

«Er steht dir», fügt er hinzu, und sie lächelt mir zu.

«Also, dann lasse ich euch mal in Ruhe essen.» Ben lächelt und wendet sich zögerlich zum Gehen. Natasha schaut ihm nur kurz hinterher.

«Wo ist Becky?», frage ich. Natasha zeigt auf den Pool. Becky versucht, in Ruhe ein paar Bahnen zu schwimmen, während Seb im Wasser steht und die Arme ausgestreckt hält, um Poppy aufzufangen, die immer wieder hineinspringt. Beim Auftauchen blinzelt sie sich das Chlorwasser aus den Augen.

«Noch mal!», kichert sie. Dann merke ich, dass Natasha mein Gesicht mustert. «Alles in Ordnung?»

Aber bevor ich antworten kann, schallt Sebs Stimme über die Terrasse. «Na komm schon, Süße! Spring. POPPY!»

Was Poppy dazu veranlasst hat, einfach wegzulaufen, wird nicht ganz klar. Ich weiß nur, dass ihre kleinen Beine um den Beckenrand herumrennen und Seb hektisch im Wasser herumpaddelt.

«POPPY, BLEIB STEHEN!»

Sie hält einen Augenblick inne, rennt dann aber in Richtung der Bäume. Seb und Becky springen sofort auf den Beckenrand und rasen ihrer Tochter hinterher, die ausgelassen kichert und sich nicht umsieht. Erschreckend, welches Tempo diese winzigen Beinchen erreichen können. Schließlich ist es James, der die Lage rettet. «POPPY, DU KANNST MEINE SÜSSIGKEITEN HABEN!»

Sie bleibt stehen und überlegt, und in genau diesem Moment hebt Becky sie hoch. Gestresst und zerzaust kommt sie mit ihr auf dem Arm auf uns zu, setzt sich tropfnass neben mich und beginnt, Poppy mit einem Handtuch abzureiben. Seb kommt ebenfalls zu uns.

«Na, war doch klar, dass das passieren würde», sagt Becky wütend.

Seb runzelt die Stirn. «Was denn?»

«Dass Poppy wegrennt, wenn du sie am Beckenrand stehen lässt.»

«Nein, das war nicht klar. Sie ist vorher ständig in meine Arme gesprungen.»

«Du musst doch gewusst haben, dass du vollkommen hilflos bist, wenn du im Pool stehst und sie wegläuft.»

«Nicht hilflos.»

«Doch! Hilflos! Es ist völlig sinnlos, wie ein bescheuerter Cyborg aus dem Pool zu springen, wenn man dann keine Chance mehr hat, sie zu fangen.»

Seb runzelt die Stirn. «Wenn du findest, dass sie in Todesgefahr war, warum hast du dann nichts gesagt, als sie das erste Mal vom Beckenrand gesprungen ist?»

«Weil du dann behauptet hättest, dass ich mich einmische!»

Seb atmet tief durch und sieht dann zu Natasha und mir herüber. «Können wir später darüber reden?»

«Eigentlich nicht.»

Sebs Halsschlagader pulsiert sichtbar. Er überlegt, was er jetzt tun soll, und entscheidet sich dann dafür, mit den Jungs eine Runde Frisbee zu spielen.

Becky schaut unter gesenkten Lidern zu uns hoch und sagt: «Tut mir leid. So ist es nicht immer.»

«Natürlich nicht», sage ich eilig.

«Aber Kinder verändern einen doch ganz schön, oder?», seufzt sie.

«Jawohl», stimme ich zu. «Das habe ich an dem Tag begriffen, an dem du ein Zitat von Peppa Wutz' Mum auf Facebook gepostet hast.»

Becky schnaubt. «Wie war denn das Gespräch mit deiner Mutter und deinem Vater?»

Ich betrachte den Dunst über dem Pool. «Mum war heute Morgen im Krankenhaus.»

Natasha schiebt ihre Brille auf die Nasenspitze. «Oh nein. Geht es ihr wieder gut?»

«Jetzt ja, aber sie hatte sich an etwas verschluckt.» Der Satz klingt so sachlich, aber ich spüre, wie ich die Fingernägel in die Handflächen presse.

«Ist sie denn wieder zu Hause? Musst du jetzt nach Hause fliegen?», fragt Becky.

«Ja. Und nein. Sie wollen nicht, dass ich komme. Sie bestehen darauf, dass es keinen Grund zur Sorge gibt.»

Ihr Blick fällt auf meinen Mund, und ich merke, dass ich auf meiner Unterlippe herumkaue. «Du wirkst aber nicht sehr überzeugt.»

Sie hat recht. Ich bin nicht überzeugt.

KAPITEL 38

Ich bin nervös vor meiner Verabredung mit Charlie, weiß aber nicht, ob das ein gutes, ein schlechtes oder nur ein sehr merkwürdiges Zeichen ist. Es hilft nicht gerade, dass unser Wohnzimmer völlig verwüstet ist, obwohl er mich schon in einer Viertelstunde abholen soll.

«Hey William, könntest du bitte deine nassen Taschen vom Boden aufheben?» Aber er liegt auf dem Sofa, völlig gefesselt von seinem iPad, weshalb schon seit einiger Zeit kein Gespräch mehr möglich ist. «William?»

«Nur noch eine Minute, Mum», murmelt er. «Ich muss nur noch eben dieses Level fertig machen.»

Leider habe ich den Fehler gemacht zu sagen, wie schön Natashas Haut ist. Daraufhin hat sie ihren Kosmetikkoffer geholt und mich einer «Facial Contouring»-Prozedur unterzogen. Erst als ich in den Spiegel schaue, sehe ich, dass sie mein Gesicht in eine verrückte Picasso-Kopie verwandelt hat, mit zwei dunklen Dreiecken unter den Augen und knallpinken Kreisen auf den Wangen.

«Soll das ein Witz sein?»

«Ich bin doch noch nicht fertig.»

«Natasha, er ist gleich hier.» Ich schaue zum Sofa rüber. «Na los, William – räum deine Koffer weg, bevor jemand drüberstolpert, bitte.»

Es klopft an der Tür, dann öffnet sie sich. Mein Herz vollführt einen Looping – aber es ist nur Adam. Der zweimal hinsehen muss, als hätte er die Pointe eines Witzes verpasst.

«Ich hätte da noch eine rote Plastiknase und Hosenträger in meinem Häuschen, wenn du den Look komplettieren möchtest», sagt er.

«Wir sind noch nicht fertig», sagt Natasha und hastet zum Waschbecken, um ein wenig Wasser zu holen. Auf dem Rückweg verfängt sie sich mit dem großen Zeh an Williams Koffern und stolpert, kann sich jedoch im letzten Moment fangen.

Ich marschiere zu meinem Sohn und nehme ihm entschlossen das iPad weg. Er schaut erschrocken hoch. «WAS? Was hab ich gemacht?!»

«Du sollst die Koffer wegräumen.» Er blinzelt zu mir hoch und hat eindeutig nicht den blassesten Schimmer, wovon ich spreche. «Mach es jetzt, oder ich nehme dir das iPad weg.»

Er sieht aus, als wäre ich im Begriff, seinen Lieblingswelpen zu erwürgen. «Aber ich muss mein Level fertig machen! Ich bin schon so dicht dran!»

«Jetzt!»

«Na super!», kontert er trotzig und stampft zu den Koffern.

Ich bin hin- und hergerissen: Einerseits will ich nicht, dass er mit solchen Frechheiten davonkommt, andererseits will ich unbedingt fertig sein, wenn Charlie kommt. Ich drehe mich um und sehe, dass Adam einfach nur dasteht. Und die Szene beobachtet.

«Vielleicht könntest du mal mit ihm darüber reden», sage ich.

Adams Blick zuckt durch das Zimmer. Offensichtlich sucht er denjenigen, mit dem ich da spreche.

«Ich?»

«Ja, du.»

Er denkt einen Moment lang nach und zuckt dann mit den Schultern. «Klar. Mach dich fertig, ich rede mit ihm.»

«Okay. Gut. Danke.»

Ich renne ins Schlafzimmer und wische mir die Farbe von den Wangen. Natasha folgt mir und zuckt zusammen, weil ich mit dem Abschminktuch wild in meinem Gesicht herumrubbele. «Könntest du die Farben nicht einfach ... vorsichtig miteinander verblenden?»

«Ich habe keine Zeit für so was. Außerdem, was ist falsch an Grundierung und ein wenig Rouge?»

Endlich sieht mein Gesicht präsentabel aus, und ich schleiche zur Tür und öffne sie einen Spalt. Adam hat den Arm um unseren Sohn gelegt. Ich kann nicht alles verstehen, aber ich schnappe doch einige mitfühlende Worte auf, deren Höhepunkt der Satz «Mach dir nichts draus, Kumpel» bildet.

«Gott, wie ärgerlich», sage ich und schüttele den Kopf.

«Was?», fragt Natasha.

«Adam.»

«Mach dir um ihn keine Sorgen. Dein Date wird in ...» Sie wirft einen Blick auf ihre Armbanduhr. Die Tür wird mit einem Ruck aufgerissen. Es ist William.

«Charlie ist da», sagt er.

Mein Mund ist plötzlich ganz trocken. «Okay. Danke.»

Er bleibt in der Tür stehen. «Es tut mir leid, Mum.»

Ich spüre, wie sich mein Ärger in Luft auflöst. «Ist schon okay. Komm und drück mich mal.»

Er schlingt die Arme um mich. «Du hast gesagt, dass du Charlie von deinen Trainingsstunden erzählen willst ... stimmt das?»

Natasha hüstelt.

«Warum fragst du?», frage ich.

«Ich dachte nur, dass das hier vielleicht doch ... ein Date ist.»

Ich frage mich, wann mein Zehnjähriger eigentlich so scharfsinnig geworden ist.

KAPITEL 39

Charlie fühlt sich sichtlich zu Hause hinter dem Steuer seines schicken Autos. Es scheint für jemanden wie ihn gemacht zu sein – einen intelligenten, professionellen Typen, der sich in seiner Haut wohlfühlt und keine Angst davor hat, erwachsen zu sein. Der sein Alter und die Marks&Spencer-Hemden akzeptiert hat, die dazu passen.

Pujols, das Dorf, in dem wir essen wollen, liegt über eine Stunde südlich vom *Château de Roussignol*. Nach einer gemächlichen Fahrt über sanfte Hügel angekommen, spazieren wir durch enge, gewundene Gässchen, gesäumt von Kalksteinhäuschen mit Fensterläden, an denen die Farbe absplittert. Uralte Rosenbüsche blühen über ihren Türen. Wir finden ein Restaurant, von dem aus man den kleinen Marktplatz überblicken kann.

Charlie schiebt mir den Stuhl zurecht und setzt sich mir gegenüber.

Der Kellner erscheint mit den Speisekarten. «Was möchten Sie trinken?», fragt er.

«*Badoit, s'il vous plaît*», sage ich, weil Charlie ja fahren muss.

Er wirkt überrascht. «Aber du bist im Urlaub. Und ich fahre. Da möchtest du sicher ein Glas trinken?»

«Oh. Na ja, wenn du meinst ...»

Ein bisschen Wein scheint unserem Date ungeheuer auf

die Sprünge zu helfen. Nicht, dass es schlecht liefe. Der Wein hilft mir aber, ein wenig zu entspannen. Charlie ist ernsthaft und intelligent, ohne auch nur im mindesten einschüchternd zu wirken. Vielleicht versteht er einfach, was es bedeutet, ein Kind in Williams Alter zu haben. Ich vertraue ihm an, dass ich die Beherrschung verloren habe, und er versichert mir, dass ihm das auch schon passiert ist.

«Es ist vollkommen normal, sich mit Kindern in diesem Alter über solche Dinge zu streiten. Immerhin hängt er nicht fünfzehn Stunden am Stück über seinem iPad wie andere Teenager.» Ich beschließe, ihn in dem Glauben zu lassen. «Außerdem hat nie jemand behauptet, dass Elternschaft einfach ist, schon gar nicht, wenn man allein dasteht.»

«Eigentlich war es allein gar nicht so schwierig», betone ich. «Ich hatte über die Jahre viel Hilfe von meiner Mutter und meinem Vater.»

Er kaut nachdenklich, dann fragt er: «Wie ist es denn mit Williams Vater? Ihr beide scheint einander noch immer nahezustehen.»

«Wirklich?» Ich werde rot.

«Ja, das fiel mir neulich auf, als ich auf einen Drink an euren Tisch gekommen bin.»

Ich schüttele stur den Kopf. «Wir stehen einander nicht nahe. Wir ertragen einander um Williams willen.»

«Vielleicht denke ich das nur, weil du überhaupt *hier* bist. Die meisten Leute würden ihren Urlaub im Traum nicht mit ihren Expartnern verbringen. Ich jedenfalls nicht.»

«Versteht ihr euch denn nicht mehr?» Ich freue mich, dass es jetzt nicht mehr um Adam und mich geht.

«Gar nicht. Sie ist irre.»

Ich schaue auf. «Ach du meine Güte.»

«Ernsthaft. Sie ist die manipulativste Person, die ich kenne. Sie ist absolut grauenvoll.»

Ich weiß nicht recht, was ich dazu sagen soll, also mache ich einen Witz. «Na, dann weiß ich ja, warum du sie geheiratet hast.»

«Wir machen alle Fehler. Ich will dich aber nicht mit meiner traurigen Lebensgeschichte langweilen. Und überhaupt: Warum reden wir eigentlich über unsere Verflossenen?»

«Ich bin mir sicher, dass du das Thema angeschnitten hast», versetze ich und lächele sanft.

«Das habe ich wohl. Na ja, wie wäre es stattdessen damit: Können wir das hier wiederholen, bevor unser Urlaub zu Ende ist?»

Ich senke das Besteck. «Wir haben noch nicht einmal unseren Hauptgang beendet. Vielleicht magst du mich gar nicht mehr, wenn das Dessert kommt.»

Er erwidert meinen Blick mit beinahe unanständiger Intensität. «Daran zweifle ich.»

Auf der Rückfahrt fühle ich mich so überraschend beschwingt. Es hat etwas ungeheuer Stimmungsaufhellendes, einen Mann in der Nähe zu wissen, der auf einen steht. Und er hätte das nicht deutlicher zum Ausdruck bringen können. Dabei geht es gar nicht um das, was er *sagt* – es liegt mehr in seinem Blick, in dem ein Hauch Begehren liegt.

Am Château angekommen, merken wir plötzlich beide, dass die Gelegenheit für einen Kuss vorübergezogen ist, beinahe unbemerkt, wie die Wolken über den Hügeln. Ich weiß, dass er dasselbe denkt. Schon wieder werde ich rot, und die Unterhaltung erstirbt.

«Ich habe diesen Nachmittag sehr genossen.» Er hält das Lenkrad mit beiden Händen fest und schaut auf den Weg vor uns.

«Ich auch.»

«Soll ich dich hier absetzen oder hinten beim Ferienhäuschen?»

«Hier ist es gut. Ich muss William noch abholen.»

Er zieht die Handbremse und setzt sich zurecht, sodass er mich direkt ansehen kann. Ein Gedanke schießt mir durch den Kopf: Dieses Auto hat getönte Scheiben. «Gut, also ... noch mal vielen Dank. Du hättest mich wirklich nicht zum Essen einladen müssen, aber das war sehr nett von dir, und ...», plappere ich.

«Jess.» Seine Hand legt sich auf meinen nackten Arm, die Berührung macht mir Gänsehaut.

«Ja?»

Mein Herzschlag dröhnt in meinen Ohren. Er beugt sich vor, um mich zu küssen. Seine Lippen berühren meine, und ich begreife, wie sehr ich das hier richtig machen will. Ich möchte cool und verführerisch sein, und ich möchte, dass er mich wirklich attraktiv findet. Ich merke außerdem, dass ich so sehr darüber nachdenke, dass ich Gefahr laufe, ihn völlig vollzusabbern, also bemühe ich mich bewusst, meine Schultern zu entspannen. Seine Lippen auf meinen bewusst zu genießen.

Ich konzentriere mich auf all das, bis ich plötzlich vage Stimmen draußen höre. Zuerst achte ich gar nicht darauf, dann ertönt Gekicher, aber ich nehme an, dass da jemand nur sehr fröhlich Boule spielt.

Schließlich klopft es ans Fenster, und Charlie und ich fahren auseinander. Ein halbes Dutzend Kinder stößt und rempelt sich gegenseitig an, um einen besseren Blick durch die Autofenster zu erhaschen. «Ich dachte, durch diese Fenster kann man nicht hindurchsehen?», stöhne ich.

«Nur die hinteren sind getönt.»

Dann höre ich eine andere, erwachsene Stimme. Sie kommt mir irgendwie bekannt vor. «*Enfants!* Kinder! Geht da weg!»

Simone beugt sich zum Fenster, und wir sehen einander durch die Scheibe in die Augen. Ich sehe, dass sie erleichtert ist. Ich weiß genau, welche Ängste hinter diesem Gesichtsausdruck stehen. Weil ich einmal an ihrer Stelle war.

KAPITEL 40

Die Beziehung mit Adam hat mich ziemlich auf Trab gehalten. Es war nicht so, dass er ständig mit anderen geschlafen hätte; aber wenn man sein Herz hoffnungslos an jemanden verloren hat, dann ist die Angst leider eine der Nebenwirkungen. Die Furcht, dass irgendwann eines jener Mädchen, die den Blick nicht von ihm wenden können, die hübscher und vermutlich auch lustiger und schlauer sind als du, schließlich seine Aufmerksamkeit erregt.

In den Anfängen unserer Beziehung fühlte ich mich großartig in seiner Gegenwart; größer, schlanker, so geistreich und hinreißend, dass ich auch über die Fugen zwischen den Badezimmerkacheln hätte reden können – er hätte trotzdem aufmerksam zugehört. Aus einem ganz schlichten Grund schafften wir es von dort aus ins tiefste Schlamassel: Die Dinge ändern sich.

Obwohl unsere Probleme schon begannen, als ich herausfand, dass ich schwanger war, war es die Nacht von Williams Geburt, die die Dinge für immer änderte. Vorher glaubte ich immer noch, dass wir unsere Schwierigkeiten würden lösen können. Danach wusste ich, dass unsere Beziehung gescheitert war. Ich wusste es in dem Moment, in dem er im Krankenhaus zur Tür hereinkam und keine meiner Fragen überzeugend beantworten konnte.

«Wo warst du?»

Mum war rausgegangen, um sich einen Kaffee aus dem Automaten im Flur zu ziehen, und zu diesem Zeitpunkt war ich bereits weit davon entfernt, noch nett sein zu können.

«Okay. Die Sache ist die ... Ich war mit Jules aus.» Seinem Kollegen. «Es ist dann etwas später geworden. Ich habe mein Handy verloren ... und das habe ich erst bemerkt, als ich es wiederfand.»

«Du warst also nicht mit Georgina zusammen?»

«Oh Gott, nein», sagte er, als wäre allein die Vorstellung schon vollkommen lächerlich.

«Und warum bist du dann von oben bis unten voll von ihrem Lippenstift?»

Seine Hand fuhr an seinen Hals. «Das ist nicht ...» – er atmete tief durch, aber dann verließ ihn die Energie, weiter zu lügen. «Okay, wir sind uns zufällig über den Weg gelaufen.»

Ich schaute ihn ungläubig an. «Erwartest du allen Ernstes von mir, dass ich dir das glaube? Dass du und deine Exfreundin zufällig in derselben Bar wart, obwohl Manchester voll von Bars ist?»

Er trat von einem Fuß auf den anderen, sein Blick huschte ängstlich herum und wich meinem aus. Adam besitzt eine Menge Talente, aber Lügen gehört nicht dazu; er ist wirklich ganz furchtbar schlecht darin.

«Okay, gut», sagte er, und Schweißtropfen traten auf seine Stirn. «Sie hat mich ständig angerufen, seit sie sich von diesem Typen getrennt hat, diesem Johnny. Also haben wir uns in der Bush Bar getroffen.»

«Und warum hast du mich dann angelogen?»

«Hab ich doch nicht! Na ja ... okay, irgendwie doch.»

«Und was ist mit dem Lippenstift?»

Er schluckte. «Ich habe sie zum Trost ... umarmt.»

Ich hielt William die winzigen Ohren zu. «Hat sie dir dafür zum Trost einen geblasen?»

«Jess, jetzt sei doch nicht so», haspelte er.

«Was erwartest du denn, wenn du zwölf Stunden lang dein Handy ausgeschaltet hast, während ich deinen Erstgeborenen auf die Welt bringe?»

Er wiederholte die ganze Zeit, ich solle ihm vertrauen, ihm glauben, dass Georgina allein nach Hause gegangen sei – und dass er dann bei seinem Freund Jules hängengeblieben sei. Ich war vielleicht mit Schmerzmitteln zugedröhnt, aber ich hatte immer noch alle Tassen im Schrank. Meine Einschätzung wurde bestätigt, als ich nach meinem Krankenhausaufenthalt zum ersten Mal wieder in den Supermarkt ging und dort Jules' Frau Suzy traf. Sie bewunderte William, und ich fragte beiläufig: «Und? War Jules am Teambildungsabend auch so spät daheim? Ein paar von ihnen sollen wohl erst am nächsten Morgen nach Hause gekommen sein.»

Sie schüttelte den Kopf. «Jules ist in solchen Dingen eher ein Schwächling, Jess. Er war um halb eins zu Hause und hat nach fünf Minuten neben mir geschnarcht, was das Zeug hält.»

Und so wusste ich sicher, dass Adam mich auch darin angelogen hatte.

Ich bin niemand, der regelmäßig in die Kirche geht, aber ich habe immer an die Macht der Vergebung geglaubt. Ich neige nicht dazu, lange zu grollen oder nicht loslassen zu können; ich will nicht, dass mich die schlechten Gefühle auffressen. Aber wie kann man jemandem vergeben, wenn er einfach nicht aufhört zu lügen? Und er log weiter, bis er sich nicht einmal mehr die Mühe machte, über diese Nacht zu sprechen. Er sagte nur noch, ich hätte ihn «irgendwie falsch verstanden», und das war's dann.

Wir blieben noch zwei Monate und zwei Wochen nach Williams Geburt zusammen, und jene Zeit, in der wir als Familie hätten zusammenwachsen sollen, war so ziemlich die schlimmste in meinem ganzen Leben. Und das war nicht allein Adams Schuld. Zwar hatte ich mich Hals über Kopf in mein Baby verliebt, doch William war kein einfacher Neugeborener. Er war wunderschön, aber auch fordernd, ständig unruhig, er zappelte und wollte nicht trinken – außer zwischen Mitternacht und fünf Uhr morgens. Der Schlafmangel und die tiefe Erschöpfung laugten mich aus, und ich gab mir selbst daran die Schuld, dass William nicht das gurgelnde, zufriedene Bündel Glück war, das ich erwartet hatte. Ich war mir sicher, dass ich irgendetwas falsch machte, obwohl ich selbstverständlich jeden einzelnen Geburts- und Kleinkindratgeber auf dem Markt gelesen hatte.

Adam ging nach kurzer Zeit wieder zurück zur Arbeit; ich blieb zu Hause und kümmerte mich um William. Ich pumpte Milch ab wie eine friesische Milchkuh und brodelte in meiner eigenen Verzweiflung. Ich war ein körperliches Wrack, hatte eine Brustentzündung und war so weit entfernt von einer sexy Supermutter, dass ich am liebsten mein trendy Tragetuch verbrannt hätte. Tagsüber sehnte ich mich nach Adams Gegenwart, aber sobald er durch die Tür kam, war ich schon wieder wütend auf ihn, weil ich mich daran erinnerte, was er getan hatte. Ein paar Freunde fragten mich damals, ob ich den Babyblues hätte, und das stimmte vielleicht. Aber es steckte noch mehr dahinter, und es sollte noch schlimmer kommen.

Als es mir gerade so richtig schlecht ging, sagte mir meine

Mutter, dass sich diese komischen Symptome, die sie in den letzten Jahren gehabt hatte, zu etwas ausgesprochen Großem und Un-Komischem entwickelt hatten. Ich war am Boden zerstört. Ich konnte nicht einmal mehr richtig geradeaus sehen. Mein Leben beschleunigte sich halsbrecherisch, und zwar in eine Richtung, mit der ich auf keinen Fall zurechtkommen würde. In diesem Chaos aus Stress und Elend hatte ich exakt null Toleranz für Adams Mist. Vielleicht hatte ich den Babyblues, aber ganz sicher litt ich unter Mum-Blues und außerdem unter Adam-Blues, denn ich hatte eine Familie mit einem Mann gegründet, der mich betrogen hatte und nicht in der Lage war, mir die starke Schulter zum Anlehnen zu bieten, die ich dringend brauchte.

Als ich ihm verkündete, dass ich mich von ihm trennen wollte, war ich mir dennoch nicht vollkommen sicher. Ich erinnere mich nicht einmal genau an den Streit, der meinen Entschluss hervorrief. Aber ich erinnere mich genau an jene glühende Wut, in der sich alle meine Ängste, meine Enttäuschung und mein Zorn konzentrierten, die sich im Laufe der Zeit angesammelt hatten.

«Du verdienst es nicht, Williams Vater zu sein», sagte ich ihm. «Du bist für diesen Job einfach nicht geeignet. Je länger ich darüber nachdenke, Adam, desto überzeugter bin ich davon, dass wir alle besser dran sind, wenn William und ich einfach gehen.»

Ich stand da, und diese traurigen Worte hingen zwischen uns in jener Wohnung, in der wir so viel Liebe und Innigkeit miteinander geteilt hatten. Rückblickend bin ich mir ziemlich sicher, dass ich die naive Vorstellung hatte, er würde sich besinnen und mich anflehen zu bleiben. Ich weiß nicht, was mich dazu bewog zu glauben, ich könnte dieses Spiel gewinnen, aber ich war ohnehin zu erschöpft, um meine Handlungen rational zu beurteilen.

Er wollte nicht einmal diskutieren. «Okay», sagte er schlicht. «Wenn du das so willst.»

Ich packte eine Reisetasche und ging zu meinen Eltern. Ich fühlte mich ganz taub, biss die Zähne zusammen und versuchte, meine Verzweiflung zu verdrängen. In meinem alten Kinderzimmer mit den Postern an den Wänden weinte ich die ganze Nacht und wälzte mich hin und her, während mein Baby neben mir in seiner Trage wimmerte.

Gegen Morgen quälte ich mich mit dem Gedanken, ob ich ihn anrufen und alles zurücknehmen sollte. Allein meine Sturheit hielt mich davon ab. Ich wusste instinktiv, dass ich stark bleiben musste. *Er hatte mit einer anderen geschlafen, in Dreiteufelsnamen.* Wenn hier irgendjemand wieder angekrochen kam, dann er. Ich machte mich auf eine lange Wartezeit gefasst.

Adam erschien nicht auf meiner Schwelle mit Blumen oder einem Verlobungsring. Er hielt auch keine Rede mit dem Inhalt: Ich bin der Mann, den ihr braucht, William und du. Der euch beide in guten wie in schlechten Zeiten lieben wird. Und ja, ich hatte Sex mit Georgina und war nicht bei der Geburt unseres Sohnes dabei. Aber ich werde mich ändern. Er sagte nichts, was dem auch nur nahekam. Stattdessen entfernte er sich still und heimlich und ließ mich im Stich.

Wir trafen uns noch einmal nach der Trennung – um zu sehen, ob wir «vernünftig miteinander reden könnten». Aber ich saß ihm nur heulend gegenüber, während Adam mechanisch die Themen auflistete, die noch besprochen werden mussten. Der Abgrund zwischen uns hätte nicht tiefer sein können. Zwar war ich diejenige, die die Trennung vollzogen hatte, aber er hatte sich vorher schon immer weiter in Richtung Tür bewegt und würde auf keinen Fall darum betteln, zurückkommen zu dürfen. Und da er nicht bettelte, gab ich auch nicht nach.

«Nach allem, was geschehen ist – wie können wir da noch miteinander leben?», fragte ich. Ich wünschte mir wirklich eine überzeugende Antwort auf diese Frage, aber er schwieg nur. «Wenn wir das Richtige für William tun wollen, dann gibt es nur diesen Weg, oder?» Die Worte kamen aus meinem Mund, und sobald sie gesagt waren, klangen sie wie aus dem Drehbuch einer Seifenoper. Ich weiß noch, dass ich ihm meine Hand hinstreckte und mir dabei sehnlichst wünschte, er möge sie wegschieben, mich stattdessen in den Arm nehmen und sagen: «Nein, das werde ich nicht zulassen, weil du die Liebe meines Lebens bist.» Stattdessen beugte er sich vor, gab mir einen kurzen Kuss auf die Wange, drehte sich um und ging.

In den folgenden Monaten versank ich im Kummer. Aber mit den Jahren begriff ich, dass ich das Richtige getan hatte. Was ich getan hatte, war schwierig gewesen, aber auch mutig. Ich hatte unsere Beziehung beendet, bevor unser Sohn überhaupt wusste, dass es sie gegeben hatte. Bevor er mitansehen musste, wie seine Eltern erfolglos versuchten, miteinander zu leben.

Adam und Georgina kamen weniger als einen Monat nach unserer Trennung offiziell zusammen. Er zog zu ihr nach London. Dort erhielt er die Nachricht, dass der Bruder seiner Mutter – Onkel Frank – an Leberversagen gestorben war. Er hinterließ sein gesamtes Vermögen Adam, und obwohl es nur aus einem bescheidenen Häuschen mit drei Zimmern und einer monatlichen Pension bestand, konnte Adam damit seinen Traum verwirklichen und ins Ausland gehen. Er begann sofort, Pläne für seine Auswanderung zu schmieden, und obwohl ich die Einzelheiten seiner Trennung von Georgina natürlich nicht kenne, weiß ich, dass sie in seiner neuen Zukunft keine Rolle spielte.

Ich erinnere mich nicht genau, wie oft Adam William in seinem ersten Lebensjahr besuchte, bevor er nach Frankreich zog, weil ich so mit meiner Verzweiflung und der gleichzeitigen Freude über das Baby beschäftigt war. Aber ich erinnere mich an die Verwirrung und auch den Zorn, die ich fühlte, weil er William eindeutig nicht so sah wie ich: als unseren Engel, als das Beste, was es auf der Welt gab.

Bald nach dieser Erkenntnis legte sich in mir ein Hebel um, ich spürte einen gewissen Trotz: Wenn Adam sich nicht kümmern wollte und Williams Erziehung ganz und gar meine Sache sein sollte, dann würde es eben so sein.

KAPITEL 41

Am Tag nach Charlies und meinem Ausflug nach Pujols taucht Adam bei uns auf.

«Eure Verabredung lief wohl gut?» Ich weiß nicht recht, ober er interessiert oder amüsiert ist oder mich nur hochnehmen will. Ich versuche, möglichst neutral zu wirken.

«Es war schön. Ja. Vielen Dank», sage ich und benehme mich wie jemand, der gerade zum Nachmittagstee bei der Countess of Grantham eingeladen war und nicht in einem kleinen Restaurant, in dem es viel Wein gab, mit anschließender Knutscherei im Range Rover.

Er starrt mich an. «Gut. Freut mich.»

Ein unangenehmes Gefühl beginnt unter meiner Haut zu prickeln; es ist nicht direkt das Gefühl, untreu gewesen zu sein – das wäre schließlich lächerlich –, aber doch etwas ganz Ähnliches. Selbst nach all den Jahren der Trennung habe ich das Gefühl, mich kneifen zu müssen, um mich daran zu erinnern, was *er mir* angetan hat, und dass ich erst neulich mitansehen musste, wie er seiner Freundin das Höschen herunterzog.

«Was ist los?», frage ich, um die Stille zu durchbrechen.

Seine Lippen zucken, als müsse er ein Lächeln unterdrücken. «Nichts. Das Thema ‹erste Dates› erinnert mich nur an … den Peartree Pub.» Eine Welle von Erinnerungen flutet mein Hirn. Erinnerungen aus der Anfangszeit unserer Beziehung.

Es war eine warme Julinacht. Wir hatten den Nachmittag und den größten Teil des Abends in einem Biergarten in Edinburgh vertrödelt. Wir saßen so nah nebeneinander auf der Bank, dass unsere Oberschenkel sich berührten, sobald wir uns bewegten. Ich beobachtete die Neigung seines Kopfes, wenn er etwas erzählte, und spürte eine schwindelerregende Wärme in mir, wenn er lachte. An jenem Tag erfuhr ich eine Menge über ihn: wohin er schon gereist war, seine Leidenschaft fürs Lesen. Er war nett zu den Kellnern und gab großzügig Trinkgeld, obwohl er selbst kaum Geld hatte. Er war ein Mann, der den Hund des Gastes am Nebentisch streichelte und keinen Aufstand machte, als jemand versehentlich sein Getränk über ihm ausgoss.

Obwohl ich mir vorher Sorgen gemacht hatte, erinnere ich mich an keine einzige Gesprächspause. Mit ihm zu reden, fühlte sich so natürlich und merkwürdig leicht an. Als sich die Nacht wie ein Mantel auf uns legte, spürte ich, wie er meine Hand nahm. Ich schaute auf und versank fast in seinen Augen. Da wusste ich, dass ich rettungslos verloren war.

«Das war ein schönes erstes Date», stimme ich so sachlich zu, wie es mir möglich ist.

Er lächelt kurz. Dann taucht unser Sohn in der Tür auf und beginnt einen Monolog darüber, dass der Bauch von Wilhelm dem Eroberer auf dessen eigener Beerdigung aufplatzte.

In den nächsten Tagen geschieht all das, was sich meine Mutter immer für Adam und William gewünscht hat: Sie sind praktisch unzertrennlich. Ich suche schon nach einem geheimen Motiv, einem logischen Grund, aus dem Adam – der bisher im besten Fall als ambivalent und im schlimmsten Fall schlicht als abwesender Vater bezeichnet werden konnte – von seinem Sohn einfach nicht genug bekommen kann.

Dann begreife ich, dass das zumindest theoretisch eine gute Sache ist. Nicht zuletzt deshalb, weil ich davon meiner Mutter erzählen kann, die sich darüber freuen wird. Aber dennoch überlege ich weiter, wo hier der Haken ist. Könnte es sein, dass Adam tatsächlich endlich seine Liebe zu William entdeckt hat, einfach so? Begreift er jetzt wirklich, dass wir trotz aller Probleme in unserer Beziehung dennoch ein wunderbares menschliches Wesen geschaffen haben?

Ich habe keine Wahl, sondern muss meinen Zynismus unterdrücken und abwarten, was geschieht. Außerdem kann ich nicht verhehlen, dass die Unterhaltungen zwischen den beiden einen gewissen Unterhaltungswert haben. William läuft Adam immer hinterher und bietet ihm an, ihm bei der Arbeit zu helfen – wobei er so tut, als könne er ernsthaft das eine Ende vom Schraubendreher vom anderen unterscheiden –, und dabei hält er seinem Vater lange Vorträge über die Unfähigkeit von Krokodilen, die Zunge zu bewegen, oder die Angewohnheit der alten Römer, sich während des Abendessens zu übergeben, um Platz für den Nachtisch zu schaffen. Man muss Adam zugutehalten, dass er es schafft, nicht augenblicklich ins Koma zu fallen.

Ich habe sogar gehört, wie er neulich zu Simone sagte: «William hat mir echt spannende Sachen aus der Kindersendung *Horrible Histories* erzählt», woraufhin er ihr einen Vortrag zu den Mumifizierungsriten der alten Ägypter hielt.

Am Dienstagmorgen macht William mit Adam ein paar Besorgungen in Bergerac. Natasha spielt Golf mit Joshua – wenn

Golf gut genug ist für Catherine Zeta-Jones, ist sie bereit, sich ebenfalls damit zu befassen. Ich muss mich zurückhalten, um nicht zu fragen, ob sie nicht lieber mit Ben Golf spielen gegangen wäre. Ich glaube, sie könnte es vor sich selbst nicht zugeben. Und es steht außer Frage, dass sie in einer Sache recht hat: Wenn sie endlich ankommen oder zumindest eine etwas bedeutsamere Beziehung haben will, ist ein Anfang Zwanzigjähriger, der frisch von der Uni kommt, sicher keine gute Wahl – so hinreißend Ben auch sein mag.

Ich überlege, zu Becky rüberzugehen, aber erst fasse ich mir ein Herz und klopfe an Charlies Tür, nur um festzustellen, dass sein Auto fort ist und niemand öffnet. Weil wir kein Brot mehr haben, fahre ich ins nächste Dorf, Pravillac, wo es einen kleinen, aber gut bestückten Laden gibt.

Die Tür steht offen, und in der Sekunde, in der ich über die Schwelle trete, rieche ich den süßen, warmen Duft frisch gebackener Croissants und knuspriger Baguettes. Ich wähle eins aus und nehme eine Zeitung von zu Hause aus dem Ständer. Dann finde ich mich im Weingang wieder.

«Bisschen früh dafür, oder?»

Sebs müde, schöne Augen blicken auf mich herunter. Sein blondes Haar ist zerzaust, als wäre er gerade erst aus dem Bett gefallen – was ich ernsthaft bezweifle, wenn man bedenkt, wann die Kinder aufwachen. Und siehe da, ich habe recht. Ich entdecke Rufus hinter ihm, der begeistert die Süßigkeitenregale durchforstet.

«Wenn man im Urlaub ist, ist es nie zu früh dafür. Ich habe eigentlich auch nur schauen wollen, was es hier so gibt, das schwöre ich.»

«Ich glaube dir.» Er lacht. «Du hast noch einen langen Weg vor dir, bevor du wie der arme alte Chris Potter endest.»

Ich brauche eine Weile, bis ich begreife, dass er von einem gemeinsamen Freund von ihm und Adam an der Uni spricht. «Was ist denn mit Chris Potter passiert?»

«Hast du das nicht gehört? Er und Nicky haben sich vor ungefähr zwei Monaten getrennt.»

«Um ehrlich zu sein, habe ich eigentlich kaum Kontakt zu ihnen.»

«Na ja, er hat es nicht so gut aufgenommen, um es mal vorsichtig auszudrücken.»

«Ach du meine Güte. Das tut mir ja leid.»

«Er ist nur ein bisschen aus dem Lot geraten, wie die meisten Männer nach einer Trennung.» Er zuckt mit den Schultern. «Zu viel Alkohol. Sex mit jeder, die ihn in ihr Bett lässt.»

«Nicht nur Männer geraten aus dem Lot», erinnere ich ihn.

«Das stimmt. Wobei Frauen mit Trennungen im Allgemeinen besser zurechtzukommen scheinen, oder? Das alte Klischee: Sie wissen, wie man sich ausspricht, sie finden heraus, woran es gelegen hat, und singen *I will survive.* Männer dagegen ... tun merkwürdige Dinge.» Er schaudert. «Allein der Gedanke macht mir schon Angst.»

«Na ja, ich glaube kaum, dass du Grund zur Sorge haben musst.» Sobald der Satz draußen ist und zwischen uns steht, kommt er mir plötzlich nicht ganz wahr vor.

«'türlich nicht.»

Sein Kiefer zuckt, und ich weiß nicht, was ich sagen könnte, also lächele ich betreten.

«Es ist alles irgendwie so ... schwierig im Moment», sagt er in unser Schweigen hinein.

«Aber das ist doch klar. Ihr habt drei Kinder. Das Leben ist nie leicht, wenn man so viel zu tun hat, das weiß ich.»

Er wirft einen nervösen Blick in Richtung Rufus, um sicherzugehen, dass er nicht mithört. Sein jüngster Sohn füllt begeistert einen Korb bis zum Rand mit Süßigkeiten. «Allein der Gedanke, ohne Becky zu sein, verursacht mir schon Übelkeit.»

Einen Moment lang weiß ich nicht, was ich dazu sagen soll. Hoffentlich bin ich hier nicht auf gefährliches Terrain geraten. Aber dennoch habe ich das Gefühl, fragen zu müssen: «Warum sagst du so etwas, Seb? Du machst dir doch keine Sorgen, oder?»

«Nein. Ja. Ich weiß nicht.» Er atmet tief durch und sagt dann: «Ich wünschte nur, es würde alles ein bisschen besser laufen. Ergibt das Sinn?»

Ich nicke. «Das tut es.»

«Dad? Kann ich das haben? Ich glaube, Hulk trinkt das auch», sagt Rufus und hält eine Flasche mit Absinth hoch.

«Einen Moment, Rufus», sagt er und wendet sich dann wieder an mich. «Aber sag ihr bitte nichts davon.»

«Natürlich nicht», versichere ich.

Er schiebt seinen Sohn liebevoll an den Schultern zu etwas, das weniger grün und giftig ist.

KAPITEL 42

Die Kinder wollen heute beim Château bleiben, also bietet Seb eine große Expedition auf dem Gelände an. Becky, Natasha und ich können einen ungestörten Nachmittag miteinander verbringen.

Nach dem, was ich heute Morgen erfahren habe, finde ich, dass eine kleine Pause für Becky wie gerufen kommt. Also springen wir in mein Auto und unternehmen unsere eigene Expedition, die in einem kleinen Ort namens Sorge endet. Wie so oft in der Dordogne sehen seine honigfarbenen Häuser und der hübsche Marktplatz aus, als gehörten sie in eine andere Zeit.

«Das hier ist die Trüffel-Hauptstadt der Dordogne», verkündet Natasha. «Hier gibt es sogar ein Trüffel-Museum.»

«Wenn man bedenkt, dass die Kinder nach Disneyland wollten», murmelt Becky.

Fünf Minuten warte ich mit ihr vor einem Laden. Natasha stöbert darin herum und tritt schließlich mit einem Glas Birnenmarmelade mit Trüffeln heraus, das mehr kostet als meine letzte Handtasche. Wir wandern ziellos umher, bis wir auf eine hübsche *Auberge* mit kornblumenblau gestrichener Terrasse stoßen. Die Tische unter der Markise sind mit weißen, gestärkten Tischtüchern gedeckt, und auf einer Tafel stehen mit Kreide geschrieben die Angebote des Tages.

Natasha bestellt Kaffee für uns alle. Ich hole mein Handy hervor. Ich habe eine neue Nachricht, die ich in der vagen Hoffnung öffne, dass es Adam ist, der mir sagt, dass es William gut geht. Nicht, dass ich ihm nicht vertrauen würde, aber die Bestätigung, dass mein Sohn am Leben ist und nicht gerade in einen Wasserfall springt, würde mich doch freuen. Aber die SMS ist von Charlie.

Ich muss immer an unseren Kuss denken. x

Ich trommle mit den Fingern auf dem Tisch herum und denke über eine Antwort nach.

Es war wirklich schön, trotz des etwas abrupten Endes. x

Natasha schreibt ebenfalls eine SMS. Ein sehr privates Lächeln umspielt ihre Lippen.

«Jetzt seht euch nur mal an, beide total verknallt», stöhnt Becky und widmet sich der Karte.

«Ich bin gar nicht verknallt», protestiere ich. «Ich schicke nur eine SMS.»

«Und ich habe nur eine *bekommen*», sagt Natasha.

«Von Joshua?», fragt Becky, und Natasha nickt. «Du weißt schon, dass du jedes Mal Bens Jungsherz brichst, wenn er euch zusammen sieht, oder?»

«Sei nicht albern», erwidert Natasha, obwohl ich glaube, dass wir alle wissen, dass das stimmt.

«Ich sehne mich nach jenen Tagen zurück, als ich noch romantische SMS bekommen habe», seufzt Becky. «In Sebs letzter hat er mich gefragt, wo das Fußpuder ist.» Sie schaut zu Natasha rüber, die sich wieder eingehend mit ihrem Handy beschäftigt. «Diese SMS muss ja toll sein», knurrt sie.

«Eigentlich schaue ich mir gerade etwas anderes an. Facebook zeigt mir einen Artikel an mit der Überschrift *Zehn Sextipps, die Sie heute Abend ausprobieren sollten.* Ich weiß auch nicht, wie die darauf kommen, dass mich das interessieren könnte.»

Becky kichert und nimmt ihr das Handy weg. «Massiere deinen Mann ohne deine Hände. Probiere die umgekehrte Cowgirl-Stellung aus. Lasse deinen Typen eine Liste der Dinge schreiben, die ihn verrückt machen, und tu dasselbe. Dann tauscht die Listen. Oh, der Tipp ist alt ...»

Natasha und ich wechseln einen Blick. «In letzter Zeit habe ich das natürlich nicht gemacht», fährt Becky fort. «Das Einzige, was mich heutzutage verrückt macht, ist seine Angewohnheit, die Zahnpastatube nicht zuzudrehen.»

«Du hast einen großartigen Ehemann», stellt Natasha fest.

«Ja, aber versuch du mal die umgekehrte Cowgirl-Stellung, wenn jederzeit eins deiner Kinder hereinplatzen und fragen kann, warum Daddy klingt, als würde er gefoltert. Nicht, dass das oft passieren würde - wir haben sowieso keine Zeit mehr dafür.»

Natasha runzelt die Stirn. «Ihr müsst euch die Zeit *nehmen.*»

«Mir macht Sex Spaß, aber um ehrlich zu sein ... hatte ich seit meiner Schwangerschaft mit Poppy keinen Orgasmus mehr.»

Natasha wirft ihr einen ungläubigen Blick zu. «Aber sie ist fast *drei.*»

«Das ist keine große Sache, Natasha. Ich muss mich eben um andere Dinge kümmern.»

Natasha sieht nicht sehr überzeugt aus. Mein Handy piept, und Becky lässt ihre Speisekarte sinken.

«Na komm schon, Jess. Weih uns in das Geheimnis ein, was Loverboy so schreibt.»

«Oh, das kann ich nicht machen», sage ich schüchtern und halte ihr dann das Handy hin.

Ich kann einfach nicht aufhören, an deine Lippen zu denken x

«Guter Mann», beschließt Becky und sieht mich direkt an. «Ich weiß, dass im Moment alles schwierig für dich ist, Jess. Aber versprich mir, dass du das hier genießt.»

Als wir zum *Château de Roussignol* zurückkommen, bitte ich Becky, mich aussteigen zu lassen, damit ich William suchen kann. Ich entdecke ihn beim Fußballspielen mit einem der holländischen Jungen.

«Hallo, Mum», ruft William und winkt mir vom Fußballplatz aus zu.

«Hattest du einen schönen Tag mit deinem Dad?»

«War super. Wir haben ein bisschen gebolzt, als wir wieder hier waren – er hat mir ganz viele Balltricks gezeigt. Kann ich noch hierbleiben und mit Finn spielen?», fragt er.

Finn wirkt ein bisschen erschrocken. Vermutlich ist seine Geduld längst aufgebraucht, zumal mein Sohn nicht mal dann einen Ball in die richtige Richtung schießen könnte, wenn sein Leben davon abhinge. «Ist okay», sagt Finn eilig. «Du geh mit Mutter. Ist fein.»

William runzelt die Stirn. «Na gut – vielleicht können wir morgen noch mal spielen?»

Finn bringt ein wenig überzeugendes Lächeln zustande und verschwindet, solange er noch die Gelegenheit dazu hat.

«Wo ist dein Dad denn jetzt?», frage ich.

«Musste dringend telefonieren», antwortet er und zeigt

in Richtung Château. Adam steht dort auf der Terrasse und spricht in sein Handy.

Er winkt mir zu, und ich erwidere die Geste etwas steif. «Dann lauf und sag ihm, dass wir jetzt in unser Häuschen gehen.»

Nach zweieinhalb Wochen beinahe ununterbrochenen Sonnenscheins ist die Luft plötzlich ganz schwer vor Feuchtigkeit. Schwarze Gewitterwolken türmen sich über uns.

«Dad sagt, dass es gleich richtig gießt», sagt William.

«Da könnte er wohl recht haben», murmele ich und beschleunige meinen Schritt. «Also, und was habt ihr sonst noch so gemacht?»

«Ich bin mit ihm mitgelaufen, als er nach Bergerac gegangen ist – das bedeutet, dass ich bei seinem Meeting mit dabei war. Als wir wieder hier waren, habe ich Simone geholfen. Sie ist richtig hübsch, oder?»

«Das ist sie», stimme ich zu.

«Ich finde, sie sieht aus wie Megan Fox.»

«Megan Fox hat aber braune Haare.»

«Ich weiß, aber davon mal abgesehen. Ich finde sie total schön.»

Ein Donner grollt, und wir gehen noch schneller. «Na komm, beeilen wir uns.» Ich nehme Williams Hand, und wir laufen los, bis wir endlich an unserem Häuschen ankommen. Ich hantiere noch mit dem Schlüssel, als es zu schütten beginnt.

«Ich glaube, diesen Abend verbringst du gemütlich mit dem iPad», sage ich.

Er sieht mich begeistert an. «Du meinst, du lässt mich auf dem iPad spielen?»

«Ja.» Ich zucke mit den Schultern.

«JAAAA!»

Ich lache. «Wo hast du es denn hingelegt, nachdem du es heute Morgen benutzt hast?»

Sein Lächeln erlischt, und er reißt die Augen so weit auf, dass sie beinahe herauskullern. Er rennt in sein Zimmer, dann ins Wohnzimmer, ächzt dann laut und hält sich die Hand vor den Mund.

«Was ist?», frage ich, aber ich weiß genau, warum er sich so verhält.

«Ich weiß jetzt wieder, wo ich es gelassen habe.»

KAPITEL 43

So, wie der Himmel aussieht, bleibt mir nicht mehr viel Zeit, zur Terrasse des Châteaus zu rennen, wo William mein iPad auf dem Tisch liegen gelassen hat. Wie konnten wir nur eine Popcornmaschine und eine Riesen-Wasserpistole einpacken, aber keine Regenjacken?

Ich renne am Parkplatz vorbei und dann über den Weg. Der Pool liegt verlassen da; dunkelgraue Wolken spiegeln sich auf seiner Oberfläche. Ich trete auf die Terrasse und schaue mich dort um, aber keine Spur vom iPad.

Drinnen haben schon andere Schutz vor dem drohenden Unwetter gesucht. Dort finde ich auch das Gerät - es liegt auf einem Tisch unter einer Lampe, vermutlich hat es jemand hereingebracht, als das Wetter umschlug. Ich nehme es und stecke es unter meinen Pulli. Plötzlich erleuchtet ein Blitz die Landschaft. Die anderen Gäste jubeln.

Nach einem Moment des Zögerns beschließe ich, es einfach zu riskieren. Aber ich habe erst ein paar Meter zurückgelegt, als sich der Himmel öffnet und heftiger, schwerer Regen auf meine Schultern klatscht. Mein Gesicht ist sofort pitschnass. Tiefes Donnergrollen dröhnt in meinen Ohren. Womöglich war es doch keine so gute Idee, bei diesem Gewitter rauszugehen - nicht nur, weil ich bereits bis auf die Haut durchnässt bin. Dann schlägt direkt vor mir ein Blitz ein.

Ich keuche auf. Jemand packt meine Hand.

«Hier lang!»

Adam und ich rennen über das Gras auf einen kleinen Schuppen zu, in dem das Brennholz gelagert wird. Er schiebt mich genau in dem Moment hinein, als ein weiterer Blitz den Himmel erhellt.

«Was machen wir hier drin?», frage ich.

«Glaub mir, Jess, es ist gar keine gute Idee, während eines Gewitters da draußen zu sein. Wir müssen zumindest abwarten, bis die Blitze nachlassen.»

Ich setze mich auf den Boden, lehne mich gegen einen Holzstapel und schlinge die Arme um die Knie. Adam setzt sich neben mich.

«Was hast du denn bloß da draußen gemacht?»

Ein Wassertropfen fällt von meiner Augenbraue. «William hatte mein iPad auf der Terrasse liegen lassen. Ich wollte es holen, bevor das Unwetter so richtig losbricht.»

Er runzelt missbilligend die Stirn. «Dieser Blitz ist ganz schön nah vor dir eingeschlagen, weißt du. Ein paar Meter weiter, und du wärst Toast gewesen.»

Ich recke den Hals, um einen Blick auf den Himmel zu erhaschen, und sehe einen weiteren Blitz, der aber kleiner ist als der davor. Ich zittere. Und ich merke, dass Adam mich ansieht.

«Was?», frage ich.

Er schüttelt den Kopf und knotet das Sweatshirt los, das er um seine Taille gebunden hatte. «Es ist zwar nicht gerade warm und trocken, aber nimm es trotzdem.»

«Ist schon gut», murmele ich, aber meine Zähne beginnen zu klappern.

«Jess, nimm es einfach.»

Ich ziehe es an. Aber es ist so eng in dem kleinen Schuppen, dass ich ihm mit dem Ellenbogen ins Gesicht schlage, während ich versuche, es überzustreifen. Er prustet los. Ich lache ebenfalls. Endlich schaffe ich es, meine Arme und schließlich auch den Kopf durch die Öffnungen zu manövrieren. Dann wische ich mir die Regentropfen von der Nase und schaue zu ihm hoch. Sein Blick ist ganz weich, und er lächelt mich an.

Es ist nur ein Blick, aber er löst eine Welle heißen, flüssigen Glücks aus, die meine Glieder ganz weich werden lässt.

«Danke», flüstere ich.

Aber er antwortet nicht. Er sieht mich nur an und legt seine Hand auf meine.

Und ich schaue ihn ebenfalls an, und zwar aus dem einzigen Grund, dass ich plötzlich nicht mehr den Blick von ihm wenden kann. Jetzt beobachte ich, wie seine Züge im Schatten wirken.

All das, was zwischen uns war – all das Gute und das Schlimme –, löst sich auf. Ich höre nur noch das Blut in meinen Ohren rauschen, sogar noch lauter als den Regen, der auf das Dach trommelt. Ich merke, dass ich etwas will, das ich seit Jahren nicht mehr so gewollt habe. Ich will etwas Instinktives und Animalisches, etwas, das alles Lügen straft, was ich inzwischen gelernt habe, und ich will es so sehr, dass ich kurz davor bin, ihn am Kragen zu packen und es einfach zu tun.

Ich will ihn küssen. Ich sehne mich danach.

Er reckt den Hals, um aus der Tür zu schauen.

«Das Gewitter zieht ab», murmelt er.

Aber ich folge seinem Blick nicht. Ich kann nur ihn anstarren.

Schließlich lässt auch der Regen nach, und ich fasse mich wieder. «Dann gehe ich mal lieber.»

Er nickt und lehnt sich an den Holzstapel, aber ich spüre, dass sein Blick mit einer Intensität auf mir ruht, die seine eigenen verbotenen Gedanken enthüllt.

Ich bin völlig durchnässt und zerzaust, aber so voller Hitze, dass meine Wangen glühen. Ich nehme das iPad und stecke es unter das Sweatshirt. Dann trete ich aus dem Brennholzschuppen, ohne mich noch einmal umzusehen, weil ich einfach zu viel Angst vor dem habe, was passieren könnte, wenn ich es täte.

KAPITEL 44

Natasha öffnet mir die Tür. «Bist du etwa in dieses Gewitter hineingeraten?», fragt sie erschrocken. «Ich dachte, du wärst im Château geblieben, bis es abgezogen ist.»

«Das wäre besser gewesen», murmele ich, trete ein und schüttele mich wie ein nasser Labrador.

«Hast du es gefunden?», fragt William schüchtern vom Sofa.

«Ja, habe ich», antworte ich und werfe ihm einen bösen Blick zu. «Ich werde es wohl gut abwischen müssen und hoffen, dass es dieses Erlebnis überstanden hat, bevor du es wieder in deine gierigen kleinen Pfoten bekommst. Aber erst ziehe ich diese nassen Klamotten aus.»

Ich gehe ins Schlafzimmer, wische das iPad flüchtig ab und lege mich aufs Bett, um mein Top auszuziehen. Meine Haut ist eiskalt. Ich bin noch immer etwas benommen von dem, was gerade passiert ist. Ich setze mich auf den Bettrand, schalte das Tablet ein und klicke auf den Internet-Browser, um es sehen, ob es noch funktioniert. Aber statt die Suchseite zu öffnen, lädt es die letzte Seite, die ich mir online angeschaut hatte. Offenbar habe ich vergessen, meine Browser-Historie zu löschen.

Gentest zur Bestimmung von Chorea Huntington.

Mir stockt der Atem. Ich muss die Worte noch einmal lesen.

Tatsächlich habe ich das Thema schon sehr oft gegoogelt, aber um meiner geistigen Gesundheit willen sollte ich wirklich damit aufhören. «Oh Gott», hauche ich und klicke auf den Link. Ich kann mich nicht mehr genau erinnern, was in dem Artikel stand. Beim Lesen wird mir übel. Die Seite ist eine schonungslose Erinnerung an das Thema, das mein Leben bestimmt.

Ein einziges verändertes Gen löst die Huntington-Krankheit aus. Das Kind eines Huntington-Patienten, das das Gen von einem Elternteil geerbt hat, wird die Krankheit im Laufe seines Lebens ebenfalls entwickeln.
Ein Gentest kann Huntington diagnostizieren oder die Diagnose bestätigen. Die Kinder von Huntington-Patienten können den Test erst mit ihrer Volljährigkeit machen. Wenn sich das Gen bei ihnen nachweisen lässt, werden sie mit absoluter Sicherheit an Huntington erkranken. Allerdings lässt sich nicht vorhersagen, in welchem Alter die ersten Symptome auftreten werden.
Eine Blutprobe wird auf die die Krankheit auslösende HD-Mutation untersucht, indem man die Wiederholungen des Basentripletts CAG zählt. Menschen, die die Krankheit nicht entwickeln, besitzen normalerweise 28 oder weniger Wiederholungen des Tripletts. Bei denjenigen, die Huntington haben, zählt man 40 oder mehr Wiederholungen.
Die Entscheidung, sich dem Test zu unterziehen, sollte gut überlegt sein. Ein negatives Ergebnis erleichtert und löst Unsicherheiten auf. Ein positives Testergebnis ermöglicht es den Trägern des mutierten Gens, Vorsorge für ihre Zukunft zu treffen.

Manche Menschen möchten jedoch lieber nicht wissen, ob sie das defekte Gen in sich tragen oder nicht, weil sie ihr Leben vor dem Ausbruch der Krankheit genießen wollen. Die ersten Symptome zeigen sich normalerweise in der Mitte des Lebens.

Panik packt mich. Ich beginne zu schwitzen. William hat das hier vielleicht gelesen und seine eigenen Schlüsse gezogen.

Dann sind all meine Bemühungen der letzten zehn Jahre umsonst gewesen, mein Wissen vor ihm und so gut wie allen anderen zu verbergen. Ich werfe das iPad mit klopfendem Herzen aufs Bett, gehe zur Tür, öffne sie einen Spalt und spähe hinaus.

Mein Sohn liegt auf dem Sofa, die Nase in einem Buch. Mit der freien Hand stopft er sich Chips in den Mund. An einer Stelle kichert er und blättert dann um. Ich befehle mir, mich verdammt noch mal zusammenzureißen.

Er weiß es nicht. Er kann es nicht wissen.

Selbst wenn er gelesen hat, was ich gelesen habe, bedeutet es noch lange nicht, dass er die Verbindung zu mir gezogen und begriffen hat, womit ich mich beschäftigt habe, seit meine Mutter die Diagnose Huntington erhalten hat.

Als ich von dem Gentest erfuhr, versuchte ich zunächst, mir einzureden, dass ich die Wahrheit lieber nicht wissen will. Die meisten Kinder von Huntington-Patienten entscheiden sich dagegen, und das ist eigentlich kein Wunder, wenn man es genau bedenkt.

Ja, die Vorstellung, gesagt zu bekommen, dass man HD-negativ ist, ist natürlich sehr verlockend. Man ist die ständige, nagende Angst los. Man ist frei, das Leben zu genießen und sich auf eine lange und gesunde Zukunft zu freuen. Aber ein positives Resultat ist etwas ganz anderes. Man kann das Wissen, dass man dieses Ungeheuer geerbt hat, nie mehr verdrängen, und schon bevor die ersten Symptome auftreten, ruiniert es jedes Aufscheinen von Glück.

Manche Leute kommen fabelhaft damit zurecht, nicht zu wissen, ob sie die Krankheit haben oder nicht. Sie können ihr Leben weiterleben und auf das Beste hoffen, während sie sich gleichzeitig auf das Schlimmste vorbereiten. Aber ich selbst wurde immer schlechter darin, keine Ahnung zu haben. Ich habe es versucht. Ich habe es jahrelang versucht.

Ich konnte die Sache nicht verdrängen; die Frage war immer da – wie ein geschwätziger Mitreisender, der einem im Zug gegenübersitzt und dessen Stimme man nicht ausblenden kann.

Nach Adam habe ich es lange vermieden, mich wieder auf jemanden einzulassen. Aber Toby, den ich vor ein paar Jahren kennenlernte, war auf eine gute Art hartnäckig. Und er wirkte so liebenswert, so direkt und ehrlich, dass ich plötzlich fand, mein langes Märtyrertum könnte ich nun beenden. Also erzählte ich ihm sehr schnell von der Krankheit meiner Mutter und dass ich das Gen mit fünfzigprozentiger Sicherheit in mir trug.

Er war großartig: unterstützend, mitfühlend und unendlich optimistisch. Zumindest zu Beginn. Das Problem war, dass seine Gefühle für mich stärker wurden und er bald von Familie und Kindern sprach. Eines Abends gingen wir gemeinsam in ein kleines italienisches Restaurant in Didsbury, und er schüttete mir sein Herz aus. «Ich liebe dich, Jess. Ich will mein Leben mit dir verbringen. Ich sehe uns als Familie ... dich, mich und ein paar kleine Kinder.»

«Und William», betonte ich.

«Ja, natürlich auch William.» Seine Hand glitt über den Tisch und nahm meine Hand. «Aber wir müssen wissen, woran wir sind, oder? Mit diesem Huntington, meine ich.»

Es war klar, was er meinte: Ich war eine Anwärterin für die Rolle seiner zukünftigen Ehefrau und Mutter seiner Kinder. Aber nur, wenn ich den Gentest machte und das richtige Ergebnis vorlegen konnte. In diesem Moment begriff ich, dass es ausschließlich meine Entscheidung zu sein hatte, ob ich den Test machte oder nicht. Und wann.

Toby redete nächtelang auf mich ein, dass ich den Test machen solle, er bot sogar an, mit mir zu kommen. Aber ich verschloss mich immer mehr. Ich würde den Test auf keinen Fall für einen Mann machen lassen, der je nach Ergebnis bei mir bleiben oder mich verlassen würde.

Je mehr Druck er ausübte, desto weniger wollte ich den Test machen.

Also verließ er mich, und das war es dann. Eine Weile war ich traurig, aber wenn ich ganz ehrlich bin, war es vor allem eine Erleichterung, wieder allein zu sein.

Im Laufe der Jahre musste ich jedoch immer öfter an den Test denken. Und als zu Beginn des Jahres auf den Straßen ein bitterer Winter wütete, spürte ich die Qualen immer mehr, die meine Mutter litt. Ich kann gar nicht sagen, ob ich mir nur einbildete, dass sich ihr Zustand immer schneller verschlechterte, oder ob die heulenden Januarstürme ihre verwaschene Sprache verstärkten und ihre Hände noch stärker krümmten.

Ich weiß nur, dass ich eines Nachmittags mit ihr zusammensaß und eine Tasse mit inzwischen kalt gewordenem Tee in den Händen hielt. Und in diesem Moment begriff ich, dass jetzt die Zeit gekommen war, mein Schicksal zu erfahren.

Also warf ich die Würfel und machte den Test.

KAPITEL 45

Mein Vater hat mich begleitet, als ich die Ergebnisse des Gentests abholte, vier quälende Wochen, nachdem man mir Blut abgenommen hatte. Ich sah Dr. Inglis nicht zum ersten Mal; sie hatte kurz nach meinem Treffen mit dem genetischen Berater alle möglichen neurologischen Tests durchgeführt und war zu dem Schluss gekommen, dass ich noch keine Symptome der Huntington-Krankheit hatte.

Ich wusste, dass das absolut nichts bedeutete, aber ich hatte dennoch Hoffnung.

Mein Vater sah an jenem Tag gut aus. Er trug ein schickes, dunkelblaues Jackett und eine neue Hose; er war für ein freudiges Ereignis gekleidet. Wir saßen im Wartezimmer, und ich fühlte mich merkwürdig schwerelos. Ich versuchte, nicht mehr auf die tickende Uhr an der Wand zu starren und mich stattdessen auf die knallig lackierten Nägel der Dame am Empfangstresen und den Vorhang zu konzentrieren, der über der Heizung flatterte.

«Gestern Abend habe ich meine alte *Frasier*-DVD herausgekramt», sagte ich zu meinem Vater. «Ich hatte ganz vergessen, wie gut die Serie war.»

«Oh, welche Folge denn?»

«Ich habe drei hintereinander geguckt. Auch die, in der sie Martys Sessel aus dem Fenster schmeißen.»

«Ha! Großartig», rief er, aber das Lachen erstarb ihm in der Kehle. «Großartig.»

Wir hatten beide mit keiner Silbe den Grund für unseren Besuch bei diesem Arzt erwähnt, seit wir das Haus verlassen hatten. Lieber hatte ich davon gesprochen, dass der Basset meines Nachbarn Graham schwanger war. Schließlich platzte ich mit etwas heraus, worüber ich schon seit Jahren nachgedacht hatte. «Als ihr zusammenkamt ... glaubst du, wenn du es gewusst hättest ... das mit Mums Krankheit, meine ich ... Wäre es dann anders gekommen?»

«Du meinst, ob ich sie trotzdem geheiratet hätte?»

Ich zucke mit den Schultern. «Ich glaube, das meine ich.»

Er wirkt enttäuscht, dass ich diese Frage überhaupt stelle. «Jess, wenn man jemanden liebt, hindert einen so etwas niemals daran, mit demjenigen zusammen sein zu wollen.»

Ich erinnere mich daran, dass ich dachte: *Na ja, unter diesen Umständen muss er das ja sagen.*

Aber dann fügte er etwas hinzu, das mich überraschte. «Ich liebe sie jetzt noch mehr als früher.» Ich muss ein erschrockenes Gesicht gemacht haben. «Das stimmt, ich meine das wirklich so. Wir haben ja nun einiges miteinander durchgemacht.»

«Jessica Pendleton.»

Dad und ich folgten Dr. Inglis den Flur entlang in ihr Büro. Dabei griff er nach meiner Hand und hielt sie – zum ersten Mal, seit ich ungefähr acht Jahre alt war. Seine Handfläche an meiner fühlte sich stark und glatt an, genau wie immer, und plötzlich kam es mir vor, als wäre mein Herz zu groß für meine Brust.

Im Sprechzimmer setzte ich mich auf den Rand des Stuhls

und wusste sofort, was sie sagen würde. Sie schlich nicht um den heißen Brei herum. Sie kam direkt zum Punkt.

«Das hier ist nicht die Nachricht, die wir uns gewünscht haben, Jess», fing sie an, und einen kurzen Augenblick lang, bevor mir die Bedeutung ihrer Worte in vollem Umfang klarwurde, tat sie mir richtig leid. Was für einen grauenvollen Job sie da hatte!

Erst als Dad und ich nach draußen zum Parkplatz gingen, merkte ich, dass ich zitterte. Meine Arme bebten, und ich hatte das Gefühl, Pudding in den Beinen zu haben.

Wir standen einander gegenüber, dann nahm er mich in den Arm und flüsterte in mein Haar: «Es ist okay, Jess. Alles wird gut.» Es war vermutlich das erste Mal, seit er nicht mehr trank, dass er mich anlog.

An jenem Tag erzählten wir es Mum noch nicht. Der Genberater hatte gesagt, dass es nicht immer eine gute Idee sei, derartige Neuigkeiten seinen Eltern zu erzählen, wenn man noch vollkommen geschockt ist, da sie dann noch mehr «Kummer» verursachen. Aber wir konnten es nicht ewig aufschieben, auch wenn ich wusste, was diese Neuigkeit mit meiner Mutter machen würde. Weil ich weiß, wie man sich fühlt, wenn es auch nur die *Möglichkeit* gibt, dass man ein tödliches Gen an sein eigenes Kind weitergegeben hat.

Die Mutterliebe erfüllt einen, sobald man die ersten Bewegungen winziger Glieder im Bauch spürt. Man atmet sie mit dem Duft des Neugeborenen ein, sobald es einem in die Arme gelegt wird. Sie schwillt an, je größer das Kind wird, wenn man am ersten Schultag seine kleine Hand nimmt oder auf sein aufgeschlagenes Knie pustet.

Ich weiß auch, dass Kinder ihre Mütter an den Rand des Wahnsinns treiben – sei es der Schlafmangel oder weil die

Kleinen trotzig reagieren oder dann als Teenager zeitweilig verrückt werden. Aber man liebt seine Kinder trotzdem, für immer, auf eine Weise, wie man niemanden sonst liebt.

Der schlimmste Tag im Leben meiner Mutter war nicht der Tag, an dem sie erfuhr, dass sie Huntington hatte. Sondern der triste Februartag, an dem sie erfuhr, dass ich positiv getestet wurde.

Ich selbst verstand kaum, was in mir vorging. Noch immer habe ich solche Angst, dass ich morgens manchmal kaum in der Lage bin, den Kopf vom Kissen zu heben. Denn die Diagnose hat ein Fragezeichen in die Zukunft des Menschen gesetzt, der mir mehr als alles andere auf der Welt bedeutet – mein Sohn. Er kann den Test erst machen, wenn er mit achtzehn volljährig wird. Also habe ich noch mindestens acht Jahre, bevor ich weiß, ob ich das Gen an ihn weitergegeben habe, und auch nur, wenn er sich dafür entscheidet, den Test zu machen.

Ich bin dreiunddreißig. Meine Mum entwickelte die ersten Symptome, als sie siebenunddreißig war. Vielleicht habe ich nicht mehr viel Zeit, bis die Veränderungen beginnen, die eines Tages meine Fähigkeit beeinträchtigen werden, diejenige zu sein, die ich sein will – die Tochter, die Freundin, die Kollegin. Und vor allem: die Mutter. Eine Mutter, die ihm als erwachsenem Mann noch immer so zulächelt wie als kleinem Jungen mit Pudelmütze und Fäustlingen.

Manchmal erscheint er mir in meinen Träumen als Mann mittleren Alters.

Hin und wieder ist das Bild ganz klar – dann ist er Wissenschaftler oder Historiker geworden; ein- oder zweimal war er auch Müllmann. Ich stelle mir vor, wie er sich verliebt, wie er an Liebeskummer leidet, die Schule abschließt, sein erstes

Auto kauft, sich eine Universität aussucht und seinen Traumjob bekommt. Ich überlege, wie ich ihn dann werde unterstützen können – wenn überhaupt.

Aber komischerweise denke ich mehr über die kleinen Dinge nach – ob ich noch da sein werde, wenn seine Locken dünner geworden sind, oder ob ich die ersten grauen Haare in seinem Bart entdecken werde. Ich denke darüber nach, ob ich es noch erleben werde, wenn seine Stimme älter wird oder wenn sich seine Vorliebe für Pizza als Speckrollen um seine Mitte zeigt.

Die Vorstellung, seine Zukunft zu verpassen, ist absolut inakzeptabel.

Was mich zu dem wahren Grund bringt, aus dem wir hier in Frankreich sind, dem Grund, aus dem meine Mutter so verzweifelt darauf gedrängt hat, dass wir fahren: Mein Sohn braucht einen Dad aus einem weit wichtigeren Grund, als ich zugeben wollte. Angesichts meines Testergebnisses konnte ich diese Tatsache nicht länger ignorieren. Ich bete, dass Adam sich der Herausforderung stellt und William der Vater sein kann, den der Junge braucht.

KAPITEL 46

Morgensonne flutet durch mein Schlafzimmerfenster. Ich liege in den weichen weißen Laken, den Blick auf die Zimmerdecke gerichtet. Die ganze Nacht habe ich mich beschwichtigt, dass William auf keinen Fall verstanden haben kann, was die Huntington-Krankheit ist und für uns bedeutet – und ich habe zu begreifen versucht, was da im Holzschuppen eigentlich passiert ist. Und zwar immer wieder mit derselben Schlussfolgerung: Ich muss versuchen, so zu tun, als sei gar nichts passiert. Weil nämlich *tatsächlich* gar nichts passiert ist. Aber ich bin dennoch, wie William es nennen würde, «völlig baff». Immer wenn ich an den Blick denke, mit dem Adam mich ansah, und an meine Reaktion darauf, dann kommt mir alles ganz unwirklich vor. Mehr wie ein merkwürdiger Traum.

Wir verbringen den größten Teil des Morgens zusammen am Pool. Natasha schlägt vor, Mittagessen zu kochen. Becky und Seb haben aufgehört, sich zu zanken, aber mir fällt auf, dass die Kommunikation zwischen ihnen im besten Fall sachlich zu nennen ist: Sie fragt ihn, wo die Schwimmflügel sind, er fragt sie, ob sie Vaseline mitgenommen hat. Sie unterhalten sich über Ekzeme, das Trockenwerden ihrer Kinder, wie man mit elektronischen Geräten umgeht und mit ausgefallenen Milchzähnen, aber da ist nichts mehr von den Dingen, über die sie sich unterhielten, als ihre Augen noch vor Begehren glänzten. Und sie können sich überhaupt nicht entspannen. Irgendwann schnappe ich mir James und Rufus und gehe mit ihnen zum Pool, um mit allen zusammen Wasser-Volleyball zu spielen, aber jedes Mal, wenn ich einen Blick an den Beckenrand werfe, versucht einer von ihnen hektisch, Poppy zu beruhigen, während der andere mit einer Windeltasche hantiert. Sie sind das beste und schlimmste Beispiel für Elternschaft, das ich mir vorstellen kann.

Wir sammeln unsere Sachen ein und gehen um halb zwei zurück zu unseren Häuschen, wo Natasha ein üppiges Mittagessen auftischen will. Die anderen bummeln gemütlich über den staubigen Hofplatz, als Charlie aus seiner Tür tritt und mir zuwinkt. Ich lasse mein Handtuch und die Strandtasche auf einem Stuhl liegen und gehe zu ihm.

«Wart ihr unten am Pool?», fragt er.

«Ja, aber da ist ganz schön viel los. Alle versuchen, nach gestern so viel Sonne wie möglich zu tanken.»

«Hör mal, ich dachte, William und du hättet vielleicht Lust, nachher mit Chloe und mir spazieren zu gehen?»

«Das wäre schön. Er hat sicher Lust.»

«Nichts allzu Anstrengendes», sagt er. «Ich habe eine Wanderkarte aus dem Château. Es gibt da einen schönen Weg am See entlang.»

«Dann hätten wir ein Date.» Mein Hals wird plötzlich ganz heiß. «Na ja, nicht *so* ein Date. Aber wir kommen.»

Er lacht. Dann klingelt sein Handy. «Entschuldige, Jess.» Er greift in seine Tasche und holt es hervor. Er hat schöne Hände – glatt und gebräunt, mit einer Armbanduhr, die sogar jemand als teuer erkennt, dessen schickste Uhr eine Swatch ist.

Ich stehe befangen herum, weil ich nicht weiß, ob ich mich jetzt verabschieden soll oder nicht. «Dann bis später?», forme ich mit den Lippen und wende mich zum Gehen.

Er legt die Hand über das Handy. «Um vier?»

«Gut.»

Charlie ist nett. Genau das, was einem der Arzt verschreiben würde. Keine großen Gefühle, die in meinem Fall tausend komplizierte und schmerzhafte Probleme in der Zukunft bringen würden. Er ist nur ein schlauer, freundlicher Kerl, der in meiner Nähe lebt. Wir könnten zusammen essen gehen oder ins Kino. Wir könnten ein bisschen Spaß haben und vielleicht samstagabends knutschen. Es wäre so *angenehm.* Ich kann gar nicht sagen, wie gut mir allein die Vorstellung von angenehmen Dingen tut. Ich hatte bereits meinen Anteil an extremen Gefühlen und würde wirklich gern etwas so Zwangloses wie das hier erleben.

Aber meine Gedanken verflüchtigen sich in dem Moment, in dem ich in Natashas Ferienhäuschen trete und ihre gepresste Stimme höre. «Hör mal, Becky, ich mache dich *nicht* zur Schnecke.»

«Hört sich aber genauso an.» Becky lässt ihre Taschen auf den Tisch plumpsen.

«Was ist los?», frage ich, aber es ist deutlich zu sehen, dass sie beide bereits am Abgrund stehen. Und sie sind beide nicht bereit, auch nur einen Zentimeter zurückzuweichen.

KAPITEL 47

Natasha sieht aus wie jemand, der extrem wütend ist, sich aber mit aller Kraft zurückhält. Sie wendet eine Atemtechnik an, die man beim Yoga lernt und die einem in einem ruhigen Studio so leichtfällt, sich aber als weit schwieriger herausstellt, wenn jemand dich zur Weißglut bringt.

«Du wolltest wissen, warum es so spät Mittagessen gibt», sagt Natasha zu Becky. «Ich habe einfach nur darauf hingewiesen, dass der kleine Grill, den Seb und du neulich ausgeliehen habt, hinterher nicht sauber gemacht wurde. Also musste ich es tun.»

«Tja. *Es tut mir leid.*» Becky klingt nicht so, als täte ihr irgendwas leid. «Versuch *du* mal, mit drei Kindern zurechtzukommen, von denen zwei damit beschäftigt sind, den Dritten Weltkrieg vorzubereiten, eines Dünnpfiff hat und ein anderes die halbe Nacht wach war, weil es Albträume nach dem Fernsehgucken hat.»

Natasha runzelt die Stirn. «Das wären dann aber vier.»

«Was?»

«Das wären vier Kinder. Ihr habt aber nur drei.»

«Ich weiß verdammt noch mal, wie viele Kinder ich habe!»

Natasha verschränkt die Arme vor der Brust. «Becky, es tut mir leid, dass ich das mit dem Grill erwähnt habe, ernsthaft. Aber du hast gefragt.»

«Ich habe nur gefragt, weil ich hier ein Kleinkind habe, das sich in einen Gremlin verwandelt, wenn es lange nichts gegessen hat. Diese Reaktion habe ich nicht erwartet.»

«Das ist keine Reaktion», versetzt Natasha sanft. «Ich habe es wirklich nicht so gemeint.»

Ich berühre Beckys Arm. «Ist alles in Ordnung?»

Sie reibt sich die Stirn. «Dann lass mich etwas anderes tun, wenn du schon den Grill sauber gemacht hast. Was soll ich kochen?»

«Du musst gar nichts tun», sagt Natasha und wirft mir einen besorgten Blick zu. «Hör mal. Entspann dich. Bitte. Setz dich einfach hin, und in zehn Minuten gibt es Essen. Das ist alles.»

Becky nickt. Sie sieht aus, als würde sie gleich in Tränen ausbrechen. «Okay. Sorry», murmelt sie und geht hinaus.

Natasha schneidet den Salat. «Alles in Ordnung mit dir?», frage ich.

Sie nickt und schaut sich ängstlich um. «Becky ist in letzter Zeit ein Albtraum.»

«Sie ist gestresst.»

«Ich weiß. Aber das kann doch nicht bedeuten, dass wir anderen ständig eins aufs Dach kriegen. Auch *wir* haben uns unseren Urlaub verdient. Herrgott, denk nur an das, was du immer um die Ohren hast.»

«Ich versuche eigentlich gerade, nicht daran zu denken.»

Sie beißt sich auf die Unterlippe. «Wie geht es dir denn, Jess?»

Ich ziehe die Augenbrauen hoch. «Gesundheitsmäßig geht es mir absolut gut. Zumindest bis jetzt. Aber jedes Mal, wenn ich ein Glas fallen lasse oder stolpere, gerate ich in Panik. Als ich neulich mit Adam und William im Château de Beynac war, bin ich die Treppe runtergefallen. Ich habe ständig Angst, dass es jetzt losgeht. Und Mum in ihrem Zustand zu sehen, hilft auch nicht gerade.»

«Die Arme.» Ihre Augenbrauen ziehen sich voller Mitgefühl zusammen. «Du Arme.»

Ich will Natashas Mitleid nicht. Tatsächlich hasse ich es sogar. Als ich Becky und ihr damals alles erzählte, kurz nachdem Mum mir von ihrer Krankheit berichtet hatte, wollten sie nur noch über Huntington sprechen. Immer wenn wir uns auf einen Drink oder einen Kaffee trafen, waren sie voller Sorge und hatten tausend Fragen.

Ich weiß, dass sie es gut meinten, aber irgendwann hatte ich es so satt. Es war, als würden meine Mutter und ich nur noch dadurch definiert – es ging *ausschließlich* um die Krankheit. Nicht um mein kleines Baby. Nicht um meine schwierige Beziehung. Nicht um Politik, *The Sopranos* oder die neuen Chanel-Nagellackfarben oder all die anderen Dinge, über die wir früher immer geredet hatten.

Nach ein paar Monaten sagte ich ihnen ganz direkt, dass ich nicht mehr bei jedem Treffen darüber reden will. Ich bin immer noch *ich,* nicht eine dieser «tapferen» Kranken, von denen man in der Zeitung liest, schon allein, weil ich absolut *kein bisschen* tapfer bin. Also: Es reicht. Bitte.

Und obwohl natürlich alles von vorn anfing – unausweichlich –, nachdem ich das Ergebnis des Gentests erhalten hatte, glaube ich doch, dass sie meine Botschaft begriffen haben.

«Hör mal, nimm das mit Becky nicht persönlich», beschwichtige ich sie.

Sie richtet sich auf. «Oh, das tue ich nicht. Ich meine, sie tut mir leid. Aber ich werde nicht ihren Prügelknaben spielen.»

Ich schneide gerade das Baguette in Scheiben, als eine Nachricht auf ihrem Handy aufscheint.

«Das WLAN ist aber heute wild entschlossen zu kooperieren.»

Sie nimmt das Handy und studiert das Display. «Joshua hat Fotos von uns auf Facebook gepostet. Ich glaube, er steht auf mich.» Sie zeigt mir ein Foto, auf dem sie mit Champagner anstoßen, und ein zweites, auf dem sie mit Golfschlägern posieren.

«Wie lief es denn mit der Runde Golf?»

«Josh ist super darin, aber ich glaube nicht, dass es meine Sportart ist. Ich habe so lange für das sechste Loch gebraucht, dass wir aufgegeben und uns stattdessen einen hinter die Binde gekippt haben.»

«Also hast du ...» Ich ziehe die Augenbrauen hoch.

«Mit ihm geschlafen? Nein, ich halte ihn hin. Ich überlege noch, ob er vielleicht beziehungsgeeignet ist.»

Ich werfe einen zweiten Blick auf das Display und blättere durch sein Facebook-Profil. Ich würde mich sehr gern für Joshua erwärmen; vielleicht habe ich einfach zu viele Vorurteile. Sonst bin ich gar nicht so. Seine Facebook-Likes – darunter ein paar Nackttänzerinnen und eine Website mit dem Titel *Gegen die Unterdrückung weißer Männer aus der Mittelklasse* – helfen dabei allerdings nicht gerade.

Draußen finde ich Becky, die verzweifelt versucht, die Energie aufzubringen, Poppy vorzulesen, während Seb James und Rufus in die Kunst des Hüpfstab-Springens einweiht.

«Du bist ja ein Naturtalent», sage ich lächelnd, weil er drei Hüpfer hintereinander schafft, bis er in einen Lavendelstrauch fällt. Ich setze mich neben Becky und biete Poppy ein bisschen Brot an. «Damke, Tante Jess. Du bis ein gutes Määächen.»

«Hör mal, ich hab da eine Idee», sage ich zu Becky. «Seb und du könntet doch ausgehen, und ich passe auf die Kinder auf.»

Sie sieht mich mit einer Mischung aus Dankbarkeit und Ungläubigkeit an. «Oh, genau deshalb hab ich dich so sehr lieb, Jess.»

«Also ist das ein Ja?»

«Absolut nicht. Ich lasse dich auf gar keinen Fall mit drei Kindern und William zu Hause sitzen. Aber du bist wirklich ein Engel, dass du es überhaupt angeboten hast.»

«Becky, sie werden es überleben. Ich weiß doch noch, wie das geht», wende ich ein.

«Natürlich weißt du das. Aber Poppy würde die ganze Nacht nach uns schreien, James würde dein Make-up benutzen, und ich würde mir den ganzen Abend Vorwürfe machen, was ich dir da aufgehalst habe.»

«Aber das müsstest du doch gar nicht.»

«Ich denke darüber nach», sagt sie schließlich. Aber ich weiß genau, dass sie längst beschlossen hat, mein Angebot nicht anzunehmen. «Aber eins muss ich noch erledigen.» Sie schaut zur Tür und seufzt.

«Was denn?»

«Mich bei Natasha entschuldigen.»

KAPITEL 48

Es ist ganz eindeutig, dass Chloe sich lieber ohne Betäubung die Zehennägel operativ entfernen lassen würde, als mit uns spazieren zu gehen. Es ist nicht so, dass sie sich beschweren würde. Dafür müsste sie nämlich sprechen, und bisher hat sie kaum ein Wort von sich gegeben, sondern trottet nur wortlos hinter Charlie und mir her. William dagegen ist wild entschlossen, sich mit ihr zu unterhalten.

«Wollen wir ein bisschen plaudern?», schlägt er eifrig vor.

Sie kräuselt die Oberlippe. «Worüber denn?»

«Hm. Wie wäre es mit dem Schwarzen Tod?»

Ich drehe mich um und lächele sie an. «Das ist ein Angebot, das du nicht ablehnen kannst, das musst du zugeben.»

William runzelt die Stirn, weil ich ihm in den Rücken falle. «Tut mir leid, mein Schatz, aber Chloe will wahrscheinlich nicht ...»

«Was weißt du denn darüber?», fragt Chloe ihn.

Er strafft den Rücken. «Na ja, er fing 1347 an und wurde durch Ratten verbreitet und hat ein Drittel von Europas Bevölkerung dahingerafft.»

«Wusstest du, dass bei an der Pest Erkrankten die Milz schmilzt?», fragt sie.

Er ist zutiefst beeindruckt. «Boah.»

Charlie und ich lächeln uns an. «Also, worüber wollen

wir uns unterhalten? Windpocken vielleicht?», schlage ich vor.

Wir befinden uns nicht mehr auf dem Areal des Châteaus, sondern auf einer benachbarten Wiese. Das Gras wächst hier lang und üppig, die Luft ist vom schweren Duft wilder Orchideen erfüllt. Wir erreichen ein abgeschlossenes Schwinggatter, das zwei Felder voneinander trennt. Charlie tritt zur Seite.

«So, Kinder, ihr beide zuerst.» William und Chloe klettern mühelos darüber, und Charlie gibt mir ein Zeichen, dass ich als Nächste dran bin.

Ich bin gerade halb rübergeklettert, da fällt mir ein, dass er jetzt direkt auf meinen Hintern schauen kann. Ich zögere einen Augenblick, und das ist mein Untergang. Ich verliere das Gleichgewicht und lande in einer Grätsche auf dem Boden. Dabei entfährt mir ein «Uff!».

«Alles in Ordnung?»

Ich nicke und lächele wortlos. Die Kinder sind schon vorangegangen.

Schließlich erreichen wir eine offene Ebene, die von üppigen grünen Eichen gesäumt ist. Plötzlich wird mir bewusst, dass sich Charlie zu mir gebeugt hat. Als ich mich umdrehe, flüstert er: «Du siehst heute hinreißend aus.»

«Hör auf – ich werde noch ganz rot», antworte ich. Ich halte mich an die erprobte Regel, Komplimente stets mit einem Witz abzutun.

«Ich meine es ernst», sagt er. Er sieht viel zu ernst aus, zumal unsere Kinder in Hörweite sind.

Ich hüstele und versuche, das Thema zu wechseln. «Gefällt Chloe der Urlaub?»

Er begreift meinen Hinweis und richtet sich wieder auf.

«Scheint so – wenn sie sich nicht gerade darüber beklagt, dass sie sich zu Tode langweilt.»

«Ach du meine Güte.»

«Um ehrlich zu sein, wäre sie sicher lieber in Orlando», sagt er.

«Orlando *ist* ja auch toll.»

«Warst du schon mal da?»

«Ein Mal. William und ich sind mit meinem Exfreund Toby hingeflogen. Ich hätte nie gedacht, dass es mir gefallen könnte, aber ich war sofort am Haken. Ich bin leider ein Disney-Fan. Toby fand es grauenvoll. Wahrscheinlich fühlt sich nicht jeder an einem Ort zu Hause, wo an jeder Ecke jemand anfängt zu singen, oder?»

«Ich muss zugeben, dass ich das verstehen kann. Und warum hat es mit ihm nicht geklappt?»

«Abgesehen von unseren unterschiedlichen Ansichten über Disneys Zauberreich, meinst du?»

Leider wartet er darauf, dass ich wieder ernsthafter werde.

«Es ist im Sande verlaufen», sage ich vage. «Wir waren nie bis über beide Ohren verliebt. Es war alles ganz freundschaftlich.»

«Hatte William nichts dagegen, dass du mit jemand ausgingst?»

«Nein, ich glaube nicht. Adam und ich haben uns getrennt, als William noch ganz klein war, also kennt er es nicht anders. Und Toby war für William eigentlich keine Vaterfigur. Wie war es denn mit Chloes Mutter?»

«Chloe hat *eindeutig* ein Problem damit, dass wir nicht mehr zusammen sind.»

«Ach so.»

«Leider kann ich absolut nichts daran ändern. Gina arbeitet als Stewardess. Ich habe ihr hundertprozentig vertraut, trotz all der Gerüchte, die man so über die Affären zwischen Stewardessen und Piloten hört. Eines Tages war meine Autobatterie leer, und ich musste mir ihre leihen, um zur Arbeit fahren zu können. Ich öffnete den Kofferraum und fand eine leere Champagnerflasche. Als ich sie darauf ansprach, sagte sie, sie sei vor einer Woche oder so mit den Mädchen mittagessen gegangen und habe die leere Flasche mitgenommen.»

«Klingt doch ganz plausibel.»

«Dann entdeckte ich ihr zweites Handy.»

«Oh nein.»

«Ich weiß. So ein Klischee.» Er erzählt eine traurige Geschichte voller schäbiger Einzelheiten: Ein Pilot verriet ihm, dass sie mit der halben Belegschaft der Airline geschlafen und Jacuzzi-Partys in Hotels gefeiert habe. Ein anderes Mitglied der Cabin Crew behauptete sogar, sie habe im Cockpit mit den Kontrollhebeln auf eine Art gespielt, die absolut nichts mit Fliegen zu tun hat. Als einer von Charlies Freunden sie mit einem anderen Mann in einem Pub in Chester entdeckte, gab sie schließlich zu, eine Affäre zu haben.

«Was mich am meisten verletzt hat, waren die Lügen», sagt Charlie. «Tief in mir wusste ich wohl, dass da merkwürdige Dinge vor sich gingen, aber darauf angesprochen, wies sie es immer wieder von sich, bis sie die Wahrheit nicht mehr verleugnen konnte. Sie hat mich wirklich an den Rand des Wahnsinns gebracht.»

«Bis du keine andere Wahl mehr hattest, als es zu beenden.» Dann wende ich den Blick ab, weil ich nicht erklären will, dass ich auch schon in dieser Lage war.

«Eigentlich war ich bereit, ihr zu vergeben.»

«Wirklich?»

«Ja, aber sie wollte trotzdem gehen.»

Plötzlich möchte ich unbedingt etwas sagen, das die Stimmung wieder aufhellt. Ich beuge mich zu ihm und flüstere: «Klingt, als sei sie eine echt blöde Kuh.»

Er lacht. «Danke. Jetzt fühle ich mich schon viel besser.»

Der Weg geht jetzt steil aufwärts, und meine Oberschenkel beginnen zu brennen. «Der See sollte eigentlich direkt hinter diesem Hügel liegen. Na los, Kinder.»

Chloe und William sind ein wenig zurückgefallen. Sie sprechen nicht mehr über Krankheiten, die sich über die Luft übertragen, sondern meckern darüber, dass wir sie so quälen. Die letzten Schritte den Berg hoch sind wirklich anstrengend. Charlie nimmt meine Hand und zieht mich hoch. «Der Blick ist beeindruckend», sagt er.

Und das ist er: grüne Hügel, ein glitzernder See mit Wasser, so klar wie Glas, bis ein Vogel in perfekt konzentrischen Kreisen hinabschießt. Die Luft ist warm und ganz still, kein Lüftchen geht, und das Einzige, was sich bewegt, sind die Flügel eines Schmetterlings, der an uns vorbeiflattert. Ich bin sofort völlig fasziniert von diesem Wesen, von seinen seidigen, himmelblauen Flügeln, die im Sonnenlicht schimmern.

Dann erkenne ich die Gestalt, die auf dem Steg auf der anderen Seite des Sees liegt.

Es ist Adam. Er trägt nur Shorts und hat den Kopf auf sein T-Shirt gelegt. Seine Brust ist nackt. Er liest ein Taschenbuch. Sein Anblick setzt eine Welle von Erinnerungen frei, die mich beinahe umhauen: an die Sommertage, an denen wir zusammen in den Park fuhren und uns ins Gras legten, um zu lesen und einander zwischen den Kapiteln Küsse zu stehlen.

«Hey, da ist ja Dad!», ruft William. «Dad!»

Er rennt den Hügel hinab zu Adam, der sich aufsetzt und

lachen muss, weil sein Sohn so aufgeregt auf ihn zustolpert. William schlingt die Arme um ihn, als hätte er ihn monatelang nicht gesehen, und Adam drückt ihn an sich. Dann setzt William sich neben seinen Vater. Ich beobachte sie ein paar Augenblicke lang. Mein Kopf ist voller sinnloser, ungebetener Gedanken daran, was alles hätte sein können.

KAPITEL 49

Niemand wird Mutter oder Vater in der Erwartung, dass man es ihm dankt. Deshalb bin ich sprachlos, als mir William am Sonntag ein kleines, duftendes Sträußchen Flieder überreicht.

«Du hast mir Blumen gekauft?» Ich nehme sie ihm ungläubig aus der Hand. «Wo hast du die denn her?»

«Ich hab sie heute Morgen gekauft, als ich mit Dad unterwegs war. Aber ich habe sie mit meinem eigenen Taschengeld bezahlt», fügt er hastig hinzu.

«Aber warum?», frage ich gerührt.

«Er hat gesagt, dass du die bestimmt magst. Er hat gesagt, es seien deine Lieblingsblumen, und so könnte ich dir gut zeigen, dass ich dich liebhabe.»

«Oh, mein Schätzchen, das ist ja so *wundervoll.*» Ich kann mich nicht zurückhalten, umarme ihn und drücke seinen knochigen Oberkörper kurz an mich. Er drückt flüchtig zurück. «Kann ich jetzt wieder gehen?»

«Wohin denn?»

«Nirgends hin. Aber du erwürgst mich.»

Ich weiß nicht genau, wie Adam darauf gekommen ist, dass Flieder meine Lieblingsblumen sind – ich habe in meinem Leben gar nicht oft genug Blumen geschenkt bekommen, als dass ich mir den Luxus einer Lieblingsblume leisten könnte, jedenfalls nicht in den letzten Jahren.

William saust erleichtert in sein Zimmer. Ich gehe zum Waschbecken und finde einen blau-weißen Emailkrug im Schrank. Ich fülle ihn mit Wasser und arrangiere die Fliederblüten, dann stelle ich den Krug auf den Tisch.

Adam hat viele Fehler, aber er macht oft Geschenke, kleine Beweise seiner Liebe und Freundschaft, die zeigen, dass er froh ist, den anderen in seinem Leben zu wissen. Als wir noch zusammen waren, beschränkte er seine Großzügigkeit nicht auf mich. Ich erinnere mich, dass wir einmal in London waren, ein Jahr nach unserem Kennenlernen. Wir stöberten bei Liberty in Soho, und er hielt einen dieser klassischen Schlipse aus dunkelblauer, bedruckter Seide hoch.

«Auf dem steht doch der Name deines Vaters», sagte er. Es stimmte, dass mein Vater etwas für gute Krawatten übrighatte. Er hat heute noch eine riesige Sammlung.

«Sieh dir doch bloß den Preis an, Adam», sagte ich. «Ich setze ihn auf die Weihnachtsgeschenkeliste.»

«Nein, das ist schon in Ordnung. Ich kaufe ihn», beschloss er und marschierte zur Kasse, ehe ich noch etwas einwenden konnte.

Manchmal war das wirklich ärgerlich – ich hatte schlaflose Nächte, weil wir die Gasrechnung nicht bezahlen konnten, und er kam mit einem neuen Armband für mich an, das er in irgendeinem Antiquitätengeschäft gefunden hatte. Und während ein Teil von mir ihn am liebsten geschlagen hätte, war der andere Teil ganz hingerissen von dem Armband und dem, was es bedeutete.

Heute veranstaltet Adam für uns alle einen Grillabend. Nur Natasha wird nicht dabei sein; sie geht mit Joshua aus. Er hat sie vor einer halben Stunde abgeholt, in eine Wolke penetranten Rasierwassers gehüllt, und ihr erzählt, dass er netterweise gerade die Interpunktion eines ehemaligen Kollegen auf Facebook korrigiert habe, um ihm peinliche Kommentare zu ersparen.

Ich gehe ins Schlafzimmer, um mich fertig zu machen, und trotz der geringen Auswahl weiß ich einfach nicht, was ich anziehen soll. Die Aussicht darauf, neben Simone in ihren Hot Pants zu sitzen, hilft leider kein bisschen.

Ich entscheide mich für ein flatteriges, geblümtes Jäckchen, das immer noch in meinem Koffer steckt. Weil ich kein Bügeleisen im Häuschen finde, muss ich mir einen anderen Weg ausdenken, die Knitterfalten zu glätten. Gerade als ich Natashas Glätteisen für die Haare über das Baumwollgewebe ziehe, klopft jemand an die Tür.

Ich öffne. Charlie steht davor.

«Oh, hallo! Wie geht es dir?», frage ich und muss mich zwingen, nicht auf die Uhr zu schauen, weil wir gleich bei Adam sein wollen.

«Mir geht's gut.» Offenbar hat er an mich gedacht und ist gleich herübergekommen. Was mir natürlich schmeichelt, aber sein Blick ist so intensiv, dass ich ein wenig vor ihm zurückweiche.

«Was machst du denn gerade?»

«Na ja, im Augenblick versuche ich, mein Jäckchen mit einem Glätteisen für die Haare zu bügeln.»

Er schweigt einen Augenblick und runzelt ehrlich verblüfft die Stirn. «Glätteisen?»

«Nur ein Scherz», murmele ich lahm.

Er reckt den Hals, um hinter mir ins Zimmer zu schauen. «Ist noch jemand da?»

«Alle sind da.»

Sein Gesichtsausdruck zeigt pure Enttäuschung. Dann beugt er sich zu mir und nimmt meine Hand. «Ich muss die ganze Zeit an dich denken.»

«Fertig!», verkündet William und platzt ins Wohnzimmer.

Ich ziehe hastig meine Hand weg. Charlie wendet den Blick nicht von mir. «Oh. Ihr geht aus.»

«Nur zu Adam zum Grillen.»

«Ach so. Ich hatte gehofft, William und Chloe zum Fußballspielen oder so zu überreden, damit wir beide einen Drink nehmen können.»

«Oh, wie schade. Wir können das doch an einem anderen Abend machen», schlage ich vor.

«Das wäre toll», mischt sich William ein.

«Gut. Ich lass euch dann mal allein. Einen schönen Abend!» Und er zwingt sich zu einem Lächeln, das seine Enttäuschung so gar nicht verbirgt.

KAPITEL 50

Der rauchige Duft des Sommers liegt in der Luft. Alte Freunde plaudern bei brombeerfarbenem Wein, und die Kinder spielen bestimmt fünf Minuten lang Frisbee, ohne sich gegenseitig umzubringen. Wir sitzen um eine Tafel herum, die aus drei zusammengeschobenen Tischen besteht, die nicht zueinander passen. Einige von uns haben auf Bänken Platz genommen; andere in Sesseln, in denen man versinkt, mit gebogenen Rückenlehnen und cremefarbenen Canvas-Kissen.

William klebt geradezu an seinem Vater. Er plappert auf ihn ein, während Adam lässig Burger wendet. Mein Blick bleibt an ihnen hängen, wie sie da im honigfarbenen Licht stehen, und ich stelle sie mir in zehn, vielleicht zwanzig Jahren vor, fröhlich miteinander plaudernd unter Erwachsenen, Vater und Sohn – und nicht nur einen außergewöhnlichen Sommer lang.

«In der Nähe von Loussous gibt es einen Park mit Seilrutsche. Wir könnten morgen hinfahren», sagt Seb und hält mir einen Reiseführer hin.

Ich blättere darin, und wir überlegen gemeinsam, wie lange wir wohl bis dorthin brauchen. Plötzlich wird mir bewusst, dass Adam hinter mir steht. Er nimmt mein Glas und schenkt nach.

«Nur ein kleines bisschen für mich.»

«Warum?», fragt er und füllt es bis zum Rand.

«Wenn du darauf bestehst», seufze ich und hebe es an. Er lässt sich auf den Stuhl neben mir sinken. Er trägt ein helles Baumwollhemd, die Ärmel hochgekrempelt, sodass man seine gebräunten Unterarme sieht. Mir wird ganz schwindelig, wenn ich daran denke, wie seine Hand im Holzschuppen auf meiner lag, und eine unangenehme Hitze breitet sich auf meinem Dekolleté aus.

«Danke für die Blumen», sage ich höflich.

Er lächelt. «Das war Williams Idee.»

«Oh? Er hat gesagt, es sei deine gewesen.»

«Es war ein gemeinsames Unterfangen.»

«Jedenfalls war es sehr nett. Es ist schön, sich geschätzt zu fühlen.»

Er schweigt einen Augenblick, senkt dann die Stimme und sagt: «Du siehst gut aus heute Abend.»

«Danke», bringe ich hervor. So nah neben ihm zu sitzen, nimmt mir plötzlich die Luft. «Das ist sicher das Jäckchen, das ich mit einem Glätteisen für die Haare gebügelt habe.»

Er bricht in Lachen aus, und ich bin dafür so dankbar, dass ich mitlache. «Du warst schon immer sehr erfinderisch», sagt er.

«Hallo, zusammen!» Wir drehen uns um. Auf dem weichen Stoff von Simones dunkelblauem Kleid leuchten winzige Schneeflocken. Es schmiegt sich verführerisch um ihre Brüste und zeigt ihre gebräunten Schenkel. Adam steht auf und begrüßt sie. Sie stellt sich in ihren hellen Ballerinas auf die Zehenspitzen, schlingt die Arme um seinen Hals und küsst ihn verträumt und lange. Ich konzentriere mich auf meinen Wein.

Als die Sonne untergeht, stellt Adam eine Platte nach der anderen auf den Tisch: Spießchen, gewürzt mit duftenden Kräutern, Hühnchen, mariniert in Knoblauch und Zitrone, dicke Schweins- und Entenwürstchen. Schüsseln voller Pommes frites und bunter Salate, auf denen eine aromatische Vinaigrette glänzt, Körbe mit knusprigem Brot.

Wir essen, bis wir beinahe platzen, und genießen jeden Bissen.

Trotz der himmlischen Umgebung fühle ich mich in Simones Nähe ein wenig nervös, beinahe schuldig. Und ich ertappe mich dabei, wie ich versuche, das wiedergutzumachen, indem ich sie in die Unterhaltung einbeziehe, ihr Komplimente für ihr Kleid mache, ihre Schuhe und wie nett es von ihr ist, mir beiläufig die Anti-Aging-Creme zu empfehlen, auf die ihre Mutter schwört.

Verglichen mit den anderen habe ich in diesem Urlaub nicht viel getrunken – das tue ich ohnehin selten. Mit meinem Vater aufzuwachsen, war die effektivste Anti-Alkohol-Kampagne überhaupt. Aber heute Abend wird mein übliches Glas Wein zu einem weiteren und noch einem, sodass ich am Ende weit mehr intus habe, als ich es gewohnt bin. Das zeigt sich ganz deutlich, als ich begeistert dem Vorschlag der Kinder zustimme, ein Schubkarrenrennen zu veranstalten. Becky und ich liegen kichernd mit dem Gesicht im Gras, unsere Zehn- und Siebenjährigen stehen hinter uns an der Startlinie.

Ich kann nicht behaupten, dass es einen Weg gibt, würdevoll über den Rasen zu holpern, während das eigene Kind einem die Fußgelenke hält und «SCHNELLER!» schreit, als wäre man ein vergreister Esel. Aber es *ist* lustig, genau die Art Ablenkung vom Alltag – oder zumindest von *meinem* Alltag –, die ich so vermisst habe.

Hinterher bleiben wir noch eine Stunde am Tisch sitzen und naschen hiervon und davon, bis die Kinder unruhig werden und beschließen, dass man sich um sie kümmern muss.

Adam springt auf, er braucht keine Ermutigung. «Kommt, jetzt ist es Zeit, ein Spiel zu spielen. Cricket oder Boule, William? Du darfst aussuchen.»

William zögert keine Sekunde. «Boule. Mum ist großartig darin.»

Ich huste in meinen Bergerac. «Ich weiß nicht, ob *großartig* das richtige Wort ist.»

«Aber das hast du mir ganz bestimmt mal gesagt», protestiert William. «Dass du großartig darin bist.»

«Ich muss den Begriff wohl etwas weiter ausgelegt haben.»

«Na los, steh auf», befiehlt Adam. Er nimmt mich scherzhaft beim Arm, aber ich schüttele ihn ab, weil ich mich davor fürchte, was seine Berührung mit mir macht. Dann springt Rufus auf. Die Erwachsenen merken sofort, dass wir mit Adam, Simone und mir fünf Leute sind, aber nur vier Boule-Sets haben, diese Plastikdinger in Knallfarben, die sie hier im Supermarkt verkaufen.

«Ich setze mich gern wieder hin», biete ich erfreut an.

«Nein!», protestiert William.

«Also, mir macht es nichts aus.» Adam zuckt mit den Schultern.

«Oh Dad. Na komm schon.»

Das macht noch zwei Kinder und Simone. William und Rufus schauen sie böse an.

«Also bin ich wohl die, die aussetzt», sagt sie mit einem säuerlichen Lächeln, geht wieder zu ihrem Stuhl und schlägt die Beine übereinander.

Ich schaue zu Adam auf. «Es macht mir *wirklich* nichts aus, nicht mitzumachen ...»

«Mach einfach mit, Jess», befiehlt Adam. «Na los, zeig uns, aus welchem Holz du geschnitzt bist.»

KAPITEL 51

Ich versuche fieberhaft, mich daran zu erinnern, warum ich behauptet habe, ganz großartig im Boule-Spielen zu sein. Dad sagte immer, dass ich als Zehnjährige ein Naturtalent gewesen sei, aber als ich eine Kugel nehme, merke ich, dass ich viel zu betrunken bin, um mich so zu konzentrieren, wie es das Spiel erfordert. Oder um einen Fuß vor den anderen zu setzen.

«Wir werfen eine Münze, wer das Schweinchen wirft», entscheidet Adam.

«Zahl», verkündet William.

Adam wirft einen Euro in die Luft und klatscht ihn auf seinen Handrücken. «Zahl.»

William nimmt den kleinen weißen Holzball und wirft ihn mit größter Konzentration. Sein erster Wurf ist nicht schlecht und landet nur etwa dreißig Zentimeter vor dem Schweinchen. Adam ist als Nächster dran und schafft es noch näher heran. Rufus schubst seinen Ball aus dem Weg.

Ich trete vor, wiege den Ball in meiner Hand und stelle mich in Position. Ich spüre Simones Blicke im Rücken, und das lässt meinen Adrenalinpegel in die Höhe schießen. Plötzlich bin ich mir jeder kleinen Bewegung übermäßig bewusst. Wie in Zeitlupe hole ich aus, schwinge den Arm und lasse die Kugel ganz merkwürdig schief fliegen – woraufhin unser Publikum herzhaft lacht.

Das ist offenbar erst der Anfang. In den nächsten zwanzig Minuten werde ich ständig von allen vernichtend geschlagen. Adam kann sich darüber köstlich amüsieren. «*So* schwierig ist es nun auch wieder nicht, Jess.»

«Ich bin nur ein bisschen eingerostet, das ist alles», kontere ich. «Außerdem: Halte dich lieber zurück, sonst muss ich das Thema Steinehüpfenlassen anschneiden.»

Er lacht und schüttelt den Kopf. «Ich wüsste da einen guten Trick. Soll ich ihn dir zeigen?»

«Ich kriege das auch ohne Unterweisung hin.»

«Wie du willst.»

«Vielleicht lernst du ja etwas von ihm, Mum», mischt sich William ein. Das versetzt mich in eine unangenehme Lage, zumal ich genau diesen Satz jahrelang zu ihm gesagt habe.

«Na gut. Dann zeig mir mal, wo der Fehler liegt.»

Adam nimmt eine Kugel und kommt auf mich zu. Dabei wirft er sie lässig hoch und fängt sie wieder auf.

Eigentlich habe ich erwartet, dass er mir irgendeinen blöden Sprung oder Hüpfer zeigt, sodass ich die Augen verdrehen und ihn einen Besserwisser nennen kann. Stattdessen steht er plötzlich direkt hinter mir, lässt seinen Arm um meine Taille gleiten und legt seine Hand auf meinen Handrücken.

Ich erstarre unter seiner Berührung. In meiner Schläfe pocht es. Ich schaue ängstlich zu Simone rüber, aber sie ist kurz hineingegangen.

«So in etwa.» Ich spüre seinen Atem an meinem Ohr.

Ich überlege, ihn wegzustoßen und einen Scherz über seine oberlehrerhafte Art zu machen. Aber das schaffe ich nicht, solange er seinen Körper an meinen Rücken schmiegt. Jedenfalls nicht, ohne ihm zu zeigen, welche Wirkung er auf mich hat. Also halte ich ganz still, genieße heimlich seine Nähe und versuche, meine Atmung zu kontrollieren.

Ich spüre, wie sich seine Brust an meinem Rücken bewegt. Gemeinsam holen wir aus und werfen die Kugel. Sie torkelt zu Boden, meilenweit entfernt vom Schweinchen. Das ist definitiv der schlechteste Wurf im ganzen Spiel.

Er richtet sich wieder auf, und ich drehe mich zu ihm um. Er sieht viel zu ernst aus. Dann flüstert er: «Macht nichts.»

«Na, du hast mir ja echt geholfen», erwidere ich, um die Stimmung wieder leichter werden zu lassen, aber es klingt so dermaßen nach Flirten, dass ich dunkelrot anlaufe.

«Wollen wir es noch mal versuchen?»

Er lächelt sein atemberaubendes Lächeln. Aber in diesem Augenblick unterbricht uns Simones schrille Stimme. «Adam, ich gehe jetzt nach Hause.» Sie verschränkt die Arme vor der Brust. Ich erstarre vor Scham.

«Simone, bleib doch und übernimm für mich», sage ich hastig und weiche von Adam zurück. «Ich bin wirklich eine Katastrophe beim Boule. Na komm schon, ich bestehe darauf.»

«Danke, aber ich habe Migräne», erwidert sie schroff.

«Oh nein. Migräne ist ein Albtraum», sage ich und tue so, als hätte ich ihren Tonfall nicht bemerkt. «Hast du das oft?»

Sie wirft Adam einen bösen Blick zu. «In letzter Zeit anscheinend öfter. Wir sehen uns morgen früh. Viel Spaß noch», sagt sie knapp und geht.

Ich knuffe Adam in die Rippen. «Los, geh ihr hinterher.»

Mein Vorschlag scheint ihn ernsthaft zu verblüffen. «Warum? Sie hat Kopfschmerzen.»

«Sie ist sauer auf dich, Adam.»

«Was hab ich denn getan?»

Aber darauf kann ich nicht antworten, weil ich dann nämlich zugeben müsste, dass sich unsere Beziehung etwas verschoben hat. Und zwar auf eine Weise, gegen die ich offenbar schlecht ankomme.

KAPITEL 52

Beckys und Sebs Kinder fallen auf Adams Sofa um wie die Dominosteine: erst Poppy, dann Rufus, schließlich James. Adam und Seb tragen die Jungs in ihr Häuschen. Becky schiebt Poppy im Buggy nach Hause. Ihre drallen Fingerchen umklammern die Ohren ihres rosa Häschens.

William kuschelt sich mit dem iPad in Adams Gästezimmer aufs Bett, während ich schon mal mit dem Abwasch beginne.

Als ich den Kopf durch die Tür strecke, schaut er auf und schließt die Seite. «Was siehst du dir denn da an? Ich hoffe, das ist nichts Unangemessenes?» In meinem betrunkenen Kopf erinnere ich mich bruchstückhaft an die Huntington-Website, die ich am Tag des Gewitters zu schließen vergessen hatte.

«Nein, nein», sagt er und gibt mir das iPad, um zu beweisen, dass er erfolglos versucht hat, ein Video mit dem Titel *Die größten Missgeschicke* anzusehen.

«Wird darin geflucht?»

«Nicht so ... viel», antwortet er. Dann reißt er den Mund auf und gähnt herzhaft. «Ich bin echt müde.»

«Na komm, wir müssen nach Hause, und du bist inzwischen zu schwer für mich geworden.»

Er stöhnt, rollt sich auf die Seite und zieht sich die Decke über die Schultern.

«Er kann hier schlafen, wenn er möchte.» Adam steht plötzlich neben mir, und die Hitze, die seine Haut ausstrahlt, lässt mich schaudern. Ich weiche zurück.

«Er kann auf jeden Fall noch nach Hause laufen.»

«Nein, ich will hierbleiben», protestiert William.

Ich schaue zwischen meinem Sohn und seinem Vater hin und her.

«Na gut, aber zieh deine Socken aus, und geh bitte richtig ins Bett. Ich komme dich morgen früh abholen, okay?»

«Okay», sagt er eifrig, legt sich unter die Decke, reißt sich die Socken von den Füßen und schleudert sie in meine Richtung.

«Oh, na vielen Dank.» Ich fange sie und ziehe eine Grimasse. Dann gehe ich zu ihm und gebe ihm einen Kuss. Ich schmiege meine Wange an seine, und als ich mich wieder zurückziehe, versetzt es mir einen Stich ins Herz. Ich bin erfüllt von Dankbarkeit, dass ich ihn habe.

«Ich hab dich lieb», flüstere ich.

«Ich hab dich lieber.»

«Nein, ich hab dich am liebsten.»

«Auf keinen Fall», sagt er. Ich lache und gehe aus dem Zimmer. Adam ist sicher schon gegangen, denke ich, aber nein: Er hat uns zugesehen, mit überraschender Rührung im Blick. Dann geht auch er zu William und gibt ihm ein Küsschen auf die Stirn.

Draußen wirft der Mond Schatten auf das Gras. Die Sternbilder hängen wie himmlische Spinnweben über uns. Adam beginnt, die Stühle zu stapeln, und ich nehme meine Handtasche.

«Ich geh dann mal», sage ich. «Bist du sicher, dass du mit ihm zurechtkommst?»

Er hält inne und richtet sich auf. «Natürlich.»

Ich nicke und wende mich zum Gehen.

«Jess?»

«Ja?»

«Möchtest du noch einen Tee? Ich prahle nur ungern damit, dass ich in der Lage bin, illegale Substanzen aufzutreiben, aber ich habe Yorkshire Tea da.»

Automatisch muss ich lächeln. «Wie heißt denn dein Dealer?»

«Sie heißt Maureen. Sie ist sechsundsechzig Jahre alt, kommt jedes Jahr aus Shropshire, um hier Urlaub zu machen, und man legt sich besser nicht mit ihr an. Na komm, ich setze Wasser auf.»

Ich setze mich auf die verschlissene Bank vor seinem Häuschen und warte, während ich dem Zirpen der Grillen lausche.

Dann erscheint Adam mit einer Teekanne. Schon der Anblick seines Umrisses gegen das Licht, das durch die Tür dringt, lässt mich erbeben. Er stellt die Kanne auf den Tisch, steigt über die Bank und setzt sich so, dass er mich direkt ansehen kann. Aufmerksam untersuche ich die Astlöcher in der Oberfläche der Bank.

Er schenkt uns ein, hebt dann seinen Becher und stößt mit mir an. «Prost.»

Die heiße Flüssigkeit gleitet durch meinen Hals. «Dein Aftershave», sage ich, «ich glaube, ich erkenne es wieder.»

Für die Dauer eines Herzschlags herrscht Schweigen. Dann antwortet er: «Das ist Terre d'Hermès.»

Ich schlucke die Watte in meiner Kehle herunter. «Das hast du früher immer getragen.»

Er wirkt ertappt. «Na ja, jahrelang habe ich es nicht mehr benutzt, aber dann habe ich es in Sarlat gesehen und mich daran erinnert, dass ich es mal mochte.»

Seine dunklen Augen versenken sich in meinem Blick. Ein Gefühl überkommt mich, das so mächtig ist, dass meine Finger zittern. Ich sitze neben dem Mann, den ich geliebt und gehasst habe, und kann mich plötzlich partout nicht mehr daran erinnern, warum wir nicht mehr zusammen sind.

Eine leise, logische Stimme irgendwo in meinem Kopf flüstert mir zu, dass jetzt der richtige Zeitpunkt ist zu gehen. Aber das Gefühl, dass ein anderer Mensch einen vollkommen kopflos machen kann, indem er einen nur ansieht, ist so beglückend, dass ich nicht will, dass es aufhört.

Ich sehne mich nach ihm. Mein Blick fällt auf seine Lippen, und ich sehne mich danach, sie zu schmecken. Ich möchte mit den Fingerspitzen die Linie seines Kiefers entlangfahren, um zu wissen, ob sie sich noch anfühlt wie früher.

In meinem Bauch setzt ein Ziehen ein, und ich erkenne jenes Gefühl wieder, das ich jahrelang nicht mehr hatte. Glühendes Verlangen, das immer stärker wird, weil Adam meinen Blick einfach nicht loslässt.

Vor allem erinnert mich dieses Verlangen an eins: Was auch immer das Leben noch für mich bereithält, in diesem Moment bin ich *lebendig*. Ich sitze nicht in der Ecke und quäle mich mit den miesen Aussichten für meine Zukunft. Ich bin nicht zerrissen vor Angst um meinen Sohn, meine Mutter und mich selbst. Ich lebe und atme und fühle. Er beugt sich zu mir.

Als sich unsere Lippen berühren, fühlt es sich gleichzeitig neu und vertraut an. Er schiebt mein Bein über die Bank, nimmt mich bei der Hand und zieht mich an sich. Mein Körper verschmilzt mit seinem, und unsere Münder versinken ineinander.

«Wir sollten das hier nicht tun», flüstere ich und beuge meinen Nacken. Seine Lippen küssen meine Haut bis zu der Stelle unter meinem Ohr.

«Doch, das sollten wir», sagt er und lässt seine Hand durch mein Haar gleiten. Er küsst meinen Mund, meine Schläfen, meinen Hals. In mir flackert vage der Gedanke auf, dass ich betrunken bin und dass das der einzige Grund ist, dass ich es so weit habe kommen lassen.

Aber das stimmt nicht. Ich will es mit jeder betrunkenen Faser meines Leibes. Ich will, dass er meine Hand nimmt, aufsteht und mich hochzieht. Ich will, dass er mich in das Häuschen führt, an Williams Tür vorbei, und dass wir nur einen kurzen Blick hineinwerfen, um nachzusehen, ob er sich auch zugedeckt hat. Ich will den Flur entlang zu seinem Schlafzimmer gehen, wo er die Tür schließt und mich weiterküsst, während seine Hände meinen Rücken emporgleiten.

Wir ziehen uns langsam gegenseitig aus und genießen jeden Zentimeter nackter Haut.

Ich hatte vergessen, wie wunderschön Adam aussieht, wenn er nackt ist. Ich bin zerrissen zwischen dem Verlangen, ihn anzufassen, und dem Wunsch, ihn einfach nur anzusehen, die quälende Perfektion seines Körpers zu genießen. Aber ich habe keine Wahl. Als sein Gewicht auf mich sinkt, lege ich meine Hände auf seine Lenden und spüre, wie das Blut in mir pulsiert. Dann hält er inne und hebt mein Kinn ein wenig an, damit er mir in die Augen schauen kann.

«Weißt du eigentlich, wie wunderschön ich dich finde? Weißt du eigentlich, wie wunderschön ich dich *immer* gefunden habe?»

Seine Worte treiben mir die Tränen in die Augen. Aber ich will nicht reden. Ich will nur seine Hitze in mir spüren und dieses flirrende, alles andere auslöschende Gefühl – genau wie am Anfang.

KAPITEL 53

Das Krähen eines Hahns weckt mich. Ich hebe den Kopf von Adams Brust. Mein Blick irrt durch das lichterfüllte Zimmer. Die Fensterläden stehen offen, winzige Staubpartikel glitzern im Sonnenlicht. Überall liegen Kleider auf dem Boden, wie an einem Tatort.

Ich drehe mich zu Adam um. Mein Herz zieht sich beim Anblick seiner leicht geöffneten Lippen, seines nackten Halses, der Haut auf seinen Schultern zusammen.

Dann fühlt es sich an, als explodiere mein Kopf.

An dieser Situation ist so vieles falsch. Mein Kopf hämmert angesichts des Wahnsinns, der gestern Nacht passiert ist.

An erster Stelle steht William. Der *genau hier* war, am anderen Ende des Flurs, als es passiert ist! Ich weiß, dass er fest geschlafen hat und dass Eltern auf der ganzen Welt im selben Haus Sex haben, in dem ihre Kinder leben, aber nicht, wenn sich diese Eltern eigentlich vor zehn Jahren getrennt haben.

Er musste sein ganzes Leben mit der Tatsache fertigwerden, dass Adam und ich nicht zusammen sind und auch nicht wieder zusammenkommen werden. Ich mag gar nicht darüber nachdenken, was das hier mit seinem armen präpubertären Hirn anstellen kann. Er wäre nicht nur verwirrt, es wäre schlimmer. Er würde sich *Hoffnungen* machen. Er würde die völlig unsinnige Hoffnung haben, dass das hier etwas *bedeuten* könnte.

Ich könnte ihm absolut keine überzeugende Erklärung liefern, weil es keine gibt, außer dass es ein Fehler unter dem Einfluss von Alkohol war. Er würde alles Mögliche in die Situation hineininterpretieren. Es ist ja nicht so, dass ich eine Menge zwanglosen Sex in meinem Leben gehabt hätte. Für mich war es schon der Gipfel an Verruchtheit, mir beim Sex mit Toby vorzustellen, wie ich mich in Jamie Dornans Haar festkralle.

Das Einzige, was ich machen könnte, wäre, William ehrlich zu sagen, was es war: ein One-Night-Stand. Mit seinem Vater.

Was mich zum nächsten unangenehmen Punkt in dieser Geschichte bringt – der Tatsache, dass ich *die andere* bin. Ich. Ich habe mich so lange Zeit als Opfer schweren Unrechts gefühlt, dass sich die Erkenntnis, was ich Simone angetan habe, wie ein Schlag in die Magengrube anfühlt. Es ist egal, dass ich sie kaum kenne oder dass sie vielleicht nur Adams neueste Flamme ist. In diesem Moment gehört er zu ihr.

Und ja, es gab schon Dutzende wie sie in seinem Leben, und irgendwann wird die Nächste sie verdrängen. Aber ich will nicht *die Nächste* sein. Wie zum Teufel bin ich bloß zur *Nächsten* geworden?

Adam rührt sich. Ich zucke zusammen und schaue ihn böse an. Er hat die Augen geschlossen und streckt sich genüsslich. Ich schiebe mich aus dem Bett, bücke mich und hebe mein Top auf. Vorsichtig schleiche ich im Zimmer herum und sammele meine Kleider zusammen. Ich ziehe sie mit klopfendem Herzen an und bete zu Gott, dass William nicht, auf der Suche nach einer Möglichkeit, sein iPad aufzuladen, im Flur steht und mich sieht.

Als ich fast fertig bin, setze ich mich vorsichtig auf die Bettkante und ziehe meine Sandalen an. Ich hebe gerade die zweite auf, als eine Hand mein Handgelenk packt. Ich keuche auf. Eigentlich erwarte ich, dass Adam etwas Flapsiges sagt, aber dann sehe ich seinen Blick.

«Bitte bereue das hier nicht.»

Zuerst weiß ich nicht, was ich darauf antworten soll, also schüttele ich ihn ab und stehe auf. Dann drehe ich mich um und sehe ihn böse an. «Um ehrlich zu sein, Adam, das tue ich schon.»

«Warum?»

«Muss ich dir das wirklich sagen? Was ist mit Simone?»

Er zieht dieses Gesicht, das mich immer wütend macht, beinahe abschätzig, als ob die Kleinigkeit, dass er eine Freundin hat, vollkommen unwichtig wäre.

«Jess ... Das ist nicht zu vergleichen. Was du und ich hatten ...»

«*Hatten* ist hier das Schlüsselwort.»

Im Flur gibt es einen Knall, und wir verstummen.

«Er darf *niemals* davon erfahren», flüstere ich.

Adam schluckt. «Nein. Ich meine, ja. Da hast du vermutlich recht.»

Ich setze mich vorsichtig zurück auf die Bettkante und knibbele an meinen Nägeln, während ich auf die Geräusche vor der Tür lausche. «Mist. Was, wenn er schon aufgestanden ist?»

«Das war die Badezimmertür – sie knallt manchmal zu, wenn das Fenster auf ist. Er schläft ganz sicher noch um diese Zeit.»

Ich schaue auf die Uhr. Viertel nach sieben, eine Stunde früher, als er sonst aufsteht, seit wir hier sind.

«Dann gehe ich mal.»

«Ich nehme an, ein Küsschen zum Abschied ist nicht drin?»

Ich schüttele den Kopf. «Was glaubst du denn?» Ich gehe zur Tür, öffne sie einen Spalt und spähe hinaus. Die Luft ist rein. «Denk dran – kein Wort!»

«Ja. Okay.»

Die Dielen knarren bei jedem Schritt, obwohl ich auf Zehenspitzen gehe und mich gegen die Wand presse wie ein Meisterdieb, der den Lasern im Louvre ausweicht.

Leise gehe ich am Bad vorbei. Das Herz schlägt mir bis zum Hals, als ich endlich an der Haustür ankomme. Meine Hand ist nur noch ein paar Zentimeter von der Klinke entfernt ... als der bescheuerte Hahn erneut kräht und ich beinahe an einem Herzinfarkt sterbe.

«Mum?»

Ich schaue auf. Wenn ich jetzt nicht sofort ausatme, kippe ich um. «William! Hast du gut geschlafen? Ich dachte, ich komme schon mal vorbei, um dich abzuholen. Bist du gerade erst aufgewacht?»

«Nein, dieser Gockel hat mich schon lange aufgeweckt. Ich habe *Guardians of the Galaxy* geguckt. Dann habe ich dich gehört. Dad ist doch bestimmt schon wach.»

«Hm ... nein, der ist sicher noch im Bett. Ich bin aber wirklich *gerade* erst angekommen, daher weiß ich es nicht so genau.»

«Du bist gerade erst angekommen?»

«Ja!»

«Wie bist du denn reingekommen?»

«Ich ... habe das Schloss geknackt.» Warum ich mir ausgerechnet diese Begründung aussuche – statt etwas Einfaches wie «Die Tür war offen» –, weiß kein Mensch.

Er reißt die Augen auf. «Du kannst Schlösser knacken?»

«Hm. Eigentlich war die Tür sowieso schon beinahe offen. Im Grunde *war* sie offen. Ha!»

Er reibt sich die Augen.

«Können wir dann gehen?», frage ich.

«Ich bin doch noch gar nicht angezogen.»

«Gut, dann mach schnell. Wir haben noch eine Menge vor. Na los, hopphopp.» Ich habe noch nie in meinem Leben hopphopp gesagt.

In diesem Moment öffnet sich die Tür von Adams Schlafzimmer. Gähnend tritt er in seiner Paul-Smith-Unterhose heraus und streckt sich. Ich werde rot bis zu den Haarwurzeln. Er grinst. Genau genommen wirkt er so glücklich, als hätte er gerade im Lotto gewonnen.

«Guten Morgen, Sonnenschein», sagt er, zaust seinem Sohn die Haare und zieht ihn an sich. Ich beiße mir in die Hand, voller Angst, dass Adam nach Sex riechen könnte. «Großartiger Tag, oder?»

«Guten Morgen, Dad.» William strahlt ihn an. «Du hast heute aber gute Laune.»

«Ich freue mich nur daran, am Leben zu sein», sagt er und fängt meinen Blick auf.

Ich verdrehe die Augen.

«Also», sagt Adam und schiebt ihn auf Armlänge von sich weg. «Wie wäre es mit Schinkensandwiches zum Frühstück?»

«Wir müssen jetzt nach Hause», sage ich schnell.

Adam öffnet den Mund, um zu protestieren, entscheidet sich dann aber dagegen. «Na gut. Aber ihr könnt hier gerne jederzeit übernachten, alle beide.»

Oh, ich würde ihn am liebsten erwürgen. *«Du hast hier übernachtet?»*, fragt William mich.

«Nur auf dem Fußboden», grinst Adam, der ganz bestimmt glaubt, mir damit einen Gefallen zu tun. «Hoffentlich war das in Ordnung für dich, Jess? Wenn ich das vorher gewusst hätte, hätte ich bessere Laken auf die Luftmatratze gelegt.»

Adam muss dringend mit dem Lügen aufhören. Er ist unglaublich schlecht darin.

«Du hast doch gesagt, dass du gerade erst hergekommen bist», sagt William vorwurfsvoll.

«Jetzt zieh dich endlich an.»

Er schaut zwischen uns beiden hin und her. «Was ist hier los?»

«Nichts!», sagen Adam und ich wie aus einem Mund.

Er geht zurück und zieht sich an. Ich warte draußen, trommele mit den Fingern auf dem Tisch herum und bin weder in der Lage noch willens, Konversation mit Adam zu machen.

Dann gehen William und ich zurück zu unserem Häuschen, noch immer in den Kleidern von letzter Nacht. Die pralle Sonne brennt den Morgennebel fort, und die ersten Familien erscheinen auf ihren Terrassen, mit strahlenden Augen und bereit für den Tag, der vor ihnen liegt.

Mir wird bewusst, dass ich vermutlich die erste Frau in der Geschichte der Menschheit bin, die den peinlichen Weg von einem One-Night-Stand nach Hause – in den Klamotten vom Vortag – mit ihrem zehnjährigen Sohn im Schlepptau geht.

KAPITEL 54

Erwartungsgemäß reagiert Becky auf die Nachricht, dass ich mit Adam geschlafen habe, nicht begeistert.

«*Du hast was?*», prustet sie in ihren Kaffee. Wir sitzen vor ihrem Ferienhäuschen. Auf der Wiese erfinden ihre beiden älteren Kinder neue Arten und Weisen, wie sie sich gegenseitig die Beine brechen können.

Ich will gerade etwas entgegnen, als Seb aus dem Inneren des Häuschens ruft. «Becky? Wir haben einen Notfall.»

Sie seufzt. «Er meint, dass Poppy eine volle Windel hat und er die Feuchttücher nicht findet», sagt sie gedehnt und geht hinein.

Drei Minuten später taucht sie wieder auf, trennt Rufus und James voneinander und setzt sich wieder zu mir. «Warum tun Männer immer so, als sei Windelwechseln in etwa so kompliziert wie eine Operation am offenen Herzen? Am liebsten wollen sie, dass man mit allen Instrumenten parat steht und assistiert, während der Meister am Werk ist. Jedenfalls ... Adam. Alter Schwede.»

«Erzähl das aber niemandem, ja?»

«Wem sollte ich es denn erzählen?»

«Seb zum Beispiel.»

«Wir schaffen es doch kaum, uns darüber zu verständigen, wer an der Reihe ist, den Kaffee zu machen. *Verdammte Axt,*

Jess. Du machst Sachen.» Dann erscheint ein Lächeln auf ihrem Gesicht. «Wie war's denn?»

«Schrecklich.»

Ihr Lächeln fällt in sich zusammen. «Echt?»

«Ich meine, es war schrecklich, dass ich es getan habe. Was habe ich mir nur dabei gedacht? Ich war nicht mal richtig betrunken.»

«Da erlaube ich mir aber, anderer Ansicht zu sein. Als ihr Boule gespielt habt, hättest du Seb beinahe mit dem Schweinchen geköpft. Ernsthaft – war es unangenehm?»

Ich kaue auf der Innenseite meiner Wange herum. «Was glaubst du denn?»

«Es war großartig, oder? Ich wette, du hattest ein halbes Dutzend Orgasmen ... Ich wette, du hast von den Dachsparren runtergeschrien und dich in den Kronleuchter geschwungen und ...»

«Ja, okay, es war gut», zische ich. «Phantastisch, um ehrlich zu sein. Wahrscheinlich eine der zehn besten Erfahrungen meines Lebens.»

«Oh Gott. Dabei bist du sogar schon mal mit einem Delfin geschwommen, oder?»

«Ich weiß», schluchze ich.

«Ha! Toll!»

Ein tiefes Stöhnen entfährt mir.

«Warum machst du dir solche Sorgen, Jess? Verglichen mit allem anderen, worum du dir Sorgen machen musst ... Wie kann ein bisschen Wahnsinnssex da schaden?» Ich öffne den Mund, um zu widersprechen, aber sie redet einfach weiter. «Ich würde alles dafür geben, mich mal wieder so zu fühlen. Nicht, dass Seb schlecht im Bett wäre, nein, er ist ganz gut. Seine Technik ist immer noch dieselbe, aber immer, wenn er mich verwöhnen will, fange ich irgendwann an zu denken, dass er sich beeilen soll, weil ich noch so viel zu bügeln habe. Wahrscheinlich geht es ihm genauso.»

«Um ehrlich zu sein, bezweifle ich das, Becky. Bist du wirklich ganz sicher, dass alles in Ordnung ist zwischen euch beiden?»

«Ach ja», sagt sie wegwerfend und nimmt einen Schluck Kaffee. Aber ihre Augen füllen sich mit Tränen. «Eigentlich weiß ich es überhaupt gar nicht.» Sie stellt ihre Tasse ab. «Ich dachte, ein Urlaub würde alles ändern. Aber in Wirklichkeit ist alles wie immer. Die Jungs zanken sich, und Poppy, so hinreißend sie ist, lässt uns kaum die Zeit, Atem zu holen. Seb und ich sind so erschöpft davon und ... ich glaube, wir lassen es aneinander aus.» Als sie mich ansieht, sind ihre Augen ganz rot gerändert. «Manchmal denke ich, dass ich vielleicht nicht so gut darin bin, verheiratet zu sein und Kinder zu haben. Im Inneren fühle ich mich immer noch wie eine Zweiundzwanzigjährige, aber um mich herum hat sich alles verändert. Irgendwie weiß ich gar nicht, wie mir das alles passieren konnte.»

«Becky, viele Leute fühlen sich so. Wir alle lieben unsere Kinder, aber wer fände die Vorstellung nicht verlockend, jung zu sein und frei von all den Pflichten? Es waren tolle Zeiten. Und du konntest jedes Wochenende ausschlafen.»

«Ich will auch gar nicht dramatisch wirken, Jess. Aber es gibt so Momente, in denen ich mich frage, ob ... ob Seb und ich uns irgendwann trennen.»

Ich gebe zu, das schockiert mich. «Willst du das denn?»

Sie runzelt die Stirn. «Nein, natürlich *will* ich das nicht. Aber ich will auch nicht das Gefühl haben, es irgendwie zu wollen. Ich war mal ein lebenslustiges Weib. Immer fröhlich, die Leute mochten mich. Und jetzt ... sieh mich doch nur an. Ich bin ein Wrack, ich schreie die ganze Zeit nur die Kinder an, sogar Natasha hab ich neulich die Hölle heißgemacht. Ich liebe meine Familie über alles. Aber manchmal kann ich an all dem ... einfach keine *Freude* mehr finden.» Sie schließt die Augen und schnieft. «Ich fühle mich wie eine totale Versagerin und eine undankbare Schlampe, dass ich das überhaupt sage. Was bin ich nur für eine Mutter?»

«Eine müde Mutter», antworte ich und drücke ihre Hand. «Becky. Du *darfst* fertig sein und manchmal alles satthaben. Du bist ein Mensch.»

Sie atmet tief durch und nickt.

«Aber als Erstes musst du akzeptieren, dass du Hilfe brauchst. Lass Natasha und mich auf die Kinder aufpassen», fahre ich fort.

Sie stöhnt. «Das hatten wir doch schon mal – du hast auch Urlaub.»

«Das wäre kein Problem.»

Sie schnaubt. «Ich liebe diese Kinder aus ganzem Herzen, aber man kann nun wirklich nicht behaupten, sie seien pflegeleicht.»

«Mir doch egal», setze ich nach. «Wir machen das. Keine Widerrede.»

Sie sieht unsicher zu mir auf. «Okay. Wenn du es wirklich, wirklich ernst meinst. Ich hoffe nur, dass du hinterher noch mit mir redest.»

Ich lächele zufrieden und greife nach meiner Kaffeetasse. Aber meine Hand rutscht ab, die Tasse kippt um, und der Kaffee verteilt sich über den ganzen Tisch. Ich springe auf und fange an, hektisch mit meinem Taschentuch auf der Tischplatte herumzuwischen. Becky rennt ins Haus, holt Küchentücher und breitet sie über die Flüssigkeit. Ich lasse mich in meinen Stuhl sinken und halte mir die zitternde Hand vor die Augen. Ich kann den Blick kaum davon abwenden. Verzweiflung überkommt mich.

Manchmal denke ich, wenn ich nur genau genug hinschaue, dann kann ich sehen, was unter meiner Haut vor sich geht, ob in meinem Körper schon etwas passiert, ob die Huntington-Krankheit nun allmählich Besitz von mir ergreift.

«Alles in Ordnung mit dir?», flüstert Becky.

Ich nicke. «Ja, alles prima.» Aber ich drehe und wende meine Hand, betrachte sie ganz genau, suche nach der Antwort auf die ständige Frage: War das jetzt ein Unfall, wie er jedem passiert, oder war es mehr als das?

Ich schaue zu dem Haufen Küchenpapier, das sich voll Kaffee gesogen hat, und merke dann erst, dass Becky mich ansieht. «Es war nur ein Missgeschick, Jess. Nichts sonst.»

Ich nicke steif und blinzele gegen die Tränen an, beiße die Zähne zusammen und schlucke die aufkommende Trauer herunter. Möglicherweise hat sie recht. Es ist ja nicht so, als hätte ich nicht früher schon Sachen umgestoßen. Jeder kann mal tollpatschig sein.

In den letzten Jahren habe ich unzählige merkwürdige Befindlichkeitsstörungen gehabt: ein Kribbeln im Gesicht, ein wattiges Gefühl in den Beinen. Vor ein paar Wochen parkte ich mein Auto vor dem Supermarkt, machte meine Besorgungen, und als ich wieder herauskam, wollte mir absolut nicht einfallen, wo ich es abgestellt hatte. Hektisch lief ich über den Parkplatz und klickte auf meinem Autoschlüssel herum, wobei ich vor den anderen Parkenden den Eindruck zu vermitteln versuchte, einen netten Spaziergang im strömenden Regen zu machen. Danach war ich überzeugt: Das ist das Gen.

Genau solche Dinge passierten auch meiner Mum zu Beginn der Krankheit, genau so etwas berichten die Huntington-Patienten in den Internet-Foren.

Dann behauptete Becky, dass ihr dasselbe in den letzten fünf Jahren mehrfach passiert sei. Einmal habe sie sogar Seb anrufen müssen, damit er sie rettete, weil sie überzeugt davon gewesen sei, dass das Auto gestohlen worden sei. Auf dem Weg zu ihr fuhr er an ihrem Ford Focus vorbei, den sie bei den Recycling-Tonnen abgestellt hatte.

Dr. Inglis sagt, dass diese Erlebnisse gegenwärtig nur aus meiner Angst resultieren. Sie sagt, ich zeige noch keine klinischen Symptome der Krankheit, mein letztes Kernspintomogramm war unauffällig und, mutiertes Gen oder nicht, ich bin gesund. Im Moment.

Aber ich weiß, dass meine Zukunft bereithält, was meine Mutter ertragen muss. Zwanghaft stelle ich die Frage wieder und wieder: Wann beginnt diese Krankheit unter meiner Haut aufzuwachen und mir all das zu nehmen, was mich ausmacht? Wie ich denke. Wie ich mich bewege. Wie ich aussehe. All das, was mich zu dem macht, was ich bin.

KAPITEL 55

Später habe ich die Gelegenheit, mit Mum zu skypen. Sobald das Bild aufflackert, schaue ich wie immer genau hin, in welchem Zustand sie ist, und freue mich vollkommen unangebracht, dass sie ganz still dasitzt. Dann begreife ich, dass das Bild eingefroren ist. Als es wieder zum Leben erwacht, zuckt ihre Schulter nach oben, und in meinem Bauch macht sich der vertraute Schmerz breit.

Ich lächele. «Hallo, Mum! Wie geht es dir?»

Mein Dad hält das iPad für sie. Einen Augenblick lang scheint sie antworten zu wollen, aber sie bekommt die Worte nicht richtig heraus.

«Es war ziemlich viel los heute Morgen», sagt Dad schließlich. «Gemma war für eine Stunde da.» Gemma ist eine alte Schulfreundin von Mum. «Außerdem sind ein paar Kinder aus der Gegend zu Besuch gekommen, und gleich haben wir einen Termin bei Dr. Gianopoulos.»

«Oh, das ist gut.» Dr. Gianopoulos ist Mums Arzt seit Beginn ihrer Beschwerden, und sie mag ihn sehr, hauptsächlich weil er schlau und sehr unterstützend ist, aber auch, wie sie mir einmal anvertraute, weil er sie ein wenig an Rob Lowe erinnert.

«Also, dann machen wir schnell ... William spielt gerade Fußball, Mum. Tut mir leid, ich hätte eigentlich warten sollen, bis das Spiel zu Ende ist, damit er auch mit dir skypen kann. Er spielt in letzter Zeit richtig gern. Ich weiß jetzt nicht, ob er irgendwann einmal Ronaldo arbeitslos macht, aber immerhin gefällt es ihm inzwischen.»

Sie antwortet nicht. Sie wirkt heute irgendwie abwesend und kann mich nicht richtig ansehen. Ihr dünnes Blüschen hängt schlaff von den mageren Schultern. Dad beugt sich vor, nimmt ein Taschentuch aus seiner Tasche und wischt einen Spucketropfen von ihrem Mundwinkel.

«Und warum waren die Schulkinder da?», frage ich sie.

Sie braucht lange, bis sie das richtige Wort gefunden hat. Schließlich bringt sie hervor: «Singen.»

«Oh, wie schön!»

«Schief», verbessert sie mich, und ich bringe ein Lachen zustande.

«William verbringt jede freie Minute mit Adam. Er hat wirklich Spaß. Ich hatte am Anfang meine Zweifel an diesem Urlaub, wie du ja weißt, aber du hattest recht, das muss ich dir lassen – sie kleben zusammen wie Pech und Schwefel.»

Sie grunzt. Dann verstehe ich: «Schön.»

«Ich dachte mir, dass dich das freut. Ich freue mich auch sehr.»

«Nein, du. Schön heute.»

«Oh. Wirklich? Danke.»

Nach einer weiteren langen Pause fügt sie hinzu: «Glücklich.»

Ich habe keinen Zweifel daran, dass meine rosigen Wangen und meine zufriedene Ausstrahlung zumindest teilweise daher rühren, dass ich mit Adam geschlafen habe, aber diese Information werde ich jetzt keinesfalls mit ihr teilen. «Ich habe ... eine Menge frisches Obst gegessen», murmele ich.

Früher hätte ich ihr von meinen Gefühlen für Adam erzählt. Ich weiß, dass die meisten Mütter und Töchter über so etwas nicht sprechen, aber uns beiden kam das immer ganz natürlich vor. Ich beschrieb ihr das starke Glücksgefühl, als wir uns kennenlernten, und meinen kompletten Zusammenbruch, als es endete. In den Monaten nach unserer Trennung begriff ich erst so richtig, wie sehr ich mich auf sie verlassen konnte. Sie war stark. Sie war sachlich, wenn ich nicht geradeaus denken konnte. Und sie brachte mir bei, dass ich, egal wie sehr ich am Ende war, eines Tages aus der Asche emporsteigen und ohne ihn zurechtkommen würde.

Eines Abends, kurz nachdem ich zurück zu meinen Eltern gezogen war, knöpfte sie sich mich vor. «Jess, du bist hart im Nehmen, du bist schlau, und du wirst eine großartige Mutter sein. Mit Adam und dir hat es nicht geklappt, aber vor dir liegt noch so viel, worauf du dich freuen kannst. Du wirst es überleben.»

Das war ihre Einstellung zum Leben: Jammere nicht, grüble nicht, mach einfach weiter und das Beste aus dem, was dir gegeben wird. Sie wich niemals davon ab.

In Williams letztem Vorschuljahr spielte er im Krippenspiel mit, und ich ging mit meiner Mutter und meinem Vater hin. Damals konnte sie sich noch ohne Rollstuhl bewegen, aber ihre unwillkürlichen Bewegungen waren schon so ausgeprägt, dass alle zu flüstern begannen, als sie mit steifen, zuckenden Schritten in den Saal trat.

«Komm, Mum. Da drüben sind noch Plätze», sagte ich und begrüßte ein paar andere Eltern und die Elternvertretungsvorsitzende mit einem Nicken.

«Jess, kann ich dir ein Los verkaufen?» Diana, die Mutter von Williams Freund Oliver, tauchte auf und winkte mit einer Broschüre. «Es gibt ganz tolle Preise – drei Flaschen Buck's Fizz, eine Fleischplatte und ein elektrisches Fuß-Spa. Lass dich nicht von der angeschmutzten Verpackung abschrecken. Es ist brandneu, versprochen!»

«Ja, natürlich», antwortete ich und zog mein Portemonnaie hervor. Ihr Blick ging an mir vorbei. Ich gab ihr das Geld und begriff, dass sie meine Mum anstarrte, wie ihr Gesicht zuckte und sich zu schiefen Grimassen verzog. Für jemanden, der keine Ahnung von ihrem Zustand hatte, bot sie einen ungeheuerlichen Anblick. Dianas Reaktion war so wie die der meisten, aber ich gewöhnte mich nie daran. Und obwohl ich sicher war, dass ich Diana gegenüber einmal erwähnt hatte, dass es meiner Mutter nicht gut ging, war sie ganz eindeutig auf so etwas nicht vorbereitet.

«Danke, wunderbar», sagte sie befangen, und ich erkannte ein ganzes Spektrum an Gefühlen ihrem Blick: Verwirrung, Erschrecken, Ekel.

Dad nahm Mums Arm. Wir mussten uns durch die Menge schieben, um unsere drei Plätze ziemlich weit hinten zu erreichen.

«Aus dem Weg», flüsterte eine Frau und zog ihre kleine Tochter an sich. Ganz offensichtlich hatte sie Angst, meine Mutter könnte betrunken oder verrückt sein. Oder, wie ein anderes Kind William später fragte: «Kommt deine Omi aus der Klapse?»

Das Stück begann. Zwar saßen wir weit hinten, aber die unmenschlichen Geräusche, die aus Mums Mund kamen, hörte man trotzdem im ganzen Saal. Ich betete um ihretwillen, dass sie auf der Bühne endlich ein mitreißendes Lied singen würden, um sie zu übertönen. Hinterher wurde in der Kantine Gebäck und Glühwein serviert. Ich wollte direkt nach Hause, aber William flehte mich an, bleiben zu dürfen.

«Nein, wir gehen nach Hause, mein Schatz.»

«Ist schon gut», unterbrach mich meine Mutter. «Wir können ruhig noch ein bisschen bleiben.»

Schon nach einer Minute kippte Mum Glühwein über Williams neue Klassenlehrerin. Und während die Frau völlig verblüfft dreinschaute, reagierte Mum mit ihrem typischen phlegmatischen Humor auf das Missgeschick. «Es tut mir wirklich leid, liebe Miss Harrison, aber meine Koordination ist schrecklich.»

«Oh, das ist schon in Ordnung», beteuerte Miss Harrison und wurde rot.

«Ich bezahle natürlich die Reinigung», fügte Mum hinzu. «In letzter Zeit bin ich dort Stammkundin.»

Ich reiße mich von meinen Erinnerungen los und schaue auf den Bildschirm.

«Tja, Mum, dann geh ich mal wieder. Ihr müsst sicher auch los.»

Mums Kopf ruckt die ganze Zeit hin und her, und sie versucht, ihren Blick zu fokussieren. Dann verzieht sich ihr Gesicht zu etwas, was vielleicht ein Lächeln ist – vielleicht auch nicht. Ich beschließe, dass es eins ist. Dass es in dem dunklen Chaos ihres Gehirns immer noch hin und wieder möglich ist, ein helles, warmes Licht einzuschalten.

KAPITEL 56

Nach dem Anruf schließe ich mich Natasha an, die William und den anderen Jungs beim Fußballspielen zusieht.

«Sehr gute Entscheidung von dir, dass wir babysitten», sagt sie. «Ich freue mich darauf. Ich habe mir schon ein paar Aktivitäten für heute Nachmittag ausgedacht.»

«Wir müssen uns da gar nicht allzu viel Mühe geben. Es gibt ja Spiele hier. Wir spielen einfach mit ihnen.»

«Ich habe schon ein Exemplar von *Der Baby-Bändiger* heruntergeladen», fährt sie fort. «Ich habe es nur schnell durchgeblättert, es scheint aber ganz nützlich zu sein. Geht es dir gut? Du wirkst so abwesend.»

Ich schaue William zu, der versucht, einem deutschen Jungen den Ball abzujagen, der halb so groß ist wie er und aussieht, als würde ihn ein einziger Nieser meines Sohnes niedermähen. Aber William kommt nicht einmal in die Nähe des Balls. Stattdessen bringt er es fertig, über seine eigenen Füße zu stolpern, hinzufallen und sich erst in der letzten Sekunde wieder aufzurichten.

«Letzte Nacht ist etwas passiert.» Je weniger Leute davon wissen, desto besser, aber es ist einfach gegen das Gesetz der Freundschaft, dass Becky es weiß, Natasha aber nicht. «Etwas, das nicht hätte passieren dürfen.»

Sie blinzelt und sagt: «Adam und du?»

«Wer hat dir das erzählt?»

«Niemand. Ich habe das schon vor Jahren gewusst. Ich habe nichts gesagt, aber es war doch klar, dass das irgendwann passieren würde.»

Ich weiß nicht recht, ob ich mich ärgere oder es nur nicht glauben kann. Jedenfalls werden wir unterbrochen.

«Hallo, Ladies.» Die weichen Strähnen von Simones Haar leuchten im Sonnenlicht. Ihre glatte Haut schimmert auch ohne Make-up. Sie lächelt mich direkt an, und meine Wangen werden sofort heiß und beginnen zu prickeln. «William wird ja immer besser im Fußball, Jess. Er kann schon antäuschen.»

«Oh ... das ist aber nett, dass du das sagst, Simone.» Ich lächele befangen und fixiere meinen Sohn, der jetzt auf das Tor zuläuft. Der Raum zwischen ihm und dem Tor ist vollkommen frei, aber er bringt es trotzdem fertig, den Ball in die Ecke trudeln zu lassen.

«Oh, aber er war so nah dran!», ruft Simone aus. Ich werde immer nervöser und suche verzweifelt nach einer Möglichkeit, mich zu verzupfen. Natasha scheint es zu merken und mischt sich ein.

«Simone, wir haben gerade darüber geredet, wohin wir morgen einen Ausflug machen könnten. Hast du ein paar Tipps?»

«Wart ihr schon in La Roque Gageac? Da gibt es einen botanischen Garten. Adam und ich haben da mal unfassbar romantisch gepicknickt.»

Sie erzählt angeregt und sehr langatmig von all den bemerkenswerten Sehenswürdigkeiten in der Gegend und Adams beeindruckenden Liebesbeweisen, die er ihr dort jeweils gemacht hat. Ich für meinen Teil bemühe mich, nicht an Ort und Stelle im Boden zu versinken, aus Scham, Schuldgefühl und Reue.

Das einzig Positive an der furchtbaren Situation ist, dass sie eindeutig keine Ahnung hat, was Adam und ich letzte Nacht getan haben. Jeder Argwohn, den sie womöglich während unseres Boule-Spiels gehabt haben mochte, scheint sich vollkommen zerstreut zu haben. Das ist merkwürdig, denn ich habe das Gefühl, dass mir das Wort *Betrug* praktisch auf die Stirn tätowiert ist.

«Findest du nicht auch, Jess? *Jess*?»

Mir wird klar, dass Natasha mich etwas gefragt hat.

«Ähm ... das klingt doch toll», antworte ich begeistert.

«Ich habe mich gerade über die Maden bei den Biotonnen an der Straße beschwert.»

«Oh. Sorry. Ich war wohl gerade ganz woanders.»

«Das passiert mir in letzter Zeit auch ständig», redet Simone fröhlich weiter. «Ich kann mich kaum noch auf die Arbeit konzentrieren, seit ich weiß, dass ich bald gehe.»

Ich schaue abrupt hoch. Der Blick aus ihren blauen Augen fixiert mich, ihre weichen Lippen sind zu einem halben Lächeln verzogen. «Du gehst?», frage ich.

«Erst zum Ende der Saison. Wir haben es geheim gehalten, obwohl wir es schon eine ganze Weile planen.»

«Wohin gehst du denn?», frage ich, während ich versuche, die Neuigkeit zu verdauen. Es wäre ein Rekord, wenn sie den Job als Adams Freundin länger hätte als bis zum Ende der Saison.

«Weltreise. Jedenfalls eine kleine. Ich bin gerade dabei, alles zu planen.»

«Wow. Du Glückliche. Das ist ja wirklich eine tolle Sache.» Adrenalin rauscht durch meine Adern. «Welche Länder willst du denn bereisen?»

«Zuerst Südostasien. Adam kennt jemanden in Thailand,

mit dem er einmal gearbeitet hat, da bleiben wir eine Woche. Dann fliegen wir nach Vietnam, da soll es super sein, obwohl ich neulich online eine Speisekarte entdeckt habe, auf der sie geröstete Feldmaus anbieten. Ich weiß nicht, ob ich darauf Appetit habe.» Sie kichert und plappert weiter. Ich habe das Gefühl, als hätte man mir die Luft aus den Lungen gesogen. Schließlich ist es Natasha, die noch einmal genau nachfragt.

«Entschuldige ... hast du da gerade gesagt, dass *Adam* mitgeht?»

«Ja!» Sie grinst. Es ist eindeutig, dass sie diesen Augenblick genießt. Dann reißt sie theatralisch die Augen auf. «Oh Gott, *entschuldige*, Jess! Er wollte es dir wahrscheinlich selbst sagen, wegen William und so. Obwohl er ihn ja sonst auch nicht so oft sieht, oder? Eigentlich macht es ja keinen großen Unterschied – dann sieht er ihn eben nach einem Jahr wieder und nicht schon nach einem halben.»

«Aber was ist mit dem Château?», fragt Natasha. «Wer soll es leiten?»

«Die Blanchards.»

«Die zwei, denen er es abgekauft hat?»

«Genau. Es ist ein zeitlich befristetes Arrangement, aber sie kennen sich hier genau aus. Adam vertraut ihnen vollkommen, und sie können es kaum erwarten, wieder am Ruder zu sein, zumal das Château ja seit Generationen in ihrem Besitz war. Adam wird immer mal anrufen, während wir auf Reisen sind.»

Meine Knie werden ganz weich.

«Tut mir leid, Jess.» Ihre Augen glitzern, ihr schönes Gesicht strahlt. «Aber du hättest es früher oder später ohnehin erfahren. Und wahrscheinlich bist du noch nicht mal überrascht. Wenn es eins gibt, das wir alle über Adam wissen, dann, dass er es hasst, angebunden zu werden.»

KAPITEL 57

Ich kann die Nachricht nur schwer verdauen, dass Adam sich davonmacht, um mit Simone eine Weltreise zu unternehmen. Und dabei ist der Fakt, dass er erst vor ein paar Stunden erneut Bekanntschaft mit meinen Schwangerschaftsstreifen gemacht hat, nur ein Teil des Problems.

In den zahllosen Gesprächen, die wir geführt haben, seit wir hier angekommen sind – über unseren Sohn, über ihn, darüber, wo man das beste Eis in Domme bekommt oder wie man eine Bierflasche ohne Öffner aufbekommt –, hielt er es offenbar nicht für nötig, die Reise mir gegenüber zu erwähnen.

Aber was mich daran eigentlich so fassungslos macht, ist Folgendes: Eigentlich habe ich jetzt überhaupt keinen Grund mehr, hier zu sein. Ich muss nach England zurückfahren und meiner Mutter eröffnen, dass ich versagt habe. Dass Adam sich überhaupt nicht verändert hat. Dass sich in Wirklichkeit gar nichts verändert hat.

Vielleicht inspiriert durch den wunderbaren Ort, den Adam hier geschaffen hat, habe ich mir vorgemacht, Adam hätte ein neues Leben begonnen und wäre seinem Sohn, den er jahrelang an letzte Stelle gestellt hatte, plötzlich ein hingebungsvoller Vater geworden. Aber offenbar ist nichts davon wahr. Er hat nur ein paar angenehme Wochen mit uns verbracht, sich von William auf ein Podest stellen lassen und will jetzt ein zweites Mal aus seinem Leben verschwinden. Nur dass William kein Baby mehr ist, das nicht versteht, was los ist. Jetzt ist er zehn Jahre alt und vergöttert Adam. Noch schlimmer: William braucht ihn mehr, als beide wissen.

Die Ungeheuerlichkeit von all dem zu begreifen, fühlt sich an wie ein Schlag in die Magengrube. Ich muss fort von Simone, bevor sie meine Reaktion sieht. Natasha spürt meinen Zorn und sagt, dass sie auf William aufpasst und ich ruhig gehen und ... was auch immer tun soll.

Ich habe keine Ahnung, was *was auch immer* ist, abgesehen davon, dass ich ins Château stürme und mich dort in der Toilette verschanze, weit weg von allen anderen. Als ich wieder herauskomme, bin ich nach wie vor voller Wut und habe den überwältigenden Drang, sofort nach England zurückzufahren.

Das Gefühl lässt auch nicht nach, als William und ich zurück zu unserem Ferienhäuschen gehen. Der süße Duft der Kräuter und des Grases unter meinen Füßen passt überhaupt nicht zu meiner finsteren Stimmung.

«Ich habe einen Schuss gehalten, Mum», erzählt er mir ganz aufgeregt.

«Wirklich?»

«Ja!» Er lacht. «Schade, dass du nicht dabei warst. Es war großartig!»

«Das ist ja toll, mein Schatz», murmele ich. «Hast du auch ein Tor geschossen?»

Seine Miene verfinstert sich. «Na ja, nein», murmelt er und beginnt lang und breit auszuführen, dass das Toreschießen ohnehin allgemein überschätzt wird.

«Ich bin ja so stolz auf dich», sage ich und lege ihm den Arm um die Schultern. «Wie bist du nur so schnell so gut geworden?»

«Dad», antwortet er schlicht. «Er ist ein toller Lehrer.»

Ich spüre, wie mein Rücken ganz steif wird. «Er ist super im Zweikampf, Mum», fährt er fort. «Er ist richtig stark, oder?»

«Das ist er wohl.»

«Und er kann ganz doll schnell rennen.»

«Wirklich?», murmele ich, und vor meinem inneren Auge taucht das Bild von Adam auf, wie er meinen Hals küsst.

«Mum?»

«Ja?»

«Hast du einen komischen Anfall? Du siehst genauso aus wie Mrs. Garrett in der Schule. Sie hat immer komische Anfälle. Sie sagt, das ist so, wenn man fünfzig wird.»

«Ich habe keinen komischen Anfall. Und ich bin noch lange nicht fünfzig. Können wir vielleicht über etwas anderes sprechen?»

«Okay, worüber?»

«Worüber du willst.»

Er denkt einen Augenblick nach. Wir kommen zu dem kleinen Parkplatz hinter Les Ècuries. «Wie wär's mit dem Jura?»

Charlie lädt gerade ein Surfbrett auf das Dach seines Autos. Ich weiß, dass wir nicht zusammen sind, aber die Tatsache, dass ich gerade mit einem anderen geschlafen habe, ist mir so peinlich, dass ich ihn kaum anschauen, geschweige denn grüßen kann. Ich reiße mich zusammen.

«Hallo, Charlie», sage ich unbeholfen.

Er schaut auf, befestigt einen Gurt und kommt zu uns. «Wie geht es dir?»

«Gut, danke», antworte ich.

«War der Grillabend schön? Chloe hat gesagt, dass sie dich erst am Morgen hat heimkommen sehen.» Er schaut mich prüfend an.

«Ähm ... ja, wir hatten einen ... *ja.*»

Sein Gesicht verzieht sich zu einem unbehaglichen Lächeln. «*Ja?*»

Ich nicke. «Wir haben ... bei Adam geschlafen.»

Für die Dauer eines Herzschlags schweigt Charlie, sichtlich bemüht, diesen Satz zu verstehen. «William ist dort eingeschlafen, also habe ich im Gästezimmer übernachtet», lüge ich.

Plötzlich wünsche ich mir nichts sehnlicher, als die Uhr um eine Woche zurückdrehen zu können, als ich noch eine Urlaubsromanze hatte – etwas, das das Ende des Sommers vielleicht nicht überlebt, aber vielleicht zu ein paar Kinogängen oder netten Abendessen geführt hätte.

«Hättest du vielleicht Lust, noch mal mit mir essen zu gehen?», platze ich heraus. Ich verstehe sofort, dass das ein lächerlicher Versuch ist, Adam zu bestrafen und ihm zu beweisen, dass mir die letzte Nacht gar nichts bedeutet hat. Das ist ziemlich pubertär, natürlich, aber im Moment habe ich nur das.

Charlie ist sichtlich perplex. «Wirklich?»

«Ja.»

«Ich hatte eigentlich den Eindruck, dass da was läuft zwischen dir und ...» Aber er verstummt, weil sein Blick auf William fällt. «Sorry.» Er lächelt. «Sehr gern.»

KAPITEL 58

Als ich auf der Suche nach Adam über das Gelände des Châteaus marschiere, steigt meine Wut mit jedem Schritt. Weil ich ihn nicht finden kann, gehe ich in die Eingangshalle und finde dort Ben hinter dem Tresen. Er lächelt mich mit seinen süßen, braunen Augen an, und die neuen Sommersprossen auf seiner Nase betonen seine Jugend noch.

«Kein William heute, Jess?»

«Ähm ... heute nicht. Hast du Adam gesehen? Er geht nicht an sein Handy. Ich war schon bei seinem Ferienhäuschen, aber da ist er nicht.»

«Als ich ihn das letzte Mal gesehen habe, war er auf dem Weg zum Schuppen, um eine Säge zu holen. Kann ich denn vielleicht helfen?»

«Ich glaube nicht. Aber danke schön.»

Ich finde Adam vor dem Schuppen. Er steht über eine Bank gebeugt und sägt. Die nackte Haut seiner Arme glänzt feucht. Er schaut auf, als ich näherkomme. Ein Lächeln breitet sich auf seinem Gesicht aus. Dann sieht er meinen Gesichtsausdruck.

Er legt die Säge vorsichtig hin und kommt auf mich zu, wobei er seine Hände an einem Lappen abwischt. Dann nimmt er einen Schluck Wasser aus einer Flasche. «Ich habe auch schon nach dir gesucht», sagt er.

Verlangen liegt in seinem Blick, aber ich bin völlig unempfindlich dagegen. Simones Offenbarung hat mich abgekühlt. Er streckt seine Hand aus, aber ich schiebe sie weg. «Ich dachte, du könntest mir vielleicht etwas erklären.»

«Klar, was ist los? Wollen wir etwas zusammen trinken?»

«Nein.» Ich atme tief durch. «Ich habe eben Simone getroffen.»

Er fährt sich ängstlich mit der Hand durchs Haar. «Das muss unangenehm für dich gewesen sein. Tut mir wirklich leid, Jess. Ich werde heute mit ihr sprechen.»

«Adam, sie hat mir gesagt, dass du eine Weltreise mit ihr unternehmen willst», blaffe ich. «Dass sich die Blanchards in der Zeit deiner Abwesenheit um das Anwesen kümmern und ihr beide ... einfach fort seid. Stimmt das? Planst du eine Reise mit ihr?» Ich sehe an seinem Blick, dass es stimmt.

«Also. Das ist ein bisschen kompliziert ...»

«Nein, Adam. Es ist ganz einfach. Stimmt es? Habt ihr schon die Flüge gebucht und das ganze Jahr verplant, wie sie gesagt hat? Oder ist sie eine Lügnerin?»

Er zuckt zusammen. Dann gesteht er: «Sie ist keine Lügnerin. Aber das war, bevor ...»

«Wovor? Es war sicher nicht, bevor du wusstest, dass du einen Sohn hast, der dich dann ein Jahr lang nicht sehen würde, weil du dich wie ein Achtzehnjähriger benimmst. Wie jemand, der keinerlei Verpflichtungen hat. Keine Sorgen auf der ganzen Welt.» Wie nörgelig ich klinge. Wie eine Spielverderberin. Einen Moment lang überlege ich, ob ich vielleicht eifersüchtig darauf bin, dass Adam etwas tun kann, wovon ich nicht einmal träumen darf.

«Ich wollte es dir sagen, als du ankamst.»

«Und warum hast du es dann nicht getan?»

«Weil ich mich anders entschieden habe.»

«Oh, das ist ja nett. Also wolltest du erst ehrlich sein, und dann dachtest du dir, dass du uns stattdessen lieber anlügst?»

«Das meine ich nicht. Ich habe mich anders entschieden, was die Reise angeht.»

Ich will schon weiterschimpfen, als ich verstehe, was er da sagt. «Was?»

«Ich habe mich anders entschieden. Ich möchte nicht so lange weg sein. Und was alles andere angeht ..., habe ich mich auch anders entschieden.»

«Äh, ernsthaft jetzt, Adam?», sage ich sarkastisch. «Ich soll dir glauben, dass du nicht fährst, aber Simone diese Neuigkeit noch nicht überbracht hast?»

Er zieht die Stirn in Falten. «Ich habe es hinausgeschoben. Ich wollte bis nach ihrem Geburtstag warten und erst mal sehen, wie es mit William und dir hier so läuft.»

«Also wolltest du dich nach allen Seiten absichern?»

Jetzt steht er direkt vor mir und verschränkt die Arme vor der Brust. «Natürlich nicht. Jess, ich habe begriffen, dass ich in der Vergangenheit nicht genug Zeit mit William verbracht habe und dass ich nicht der Vater war, der ich hätte sein sollen.»

«Ganz genau.»

«Aber du hattest auch deinen Anteil daran.»

«Ich?» Erneut steigt die Wut in mir hoch, und ich merke, dass er am liebsten alles zurücknehmen würde. Aber jetzt ist es zu spät. «Wie zum Teufel kannst du so etwas nur sagen, Adam?»

Er schließt kurz die Augen und atmet tief durch. «Jess, ich war mir immer sicher, kein guter Vater zu werden. Aber ich weiß jetzt, dass ich mich einfach mit meiner Vaterschaft hätte abfinden müssen. So machen Eltern das nun mal, ob sie sich dazu in der Lage fühlen oder nicht.»

Ich weiß schon, was als Nächstes kommt.

«Ich will dir nicht die *Schuld* zuschieben, Jess. Aber du hast mir ganz entschieden klargemacht, dass du mich nicht in eurem Leben haben willst – vor allem nicht in Williams Leben. Du hast mir gesagt, es ginge ihm besser ohne mich. Ich habe nicht mehr darüber gesprochen, weil ... na ja, weil ich eigentlich sicher war, dass du damit recht hast.»

Ich schlucke. Mein Atem geht flach.

«Ich hätte kämpfen sollen», fährt er fort. «Ich hätte dir und mir selbst beweisen müssen, dass ich ein besserer Vater sein kann als die Eltern, die *ich* hatte. Stattdessen habe ich das einfach so hingenommen.»

Mir fehlen die Worte. Aber er redet schon weiter: «Ein kleiner Teil in mir hat immer gehofft, dass alles anders werden würde. Ich hatte keine Ahnung, wie das gehen sollte, aber ich habe viel an ihn gedacht und mir immer vorgestellt, wie er seine Ferien hier verbringt, genau wie jetzt.»

Als William ganz klein war, hatte Adam mich einmal gefragt, ob wir ihn in Frankreich besuchen könnten. Ich kann mich nicht mehr genau erinnern, was ich geantwortet habe, aber ich bin mir ziemlich sicher, dass es eine höfliche Version von «Verpiss dich» gewesen sein muss. Dieses Gespräch nimmt mir die Luft.

Er wischt sich den Schweiß von der Stirn und setzt sich auf einen Baumstumpf. «Als du mir aus heiterem Himmel gemailt hast, dass du gern herkommen würdest, war ich außer mir vor Freude. Ich meine das wirklich so. Dann, als ihr wirklich kamt und ich mehr Zeit mit ihm verbrachte, begann die

Sache an mir zu nagen. Ich wusste, dass ich nicht mehr einfach mit Simone auf Weltreise gehen konnte. Ich *wollte* nicht mehr mit ihr auf Weltreise gehen. Aber Simone ist ein guter Mensch. Ein netter Mensch. Und ich habe mich ihr gegenüber wie ein Schwein verhalten. Zum Beispiel habe ich mit dir geschlafen.»

Ich senke den Blick.

«Also habe ich auf den richtigen Moment gewartet, ihr zu sagen, dass ich nicht fahren kann. Aber du hast recht. Ich hätte es ihr schon vor ein paar Wochen sagen sollen.»

Ich schließe die Augen und versuche, alles zu begreifen. Der heiße Zorn, den ich noch vor wenigen Minuten spürte, ist verraucht. Stattdessen fühle ich jetzt etwas ganz anderes. Salzige Tränen sammeln sich in meinen Augen, und ich versuche, sie wegzublinzeln, bevor Adam sie sieht.

«Ich muss das hinter mich bringen», sagt er.

«Oh Gott. Jetzt habe ich auch noch das Gefühl, mit dir unter einer Decke zu stecken», schniefe ich.

Er steht auf und nimmt meine Hand. Dann zieht er mich an sich. Ich kämpfe mit dem Schmerz in meiner Brust und schiebe ihn sanft von mir.

«Ich muss gehen», flüstere ich, aber er greift erneut nach meiner Hand.

«Zuerst will ich dir etwas sagen.»

«Was?»

«Jess ... letzte Nacht. Das hat mir wirklich etwas bedeutet.»

Ich sehe zu Boden. «Tu das nicht, Adam.»

«Warum nicht? Vielleicht war es für dich ein betrunkener Fehltritt, und wenn dem so ist, dann ... Herrgott, ich will mich nicht mit dir streiten. Aber ich will, dass du weißt, dass es für mich etwas anderes war. Du bedeutest mir mehr als ...»

«Hör auf», flüstere ich und ziehe meine Hand weg. «Bitte, hör einfach ... auf.» Und dann wende ich mich ab und renne auf das Wäldchen zu. Ich spüre Gras an meinen nackten Beinen und stolpere über meine eigenen Füße und würde am liebsten den ganzen Weg nach Manchester zurückrennen.

KAPITEL 59

Die Frage, ob ich einen früheren Rückflug buchen soll, beherrscht für den Rest des Tages meine Gedanken – obwohl das Häuschen voller Kinder ist, auf die ich aufpassen muss.

«Also, Poppy», fängt Natasha an und setzt sich aufs Sofa, «Wie wär's mit einer Geschichte?»

Poppy schaut zu ihr hoch. «Ich hab Hunger.»

«Oh. Okay. Möchtest du eine Banane?» Sie nimmt eine aus der Obstschüssel.

«Ich will Süß.»

«Ach du meine Güte, wir haben aber gar keine Süßigkeiten. Wie wär's denn damit? Hm ... lecker.» Natasha kniet sich auf den Boden, schält die Banane und gibt sie ihr. Poppy mustert sie, als wäre sie etwas, das Natasha sich gerade von der Schuhsohle gekratzt hat.

«NEEEEIIIN!» Sie schleudert sie auf Natasha. «Tu zerück!»

«Was?»

«ZERÜCK, ZERÜCK, ZERÜCK!» Poppy wirft sich auf den Boden.

«Was will sie bloß?», fragt Natasha völlig fassungslos. James schaut von dem Bild auf, das er gerade ausmalt.

«Sie will, dass du die Banane zurück in ihre Schale steckst.»

Es dauert zehn Minuten, bis sich Poppy beruhigt und Natasha uns beiden ein Glas Wein einschenkt.

«Darf ich mal was fragen?», fange ich an, als sie wieder sitzt.

«Das klingt aber ernst», sagt sie lächelnd, doch ich kann einfach nicht zurücklächeln.

«Wie fändest du es, wenn William und ich früher abreisen würden?»

Sie atmet scharf ein und dann wieder aus. Mir scheint, sie ist nicht *vollkommen* überrascht.

«Ich fühle mich ganz schrecklich dabei, weil ich doch diejenige war, die dich überredet hat hierherzukommen», fahre ich fort, «aber du hättest doch noch Becky und Seb, und du könntest die Sache mit Joshua weiterführen, ohne dass wir dir im Weg sind. Ich will dich auf keinen Fall im Stich lassen, aber ...»

Sie schüttelt den Kopf. «Du würdest mich nicht im Stich lassen, Jess – ich bin ein großes Mädchen. Machst du dir Sorgen um das, was da zwischen dir und Adam läuft? Oder willst du zurück zu deiner Mutter?»

«Beides. Ich weiß, dass mein Vater bei Mum ist, aber trotzdem ... Außerdem, ja: Ich kann kaum glauben, was da mit Adam passiert ist, ob ich jetzt betrunken war oder nicht. Alles ist so kompliziert hier.»

Sie wirft einen Blick auf die Kinder, um sicherzugehen, dass sie nicht mithören. Dann beugt sie sich zu mir. «Ich verstehe, dass du dir Sorgen machst, Jess. Adam wechselt die Frauen wie seine Unterhosen, und jetzt hast du Angst, dass du die Nächste bist, was für William ganz schrecklich wäre. Aber ...»

«Aber was?», flüstere ich.

«Du bist nicht *irgendeine Frau*.»

«Rein technisch gesehen wohl.»

«Ich meine, du wirst für ihn immer mehr sein als das.»

Ich frage mich ernsthaft, wohin das hier führt.

«Was, wenn es mit euch beiden klappt?», fährt sie fort. «Was, wenn ihr es schafft, die Differenzen beizulegen, die euch beim ersten Mal auseinandergetrieben haben?»

«Es waren keine Differenzen, die uns auseinandergetrieben haben, Natasha. Sondern der Inhalt von Adams Unterhose. Außerdem würde es ganz sicher nicht klappen. Es ist lächerlich, überhaupt darüber nachzudenken.»

Sie sieht mich herausfordernd an. «Warum?»

«Wo soll ich anfangen? Die Tatsache, dass wir es beim ersten Anlauf nicht geschafft haben. Die Tatsache, dass William total durcheinanderkommt, wenn Adam und ich miteinander abhängen.»

«Ja, aber ...»

«Aber mehr als all das zusammen – nämlich all das zusammen mal eine Million», fahre ich erbittert fort, «ist es die Tatsache ... dass ich mich in Zukunft einer tödlichen Krankheit stellen muss.»

Sie lässt sich zurück in ihren Sessel fallen. Und statt zu protestieren, statt zu sagen, ich soll mich kopfüber in die Sache stürzen, weil ich nichts zu verlieren habe, begreift sie, dass sie das nicht mit mir machen kann. Mit anderen Freunden, ja. Mit mir nicht. Ich kann förmlich sehen, wie in ihrem Kopf Bilder davon ablaufen, was in den nächsten zehn Jahren und danach mit mir passiert.

«Ich kann nicht einmal daran denken, Natasha», fahre ich sanft fort. Ich sehe, dass sie kurz davor ist, in Tränen auszubrechen. «Deshalb glaube ich, dass es für uns alle das Beste wäre, wenn ich einfach nach Hause fliege.»

Sie wendet sich ab und trinkt schweigend einen Schluck Wein. Sie muss sich bemühen, ihn herunterzuschlucken. «Das ist verdammt noch mal nicht fair, Jess.»

Ich greife nach ihrer Hand und drücke sie. Sie ist noch kalt von der Berührung des Glases. «Nein, das ist nicht fair. Aber es ist das Blatt, das man mir ausgeteilt hat.»

Ich schaue zu den Kindern hinüber, und sie schnieft und reißt sich zusammen, bevor sie noch merken, was hier los ist.

«Okay, ich hab's kapiert», fährt sie fort. «Aber renn nicht weg, Jess. Sonst sitzt du nur allein zu Hause, ohne Becky und mich, die dich trösten können. Und das wollen wir tun, weißt du. Deshalb sind wir gekommen.»

Ich schaue in mein Glas. Das Licht spiegelt sich darin.

«Außerdem wäre William am Boden zerstört», fügt sie noch hinzu.

Ich lächele sie an. «Das ist ein billiger Trick.»

«Aber es stimmt doch.»

«Du hast recht, er kommt darüber hinweg.»

Wir sehen beide zu William herüber, der Poppy beizubringen versucht, wie man KATZE buchstabiert.

«B-C-T-R-P-E-D-G», verkündet sie.

«Oh, gut gemacht!», lobt er.

Natasha und ich kichern, dann verstummen wir. Und dann sagt sie etwas, und mein Herz zieht sich zusammen.

«Du liebst Adam immer noch, oder?»

Ich öffne den Mund, aber es kommt kein Wort heraus.

Weil wir beide die Antwort längst kennen.

KAPITEL 60

Warum bist du so früh nach Hause gekommen?», frage ich Becky am nächsten Tag.

«Na ja.» Sie windet sich. «Ich hab mir Sorgen gemacht, was wohl hier im Monsterstall so los ist.»

«Gar nichts war los! Es war ein Kinderspiel, im wahrsten Sinne des Wortes. Die Kinder waren ganz toll.»

«Und keiner ist ausgeflippt?»

«Wenn man Natasha nicht mitzählt, die den Korkenzieher nicht finden konnte ... Hör mal, eigentlich ging es doch darum, dass du und Seb euch mal richtig entspannt und zusammen eine schöne Zeit habt.»

«Das hatten wir ja auch. Irgendwie», protestiert sie, aber es klingt nicht sehr überzeugend. «Obwohl ich das schwere Dessert lieber hätte auslassen sollen. Ab morgen mache ich Diät.»

«Das brauchst du doch gar nicht, du bist genau richtig», sagt Seb, der in der Tür auftaucht.

«Danke, aber meine alten Jeans würden da Einspruch erheben.»

Ich lache. Genau in diesem Moment hören wir einen durchdringenden Schrei von draußen, gefolgt von einem markerschütternden «MUMMMM!».

Becky sieht Seb müde an. Er seufzt und sagt: «Ich gehe.»

«Wir lassen euch dann mal in Ruhe», sagt Becky und nimmt Poppy an die Hand. «Ich wollte dir sagen, dass ich Adam gesehen habe, als wir los sind. Er sah ein bisschen ... merkwürdig aus.»

«Was meinst du damit?»

«Irgendwie aufgewühlt. Wo wir vom Teufel reden.»

Adam kommt auf uns zu. Ich spüre, wie sich meine Schultern verspannen.

«Hallo, Becky. Hattet ihr einen schönen Abend?»

«Sehr schön, danke», antwortet sie. Er lächelt, und ich merke, dass mein Blick auf seinen Mund fällt. «Na gut, ich muss jetzt in den Supermarkt, um diese Meute hier satt zu kriegen, sonst wird es schlimm enden. Na komm, Poppy, wir holen schnell deine Rosinen und gehen dann einkaufen. Wir sehen uns später!» Sie wirft mir nicht gerade subtil einen beredten Blick zu und geht zum Auto.

«Wollen wir ein Stück gehen?», schlägt Adam vor.

«William kommt nach dem Fußball zurück zum Häuschen, und ich möchte gern da sein, wenn er kommt.»

«Wie wär's dann, wenn wir zusammen zum Fußballplatz gehen?»

Ich nicke steif. «Gut.»

Der Weg ist von einem Teppich aus Farn gesäumt. Die Sonne malt leuchtende Flecken darauf. Ich sehe zu Boden, während er mir erzählt, dass er Simone gesagt hat, dass er nicht mit ihr um die Welt reisen kann.

«Ich habe ihr gesagt, dass ich William nicht so lange nicht sehen will. Und ... dass ich Gefühle für jemand anderen habe.»

«Hat sie gefragt, für wen?»

Ich spüre, dass er mich von der Seite ansieht.

«Ich dachte, das müsste ich nicht extra sagen.»

Ich schlucke. «Und? Wie hat sie es aufgenommen?»

«Sie hat gekündigt und will heute Nachmittag noch nach Hause zu ihren Eltern fahren. Ich soll mich darauf gefasst machen, dass der Rechtsanwalt ihres Vaters auf mich zukommt – weil ich sie faktisch entlassen hätte.»

Ich atme tief durch. «Na, das lief ja super.»

Wir nähern uns dem Fußballplatz und setzen uns an den Rand. Ich habe einen Knoten in meinem Magen. Aber ich hebe das Kinn und schließe die Augen, um die Sonne auf meinen Lidern zu spüren. Einen winzigen Moment lang gebe ich mich der Phantasie hin, dass das irgendwie funktionieren könnte. Dass ich die Scherben unserer zerbrochenen Familie wieder zu einem Ganzen zusammenfügen könnte. Vielleicht habe ich deshalb das Gefühl, etwas sagen zu müssen, das womöglich viel zu spät kommt.

«Es tut mir leid. Dass ich gesagt habe, William ist besser ohne dich dran. Das war wirklich falsch von mir.»

Ich bemerke, wie berührt Adam von meinen Worten ist, und rede weiter. «Es war außerdem ... gar nicht wahr, wie du bewiesen hast, seit wir hier sind.» Ich sehe ihn prüfend an. «Er liebt dich, Adam, sehr sogar. Und seit wir hier sind, glaube ich auch, dass du seine Liebe verdient hast.»

«Jess», erwidert er, und es klingt dringlich. «Wir können es wieder hinkriegen. Das können wir wirklich. Meine Gefühle für dich ... haben sich verändert. Nein, eigentlich sind sie nur sehr eindeutig geworden.» Aber ich kann mich nicht auf seine Worte konzentrieren. Ich kann mich nur auf das konzentrieren, was ich ihm noch nicht gesagt habe. Was ich ihm zehn Jahre lang verschwiegen habe.

«Warum weinst du denn?» Er schaut mir in die Augen, und mein Herz verkrampft sich.

«Es kann nicht funktionieren, Adam. Wir können nicht zusammen sein.» Ich begreife, dass ich ihm alles sagen muss. Das schulde ich ihm. Ich hätte es schon vor Jahren tun sollen. «Es ist so ...» Aber meine Stimme bricht. Wie soll man auch einem Mann, den man liebt, so etwas sagen? Wenn du weißt, dass er von da an nie mehr die Frau in dir sehen wird, die er begehrt, sondern nur noch die Frau, die ihm leidtut? Ich öffne den Mund, um es erneut zu versuchen, aber er spricht zuerst.

«Es ist dieser Typ von nebenan, oder?»

Ich pruste erschrocken los. *«Was?»*

«Dieser Typ, Charlie. Er ist eindeutig verrückt nach dir.»

Ich schüttele ungläubig den Kopf. «Um den geht's nicht.»

Er verschränkt die Arme vor der Brust.

«Adam. Ich fand den nie toll. Er ist *nur ein Typ,* den ich im Urlaub kennengelernt habe.»

Sein Blick scheint sich in mich zu bohren. «Verstehe.»

«Nein, tust du nicht.» Ich will es am liebsten über die ganze Wiese schreien: Dieser Charlie ist es nicht. Wie könnte er es sein, wenn du es doch immer noch bist? Wenn du es bist, der mich immer wieder aufleuchten lässt? Der mich mit unerträglicher Sehnsucht erfüllt? Nur dass das nicht helfen würde. Also sage ich stattdessen leichthin: «Adam, der Typ trägt Strickjacken. Mit Kragen. Ich versichere dir, *er ist es nicht.»* Ich schaue auf und sehe, wie Charlie mich wütend ansieht. Er hat jedes Wort gehört. Jetzt dreht er sich um, geht zu seinem Häuschen und schließt die Tür hinter sich.

KAPITEL 61

Eine Stunde später liege ich zusammengerollt auf dem Sofa. Ich traue mich vor Scham nicht ans Tageslicht. Ich überlege, ob ich zu Charlie rübergehen und ihm alles erklären oder mich entschuldigen soll. William schmollt unterdessen. Er sagt kaum ein Wort und ist ganz verloren in seinen Gedanken.

«Warum bist du denn so früh vom Fußball wiedergekommen?», frage ich.

Er zuckt mit den Schultern und will nicht antworten.

«Bist du wieder hingefallen?»

Er sieht mich böse an, eindeutig empört darüber, dass ich die Frechheit besitze anzunehmen, sein Niveau liege unter dem der Spieler von Real Madrid. «Nein, ich habe ein Tor geschossen.»

«Oh!» Vielleicht klingt das ein wenig zu überrascht. «Meine Güte, das ist ja toll, William. Warum bist du dann so traurig?» Er schüttelt den Kopf und runzelt die Stirn. «Na komm schon, spuck's aus.»

«Die anderen Kinder haben James schwul genannt. Ich habe gesagt, sie sollen das lassen, da haben sie gesagt, ich bin auch schwul. Aber das bin ich gar nicht.»

«Oh, William», seufze ich. Ich bin gleichzeitig wütend auf die anderen Kinder und stolz auf ihn. «Das hast du ganz toll gemacht, dass du dich für ihn eingesetzt hast. Aber weißt du ...

selbst wenn du schwul wärst, wäre das völlig in Ordnung. Nur dass du das weißt.»

Bloß ein Mundwinkel hebt sich – offenbar habe ich seine Situation noch nicht vollkommen erfasst.

«Ich wollte, dass die nicht so gemein zu James sind.»

«Ja, ich weiß. Wo war denn Seb, als das passiert ist?»

«Er hat neben dem Spielfeld gesessen und Zeitung gelesen. Er war zu weit weg, um zu hören, was los war.»

«Mein Schatz, du hast das Richtige getan.» Ich lege den Arm um seine knochigen Schultern und versuche, ihn an mich zu ziehen, aber er schüttelt mich ab.

«Jetzt habe ich keinen mehr, mit dem ich Fußball spielen kann. Gerade jetzt, wo ich gut geworden bin.» Er steht auf und geht in sein Zimmer.

Ich folge ihm. «William», sage ich leise. Wenn wir zu Hause wären, könnte ich mich auf die Bettkante setzen und ihm den Rücken streicheln, bis er so genervt davon wäre, dass er lieber mit mir sprechen würde.

Ich stelle den Fuß auf die Leiter am Stockbett und beginne hochzuklettern. Auf der dritten Sprosse merke ich, wie instabil die Konstruktion ist; dieses Bett wurde ganz sicher nicht für zwei Menschen entworfen, von denen einer eine erwachsene Frau ist, die in den letzten drei Wochen so viel Käse gegessen hat, dass sie ernsthaft darüber nachdenkt, ihre Jeans zu verbrennen. Ich schaffe es aber nach oben und hieve mich auf seine Matratze.

«Was soll das denn werden?», fragt William, setzt sich auf und zieht die Nase kraus.

«Ich komme zu dir», antworte ich und setze mich im Schneidersitz hin, wie bei einem Übernachtungsbesuch. «Ist denn *noch etwas* los?»

Er antwortet mit einem dieser präpubertären Blicke, die sagen sollen, dass das eine ganz dumme Frage war. «Nein», schiebt er hinterher.

«Also hör mal ... Ich habe vielleicht eine Lösung für dieses Fußballproblem», sage ich.

«Was denn?»

«Ich habe nachgedacht.»

Er schaut erschrocken auf.

«Ich glaube, es wäre vielleicht eine gute Idee, etwas früher heimzureisen. Vielleicht morgen. Ich habe auf den Fahrplan der Fähren geschaut, und wir müssten nur ganz wenig Aufpreis zahlen. So könntest du deine Freunde zu Hause treffen und *Garden Warfare* mit Jack spielen und ...»

«Was?»

«Ich sage doch nur ... Ich dachte, wir könnten vielleicht nach Hause fahren. Morgen.»

«NEIN!», bricht es aus ihm so heftig heraus, dass ich ganz erschrocken bin.

«Denk doch wenigstens darüber nach.»

Er verschränkt entschlossen die Arme vor der Brust. «Ich habe darüber nachgedacht und will nicht gehen.» Sein Gesicht ist kalkweiß. Innerhalb von zehn Sekunden hat sich seine Stimmung von beleidigt zu wütend verändert. Er zittert fast, so zornig ist er.

«Ich weiß, dass du eine tolle Zeit mit deinem Dad hattest, aber er hat sehr viel zu tun. Und wäre es nicht toll, deine Freunde wiederzusehen?», hake ich nach.

«Liegt es daran, dass du nicht mit Dad zurechtkommst?»

Ich weiß nicht, ob ich vor Erleichterung lachen oder weinen soll. Er hat eindeutig nicht begriffen, was neulich Nacht passiert ist. «Na ja, nein ... das ist es nicht.»

«Ist es doch, oder?», sagt er wütend. «Du *hasst* ihn. Du kannst es hier nicht einmal *für mich* aushalten. Gerade jetzt, wo wir Kumpel geworden sind und er mir beibringt, wie man gut Fußball spielt, und ...»

«Das ist es nicht, William», unterbreche ich seinen Redefluss. «Dein Dad hat eine Menge um die Ohren, aber er hat gesagt, dass er schon den nächsten Besuch organisiert hat.» Wie soll ich ihm nur begreiflich machen, dass ich nicht William von Adam fernhalten will, sondern mich selbst? Die Aussicht, so lange zu bleiben, bis Adam mich weichgekocht hat, jagt mir ungeheure Angst ein.

«Also ich fahre jedenfalls nicht weg», verkündet er. «Du kannst machen, was du willst.»

Ich blinzele ungläubig. Das sind ja ganz neue Töne. «*Wie* bitte?»

«Ich sagte, ich fahre nicht.»

«Du weißt schon, dass ich *deine Mum* bin», sage ich heftig genug, um zu verbergen, wie erschüttert ich ob des rauen Tons bin. «Also ... wenn ich sage, dass du fährst, dann fährst du. Und *wehe*, du sprichst noch einmal so mit mir. Du bist zehn, nicht fünfundzwanzig. Und selbst wenn du fünfundzwanzig wärst, dürftest du noch lange nicht so mit mir reden. Niemand darf das.»

«Wie ich mit dir rede?», kreischt er. «Ich glaub es nicht, dass ich hier jetzt Schimpfe kriege, obwohl ich gar nichts gemacht habe. Du bist doch diejenige, die hier alles kaputt macht. Absichtlich.»

Etwas an seinem selbstmitleidigen Ton legt einen Hebel in mir um. Plötzlich ist mir völlig egal, was ich in den *Supernanny*-Büchern gelesen habe: Wer sein Kind anschreit, hat schon verloren. Ich habe auch gar keine Lust mehr, vernünftig zu sein. Ich kann einfach nicht noch mehr ertragen. Das Leben mutet mir gerade viel zu viel zu, und das hier bringt mich an den Rand.

«Okay, es reicht, William!», schreie ich. «Du machst dir absolut keine Vorstellung, womit ich zurechtkommen muss. Du hast verdammt noch mal keine Ahnung. Denn wenn du die hättest, würdest du aufhören, hier so einen Aufstand zu machen, und einfach tun, was ich sage. Und auf gar keinen Fall würdest du mit mir reden, als wäre ich der Dreck unter deinen Schuhsohlen und nicht die Frau, die dich ganz allein aufgezogen hat.»

«Du hast mich doch nur allein aufgezogen, weil du nicht wolltest, dass Dad in meine Nähe kommt!»

«Das ist nicht wahr, William. Das stimmt nicht.»

«Mir doch egal. Ich fahre *nicht* nach Hause.»

«Zwei Dinge. Erstens: Wenn du noch *einmal* in diesem Ton mit mir sprichst, lasse ich dich nicht mal mehr in die Nähe meines iPads, bis du siebzig bist. *Und zweitens*: Wir fahren morgen nach Hause. Wenn dir das nicht passt, dann ist es eben so. Das Leben ist manchmal furchtbar, William. Gewöhn dich dran.»

Er schiebt seine Decke weg, schwingt die Beine über den Rand des Stockbettes und springt auf den Boden. Dann geht er aus dem Zimmer und wirft die Tür hinter sich zu. In meiner Brust breitet sich eine unangenehme Furcht aus.

So einen Streit hatten wir noch nie.

Jedenfalls würde ich am liebsten die Zeit zurückdrehen und die letzten sieben Minuten ungeschehen machen.

Erschöpft mache ich mich an den Abstieg vom Stockbett, aber ich habe keine Übung mehr darin, und ich traue mich nicht zu springen. Stattdessen mache ich den Fehler, mit dem

Rücken zur Leiter hinunterklettern zu wollen. Ich merke, dass das nicht klappt, also ziehe ich mich wieder hoch, drehe mich um und versuche es erneut. Unten angekommen, sammele ich mich und gehe dann zu William ins Wohnzimmer.

Nur dass er nicht da ist.

«Wo ist denn William hin?», frage ich.

Natasha schaut vom Abwasch auf. «Draußen, glaube ich. Alles in Ordnung mit dir? Das klang ja schlimm.»

«Das war es auch.»

Ich schaue hinaus auf den Hof. Abgesehen von ein paar Nachtigallen, die auf der Mauer herumhüpfen, ist er leer. Bienen summen in den Bougainvilleen. «Hat er nicht gesagt, wo er hinwill?», frage ich.

«Nein. Tut mir leid. Alles in Ordnung?»

Ich reibe mir die Stirn. «Ehrlich gesagt, weiß ich das nicht so genau.»

KAPITEL 62

Natasha und ich trennen uns, um nach William zu suchen. Wir einigen uns darauf, dass ich es im Château versuche und sie in Adams Haus nachsieht. Egal was passiert, wir treffen uns in zwanzig Minuten am Ferienhäuschen wieder, weil das Netz hier so schlecht ist, dass man sich nicht darauf verlassen kann.

Ich renne den Pfad durch das Wäldchen entlang und rufe Williams Namen, bekomme zur Antwort aber nur das Hämmern meines Herzens. Am Château treffe ich auf Adam. Er begreift sofort, dass es ein Problem gibt. «Was ist los?»

«William. Wir haben uns gestritten, und er ist einfach weggerannt.»

Er überlegt. «Hör mal, mach dir keine Sorgen, er ist ein vernünftiges Kind. Ich helfe dir beim Suchen. Ich springe schnell in den Golfwagen.»

Adam sucht auf der einen Seite des Anwesens, ich auf der anderen. Ich rufe immer wieder Williams Namen und frage alle, die ich auf meinem Weg treffe, ob sie ihn gesehen haben.

Erst als ich zurück am Häuschen bin und Natasha davor stehen sehe, merke ich, dass ich wimmere. «Keine Panik, Jess», ist alles, was sie sagen kann. «Er ist bestimmt nicht weit gekommen.»

Dann suchen wir im Holzschuppen, bei Becky und Seb und in allen anderen Gebäuden in der Nähe. Schließlich kommen wir zurück zu *Les Écuries*, wo ich auf und ab marschiere. Der Schweiß auf meinem Rücken kühlt langsam ab. Adam ist noch immer nicht wieder da. Also sitzen wir angespannt da und tun so, als wären wir ganz ruhig. Ich versuche, mir einzureden, dass er gleich mit seinem Golfwagen und meinem Sohn auf dem Beifahrersitz um die Ecke biegt und alles wieder okay ist. Natasha schaut auf; ich folge ihrem Blick. Adam kommt. Allein. Ich renne zu ihm. Er schüttelt den Kopf.

«Ich habe überall nachgesehen. Aber er *kann* einfach nicht weit weg sein.»

«Ich bete zu Gott, dass er keine Dummheit gemacht hat», sage ich.

«So etwas tut er nicht», sagt Natasha.

«Du weißt ja nicht, wie wütend er war.»

«Hör mal, Natasha hat recht», sagt Adam mit fester Stimme. «Er hat sich sicher irgendwo verkrochen, um wieder einen klaren Kopf zu bekommen. Ich fahre jetzt ins Château, Ben soll mir bei der Suche helfen.» Er wendet sich an mich und sieht mir direkt in die Augen. «Bitte mach dir keine Sorgen.» Dann greift er meine Hand und drückt sie, und einen kleinen Augenblick lang fühlt sich alles ein winziges bisschen besser an.

«Okay, gehen wir. Ihr beide sucht im Wäldchen in östlicher Richtung, ich in westlicher. In einer halben Stunde treffen wir uns wieder hier.»

«Und wenn wir ihn bis dahin nicht gefunden haben?»

Adams Kiefer spannt sich an. «Darum kümmern wir uns, wenn es so weit ist.»

Natasha ist weit fitter als ich. Ich weiß das, weil sie ebenfalls Crossfit macht, aber Spaß daran hat. Für mich ist jede Stunde so anstrengend, als müsste ich ein Kind gebären – genauso hässlich und quälend, aber wenn es vorbei ist, vergisst man wieder, wie schlimm es war, und geht in die nächste Stunde. Trotzdem kann sie kaum mit mir Schritt halten, als wir durch das Wäldchen laufen und Williams Namen rufen.

Schließlich kreischt sie: «Jess!», und ich wirbele herum. Sie steht vornübergebeugt da, die Hände auf den Oberschenkeln abgestützt, und ringt nach Atem. «Jess ... wir müssen ... zurück.»

Ich schaue auf die Uhr und sehe, dass die halbe Stunde schon vorbei ist. Auf dem Rückweg sind wir langsamer, *ich* bin langsamer, weil mich die Angst ausbremst. Ich weiß nicht, ob ich es ertragen kann, Adam vor unserer Haustür *ohne* William zu sehen.

Wir kommen vor allen anderen zurück.

«Das könnte ein gutes Zeichen sein.» Ich verstehe Natashas Logik nicht recht, nicke aber, damit meine Zähne nicht so klappern.

Dann kommt Adam mit jemandem an der Seite um die Ecke, und mein Magen macht einen Salto. «Er hat ihn.»

«Oh, Gott sei Dank.»

Mir schießen Bruchstücke von Gebeten und das Versprechen durch den Kopf, von nun an ein besserer Mensch zu sein. Dann schaue ich auf, und meine Hoffnungen fallen in sich zusammen. Die Gestalt neben Adam trägt eine lange Hose, während William Shorts anhat. Sie ist zu groß, zu alt, zu ...

Er kommt mit Ben. Es ist nicht William.

KAPITEL 63

Anderthalb Stunden nach Williams Verschwinden wollen wir die Polizei rufen. Ich würde ja gern glauben, dass Adam recht hat – dass William sich irgendwo verkrochen hat und schmollt –, aber so etwas ist noch nie passiert.

Doch allein die Tatsache, dass Adam vollkommen davon überzeugt ist, dass es William gut geht, hilft mir schon.

Ich brauche seine Sicherheit und frage ihn immer und immer wieder, ob diese Sache gut ausgehen wird, ob William zurück sein wird, sobald er die ersten iPad-Entzugserscheinungen verspürt. Aber irgendwann findet auch Adam, dass wir zum Château gehen sollten, um das Festnetz zu benutzen und den Anruf zu tätigen, den kein Vater und keine Mutter je tätigen will.

Er hat schon die Hand auf die Klinke seines Büros gelegt, als Julien, ein Angestellter aus der Küche, an ihm vorbeigeht und hallo sagt. *«Est-ce que tout va bien?»*

Adam öffnet die Tür und setzt sich hinter seinen Schreibtisch. *«Nous ne pouvons pas trouver William»*, antwortet er zerstreut und hackt Zahlen ins Telefon.

«William?», sagt Julien und wendet sich an mich. «Den habe ich gerade am See gesehen. Ich war vor der Arbeit angeln.»

«Was? *Meinen* William?»

«Ja, er hat mit einem Mann geredet.»

Adam knallt das Telefon auf den Tisch. «Wir gehen ihn suchen.»

Wir nehmen den Golfwagen, bis der Untergrund zu uneben wird. Dann lassen wir ihn stehen. Wir rennen los – Natasha, Adam und ich. Ich weiß nicht mehr, wie lange Charlie, Chloe, William und ich neulich zum See brauchten, aber es war mindestens eine halbe Stunde, wenn nicht mehr. Diesmal kommt es mir ewig vor.

Als wir am Fuß des Hügels ankommen, ist mir übel vor Erschöpfung. Ich galoppiere den grasbewachsenen Abhang hinauf, aber nicht so schnell wie Adam. Seine Beine pumpen wie Maschinenkolben. Dann ist er oben, und ich bin wenig später neben ihm.

Und ganz allein steht da am Seeufer eine kleine Gestalt und wirft Steine.

Ich rufe seinen Namen nicht; ich bin völlig außer Atem und weiß auch gar nicht, was ich sagen sollte. Stattdessen läuft Adam den Hügel hinunter. William sieht uns, als wir schon auf halbem Wege zu ihm sind, und wendet sich wieder zum Wasser.

Als ich endlich bei ihm bin, drehe ich ihn an der Schulter zu mir um und drücke ihn fest an mich. Ich würde absolut *alles* für dieses Kind tun.

«Was zum Teufel machst du da nur, William?» Ich schaffe es kaum, die Worte herauszubringen. «Dein Dad und ich sind fast gestorben vor Sorge. Ich dachte schon, du seist weggelaufen. Oder ... ertrunken oder so etwas Schreckliches. Wer war der Mann, mit dem du gesprochen hast?»

Er sieht mich unter gesenkten Lidern an. «Nur Charlie. Er hat mit Chloe einen Spaziergang gemacht.»

Meine Brust zieht sich schmerzhaft zusammen, und ich bemühe mich, die Schultern zu entspannen. Meine Lippe zittert, und eine Träne läuft mir die Wange herunter. Er schaut trotzig weg. *«Sorry»,* sagt er hastig.

«*Versprich mir,* dass du so etwas nie wieder tust, okay?», dränge ich. «Nie wieder.» Er beachtet mich nicht, also fasse ich unter sein Kinn und drehe sein Gesicht zu mir. «William, versprich mir das.»

«Okay!»

Ich habe das Gefühl, dass mir gleich die Lunge explodiert. «William, ich meine es ernst.»

«Ich weiß!», kräht er.

«Tja ... also es *klingt* aber gar nicht so, als wüsstest du das. Du klingst, als wäre es dir völlig egal.»

Er will weggehen, aber Adam berührt seinen Arm und hält ihn auf. Dann legt er seine starken Arme um unseren Sohn. Ich fühle mich ausgeschlossen und hilflos.

William fängt an Adams Brust an zu weinen. Adam streichelt ihm übers Haar. «Ist schon in Ordnung», flüstert er und küsst ihn auf den Scheitel. «Jetzt mach dir mal keine Sorgen mehr. Es wird alles wieder gut mit uns allen.»

Dann sieht William mit geröteten Augen zu mir auf und sagt: «Nein, das wird es nicht, oder, Mum? Es wird nicht gut mit uns?»

Ich kann kaum schlucken, so kratzig fühlt mein Mund sich an. «Wenn es darum geht, dass wir nach Hause fahren wollen ...»

«Es geht *nicht* darum», unterbricht er mich wütend. «Es geht darum, dass *du* nicht ehrlich warst. Du sagst immer, dass man nicht lügen darf. Und über seine Probleme reden muss, Aber du redest mit niemandem. Und *ich* weiß ... ich weiß.»

KAPITEL 64

Ich versuche zu verstehen, was William sagen will. Kann es sein, dass ich mein Geheimnis vor jedem verborgen habe, nur nicht vor dem, der es *wirklich* nicht erfahren sollte?

«Hör mal, wir müssen uns jetzt alle beruhigen», greift Adam ein. «Geh doch mal mit Natasha ein bisschen Pingpong spielen, und deine Mum und ich unterhalten uns. Aber nicht wieder weglaufen, okay?»

Er schüttelt den Kopf. Natasha versucht zu lächeln. «Ich bin absolut *Weltklasse* im Pingpong, ich warne dich. Ich mach dich platt.»

«Wenn Ben noch in der Nähe ist, dann frag ihn nach ein paar Tipps, William. Er ist der absolute Champion hier. Seit Beginn der Saison hat ihn niemand schlagen können.»

William zögert, trottet aber dann mit Natasha den Hügel hinauf. Ihm ist klar, dass Pingpong weit unterhaltsamer sein wird, als bei mir zu bleiben. Adam setzt sich auf die Planken des Stegs und schaut auf den See. Ich lasse mich neben ihn sinken. Ein Reiher segelt aufs Wasser und schwingt sich dann wieder in die Höhe. Es riecht nach Hitze, die Luft ist süß, der Himmel tiefblau unter einer hohen Sonne.

«Das war ja ein Schreck», sagt Adam. Er zögert einen Augenblick, legt dann den Arm um meine Schultern und zieht mich an sich. Ich lasse es zu, weil ich einfach nicht die Kraft habe, ihn daran zu hindern. Es fühlt sich einfach viel zu gut an, umarmt zu werden, so sicher und tröstlich. In letzter Zeit konnte mich niemand trösten. Es fühlt sich ungewohnt und wunderbar an.

Ich merke, dass er mich ansieht, und erwidere seinen Blick. Als er mich küsst, leiste ich keinen Widerstand. Die Berührung seiner Lippen ist so weich, dass ich all meine Kraft aufbringen muss, um mich schließlich von ihm zu lösen.

«Sag nicht wieder, dass ich aufhören soll», sagt er.

«Aber du musst.»

Und die Küsse hören tatsächlich auf. Aber er sieht mich immer noch an. «Ich habe mich rettungslos in dich verliebt, Jess. Erneut. Und ich will nie wieder aufhören, dich zu küssen.»

Ich schaudere und konzentriere mich auf die spiegelglatte Oberfläche des Sees. «Aus deinem Mund klingt das so einfach.»

«Ist es das denn nicht?»

«Nein.»

Dann stützt er sich ab und verengt die Augen zu Schlitzen. «Also, was für ein großes Geheimnis ist das, von dem William da geredet hat?»

Wieder versuche ich, es ihm zu sagen. Ich weiß, dass es richtig wäre, obwohl ich nicht glaube, dass wir bereit dazu sind. Ich öffne schon den Mund, aber da streicht eine warme Brise durch mein Haar, und meine Haut prickelt in der Sonne.

Ich könnte mir jetzt eine Million Ausreden ausdenken, warum ich nichts sage, aber in Wirklichkeit liegt es an diesem wunderschönen Ort und diesem perfekten Moment: Ich will hier nicht mit Adam über die Huntington-Krankheit sprechen. Ich will ihn küssen und so tun, als sei alles in bester Ordnung.

Also beuge ich mich zu ihm und presse meine Lippen auf seine, genieße die Wärme seines Körpers und das Gefühl, wie meine Brüste seine Haut streifen. Er versenkt sich in meinen Mund und erwidert den Kuss gierig. Dann löst er sich von mir. «Okay», flüstert er und streicht mir das Haar aus dem Gesicht. «Wenn du es mir nicht erzählen willst, komme ich auf mein Thema zurück.»

«Welches Thema?»

«Dass ich mich rettungslos in dich verliebt habe.»

Ein Seufzen entschlüpft meinen Lippen. «Das ist wirklich sehr lieb, Adam», sage ich betont leichthin. «Aber du vergisst ein paar Dinge. Zum Beispiel, dass du dich in so ziemlich jede lebendige Frau rettungslos verliebt hast, der du in den letzten zehn Jahren begegnet bist ...»

«Das stimmt nicht.»

«... und dass, selbst für den Fall, dass ich deine Gefühle erwidere, was ich nicht tue, ... dass ich dann verrückt wäre zu sagen, jippie! Adam und ich kommen wieder zusammen. Derselbe Adam, der fröhlich das Weite gesucht und Spaß gehabt hat, während ich mit Blasenschwäche und entzündeten Brustwarzen gekämpft habe.» Er zuckt zusammen.

«Derselbe Adam, der übrigens damit beschäftigt war, Georgina zu vögeln, während ich in den Wehen lag.»

«Ich habe nicht fröhlich das Weite gesucht und Spaß gehabt. Und ich habe Georgina nicht gevögelt. Das hab ich dir doch schon gesagt.»

«Du bist mit ihr zusammengezogen!», protestiere ich.

«Ich meine, ich habe *in jener Nacht* nicht mit ihr geschlafen.»

Ich streite mich nicht mit ihm. Wir haben diese Unterhaltung schon zu oft geführt.

Er seufzt. «Das ist immer noch ein großes Problem für dich, oder? Die Tatsache, dass ich bei der Geburt nicht da war.»

«Natürlich, Adam. Das wird es auch immer sein.»

«Für mich war es auch ein großes Problem», beteuert er. «Ein riesiges Problem. Du weißt ja, dass ich dabei sein wollte, aber ...»

«Aber du warst mit Georgina beschäftigt.»

«Ich war nicht mit Georgina beschäftigt. Na ja, ich meine, war ich schon. Ich habe sie in jener Nacht getroffen, aber nicht mit ihr oder irgendjemand anderem geschlafen. Ich wünschte, du hättest mir einfach *vertraut*, Jess. Mir geglaubt, dass ich die ganze Nacht im Northern Tap war und versucht habe, noch rechtzeitig zu kommen, aber ...»

«Warte mal», unterbreche ich ihn. *«The Northern Tap?»*

«Was ist denn?»

«Du hast damals erzählt, es sei die Bush Bar gewesen. Du sagtest, dort wärst du die ganze Nacht gewesen.»

Er hält den Atem an und wird ganz steif, weil er begreift. «Habe ich das?»

«Ja, Adam, hast du.»

«Na ja ... warum ist es denn überhaupt so *wichtig*, wo ich genau war? Es geht doch darum, dass ich gesagt habe, dass ich nicht mit einer anderen Frau geschlafen habe, und das ist die Wahrheit. Warum kannst du mir nicht glauben?»

«Weil auf der Hand liegt, dass du lügst.»

«Aber nicht, was das angeht.»

«Hm.»

Er schaut weg und fährt sich durchs Haar. Er denkt angestrengt nach. «Ich kann das hier wohl nicht gewinnen.»

Er hat recht. «Ist ja eigentlich auch egal», sage ich. «Es ist lange her, Schnee von gestern. Aber die Sache ist doch die:

Es wäre eine wirklich schlechte Idee, wenn wir beide wieder etwas miteinander anfangen würden, Adam. Aus einer Menge Gründen, nicht zuletzt wegen William.»

«William fände es toll.»

Ich bin kurz davor, ihm den anderen Grund zu sagen. Den großen Grund. Den Killergrund. Den Grund, der jedes Argument, das er hat, zermalmen würde. Aber die Worte bleiben mir im Hals stecken. «Jetzt gerade ist sein Leben ganz einfach. Er hat eine Mum und einen Dad, und die beiden sind zwar nicht zusammen, lieben ihn aber. Warum sollten wir ihn aus selbstsüchtigen Gründen in eine Achterbahn setzen, die ihn für kurze Zeit zum glücklichsten kleinen Jungen der Welt macht, ihn aber vollkommen zerstört, wenn wir uns wieder trennen?»

Sein Blick hält meinem stand. «Ich würde dafür sorgen, dass wir uns nie wieder trennen.»

«Aber Adam», wende ich ein, «ich fürchte, diese Garantie kann keiner von uns beiden geben.»

KAPITEL 65

Den Rest des Abends verbringe ich damit, mich zu fragen, was in Williams Kopf vor sich geht – oder ob seine geheimnisvollen Worte ganz harmlos waren.

Am Sonntagabend frage ich ihn schließlich direkt. Ich stehe auf der untersten Sprosse seines Stockbettes, stecke seine Bettdecke fest und wappne mich für das Gespräch, vor dem ich mich gefürchtet habe, seit meine eigene Mutter mir von der Huntington-Krankheit erzählt hat.

«Du hast gestern gesagt, ich sei nicht ehrlich zu dir gewesen. Was hast du damit eigentlich gemeint?»

Er schaut konzentriert sein zerfleddertes Exemplar von *Die Auserwählten – Maze Runner.* «Nichts, Mum. Das habe ich nur gesagt, weil ich so böse war. Es tut mir wirklich leid, dass ich weggelaufen bin.»

«Das weiß ich doch. Mir tut es auch leid. Ich finde es schrecklich, mich mit dir zu streiten. Und ich will nicht, dass das wieder passiert.»

«Ich auch nicht.»

Angesichts der Tatsache, dass er bald in die Pubertät kommt, bezweifle ich, dass wir das schaffen werden, und lächele in mich hinein.

«Fahren wir denn jetzt wirklich morgen nach Hause?», fragt er und zieht sich die Decke unter das Kinn.

Ich zögere. «Nein.»

Seine Augen leuchten auf.

«Aber *nicht*, weil du diese Nummer mit dem Weglaufen abgezogen hast. Ich habe nur beschlossen, dass wir das hier bis zum Ende durchziehen.»

Er grinst.

«Die Sache ist ... du und ich müssen trotzdem bald mal miteinander reden.»

«Worüber denn?»

Sein Blick lässt mich innehalten. Ist jetzt wirklich der richtige Zeitpunkt – wo er noch eine Woche Ferien vor sich hat, die er genießen soll? Soll ich ihm wirklich vor Augen führen, dass er womöglich irgendwann wie seine Großmutter endet, obwohl er die nächsten sieben Tage schwimmen und in der Sonne spielen könnte? Ich finde, dass er in diesen Ferien schon genug Dramatisches erlebt hat.

«Ich dachte, du hättest vielleicht ein paar Fragen zu deinem Aufklärungsbuch?», fällt mir ein.

Er setzt einen gelehrsamen Blick auf. «Im Moment nicht.»

Zum Glück. «Hast du denn im Pingpong gegen Natasha gewonnen?»

«Ja, Ben hat mitgespielt, wie Dad vorgeschlagen hatte. Er ist echt super.»

«Wirklich?»

«Ja, aber er hat irgendwie ständig Tante Natasha gewinnen lassen. Ich glaube, sie mögen sich. Sie sollte seine Freundin sein.»

«Oh, findest du?»

«Jawohl», nickt er, eindeutig sehr stolz auf seine Beobachtungsgabe. «Oder ist der andere Typ – der alte – neuerdings ihr Freund?»

«Joshua ist gar nicht so alt.»

«Nicht? Jedenfalls ist Ben sowieso viel lustiger.»

«Na gut, Amor. Zeit zu schlafen», entscheide ich. Er kuschelt sich ins Bett.

«Ich hab dich lieb», sage ich.

«Ich hab dich lieber.»

Dann schließe ich die Tür und nehme mir vor: Sobald wir wieder zu Hause sind, erzähle ich es ihm.

Mein Zimmer ist am nächsten Morgen von sanftem Licht erfüllt, und ich höre dem leisen Surren des Deckenventilators zu. Das Ende der Ferien rast auf mich zu und ist andererseits noch ewig weit weg.

In Adams Nähe zu sein, ist quälend bittersüß. Meine Sehnsucht nach ihm wird von dem Wissen überschattet, dass ich ihn nur haben kann, wenn ich nicht ehrlich bin. Er glaubt, ich sei dieselbe Frau, die ich war, als wir beide jung waren und uns auf eine lange, gesunde Zukunft freuten.

Ich sage mir, dass ich Williams wegen bis zum Ende der Ferien bleibe. Selbst wenn in mir die Sorge nagt, dass Adam womöglich nach den Ferien wieder der Alte sein wird. Er benimmt sich immer noch eher wie ein Kumpel als wie ein Elternteil.

Draußen sind Stimmen zu hören, und ich setze mich auf und versuche herauszufinden, ob es Charlie und Chloe sind.

Ich springe auf, um mir die Zähne zu putzen, das Gesicht zu waschen und ein Strandkleid überzuwerfen.

Ich murmele Teile einer vorbereiteten Rede vor mich hin, öffne die Tür und trete entschlossen auf den Hof hinaus. Ich folge den Stimmen auf den Parkplatz hinter *Les Écuries*. Charlies Auto ist nicht da, und mir wird klar, dass ich nur die Stimmen des Paares gehört habe, das gestern mit einem Kleinkind in eins der Ferienhäuschen gezogen ist.

Einerseits bin ich erleichtert, andererseits enttäuscht, dass ich dieses Gespräch immer noch nicht habe hinter mich bringen können. Zurück auf dem Hof, merke ich, dass Chloes rote Luftmatratze fort ist, die immer, an die Wand gelehnt, in der Sonne gestanden hat. Auch ihre Flip-Flops vor der Tür sind verschwunden. Keine Strandtücher über den Stuhllehnen oder Citronella-Kerzen auf dem Tisch.

Ich gehe langsam auf das Häuschen zu und spähe durch das Fenster. Das Wohnzimmer ist leer. Das Häuschen ist unbewohnt, seine Gäste fort.

KAPITEL 66

Nach all den Dramen ist es ungeheuer entspannend, auf dem Rücken zu liegen und die Sonne zu genießen. Das Einzige, was ein wenig stört, ist das ständige Gezanke zwischen Sebs und Beckys Jungs. Um sie zu trennen, schlage ich vor, dass William mit Rufus losziehen soll, um ein paar Kinder für ein Fußballmatch zusammenzutrommeln. James bleibt zurück und blättert in Natashas *Glamour*.

Ich will mich gerade wieder mit Sonnenschutz einreiben, als die beiden Jungs angetrottet kommen. Ich frage William, ob die anderen Kinder vielleicht gemein waren, aber er zuckt nur mit den Schultern. Sein Dad will offenbar kommen und mit ihm baden gehen. Zehn Minuten später kommt Adam tatsächlich. Ich schaue nicht hin, als er sich am Pool auszieht.

«Man müsste mal wieder *Poldark* schauen», sagt Natasha verträumt und zu niemand Bestimmtem und schiebt ihre Sonnenbrille auf die Nasenspitze.

Becky, die gerade versucht, Poppy einen Sonnenhut aufzusetzen, hält inne und schaut zu Adam rüber. «Wie kommst du denn bloß darauf?», fragt sie und knufft mich in die Rippen. «Mann, Mann, Mann ... Kein Wunder, dass du es neulich Nacht schön hattest.»

Ich versinke in meiner Sonnenliege und konzentriere mich

wieder auf mein Taschenbuch, wobei ich versuche, nicht über den Rand zu spähen. Dann frage ich mich, warum ich mir überhaupt solche Gedanken mache. Warum kann ich nicht einfach vor allen anderen, William eingeschlossen, Adam anschauen? Ich senke das Buch. Mein Blick fällt auf den im Sonnenlicht glitzernden Pool. Die Kinder, die auf ihren aufblasbaren Tieren sitzen, mit nassen Haaren und Eis am Stiel in den Händen, die Chlorwasser in Teetassen füllen und es ihren Mums servieren. Das hilflose Lachen meines Sohnes, als Adam ihn nass spritzt. Eine unglaubliche Ruhe überkommt mich, ein Gefühl – nein, eine Erinnerung daran, wie viel Gutes es in meinem Leben gibt; wie viel Schönheit und Sonnenlicht und Lachen.

«Tante Natasha», meldet sich jetzt James zu Wort. «Du bist aber ganz schön braun.»

Natasha wirft einen Blick auf ihre Arme und beugt sich zu ihm. «Das ist Selbstbräuner, mein Süßer, aber sag es niemandem.»

«Kann ich auch welchen haben?»

«Nein», sagt Becky und lacht.

James runzelt die Stirn. «Hast du das auch schon als kleines Mädchen benutzt, Tante Natasha?»

«Nein, Süßer. Das gab es noch nicht, als ich klein war.»

Er blättert eine Seite in der Zeitschrift um. «Was gab es denn noch alles nicht in den alten Zeiten?»

Natasha verschluckt sich an ihrer Cola Light.

«Na, hallo!» Josh steht vor uns mit einem Leuchtturmgrinsen. Sein Poloshirt spannt ein wenig um die Mitte.

Natasha schaut hoch und lächelt. «Setz dich hier hin.» Sie klopft auf die Liege neben sich, und er lässt sich nieder, wobei er die Beine so weit wie möglich spreizt.

«Ihr seht aber heute alle toll aus», verkündet er, und Becky verdreht die Augen.

Josh beugt sich zu Natasha und beginnt, auf sie einzuplaudern. Ben steht auf der anderen Seite des Beckens und macht den Grill sauber. Er schaut sichtlich enttäuscht herüber. Ich frage mich, was Natasha so unbedingt in Joshua sehen will.

Becky beugt sich zu mir. «Der guckt ja gar nicht mehr weg», flüstert sie und steckt sich ein paar Nüsschen in den Mund.

«Ja. Armer Ben.»

«Nicht Ben. *Adam*», murmelt sie.

Ich wende den Kopf zum Pool. Dort steht er und schaut zu uns herüber. Ich wende den Blick ab.

«Früher wart ihr echt ein tolles Paar.»

Ich sehe sie streng an. «Becky, hör auf.»

Zur Ablenkung wende ich mich Natashas und Joshuas Gespräch zu. «Ich weiß, dass es heutzutage praktisch zum guten Ton gehört, aber warum müssen sie es unbedingt in aller Öffentlichkeit tun?» Joshua scheint über das Stillen zu reden. «Ich kann diese Gutmenschen einfach nicht ertragen, die behaupten, es sei eine ganz normale menschliche Körperfunktion. Scheißen ist auch eine ganz normale Körperfunktion, und trotzdem hocke ich mich jetzt nicht hin und tue es in aller Öffentlichkeit.»

Becky zieht eine Grimasse. «Das kann man wohl kaum mit dem Stillen eines Babys vergleichen. Man füttert sie, weißt du.»

«Was ist so schlimm an Fläschchen?», wendet er ein. «Man kann sich auch auf die Damentoilette zurückziehen und sein Kind stillen.»

Zwischen Becky und Joshua entspinnt sich eine Diskussion, und es wird sofort deutlich, dass er nicht lockerlassen wird, bis er uns allen seine Ansichten so deutlich gemacht hat, dass uns übel ist. Und es wird ebenso deutlich, dass sich Natasha inzwischen nichts mehr wünscht, als dass er endlich die Klappe hält.

«Lass dich nicht unterbrechen», sage ich. «Aber ich gehe jetzt zurück.»

Becky ergreift die Gelegenheit sofort. «Oh, dann komme ich mit.» Sie wirft einen Blick zum Pool, wo Seb mit Poppy und Rufus spielt. «Seb, ich geh jetzt mal duschen vor dem Abendessen. Ich nehme die Kinder mit, dann kannst du noch ein bisschen schwimmen.»

«Nein, ist schon okay», antwortet er. «Wenn wir hier fertig sind, kommen wir nach.»

William bleibt bei Adam. Becky nimmt James bei der Hand, und wir drei schlendern zum Wäldchen.

«Interessante Unterhaltung mit Joshua», murmele ich.

Sie verdreht die Augen. «So kann man es auch nennen. Der ist ja grauenvoll.»

Dann wirft sie einen Blick zurück auf Seb. Er schmeißt gerade Poppy in die Luft, und sie kreischt vor Begeisterung. Wir müssen beide kichern.

Wir gehen weiter, und Becky lächelt in sich hinein.

«Was ist los?», frage ich.

Sie zuckt mit den Schultern. «Ich hab mir da einen Guten ausgesucht, oder?»

Ich schüttele den Kopf und lache.

«Was?», fragt sie amüsiert.

«Da gebe ich mir solche Mühe und babysitte deine Kinder einen ganzen Abend lang, um deine Leidenschaft für deinen Mann wiederzubeleben, und dann braucht es nur fünf Minuten in Joshuas Gesellschaft, und alles läuft wieder wie geschmiert.»

Sie lacht.

«Du musstest doch wohl nicht Seb mit Joshua vergleichen, um zu erkennen, wie phantastisch dein Mann ist?»

«Sei nicht albern», sagt sie und schüttelt den Kopf. Dann lächelt sie mich von der Seite an. «Aber geschadet hat es nicht.»

KAPITEL 67

Am nächsten Tag packen William und ich Sandwiches, Chips und neonfarbene Bonbons ein. Dann fahren wir ins Baune-Tal, um an einer geführten Wanderung teilzunehmen.

Erst hat William keine große Lust, doch bald klettert er in feuchte, glitzernde Höhlen und marschiert begeistert über steinige Bergpfade, auf denen die Vögel zwitschern und Wildblumen wachsen. Wir machen auf einem Bergkamm Rast und hocken uns in der dunstigen Hitze auf die Felsen, um etwas zu trinken und unsere Beine auszuruhen. William isst seinen Apfel auf und reicht mir das Gehäuse.

«Willst du mich eigentlich noch mit einundzwanzig als persönlichen Mülleimer benutzen?» Ich wühle in meinem Rucksack nach einer Plastiktüte.

«Ist doch besser, als den Abfall irgendwo hinzuschmeißen.» Er grinst kleinlaut.

Ich verstaue das Apfelgehäuse im Rucksack. «Gerade habe ich mir so gedacht, dass ich heute Abend eigentlich bei eurem Fußballspiel zugucken könnte.»

Er ist nicht gerade begeistert. «Dann denken die nur, dass ich meine Mum zur Verstärkung brauche.»

«Na gut, dann sage ich kein Wort. Wenn ich nur zum *Zugucken* komme, weißt du, mit meinem ultracoolen Gesicht ... dann läuft bestimmt alles ganz anders.»

Er wirkt ein bisschen beunruhigt, weil ich so komisch rede. «Ich bin doch sowieso nicht so gut im Fußball.»

«Ach, Unsinn. Du bist in diesen Ferien ganz großartig geworden», behaupte ich.

«Können wir nicht über was anderes reden?»

Ich esse meine Schokolade auf und wische mir mit einem Taschentuch die Finger ab. «Okay. Worüber?»

Er denkt einen Moment lang nach. «Wie wär's mit Politik?»

Also beginnen wir eine Unterhaltung, die dermaßen wie eine N24-Reportage klingt, dass ich mich nicht in der Lage sehe, noch weiter daran teilzunehmen, bis ich ordentlichen Empfang und Google als Unterstützung habe.

«Ich weiß jetzt, was ich werden will, wenn ich groß bin», sagt er, als wir den Berg wieder hinabwandern.

«Oh, was denn?»

«Ich will in Flüchtlingslagern helfen. Vielleicht als Arzt.»

Ich lege ihm den Arm um die Schultern. «Das würde mich unglaublich stolz machen. Aber ich wäre auch sonst stolz auf dich, egal was du tust.»

«Ja, na klar. Vielleicht werde ich das auch nicht, sondern lieber Model.»

Ich hüstele. «Äh … gut.»

«Dad sagt, ich sähe gut genug aus», fährt er fort. «Er sagt, in meinem Alter habe er nicht so gut ausgesehen, also könnte ich ganz klar Model werden.»

Als wir etwa eine Stunde später in unserem Häuschen ankommen, will sich William sofort das iPad schnappen. Seit unserem Streit hat er es nicht mehr benutzt, vermutlich, um mich nicht an meine Drohung zu erinnern, ihm das iPad sechs Jahrzehnte lang zu verbieten.

«Lass das mal», sage ich. «Wir essen heute bei Becky, also musst du vorher noch duschen.»

«Okay, Mum. Nur eine Minute.»

Ich will ihm schon widersprechen, als sich die Tür öffnet und Natasha hereinkommt.

«Hallo, Natasha. Ich dachte, du bist mit Josh unterwegs.»

Sie wirft mir einen Blick zu. «Nein. Ich gehe ihm sozusagen aus dem Weg.»

«Oh.»

«Er hat alle Bedingungen erfüllt, außer derjenigen, die da lautet: Ich darf mich nicht wie ein Arschloch benehmen.»

«Tut mir wirklich leid, Natasha.»

«Ach, das macht nichts», winkt sie ab. «Er fährt sowieso morgen nach Hause, und London ist groß genug, dass ich ihn nie wiedersehen muss. Letztlich ist er auch nur einer dieser Typen, die sich für unfehlbar halten.»

«Warum werden meine Ohren plötzlich so heiß?» Wir schauen auf. Adam steht in der Tür.

«Du doch nicht», lacht Natasha. «Ich schnappe mir jetzt einen Pulli und gehe rüber zu Becky. Kommt ihr mit?»

«William muss erst duschen. Nicht wahr, William?», sage ich betont deutlich.

«Ja. Ich mach ja schon», murmelt er und rührt sich nicht.

Natasha geht, und ich merke, dass Adam mich anschaut. «Hat Becky erwähnt, dass ich heute Abend nicht dabei sein kann, weil ich einen Abendtermin in Montignac habe?»

«Hat sie.»

Ich schaue zu meinem Sohn rüber. *«William»*, sage ich durch die zusammengebissenen Zähne hindurch. Er antwortet nicht. «WILLIAM!»

«Nur noch eine Minute, Mum.»

«Du hattest deine Minute schon. Sogar noch viel mehr als eine Minute.» Ich marschiere zu ihm rüber, nehme ihm das iPad aus der Hand und schalte es aus.

«Neiiiiin!», ruft er und streckt die Hand nach mir aus wie Kate Winslet nach Leonardo di Caprio in der Schlussszene von *Titanic*.

«Ich habe dich schon mindestens fünf Mal gebeten. Verdirb uns nicht den schönen Tag.»

«Na toll. Jetzt hab ich verloren», mault er, steht auf und schlurft in sein Zimmer.

«William. Wart mal einen Moment.» Es ist eindeutig Adams Stimme, aber irgendwie erkenne ich sie trotzdem nicht wieder. William wirbelt herum. «So redest du nicht mit deiner Mutter.» Auf den Wangen meines Sohnes erscheinen rote Flecken. Sein Blick ist ganz starr vor Schreck. «Niemand sollte dich so oft um etwas bitten müssen», fährt Adam streng fort. In seiner Stimme liegt ein Hauch von Unbehagen, als wäre er nicht ganz sicher, ob er das Richtige tut. «Wie würdest du dich denn fühlen, wenn dich jemand so behandeln würde?»

William zuckt steif mit den Schultern.

«Also lass das einfach, okay?»

In Williams Gesicht spiegeln sich seine widerstreitenden Gefühle: erst Trotz, dann Scham und schließlich stille Reue. «Tut mir leid, Mum.»

Ich nicke. «Ist gut. Jetzt geh schon und spring unter die Dusche.»

«Danke», sage ich zu Adam, als er weg ist.

Adam wirkt ganz unruhig. «Können wir kurz rausgehen?», fragt er.

«Klar.»

Wir setzen uns auf die Terrasse. Ich wähle extra einen Stuhl etwas von ihm entfernt, aus dem schlichten Grund, dass seine Nähe für mich zu beunruhigend ist.

«Ich habe viel über die Zukunft des Châteaus nachgedacht. Ich will William gegenüber vorerst nichts sagen, weil noch nicht alles in trockenen Tüchern ist ... außerdem müsste ich vorher noch eine Menge erledigen ...»

«Adam, was willst du mir sagen?»

«Ich will wieder in England leben.» Er blickt mich mit seinen dunklen Augen direkt an und wartet auf meine Reaktion. Aber ich bin zu überrascht, als dass mir eine Antwort einfiele, also fährt er fort. «Ich glaube, da gibt es einen Weg. Er wird nicht einfach und direkt sein, und es würde Zeit kosten, aber es wäre eine Lösung.»

Ich lasse seine Worte sacken. Sofort kommen mir zahllose Fragen in den Sinn. «Aber was soll mit dem Château passieren? Und wovon willst du leben?»

Er lacht leise, als müsste ich ihn nun wirklich nicht extra an diese schwierigen Fragen erinnern. «Ich habe doch schon erwähnt, dass es einen Interessenten für diese Anlage gibt. Bisher habe ich immer abgelehnt. Das Geschäft läuft gut, aber ich habe noch Schulden von all den Renovierungsarbeiten, die ich über die Jahre geleistet habe. Jetzt sollte ich eigentlich langsam schwarze Zahlen schreiben ...» Er verstummt. Dann sagt er: «Um ehrlich zu sein, habe ich die Zahlen überprüft, und jetzt scheint es aufzugehen. Gerade so. Und selbst wenn nicht, ist das auch egal, denn dann könnte ich mir einen Job in Manchester suchen, in Williams Nähe sein und dir helfen. Wir könnten das hier zusammen machen. Eltern sein, meine ich.»

Die Gedanken in meinem Kopf wirbeln durcheinander, aber ich kann sie nicht in Worte fassen.

«Ich will damit nicht sagen, dass ich irgendetwas von dir erwarte, Jess», sagt er und blickt zu Boden. «Ich respektiere, dass du nicht mehr mit mir zusammen sein willst ... zumindest nicht auf *die* Art.» Dann schaut er wieder auf und wirkt entschlossen. «Aber ich will in Williams Leben eine Rolle spielen. Ich will zu Elternabenden gehen und ihn nachmittags zum Sport bringen. Und ich werde alles dafür tun, dass mein Wunsch wahr wird.»

Wie unwirklich das alles ist.

Als wir in Frankreich ankamen, war ich ständig wütend auf Adam. Ich forderte von ihm, ein besserer Vater zu sein, hätte aber nie geglaubt, dass er das schaffen könnte. Ich wollte einfach nur Mums Wunsch erfüllen, um ihr hinterher sagen zu können, dass ich getan hätte, was ich konnte. Ich war mir so sicher, dass er versagen würde. Aber er hat nicht versagt. Er hat alle Erwartungen übertroffen. Und doch hat er noch keine Ahnung, dass es um weit mehr als nur um Elternabende und Sportvereine geht.

KAPITEL 68

Jetzt, da sie weiß, dass uns letztes Mal auch nicht der Himmel auf den Kopf gefallen ist, lässt uns Becky am nächsten Tag noch einmal ihre Kinder beaufsichtigen.

«Gehen Mum und Dad schon wieder zu einem Date?», fragt James.

«Um ehrlich zu sein, gehen sie schlafen», erwidert Natasha.

«Aber warum tun sie das? Schlafen ist langweilig.»

«Sie sind beide schon seit Viertel vor sechs wach, also sind sie da vermutlich anderer Ansicht», sage ich.

Poppy brach zwar in wütende Tränen aus, als ihre Eltern gingen, beruhigte sich aber in der Sekunde, als sich die Tür hinter ihnen schloss. Jetzt sitzt sie neben William und legt vier Puzzles und «liest» zwei Bilderbücher. Sie bekommt Schluckauf vor lauter Lachen, als sie sich eine Folge der Simpsons auf dem iPad anschauen – als hätte sie auch nur den Hauch einer Ahnung, worum es dabei geht.

Die beiden älteren Jungen sind ebenfalls guter Dinge. Allerdings sorgt Rufus' Version der Geschehnisse auf ihrem Ausflug nach Domme gestern für einige Verwirrung.

«Mummy hatte einen Krebs», verkündet er ernsthaft.

«Nein, hatte sie nicht», schnaubt James.

«Hatte sie doch! Sie hatte einen ganz großen und sagte, dass er so gut war, dass sie sofort noch einen wollte.»

«Du lügst», murmelt James.

«Tue ich nicht! Du hattest auch einen – mit Erdbeereis drauf.»

«Meint ihr … einen *Crêpe*?», schließt Natasha messerscharf.

«Ja. Einen Krebs. Er war total lecker.»

Nach einer Weile locken uns der strahlend blaue Himmel und die hoch stehende Sonne zum Pool. Die Hitze ist nicht mehr so drückend wie gestern, die Luft frischer und klarer. Es duftet nach den kleinen zitronengelben Blüten, die sich an den Wänden des Châteaus emporranken.

William, der eine ständig beschlagene Schwimmbrille trägt, spielt mit Rufus und James im Wasser. Sie beschäftigen sich damit, Tauchstäbe hineinzuwerfen und sie dann wieder heraufzuholen.

Natasha liegt in ihrem Bikini auf dem Bauch. Ihre Füße mit den tiefrot lackierten Nägeln hängen über den Rand der Liege. Sie spielt mit einer winzigen Gießkanne und ein paar Bechern Teekränzchen mit Poppy.

Als Ben auftaucht, um die Gläser von unseren Tischen zu räumen, schaut sie auf und lächelt ihn an. Sie wirken beinahe schüchtern, wenn sie zusammen sind. Es ist irgendwie süß und gleichzeitig qualvoll anzusehen, wie sie unbedingt etwas sagen wollen, aber nicht können.

Zum Glück springt William aus dem Wasser, tapst auf sie zu und holt sie aus ihrem Elend. «Wusstet ihr, dass ein Papagei hinter sich schauen kann, ohne überhaupt den Kopf zu bewegen?», fragt er.

Sie lachen beide. «Das wusste ich tatsächlich», sagt Ben.

«Du hast einen Abschluss in Tiermedizin, oder?», frage ich.

«Stimmt. Ich glaube aber nicht, dass ich solche Dinge in deinem Alter schon wusste, William.»

«William ist eben sehr schlau», sagt Natasha. «Er steht in Mathe auf einer Liste für brillante und talentierte Schüler.»

«Begabt und talentiert», verbessere ich sie, aber sie hören mir gar nicht zu, und William tapst schon wieder zurück zum Pool. Ich nehme einen Becher und bitte Poppy, ihn für mich zu füllen, damit Natasha und Ben in Ruhe miteinander sprechen können.

«Was hast du den Rest der Woche denn noch vor?»

«Uns sind irgendwie die Ideen ausgegangen», antwortet Natasha und zieht die Beine unter sich. «Was machst du denn, wenn du frei hast? Hast du irgendwelche Empfehlungen?»

«Normalerweise fahre ich zum Lac Du Causse herüber. Da kann man Wasserski fahren.»

«Oh, das liebe ich. Ich habe es vor ein paar Jahren in der Karibik gelernt, aber seitdem nicht mehr gemacht. Wahrscheinlich bin ich ganz eingerostet.»

«Ich habe es in North Wales gelernt. Das ist natürlich viel glamouröser.»

Sie plaudern noch eine Weile, dann fasst Ben sich ein Herz und verkündet: «Wenn du Lust hast, können wir morgen hinfahren. Ich habe frei.»

Einen Moment lang bin ich sicher, dass sie ablehnen wird, aus all den Gründen, die sie neulich schon aufgezählt hat. Weil er zu jung ist, weil er in Frankreich lebt, weil das hier einfach nicht die wichtige Beziehung werden *kann*, nach der sie sucht.

Aber da das Licht der Sonne seine Haut golden aufschimmern lässt und eine Brise den Duft des Sommers heranweht, ist die Stimmung einfach zu zauberhaft für vernünftige Argumente.

«Das wäre wunderbar», sagt sie.

«Toll. Ich hole dich um zehn ab.»

Er geht, und sie seufzt. «Mein schlimmster Feind bin ich selbst.»

«Ich würde mir darum keine Sorgen machen», erwidere ich.

«Ich aber. Er ist wirklich wunderbar – doch mit ihm werde ich sicher kein Geschirr bei Habitat einkaufen.»

«Wenn es an der Zeit ist, wirst du deinen Habitat-Geschirr-Typen schon finden, Natasha. Aber diese Dinge kann man nicht erzwingen. Und bis dahin würde ich, wenn ich du wäre, schön zum Wasserskifahren gehen.»

«Mummy!», ruft Poppy, und wir sehen Becky und Seb auf uns zukommen. Sie halten Händchen.

«Ich fühle mich wie neugeboren», grinst Becky und beugt sich hinab, um Poppy ein Küsschen zu geben. «Ich hatte ganz vergessen, wie luxuriös ein Nickerchen am Nachmittag sein kann.»

«Ich weiß das *wirklich* zu schätzen, ihr beiden. Es war ein echter Genuss. Wir waren völlig fertig», fügt Seb hinzu, zieht sein T-Shirt aus und springt zu den Jungs in den Pool.

Becky gähnt und zieht sich eine Liege heran. Sie schafft es kaum noch, ihre Haut mit Mandelsonnencreme einzuschmieren, da ist sie schon fest eingeschlafen.

Natasha tippt mir auf den Oberschenkel und beugt sich zu mir. «Becky ist ja völlig bewusstlos. Meinst du, die haben uns angelogen und gar kein Nickerchen gemacht?»

Ich unterdrücke ein Lachen und flüstere zurück: «Das will ich doch sehr hoffen.»

KAPITEL 69

Jedes Mal, wenn ich Dad sehe, scheint sein Lächeln ein wenig schwächer zu werden. Früher strahlte sein ganzes Gesicht, wenn er lachte, was er oft tat. Ich vermisse den Klang seines Lachens mindestens ebenso wie die Stimme meiner Mutter, diese Stimme, die mir als kleinem Mädchen Schlaflieder sang und meinen Sohn tröstete, wenn er stolperte und sich das Knie aufschlug.

Ich sitze in Adams Büro, umgeben von Papierstapeln, und spreche über Skype mit meinem Vater. Er versucht, mich davon zu überzeugen, dass alles bestens ist. «Gaynor ist heute vorbeigekommen, das war schön», sagt er. Gaynor ist eine von Mums ältesten Freundinnen. Sie sind zusammen zur Schule gegangen, und obwohl sie inzwischen in Peterborough lebt, versucht sie, Mum alle paar Monate zu besuchen.

«Oh, wie geht es ihr denn?»

«Sehr gut. Barry und sie sind gerade aus Kenia zurückgekommen – sie waren auf einer großen Safari. Sie sagen, dass es ganz toll war.»

«Phantastisch.»

Sein Blick schweift ab, und ich weiß, was er denkt. Mum hätte so etwas auch toll gefunden.

«Ich glaube, Gaynor war ziemlich erschrocken», sagt er.

«Über Mums ... Zustand?»

Dad antwortet erst nicht, bringt dann aber ein Nicken zustande. Er ist jeden Tag mit ihr zusammen, da spürt er die Veränderungen nicht so, die mit Mum vorgehen. Ihr Zustand verschlechtert sich so langsam und kriechend, dass es einem vorkommt, als verändere sich nichts. Aber es gibt nichts Schlimmeres als die erschütterten Gesichter der Freunde, die meine Mutter eine Weile nicht gesehen haben.

Ich sehe zu, wie sich Dad die zitternde Hand vor den Mund schlägt. Er kann seine Gefühle nicht vor mir verbergen. Seine Entschlossenheit, stark zu bleiben, schwankt sichtlich unter der Traurigkeit, die ihn überwältigt. Und ich denke daran, dass er nicht nur mein Vater ist. Und sie ist nicht nur meine Mutter. Sie sind zwei Menschen, die sich fünfunddreißig Jahre lang gegenseitig unterstützt haben. Das Licht ihrer Liebe hat in ihre schönen Zeiten geschienen und in Zeiten, in denen andere Paare längst auseinandergegangen wären.

Mums Verfall ist langsam und zäh. Und obwohl sie noch nicht so wirkt, als ob sie uns bald verließe, wird es dennoch schneller passieren, als uns lieb ist. Ich habe wirklich überhaupt keine Ahnung, was er ohne sie anfangen soll.

«Ich komme nach Hause, Dad», beschließe ich. Ich sage es nicht nur für sie, sondern auch für ihn. Er kann das hier nicht alleine schaffen. Eine Krankenschwester geht vorbei und lenkt ihn kurz ab, und ich wechsle schnell das Thema, bevor er mir meine Entscheidung wieder ausredet. «Oh, und Adam möchte zurück nach England ziehen.»

Dad sieht verblüfft aus und richtet sich auf. «Wirklich?»

«Ja, er will mehr Zeit mit William verbringen können.»

Die Zuneigung, die mein Vater für Adam immer hatte, zeigt sich in den Lachfalten um seine Augen. Hier geht es um mehr als nur darum, meine Mutter glücklich zu machen. Als wir anderen alle stinksauer auf Adam waren, konnte mein Vater das nie so recht nachvollziehen.

«Das ist doch toll, Jess. Das kann doch nur eine gute Sache sein für dich und für William.»

«Ja. Aber lass uns erst sehen, ob er sich dann wirklich mehr um seinen Sohn kümmert.» Noch kann ich mich nicht richtig freuen. Ich will nicht glauben, dass sich Adam in Superdad verwandelt, bevor ich es nicht mit eigenen Augen gesehen habe. Immerhin sind wir hier nur in den Ferien. «William und ich sind von Adam oft genug im Stich gelassen worden. Ich hoffe nicht, dass das noch mal passiert, aber ich muss realistisch bleiben.»

«Er wird dich nicht noch einmal im Stich lassen, Jess.»

Ich lächele ihn an. «Ich weiß, dass du ihn immer mochtest, Dad, aber er war wirklich nicht sehr verlässlich. Ein Vater zu sein, bedeutet mehr, als mit seinem Kind ein paar Wochen in der Sonne zu verbringen. Er ist immer noch derselbe Mann, der mich während Williams Geburt im Stich gelassen hat, um mit seiner Exfreundin ins Bett zu gehen.»

Mein Vater lehnt sich zurück. «Du glaubst, dass er mit seiner Exfreundin geschlafen hat?»

«Ich *weiß*, dass er mit seiner Exfreundin geschlafen hat.»

Dad schluckt. «Deine Mum hat das auch gesagt, aber ich dachte, dass sie da nur irgendwelche vorschnellen Schlüsse gezogen hätte.»

«Überhaupt nicht. Es war unverzeihlich.»

«Aber ... ich dachte, du fandst es schön, dass dir deine Mum während der Geburt zur Seite gestanden hat.»

Ich kann nichts gegen den plötzlichen Anflug von Ärger tun. «Das fand ich auch schön, aber ich hätte eben gerne beide dabeigehabt», sage ich gereizt. «Adam ist immerhin sein Vater!»

«Ich meine nur … Früher war das anders», sagt er leise. «Niemand wunderte sich, wenn der Vater bei der Geburt nicht dabei war. Ich konnte doch nicht ahnen …» Dann hebt er das Kinn und sieht mich an. Seine Mundwinkel zucken.

«Was ist los, Dad?»

«Jess, ich muss dir etwas sagen.»

KAPITEL 70

Die Tür neben meinem Dad öffnet sich, und eine Schwester streckt den Kopf hinein. Sie ist um die fünfzig und trägt ein Namensschild, dessen Aufschrift ich nicht lesen kann. Weil ich sie nicht kenne, nehme ich an, dass sie neu ist.

«Susan ist mit ihrem Bad fertig, Martin», sagt sie.

«Oh. Gut, okay.» Er legt das Tablet auf den Tisch und öffnet die Tür. Ich schaue zu, wie Mums Rollstuhl hereingefahren wird und zwei Krankenschwestern beginnen, sie ins Bett zu hieven.

Als sie endlich liegt und Dad den Bildschirm so hält, dass sie mich sehen kann, sieht ihre Haltung kein bisschen bequem aus; sie ist ganz steif und verdreht, ihre Glieder sind wie die knorrigen Äste eines Baums.

«Jess ist gerade in der Leitung, Liebling», sagt er. «Möchtest du mit ihr reden?»

Sie antwortet mit dem gewohnten Geräusch, von dem ich weiß, dass es Ja bedeutet. Abgesehen davon, dass sie liegt, sieht sie genauso aus wie beim letzten Mal. Nicht gut.

«Wie geht es dir, Mum?»

Sie bewegt den Kopf. «Ich bin ...» Aber sie bricht ab. Ich warte einen Augenblick, ob sie vielleicht noch etwas sagt, aber das tut sie nicht.

«Mum, ich komme früher nach Hause. Es ist sehr gut gelaufen mit Adam und William, und … ich habe das Gefühl, schon viel zu lange fort gewesen zu sein», sage ich. «Ich wäre auch schon eher gekommen, aber William wollte unbedingt bleiben. Eigentlich hat er mich dazu überredet. Aber ich werde einfach noch einmal mit ihm sprechen. Ich meine, er ist erst zehn und …»

«Nein.» Mum zuckt und ist ganz atemlos und aufgeregt. «Tu's nicht.»

«Tu was nicht? Früher nach Hause kommen? Aber ich möchte gern, Mum.»

Sie schweigt eine Weile. Ihr Kopf ist gesenkt, der Mund weit offen. In meiner Brust zieht sie etwas zusammen, als sie erneut zu sprechen versucht. Aber zunächst bekommt sie keinen Laut heraus, obwohl sie hilflos zuckt. Ihr Mund gehorcht ihr einfach nicht.

Dann spricht sie endlich. Es klingt so heiser und leise wie immer, aber ich höre ganz deutlich, was sie sagt.

«Denk dran.»

«Woran, Mum?»

«Wa… ich gesagt …»

Dad streckt die Hand aus und streichelt ihr besänftigend den Arm. «Was meinst du, mein Liebling?»

Aber in mir kommen bereits die Erinnerungen hoch. Ich weiß, wovon sie spricht. Sie muss gar kein Wort mehr sagen.

Wir feierten Mums achtundvierzigsten Geburtstag im Orientexpress Venice-Simplon. Es war zwar nur ein Tagesausflug, aber selbst der hatte mich beinahe in den Ruin getrieben – allein das Ticket hätte im Grunde einen Lottogewinn erfordert.

Aber es war jeden Penny wert, sie in ihrem getupften Lieblingsseidenkleid zu sehen, als sie in den glamourösen alten Zug stieg. Und es war alles genauso, wie ich es erhofft hatte: unvergesslich luxuriös, äußerst elegant; mit Damastvorhängen, edlen Eichenpaneelen, Tischdecken, die weißer waren als Zuckerguss. Der Zug sauste durch die englischen Landschaften, und wir dinierten Hummer und schlürften Champagner.

Ja, ihre Knie zitterten, als sie die Stufen hinaufstieg, und konnten kaum ihr Gewicht halten. Ja, sie zuckte und ruckte, und die Leute starrten uns an, als ich den Champagner aus der antiken Kristallflöte in eine Plastikschnabeltasse füllte.

Damals hatte die Krankheit sie bereits in ihrem gnadenlosen Griff – aber an jenem Tag war das gleichgültig.

Das Personal war großartig. Ich hatte vorher angerufen, um sie von Mums Zustand zu unterrichten, und sie taten, was sie konnten, um ihr den Tag so schön zu machen wie möglich.

Sie liebte jede einzelne Sekunde davon. Sie liebte den Zug, das Essen, meine Gesellschaft. Und doch war da gegen Ende dieser Augenblick, in dem sie etwas sagte, das ich nie vergessen sollte.

«Sieh zu, dass du so viele Momente wie diesen erleben kannst, Jess», sagte sie mir. «Du hast dir selbst gegenüber die Pflicht, ohne Reue zu leben.»

Rührung überkam mich, aber sie wollte, dass ich schwieg. Dass ich nur zuhörte. «Vielleicht denkst du, dass ich eine Menge Dinge bereue, Jess, aber das tue ich nicht. Ich habe den Mann geheiratet, den ich liebe, ich habe ein Kind, das ich vergöttere, und ich hatte das Glück, viele gesunde Jahre mit beiden zu verbringen.» Sie nahm meine Hand. «Ich sterbe *nicht* an Huntington.»

Ich sah sie an. «Was meinst du?»

«Ich lebe damit», sagte sie. «Das ist ein Unterschied. Ich lebe das Leben, als ob jeder Tag mein letzter sein könnte. Und das werde ich so fortführen, bis es nicht mehr möglich ist. Ich werde an all das Gute in meinem Leben denken und nicht an das, was mir bevorsteht. Ich werde all das tun, was ich gern tue, einfach so zum Spaß. Ich werde im Meer schwimmen. Kuchen backen. Viel mehr tanzen.»

Sie zögerte. «Aber du darfst den heutigen Tag und das, was ich dir jetzt sage, niemals vergessen. Egal, wie schlimm es für mich wird – egal, was mit dir ist –, du hast immer noch so viel Leben vor dir. Denk daran, Jess. Wenn du etwas möchtest, dann hol es dir. Tu es einfach.»

Jetzt, da ich auf den Bildschirm schaue, rinnen mir Tränen heiß die Wangen herab. Ich nicke. «Ich erinnere mich, Mum.»

Ich warte auf ihr Lächeln, sehne mich nach einem weiteren Moment, der uns verbindet. Aber sie wendet den Kopf ab, ihr Blick ist wieder leer. Mein Dad streicht ihr die weichen Strähnen aus dem Gesicht und küsst sie sanft auf die Wange.

KAPITEL 71

Ich taumele, als ich aus dem Château trete, und halte mich an der gusseisernen Tür fest. Sie ist heiß und brennt unter meiner Handfläche. Es sind nicht nur die Worte meiner Mum, die mich dazu zwingen, mich auf die wirklich wichtigen Dinge zu konzentrieren, sondern noch etwas anderes: was mein Vater über Adam und die Nacht gesagt hat, in der William auf die Welt kam.

Die Bruchstücke, an die ich mich erinnere - die Stunden, die vergingen, der Lippenstift auf Adams Hemd und der Geruch nach Alkohol -, das war sicher alles so passiert. Aber die Lücken füllte ich mit meiner eigenen Version der Ereignisse. Ich stellte mir ein Hotelzimmer vor, Adams Hände in Georginas Haar, lange Glieder, die sich ineinander verschlangen, während ich verlassen und verletzlich im Krankenhaus lag.

Mir fiel nur diese einzige Erklärung ein. Aber jetzt regt sich ein Verdacht in mir. Eilig laufe ich über das Gelände. Ich sehe Madame Lombard, die Blumen am Wäldchen pflückt, und frage sie ganz außer Atem, wo Adam ist.

«Wieder in seinem Häuschen, Jess. Aber Sie müssen schnell sein - er fährt bald nach Bergerac.»

Als ich vor seinem Häuschen ankomme, schlägt mir das Herz bis zum Hals. Adam öffnet die Tür, und sein Blick ist so voller Sorge, dass es einen Augenblick dauert, bis ich mich gefasst habe.

«Was ist passiert? Hoffentlich nicht wieder etwas mit William?»

Ich schüttele den Kopf. «Nein», keuche ich. «Es geht ihm gut.»

«Möchtest du dich hinsetzen? Du siehst aus, als würdest du gleich umkippen.»

«Mir geht es auch gut.»

«Hör mal, ich muss in einer Stunde bei einem Meeting in Bergerac sein. Ich müsste jetzt losfahren.» Er nimmt einen Stapel Papier von seinem Tisch. «Tut mir wirklich leid, Jess, aber können wir es kurz machen?» Er stopft die Papiere in seine Tasche.

«Was ist wirklich in der Nacht geschehen, in der William auf die Welt kam?»

Er erstarrt. Dann hantiert er weiter mit den Unterlagen, um Zeit zu gewinnen. «Wir haben doch schon hundert Mal darüber geredet, Jess. Warum jetzt schon wieder?»

«Du warst mit Dad zusammen, oder?»

Er schaut nicht auf. «Ich muss jetzt los. Aber wir können ja später miteinander reden», sagt er, tritt aus der Tür, lässt mich ebenfalls raus und schließt hinter mir ab.

«Du bist in Manchester ausgegangen, hast Dad getroffen, und dann ist etwas passiert», fahre ich fort. «Deshalb konntest du nicht rechtzeitig da sein.» Aber er will nicht darauf eingehen, sondern öffnet seine Autotür.

«Adam, ich will die Wahrheit. Ich komme damit zurecht. Und es ist einfach nicht fair ... All die Jahre hast du die ganze Last getragen, obwohl ...»

«Schluss jetzt, Jess», sagt er mit fester Stimme und hebt die

Hand. «Ich rede wirklich gern mit dir darüber. Aber ich muss jetzt *endlich* los nach Bergerac. Ich bin spät dran.»

Er setzt sich in sein Auto. In mir macht sich maßlose Enttäuschung breit. Ich werde hier auf keinen Fall hilflos stehen bleiben und zusehen, wie er davonfährt, ohne die Sache geklärt zu haben, die mich seit zehn Jahren beschäftigt. Also öffne ich die Autotür und steige ebenfalls ein. «Ich komme mit. Du kannst es mir auf der Fahrt erzählen.»

«Sei nicht albern. Und wer passt auf William auf?»

«Seb. Sie sind angeln gegangen.»

Er startet den Motor. «Bitte steig wieder aus, Jess.»

Ich schnalle mich an. «Erst wenn du mir erzählst, was damals passiert ist.»

Er seufzt und schaltet den Motor wieder aus. «Dein Dad würde mir das niemals verzeihen.»

«Doch, das wird er», versichere ich ihm. «Ich verspreche es dir. Er hat mir beinahe selbst alles erzählt, aber dann wurden wir unterbrochen.»

Er schüttelt den Kopf. Schweißtropfen treten auf seine Stirn. «Das ist nicht in Ordnung. Es wäre Verrat.»

«Adam, du verrätst hier nur dich selbst, wenn du mir nicht endlich die Wahrheit sagst.»

Seine Brust hebt sich, er atmet tief durch. Dann schließt er die Augen und fängt an zu reden. Er enthüllt, was wirklich in jener Nacht geschah, die so lange im Mittelpunkt all dessen stand, was uns auseinanderbrachte.

KAPITEL 72

Adam war *tatsächlich* in Manchester gewesen und hatte an dem Teambildungstag in der Bush Bar teilgenommen. Georgina ebenfalls.

«Ich hatte dir nicht erzählt, dass wir uns treffen wollten, weil ich wusste, dass du etwas zwischen uns vermutetest», sagt er. «Und da sie gerade wieder Single war ... Ich dachte, das würdest du nicht verstehen. Aber es ist die Wahrheit. Sie war nach der Trennung von Johnny am Boden zerstört. Es war nicht nur der Kummer, sondern viel mehr. Sie hatte eine echte Depression ... und war wirklich am Ende.»

«Hast du damals nicht gesagt, dass sie ohne ihn besser dran wäre?»

«Oh, das stimmte auch, aber das konnte sie zu diesem Zeitpunkt noch nicht erkennen. Er hatte sie mindestens zweimal betrogen und ihr die Hälfte ihrer Ersparnisse abgeknöpft. Aus irgendeinem unerfindlichen Grund wollte sie ihn trotzdem zurück.»

Adam erzählt mir, dass Georgina ihn an jenem Tag angerufen hatte, ganz aufgelöst und entschlossen, ihren Exfreund anzuflehen, sie wieder zurückzunehmen. Stattdessen überzeugte er sie davon, auf einen Drink in die Bush Bar zu kommen, wo er mit seinen Arbeitskollegen sein würde.

Um zehn war sie immer noch nicht da, und er wollte unbedingt nach Hause, aber er wartete noch, stocknüchtern und umgeben von Typen, die schon sechs Bier weiter waren als er.

Er schickte mir eine SMS, um zu fragen, ob alles in Ordnung wäre, und ich antwortete, dass ich ins Bett gehen würde. In unseren SMS davor hatten wir *Gute Nachts* und *Ich liebe dichs* ausgetauscht, die ich im Nachhinein als reine Routine interpretierte.

«Als Georgina endlich auftauchte, war sie sturzbesoffen», fuhr er fort. «Sie hatte diese beiden Mädchen dabei, Freundinnen von ihr, die ich nicht kannte. Sie waren wild entschlossen, sie durch das Northern Quarter zu schleifen, damit sie ihre Sorgen ertränken und sich dem nächstbesten Typen an den Hals werfen konnte.»

Sie benahm sich so derb und rücksichtslos, dass er den Eindruck hatte, ihre zerbrechliche Seele sei hinter ihrer Großmäuligkeit in echter Gefahr. Also zuckte er nicht erschrocken zurück, als sie die Arme um ihn schlang und ihm sagte, sie wolle *nur kurz umarmt werden.*

«Ich bin geradezu ... erstarrt. Aber dann fing sie an, meinen Hals zu küssen, und ich musste sie irgendwie loswerden. Da war kein Platz mehr für zarte Andeutungen.» Er schluckt hart. «Sie war zutiefst gekränkt.»

Georgina rannte in die Nacht hinaus, beschämt und noch längst nicht betrunken genug, um so tun zu können, als sei gar nichts passiert. Eine ihrer Freundinnen rannte ihr hinterher, und er schaute von der Tür der Bar aus zu, wie sie in ein Taxi torkelten. Danach machte auch er sich auf den Heimweg. Er war erschöpft von dem Abend und sehnte sich nach seinem warmen Bett. Er beschreibt, wie er durch den Regen lief, seine Kleider ganz nass, bis er zum Parkplatz kam. Er war schon beinahe dort, als er die Gestalt eines Mannes erkannte, der aus dem Northern Tap geworfen wurde.

«Ich bin ihm ausgewichen», sagt Adam. «Er war in einem wirklich schlimmen Zustand.»

«Betrunken?»

Er nickt.

Ich stelle mir einen Mann vor, einen gewöhnlichen Alkoholiker, aggressiv und gleichzeitig verletzlich und zutiefst wütend, dass man ihn so grob behandelt hat.

«Dann fiel er vor mir zu Boden und fing an, so merkwürdige Geräusche zu machen. Ich konnte ihn nicht einfach liegen lassen. Also bückte ich mich und versuchte, ihn umzudrehen, und in dieser Sekunde begriff ich ... Ich erkannte den Mantel wieder.»

Mein Herz setzt einen Schlag aus. Ich wiederhole den Satz, um ihn besser zu begreifen: «Du meinst, du kanntest den Mann.»

Adam zögert und nickt dann, um zu bestätigen, was ich schon weiß. Der alte Säufer, der auf der nassen Straße lag, war mein Vater. Der seit Jahren keinen Tropfen mehr angerührt hatte und dessen Nüchternheit mich und meine Mutter so stolz gemacht hatte.

«Ich versuchte, ihn aufzurichten, aber er fing an, nach mir zu schlagen. Er wusste nicht, dass ich es war. Er war vollkommen ... orientierungslos.»

Adam wählt seine Worte sorgsam, aber das muss er gar nicht. Ich kann mir alle Details lebhaft vorstellen.

«Ich erinnerte mich an die Geschichten, die du mir von ihm erzählt hattest – wie er war, als du noch klein warst. Aber das hier haute mich wirklich um. Ich hatte deinen Dad nie auch nur annähernd so gesehen.»

Es stellt sich heraus, dass Dad aus dem Pub geworfen worden war, weil er sich übergeben hatte. Noch schlimmer: Er war so ungeschickt auf den Arm gefallen, dass Adam überzeugt war, er hätte ihn sich gebrochen. Adam schwitzte vor Panik und überlegte fieberhaft, was zu tun war, aber er konnte auf keinen Fall seine hochschwangere Freundin aus dem Bett holen. Also rannte er zurück in die Bush Bar und zog Chris mit sich, den einzigen Kollegen, der noch einigermaßen bei sich war.

«Wir schafften es, deinen Dad auf den Rücksitz meines Autos zu manövrieren. So konnte ich ihn ins Krankenhaus fahren. Er war in einem schlimmen Zustand ... Ich habe ihn angefleht, bei Bewusstsein zu bleiben, habe ihn angeschrien und gehofft, dass er mir antwortet. Ich dachte, er hätte ...»

«Du dachtest, er hätte eine Alkoholvergiftung?»

Er nickt. Das Personal in der Notaufnahme war müde, aber professionell. Sie hatten es jeden Samstagabend mit solchen Fällen zu tun. Als mein Vater endlich wieder zu sich kam, war er vollkommen in Angst, beinahe panisch. Er hielt Adams Hand fest und flehte ihn an, nicht zu gehen. «Und in all dem Chaos merkte ich, dass der Akku meines Handys leer war», erzählt Adam, noch immer wie betäubt von der Erinnerung. «Ich zwang mich, ruhig zu bleiben. Ich dachte, wenn die Wehen da wären, hättest du mir doch eine SMS geschickt. Ich wollte schon das Handy deines Vaters benutzen, aber dann hätte ich erklären müssen, warum wir zusammen unterwegs waren. Martin wollte natürlich nicht, dass ich auch nur ein Sterbenswörtchen über die Angelegenheit verlor. Und, was noch wichtiger war ... Es war nicht auszudenken, was das mit dir gemacht hätte, hättest du davon erfahren.»

Er wusste, dass es mir das Herz gebrochen hätte.

«Es stellte sich heraus, dass der Arm deines Vaters zwar geprellt, aber nicht gebrochen war. Als wir Stunden später aus dem Krankenhaus kamen, brauchte er vor allem eine Dusche. Also fuhren wir zu Chris – in diesem Zustand hätte ich ihn ja nicht zu deiner Mutter fahren können. Als wir im Auto saßen, war dein Vater ... Er war völlig aufgewühlt. Er schluchzte. Ich sagte ihm immer wieder: ‹Es wird alles wieder gut, Martin. Du wirst dich so richtig schlimm fühlen, aber du wirst es überleben.›»

Doch es ging um viel mehr, das wussten sie beide.

«Als wir vor Chris' Haus parkten, packte er meinen Arm und ließ mich schwören, dass ich dir niemals davon erzählen würde. Dir nicht, niemandem. Ich versprach es ihm. Ich sagte ihm, er müsse sich keine Sorgen machen – diese Sache werde unter uns bleiben.»

Es war schon gegen sieben Uhr morgens, als er Dad unter die Dusche schob. Dann ging er in Chris' Küche und steckte das Ladekabel in die Steckdose. Und es war zum ersten Mal seit neun Stunden wieder an.

KAPITEL 73

Die Verzweiflung in Adams Blick beweist mir, dass es wahr ist. Es ergibt auf die beste und gleichzeitig schlimmste Art Sinn, und obwohl ich Dad nicht dazu brauche, Adams Geschichte zu bestätigen, weiß ich, dass er das tun wird, wenn wir irgendwann einmal darüber reden. Nicht nur über die Nacht selbst, sondern darüber, *warum* er so aus der Spur geriet. Es war die Zeit, in der Mum auf Huntington getestet wurde – noch vor der endgültigen Diagnose, aber sie wussten schon, was womöglich auf sie zukommen würde.

«Ich konnte deinen Vater doch nicht verraten», sagt Adam. «Egal wie betrunken er auch war, es war richtig von ihm, mich zu bitten, den Mund zu halten. Er hat es ja nicht aus Eigennutz getan, sondern um *dich* zu schützen. Deine Mum. Es hätte euch zerstört.»

«Aber Adam, es hat alles verändert. Das war der Grund ...»

«Der Grund, aus dem du mich verlassen hast?» Er zieht eine Augenbraue hoch. «Nein, das stimmt nicht, Jess. Seien wir doch ehrlich. Es gab viele Gründe, und das war nur einer davon.»

«Aber es war ein wichtiger Grund», wende ich ein.

Adam schaut durch die Scheibe ins dunstige Sonnenlicht. Er will mir nicht in die Augen sehen. «Ich wollte nicht Vater werden, weil ich Angst hatte und unreif war und beides nicht zugeben wollte. Ich hätte mich all diesen Gefühlen stellen sollen, als ich erfuhr, dass du schwanger bist. Aber das habe ich nicht getan. Und dann habe ich nach Williams Geburt alles nur schlimmer gemacht, indem ich weggeblieben bin.»

«Ich habe dir auch nicht gerade das Gefühl gegeben, willkommen zu sein.»

«Du hast nichts gesagt, von dem ich nicht schon selbst überzeugt gewesen wäre, Jess. Selbst deine Mutter fand, ich solle am besten verschwinden. Und ich wusste, dass es wirklich schlimm sein musste, wenn sie schon so dachte.»

«Wie kommst du darauf, dass meine Mutter so dachte?»

Er spannt den Kiefer an. «Ich bin einmal ohne Ankündigung gekommen, um dich und William zu besuchen. Sie ist vollkommen ausgeflippt. Sie hat mir ehrlich gesagt eine Heidenangst eingejagt. Vorher war ich so gut mit ihr ausgekommen, und ich hatte immer das Gefühl, willkommen zu sein. Aber als ich sah, wie sehr sie mich hasste ...»

«Sie hat dich nicht gehasst, Adam. Nach jener Nacht hat sie dich zugegebenermaßen nicht mehr *gemocht*. Aber diese Wutanfälle ... Sie gehören zu ihrem Zustand. Das war nicht ihr wahres Selbst.»

Er schaut nach vorn und streicht mit dem Daumen über das Lenkrad. «Was auch immer. Jedenfalls hat auch das dazu beigetragen, dass ich dachte, wir beide sind vielleicht doch nicht füreinander bestimmt. Dass ich William und dich alleine lassen und etwas anderes mit meinem Leben anstellen muss. Ich war ein Volltrottel.»

Mir fehlen die Worte bei dem Gedanken daran, dass Adam dieses Geheimnis so lange mit sich herumgetragen hat, während ich die ganze Zeit einen vollkommen ungerechtfertigten Groll gegen ihn hegte.

«Hör mal, Jess. Ich muss jetzt wirklich los. Ich bin schon zwanzig Minuten zu spät.» Er schaltet den Motor ein und wartet, dass ich aussteige.

Aber das will ich nicht. Stattdessen berühre ich seinen Arm. Dann löse ich meinen Gurt, beuge mich zu ihm und nehme sein Gesicht in die Hände. Seine Augen wirken wieder ganz jung, sein Blick ist voller Gefühl. Ich küsse ihn zuerst zärtlich, streife mit den Lippen über seine, bis er den Mund öffnet und mir erlaubt, mich in ihn sinken zu lassen. Ich löse auch seinen Gurt.

«Was ist hier los?»

Ich küsse ihn noch leidenschaftlicher und sage dann: «Warum? Beschwerst du dich?»

«Nein», krächzt er. «Überhaupt nicht. Mach doch einfach weiter.» Dann löst er sich von mir und schaut auf seine Armbanduhr. «Wobei ... vielleicht lieber nach meinem Meeting.»

Ich küsse ihn jetzt noch inniger, und er erwidert meine Leidenschaft und zieht mich an sich. Dann hält er inne und sieht mich atemlos an. «Okay», sagt er eindringlich. «Scheiß auf das Meeting. Ich schicke denen eine SMS und sage, ich hätte eine Reifenpanne.»

Ich muss lachen, als er den Schlüssel aus dem Zündschloss zieht und die Autotür aufreißt. Ich mache es ihm nach.

Wir stolpern in sein Häuschen. Die Tür fällt hinter uns ins Schloss. Ich stehe mit dem Rücken an die Wand gepresst. Er verschränkt seine Finger mit meinen und bedeckt meinen Hals und mein Gesicht mit Küssen. Seine Lippen fühlen sich heiß an auf meiner Haut, stumm und fiebrig. Ich löse meine Hände von seinen und streiche über sein Hemd, spüre den Konturen seiner Rippen nach. Ich greife nach den Knöpfen, aber nicht schnell genug. Er öffnet die beiden obersten und zieht sich das Hemd über den Kopf.

Der Anblick seines Körpers erweckt pochende Sehnsucht in mir. Die salzige Feuchtigkeit seiner Haut. Die athletisch gewölbten Muskeln. Das dunkle Haar, das sein Schlüsselbein streift. Ich küsse seine Brust, aber er hebt mein Gesicht zu sich, knöpft meine Bluse auf und lässt sie mir von den Schultern gleiten. Er sieht mich an, und sein Blick ist dunkel und tief. Unsere Kleider liegen in einem Haufen auf dem Boden. Er nimmt mich bei der Hand und führt mich ins Schlafzimmer.

Ich weiß nicht, warum der Sex mit Adam immer schon so viel besser war als mit anderen. Vielleicht ist er einfach besonders gut. Aber da ist auch eine magische Chemie zwischen uns, die sich nicht kopieren lässt.

Strahlendes Sonnenlicht dringt durch die Fenster, und Adam liebt mich so, wie er es immer getan hat: als wäre es das erste und gleichzeitig letzte Mal. Als wäre jeder Moment so kostbar wie das Leben selbst.

KAPITEL 74

Danach liege ich mit meinem Kopf auf seiner Brust da. Er fährt mit den Fingerspitzen die Linie meines Kiefers nach. Seine Berührung lässt mich erbeben. Er ist ungewöhnlich still.

«Alles in Ordnung?»

«Ja», antwortet er. Und dann: «Nein.»

Ich hebe den Kopf. «Na los, spuck's aus.»

Er stützt sich auf seinen Ellenbogen und denkt einen Augenblick nach, bevor er fragt: «Wirst du mir gleich wieder sagen, dass du es bereust?»

Ein bittersüßes Lächeln schleicht sich auf meine Lippen, und ich küsse ihn. «Nein, ich bereue es nicht. Wie könnte ich nach zwei Orgasmen?» Ich sage das extra flapsig – ich glaube, wir brauchen kein Drama mehr. «Du musst gar nicht so stolz gucken», füge ich hinzu.

«Warum? Hattest du drei erwartet?» Dann senkt er den Blick auf seine Hände, plötzlich ganz ernst. «Ich freue mich, dass du zwei Orgasmen hattest. Aber ich will, dass es mehr ist als das.»

«Das ist es, Adam. Es ist definitiv mehr als das.»

«Na gut, dann frage ich dich jetzt etwas.» Er schiebt meine Hand fort und kniet sich vor mich, wobei er ein Kissen strategisch geschickt so hält, dass es seine Blöße bedeckt.

«Jess. Ich liebe dich.»

Mein Herz hört beinahe auf zu schlagen. «Die Sache ist die, Adam ...»

«Ich bin noch nicht fertig. Ich will dich heiraten.»

Mir steht der Mund offen. «Adam, beruhige dich, um Gottes willen.»

«Ich weiß, dass das jetzt ein bisschen plötzlich kommt», wendet er ein. «Aber eigentlich ist es das gar nicht. Ich liebe dich schon, seit wir uns zum ersten Mal gesehen haben.»

«Damals hast du mich überhaupt nicht bemerkt.»

«Haarspalterei – ich liebe dich. Ich habe dich in jedem Augenblick geliebt, den wir zusammen waren, egal was du glaubst, und ich habe zehn Jahre versucht, über dich hinwegzukommen. Ich weiß schon, dass das hier der schrecklichste Antrag der Welt ist. Ich habe keinen Ring, ich habe keine Rede vorbereitet, das ist ganz schön stümperhaft. Aber eins spricht wirklich für mich, und das ist die Tatsache, dass ich es so *meine*. Jedes einzelne Wort.» Er wirkt nicht so, als scherze er. «Willst du mich heiraten, Jess?», wiederholt er. «Ich knie mich auch richtig hin, wenn es das besser macht.»

«Das ist nicht nötig, Adam. Nicht wenn man dabei deine Eier sieht.»

Er prustet los, verstummt dann aber und reibt sich die Stirn. «Du hast mir noch nicht geantwortet.»

Der Drang zu weinen wird übermächtig und zieht mir die Kehle zusammen. «Nein, das habe ich nicht. Ich muss dir etwas sagen, Adam. Das hätte ich schon vor langer Zeit tun sollen. Aber es fällt mir unsagbar schwer. Kaum jemand weiß davon. Ich war nicht ganz ehrlich, was mich selbst angeht. Warum ich dich gar nicht heiraten *könnte*. Und warum du das auch gar nicht wollen würdest.»

Er runzelt verwirrt die Stirn. «Gibt es einen anderen?»

Ich schüttele den Kopf. Wenn es doch nur so einfach wäre. Wenn ich mir nur um die kleinen Problemchen der Liebe und der Beziehungen Sorgen machen müsste, mit denen sich alle anderen herumschlagen ... Ich ziehe die Decke über meine Brust, setze mich auf und streiche mir durchs Haar.

Ich werde nicht weinen.

Nein, werde ich nicht.

«Es geht nicht nur um dich und mich, Adam. Es geht um dich, mich und alles.»

«Was meinst du damit?»

«Die Krankheit, die Mum hat, heißt Huntington.»

Er runzelt die Stirn und überlegt, warum ich das Thema ausgerechnet jetzt anschneide.

«Es ist eine tödliche Nervenkrankheit. Es gibt keine Heilung, man kann ihr Fortschreiten noch nicht einmal verlangsamen.»

«Davon habe ich gehört. Ich weiß nicht viel darüber, aber ich kann mich erinnern.»

«Okay.» Ich atme tief durch, um Kraft zu gewinnen, aber es hilft nicht. «Also, die Sache dabei ist, diese ... diese Krankheit hat nicht nur Mum in ein Wrack verwandelt, das kaum mehr denken, essen oder sprechen kann ...» Ich schaue auf und versuche, den Mut zu finden, die Worte auszusprechen, die mich schon seit so langer Zeit verfolgen. «Es ist eine Erbkrankheit. Und ich trage ebenfalls das defekte Gen in mir, das sie verursacht.» Ich beiße die Zähne zusammen, um mir noch einen Moment zu erkaufen, bevor ich fortfahren muss. «Was bedeutet, dass ich bald ganz genauso wie Mum sein werde, Adam. Die Krankheit wird schreckliche Dinge mit mir machen, körperlich und geistig. Und dann wird sie mich töten.» Einen Moment lang überlege ich, ob er es vielleicht nicht richtig begreift, weil ich es zu ruhig und sachlich gesagt habe, denn er sieht mich nur an oder blickt durch mich hindurch. «Und weil ich das mutierte Gen in mir trage, gibt es eine fünfzigprozentige Chance, dass auch William es in sich trägt.»

In Adams Blick liegt vor allem Ungläubigkeit. «Es gibt einen Test, mit dem man herausfinden kann, ob man die Krankheit bekommt», fahre ich fort. «Ich habe ihn gemacht, deshalb weiß ich, dass ich das Gen in mir trage. William kann ihn erst machen, wenn er achtzehn ist.»

«Aber es kann doch sicher sein, dass das Ergebnis falsch ist?»

«Es ist nicht falsch, Adam. Der Test ist endgültig. Ich werde die Huntington-Krankheit bekommen. Das ist unausweichlich.»

In seinem Kopf wirbeln die Fragen durcheinander, das sehe ich an seinem Gesichtsausdruck. «Also ... bist du krank? Jetzt, meine ich?»

«Nein. Meine Ärztin sagt, dass ich noch keine Symptome habe, obwohl ich aus der Erfahrung weiß, dass man jederzeit welche zu finden glaubt, wenn man nur genau genug hinsieht. Jedes Mal, wenn ich stolpere, denke ich, dass ich jetzt Probleme mit der Koordination habe. Immer wenn ich etwas einzukaufen vergesse oder mich über jemanden aufrege, denke ich, *das ist es.* Aber meine Ärztin sagt, dass das nur der Angst geschuldet ist.»

«Okay.» Ich sehe, wie er überlegt und nicht weiß, wie er reagieren soll. Als Mum mir von ihrer Krankheit erzählte, ging es mir genauso. Er will unbedingt sofort eine Lösung finden. Aber er wird bald begreifen, dass dieses Problem unlösbar bleibt.

«Du sagst, es gäbe keine Therapie. Wird denn an einem

Medikament geforscht? Die Medizin macht so schnelle Fortschritte – vielleicht kommst du nie in den Zustand, in dem deine Mutter ist?»

Das ist die einzige Hoffnung, die ich noch habe und über die ich ständig recherchiere. Aber das Wundermittel, das eines Tages der Krankheit ein Ende bereitet, gibt es noch längst nicht. «Möglich. Sie forschen auf der ganzen Welt. Ich lese ständig etwas über sensationelle Durchbrüche.»

Aber ich kann ihm die Hoffnung trotzdem nicht lassen. «Im Moment, Adam, gibt es kein einziges Medikament, das das Fortschreiten der Krankheit aufhalten könnte. Nur Medikamente, die die *Symptome* abmildern können. Nicht die Krankheit selbst.»

Er wird noch zahllose Fragen haben, das weiß ich, doch im Augenblick liegt in Adams Blick nur der Wunsch, mich zu trösten, mich zu berühren und zu umarmen. Aber es ist wichtig, ihm alles ganz ehrlich zu erzählen. «Deshalb sind wir hergekommen, Adam.»

«Was meinst du damit?»

«Meine Mutter hat sich immer gewünscht, dass du und William eine bessere Beziehung zueinander habt, aber als ich vor ein paar Monaten den positiven Test bekam, wurde ihr Wunsch plötzlich von einer rein emotionalen zu einer praktischen Sache.»

Er schluckt.

«Als bei meiner Mutter die Symptome begannen, war sie nur ein paar Jahre älter, als ich es jetzt bin, Adam. Und obwohl man lange mit der Krankheit lebt – es dauert zehn, manchmal zwanzig Jahre –, werde ich unausweichlich irgendwann in diesem Zustand sein, in dem ich William nicht mehr die Mutter sein kann, die ich sein möchte.»

An diesem Punkt treten mir die Tränen in die Augen. «Und wenn es so weit ist, braucht er dich.»

Zu meiner grenzenlosen Erleichterung weint Adam nicht. Sein Gesicht zeigt nur absolute Erschütterung. Dann nimmt er meine Hand und streichelt sie zärtlich. «Er hat mich, Jess. Das verspreche ich. Was auch immer geschieht, er hat mich.»

KAPITEL 75

Ich habe so lange überlegt, wie ich Adam von meiner Krankheit erzählen soll, dass ich jetzt, da ich es hinter mich gebracht habe, gar nicht mehr weiß, wohin mit mir.

Ein bisschen leichter ist mir in den letzten Ferientagen doch. Die Last meines Geheimnisses drückt mich nicht mehr nieder. Ich kann endlich ein wenig Sicherheit in meine unsichere Zukunft mitnehmen.

Es hilft, dass er mir vergeben hat, dass ich bis jetzt nicht ganz offen mit ihm war. Und es hilft ebenfalls, dass ich endlich die Wahrheit über die Geschehnisse in der Nacht von Williams Geburt kenne. Das Wissen, dass aus uns kein Paar mehr wird, soll mich nicht daran hindern, mich immer wieder an jeden einzelnen süßen Moment dieses Sommers zu erinnern. Wie meine Haut prickelte, wenn ich ihn lachen sah. Wie ich unter seiner Berührung beinahe in Flammen stand. Wie er wunderschöne, bittersüße Dinge mit mir tat und ich meinen Körper zum ersten Mal seit langer Zeit nicht mehr als Feind betrachtete. Aber hier endet das Märchen auch schon. Auch das stiehlt mir die Huntington-Krankheit. Adam und ich können nicht zusammen sein. Weil es schlicht kein Happy End gibt, in dem wir *beide* vorkommen.

Kein Ende, in dem Adam und ich gemeinsam alt werden, zusammen bis in unsere Neunziger hinein Salsa tanzen und

Schiffsreisen unternehmen, auf denen Yoga-Kurse angeboten werden.

Ich habe mich in diesem Sommer erneut in Adam verliebt. Und es muss wahre Liebe sein, denn was ich für ihn empfinde, ist so selbstlos, dass ich ihm wünsche, er möge all das mit einer anderen erleben. Vielleicht nicht gerade mit Simone – so weit würde ich nicht gehen.

Immer noch lächele ich jedes Mal, wenn ich an den Heiratsantrag denke. Er hat mich an all das erinnert, was an Adam gut ist. Adam war lustig und unorthodox, süß und leidenschaftlich.

Noch hat er die Sache nicht ganz akzeptiert. Manchmal erwische ich ihn dabei, wie er ins Leere starrt. Es ist, als hätte er die letzten Wochen damit verbracht, etwas Größerem und Besserem im Leben nachzujagen – nur um festzustellen, dass es sich plötzlich in Luft aufgelöst hat.

Und dennoch ziehen wir uns still, aber entschlossen voneinander zurück. Wir küssen uns nicht mehr. Wir flirten nicht mehr. Es gibt keinen Doppelorgasmus-Sex mehr.

Der Sommer der zweiten Chancen neigt sich dem Ende zu. Und für jemanden mit meiner Zukunft hätte es nicht besser laufen können, denn ich weiß jetzt: William wird von seinem Vater geliebt und beschützt werden. Er ist ein besserer Mann, als ich ihm je zugetraut hätte. Ich glaube, wir werden für William ein echtes Dreamteam sein, bis ich irgendwann nicht mehr werde träumen können. Und obwohl Adam unserem dann erwachsenen Sohn sicher ganz andere Ratschläge geben wird, als ich es täte, weiß ich, dass er auf jemanden hören kann, der ihn liebt und sein Bestes will.

Natürlich gibt es noch Dutzende praktischer Probleme zu lösen. Wir reden immer wieder bei einem Kaffee darüber. Aber ich weiß, dass wir es schaffen werden. Wir reden darüber, dass Adam im Oktober zurück nach Manchester ziehen und sich zuerst eine Mietwohnung irgendwo in Castlefield suchen will, das nicht weit von uns liegt. Wir reden darüber, dass William mittwochs und samstags bei ihm übernachten kann, wir das aber flexibel handhaben. Wir beschließen, dass Adam gern hin und wieder auf eine Tasse Tee vorbeikommen kann, und sonntags können wir bei ihm zu Mittag essen.

Immer wieder sagt er Sätze wie: «Ich freu mich drauf, Jess. Das Leben wird wunderbar», und er sagt es so überzeugend, dass ich ihm glaube. Beinahe.

Aber egal, was passiert, ich kann es kaum erwarten, wieder zu Hause zu sein. Ich habe Mum viel zu lange nicht gesehen, und ich kann an nichts anderes mehr denken. Natasha scheint meine Begeisterung für unseren bevorstehenden Aufbruch so gar nicht zu teilen.

«Ich dachte, du freust dich auf deine Arbeit?» Bei jedem anderen würde das sarkastisch klingen, aber bei Natasha meine ich die Frage ernst.

«Na ja, schon, aber ...» Ich warte, dass sie den Satz beendet, doch sie windet sich. «Ich mag Ben wirklich.»

«Das überrascht mich nicht, er ist hinreißend.»

«Ja, aber in meinem Alter sollte man Urlaubsaffären nicht so ernst nehmen. Das habe ich zum letzten Mal mit vierzehn getan.»

«Wollt ihr denn in Kontakt bleiben?»

«Ich weiß es nicht. Wir haben das Thema absichtlich vermieden. Allerdings sind wir jetzt Freunde auf Facebook. Aber das hat nur einmal mehr den riesigen Altersunterschied gezeigt.»

«Niemand würde bei neun Jahren Altersunterschied auch

nur mit der Wimper zucken, wenn es andersherum wäre», wende ich ein. «Außerdem siehst du überhaupt nicht aus wie Ende dreißig.»

«Danke, Jess. Das liegt am Yoga.»

«Wirklich?»

«Na ja, daran und am Botox.»

KAPITEL 76

Später an diesem Nachmittag gehen Natasha, William und ich zum Fußballfeld, um uns mit den anderen zu treffen und den Kindern beim Spielen zuzusehen. Das Feld liegt im honigfarbenen Sonnenlicht, als wir ankommen, und wir finden ein Plätzchen, an dem uns kein zufälliger Ball treffen kann. Natasha holt sich einen Stuhl und setzt sich. Sie streckt ihre gebräunten Beine in den hellen Shorts aus. Ihre schmalen Füße stecken in Ledersandalen.

William steht am Rand des Spielfeldes und wirkt unentschlossen. Immer mehr Kinder versammeln sich.

«Na los, Leute. Kommt mal. Das ist ja wie Flöhehüten!» Becky und ihr Clan tauchen aus dem Wäldchen auf wie immer, wenn sie gemeinsam unterwegs sind: lautstark, planlos – ein Kind rennt voran, zwei trotten hinterher, und die Eltern versuchen, sie ungefähr in dieselbe Richtung zu scheuchen. Poppy entdeckt uns, wirft sich in meine Arme und wuchtet sich auf meinen Schoß.

William tippt mir auf die Schulter. «Vielleicht gehe ich lieber ein bisschen schwimmen.»

Ich stöhne. «Nun sind wir extra hierhergegangen, und du hast deine Schwimmsachen im Ferienhäuschen gelassen.»

«Na gut, dann nehme ich eben mein iPad, und ...»

«Aber James und Rufus sind auch gekommen. Du wirst auf

keinen Fall eine ganze Stunde hier mit deinem ... *meinem* ... iPad herumsitzen.»

Er kaut auf seiner Unterlippe. James taucht neben ihm auf. «Ich will auch nicht Fußball spielen.»

Bei mir fällt endlich der Groschen. «Sind es wieder diese gemeinen Jungs? Ich könnte ihnen mal Bescheid sagen, wenn ihr wollt.»

«NEIN!», antworten sie wie aus einem Munde, und es klingt so entsetzt, als hätte ich damit gedroht, nackt über das Spielfeld zu rennen. Sie murmeln, sie kämen schon zurecht, trotten widerstrebend zu den anderen Kindern und spielen schließlich doch mit.

«Na, heute gar nicht bei Ben?», fragt Becky Natasha.

«Er muss noch arbeiten. Dann will er für mich kochen, also sind wir ...»

Ein Riesenjubel erklingt. Als ich hinsehe, reißt William die Arme hoch und rennt einmal um den Platz herum.

«Was für ein großartiges Tor!», grinst Seb.

Ich stehe auf und starre auf den Platz. Wenn ich doch nur einen Rückspulknopf hätte. «War das *William*?»

Er prustet vor Lachen. «Sag jetzt nicht, dass du es verpasst hast.»

«Hast du *das* gesehen, Mum?» Mein Sohn strahlt über das ganze Gesicht.

Ich springe auf und klatsche so heftig in die Hände, dass meine Handflächen zu prickeln beginnen. «Großartig, Sohn. Ganz toll!»

Dann lasse ich mich wieder auf meinen Stuhl sinken. Becky grinst mich an. «Mit diesem Talent solltest du es noch nicht mal in einer Laienspielgruppe versuchen.»

«Sag das nicht, vielleicht komme ich damit durch.»

«Was ist denn da jetzt los?»

Ich schaue schnell zum Spielfeld, damit ich nicht noch ein wundersames Beispiel für die sportliche Begabung meines Sohnes verpasse. Nur dass Becky nicht William meint. Sondern einen der größeren Jungen, der etwas zu James zu sagen scheint. James ist ganz außer Fassung.

«Oh Gott ... Ist das der Junge, der neulich schon so furchtbar zu ihnen war? Ich dachte, das hätte sich erledigt.»

«Sieht nicht so aus.» Wütend steht Becky auf. Aber sie schafft es nicht rechtzeitig dorthin. Bevor sie auch nur in die Nähe der beiden Jungs kommt, hat sich schon jemand anders eingemischt.

«Wehe, du bist gemein zu meinem Bruder, dann ...!!»

Rufus' Drohung ist vielleicht ein wenig ungenau, aber dafür umso heftiger vorgetragen. Die Wut kommt ihm beinahe aus den Ohren. Leider ist Rufus ungefähr dreißig Zentimeter kleiner und rund zehn Kilo leichter als sein Gegner.

Der reagiert, indem er Rufus mit beiden Händen gegen die Brust stößt, sodass der zurückstolpert und mit dem Hintern auf den Boden knallt.

«RUFUS!», schreit Becky.

Aber Rufus ist schon wieder auf den Beinen und kontert mit einem Schlag in den Magen seines Gegners, dem vor Schmerz die Augen hervorquellen.

«Ahhh, nicht schlagen! Wir sind doch nicht im Wilden Westen!», kreischt Becky und reißt Rufus zurück. Der Junge humpelt davon. Sie packt ihren Sohn bei der Hand und zieht ihn hinter sich her zu uns.

«Was zum Teufel war *das* denn?», fragt Becky.

«Er war fies zu James, und ich hab ihm gesagt, er soll die Schnauze halten.»

James taucht auf und nickt atemlos. «Das stimmt, Mum. Er hat mich nur verteidigt. Nicht mit ihm schimpfen.»

Becky schaut zwischen beiden hin und her. «Hör mal, Rufus, gut, dass du deinen Bruder verteidigt hast. Aber nächstes Mal ohne Schlagen, okay?»

Dann laufen beide wieder aufs Spielfeld. Becky sagt zu Seb: «Manchmal denke ich, dass aus unseren Kindern vielleicht doch noch etwas wird.»

Sie lässt ihre Hand in seine gleiten und hebt sie an die Lippen, um sie zu küssen.

Er wirft ihr einen zweifelnden Blick zu. «Wofür war das denn?»

«Ich wollte nur den Lippenstift abtupfen.»

«Du trägst doch gar keinen.»

Sie schaut lächelnd zu ihm auf. «Dann hab ich es wohl getan, weil ich dich liebe.»

KAPITEL 77

An unserem vorletzten Tag in Frankreich hüpft William auf der staubigen Straße neben seinem Vater her. Wir nähern uns dem sanften Hügel eines Weinbergs, dessen üppige Trauben schon von fern violett leuchten.

«Wusstest du, dass man an einer Vitamin-A-Vergiftung stirbt, wenn man die Leber eines Eisbären isst?», fragt William.

«Das weiß doch jeder.» Adam schmunzelt.

William kriegt vor Staunen den Mund nicht mehr zu.

«War nur ein Scherz. Was weißt du denn noch so?»

«Hm. Ich weiß, woher der Rotz kommt.»

Ich stöhne.

«Okay, was weißt *du* denn so?», fragt William jetzt mich.

Der Himmel hat heute einen spektakulären Sonnenuntergang hingelegt. Der Horizont ist ganz in Orange und Rosa gebadet, mit zarten weißen Streifen darin. «Shakespeares Eltern waren Analphabeten», sage ich. «Caracas ist die Hauptstadt von Venezuela. Ähm ... und ich kann Spagat.»

«Zeig mal.»

«Lieber nicht. Ich will niemandem den Appetit verderben.»

Wir kommen zu einem kleinen Dörfchen und folgen Adam in das Bistro. Er hat einen Tisch draußen reserviert, von dem aus man einen Blick auf den hübschen Marktplatz und die

Kirche im byzantinischen Stil hat. Im Restaurant herrscht schon reger Betrieb. Adam schiebt mir den Stuhl zurecht, und ich setze mich.

«Warum hast du das getan?», fragt William.

«Das tut man für eine Dame», erwidert Adam.

William sieht kurz verwundert aus, so als wäre er nie auf die Idee gekommen, dass ich eine Dame sein könnte. Ein Kellner kommt und nimmt unsere Bestellung auf. Dann fragt er, ob wir noch Wünsche hätten.

«Je voudrais L'EAU, s'il vous plaît.»

Er nickt und schreibt die Bestellung auf seinen Notizblock, einfach so. Ich schaue Adam erstaunt an. «Ich sterbe als glücklicher Mensch.»

«Du sprichst schon beinahe fließend.»

William geht auf die Toilette, und Adam und ich sind für einen Augenblick allein. Ich fühle mich ein wenig befangen und fürchte, dass wir kein Gesprächsthema finden werden – teils, weil wir nur ein paar Minuten haben, bis William zurückkommt, und teils, weil wir kein zu schwieriges Thema anschneiden wollen. Wir haben beide genug von schwierig.

«Tja, Natasha wird das hier alles ziemlich vermissen, wenn sie morgen fährt.»

«Man braucht immer ein wenig, bis man sich an das britische Essen und das Wetter akklimatisiert ...»

«In Natashas Fall wird es auch Ben sein, den sie vermisst.»

In seinen Augenwinkeln bilden sich Lachfältchen, die ein wenig tiefer sind als früher. «Sie werden bestimmt viel Spaß haben in London.»

«Was meinst du denn damit?»

«Sie werden sich doch sicher auch dort sehen?»

«Aber Ben bleibt doch hier.»

«Sein Vertrag läuft im Oktober aus, und dann fährt er nach Hause und sucht sich einen richtigen Job», sagt Adam.

Ich ziehe die Brauen zusammen. «Ich glaube nicht, dass er das Natasha gegenüber erwähnt hat.»

«Merkwürdig. Vielleicht haben sich seine Gefühle ihr gegenüber ein wenig abgekühlt. Das kommt ja in den besten Familien vor.»

William kommt wieder und setzt sich. Adam knufft ihn in die Seite und versucht, ihm die Haare zu zausen, aber er duckt sich kichernd weg. «Ich werde dich vermissen, weißt du.»

William sieht ihn ängstlich an. «Aber du willst doch noch immer nach Manchester ziehen, oder?»

«Klar. In drei Monaten bin ich zu Hause, und dann gibt es kein Halten mehr. Zu Weihnachten wirst du schon die Nase voll haben von mir.»

«Heißt das, dass du mit uns Weihnachten feiern kannst?»

So weit sind wir mit unseren Verhandlungen noch nicht gekommen. «Da reden wir noch mal drüber, wenn es so weit ist, okay?», sagt Adam.

«Aber wir unternehmen sicher auch etwas zusammen», versichere ich ihm. «Und natürlich auch mit Grandma und Granddad.»

Er schaut aufs Tischtuch. «Ist Grandma denn dann noch am Leben?»

Bei der Frage stellen sich mir die Nackenhaare auf. «Natürlich. Grandma ist krank, aber sie wird bis Weihnachten ... nirgendwohin gehen.» Ich beende den Satz mit einem halben Lachen, als wäre allein der Gedanke daran völlig unsinnig.

«Okay», sagt er leise. «Aber das, was sie hat, *wird* sie umbringen, oder?»

«Ich hoffe, dass Grandma noch eine ganze Weile bei uns bleibt», sage ich lahm.

Erst antwortet er nicht. Aber dann sagt er: «Es ist die Huntings-Krankheit, oder? Was Grandma hat.» Er sieht mich direkt an und wartet auf eine Antwort. Mein Herz beginnt zu pochen. «Huntington», verbessere ich ihn mechanisch. «Woher weißt du das?»

«Es war in deinem Browserverlauf auf dem iPad. Deshalb warst du in letzter Zeit auch so aufgeregt. Ich hab es gegoogelt.»

Ich spüre, dass ich blass werde. Genau das hatte ich befürchtet, hatte mir aber eingeredet, gerade noch mal Glück gehabt zu haben. Ich kann es kaum fassen, dass das Schlimmste, das er bisher im Internet gefunden hat, ausgerechnet auf der Website des New Scientist veröffentlicht steht.

Adam scheint so unvorbereitet auf das Gespräch zu sein wie ich. Immerhin hat er eine Ausrede: Er hat erst diese Woche überhaupt davon erfahren. Ich hatte zehn Jahre, um mit William darüber ein Gespräch zu führen, und habe dabei total versagt.

«Hast du das auch, Mum?»

Mein Mund wird ganz trocken, und ich suche nach Worten. «Ich habe es nicht, mein Schatz, nein. Im Moment bin ich ganz gesund.»

«Okay.»

«Aber ich habe das fehlerhafte Gen, das die Krankheit verursacht», füge ich hinzu. «Daher werde ich sie eines Tages bekommen, ja.»

Ich beobachte sein Gesicht ganz genau.

«Ich könnte es auch haben, oder?»

Ich schlucke hart und gebe mir alle Mühe, die Worte richtig auszusprechen. «Das fehlerhafte Gen? Ja, das könntest du haben. Aber vielleicht auch nicht. Und selbst wenn du es hättest, würdest du es vermutlich viele, viele Jahre nicht merken.»

«Ich weiß. Das Durchschnittsalter ist, glaube ich, vierzig. *Richtig* alt.»

Ich kaue auf der Innenseite meiner Wange. Er fährt fort: «Ich glaube sowieso nicht, dass ich es habe.»

Ich nicke und spüre, wie mir die Tränen in die Augen schießen. «Warum?»

Er zuckt mit den Schultern. «Optimismus.»

Meine Kehle zieht sich zusammen, aber ich will nicht weinen. Ich will mich nur zusammenreißen. Sieh zu, dass die Dämme nicht brechen, Jess. Lass es nicht zu.

«Ich glaube wirklich nicht, dass du dir Sorgen machen musst, Mum», fährt William so heiter fort, dass ich es kaum ertragen kann. «Wissenschaftler arbeiten an einem Medikament dagegen. Die finden bestimmt bald etwas. Sie forschen in San Diego und in London und haben schon Medikamente an Mäusen getestet. Das muss natürlich echt scheiße sein, wenn man eine Maus ist. Aber in einigen Fällen ging es den erkrankten Mäusen sogar besser. Wenn das auch bei Menschen funktioniert, dann war es das wert.»

Ich schaffe es einfach nicht auszuatmen, also nicke ich nur.

«Vielleicht werde ich Wissenschaftler, wenn ich groß bin, dann finde ich ein Medikament dagegen, wenn es dann nicht schon eins gibt.»

«Das wäre wirklich wunderbar, William.»

«Aber vielleicht will ich doch Model werden», fügt er hinzu, so als wolle er sagen: *Garantieren kann ich es nicht.*

Adam fängt meinen Blick auf.

«Ich habe keine Angst, Mum», sagt William. Ich weiß nicht, woher er weiß, was ich hören muss, aber er weiß es.

«Gut, ich auch nicht», erwidere ich so überzeugend, dass ich es einen kurzen Moment lang wirklich glaube. Dann kommt der Kellner mit unserem Essen. «Hunger habe ich dagegen sehr großen.»

Ich nehme das Besteck und zerschneide meine Entenbrust. Ich konzentriere mich auf meinen Teller, nicht auf Adam. Ich weiß, dass er, innerlich vollkommen erstarrt, zugehört hat, wie sein Sohn und ich unseren gemeinsamen Fluch so sachlich diskutiert haben. Mein Schicksal ist besiegelt. Wir beide können nur beten, dass es für William etwas anderes vorsieht.

«Jedenfalls, Dad», fährt er fort. «Du hast uns noch nicht gesagt, was du alles weißt.»

Adam wacht aus seiner Erstarrung auf. «Oh. Oh ja, du hast recht. Okay.» Er denkt einen Moment lang nach. «Ich weiß, dass das Zitat ‹Ich habe da ein ganz mieses Gefühl› in jedem *Star-Wars*-Film vorkommt.»

William ist ganz beeindruckt. «Ich weiß, dass Papageientaucher monogam sind.» Er zieht seine Nase kraus.

«Und ich weiß ...» Adam verstummt und sieht mich dann an. «Ich weiß, dass du und deine Mum die besten Menschen auf der ganzen Welt seid.»

KAPITEL 78

«MMUMMMMMMYMMUMMMY!»

Ich trete aus unserem Ferienhäuschen. Becky hinkt auf uns zu. Poppy hängt an ihrem Bein und heult. Schließlich bleibt Becky stehen und nimmt sie auf den Arm, indem sie sich die kleinen Beinchen ihrer Tochter um die Hüfte schlingt.

«Es ist das rosa Kuschelhäschen», erklärt Becky und küsst Poppy auf die Stirn, ohne dass diese sich nur die Spur beruhigen würde. «Ich habe gerade damit begonnen, mich tatsächlich ein wenig zu entspannen. Aber dass wir das rosa Kuschelhäschen verloren haben, ist eine Katastrophe, auf die ich nicht vorbereitet bin. Haben wir es zufällig bei euch gelassen?»

«Ich glaube nicht», sage ich voller Mitleid, woraufhin Poppy in lautes Weinen ausbricht. Becky setzt sie auf einen Stuhl und marschiert dann um das Häuschen herum und wieder zurück. Sie schaut unter der Bank nach, hinter der Tür, unter den Kissen unseres Sofas, dann draußen hinter der Tür.

«Vermisst jemand das hier?» Natasha erscheint auf der Schwelle mit Poppys geliebtem Kuscheltier in der Hand.

«HÄSCHEN!» Poppy klettert vom Stuhl und stürzt sich auf sie.

«Du hast es nach dem Frühstück auf dem Tisch liegen lassen, deshalb hab ich es dir gebracht.»

Beckys Anspannung löst sich, und sie wischt sich mit dem Handrücken über die Stirn. «Ich stehe *für immer* in deiner Schuld.»

«Kein Problem. Häschen hat nur einen kleinen Ausflug gemacht, stimmt doch, Poppy, oder?»

«Du bist ein gutes Mädchen, Tante Natasha», verkündet Poppy. Natasha wirkt überraschend froh über dieses Lob.

«Hallo, alle zusammen.»

Ben kommt auf uns zu. «Ich dachte, du hättest vielleicht Lust zu einem Spaziergang, Natasha?»

«Das wäre schön», sagt sie lächelnd.

Natasha und Ben gehen wie zwei schüchterne Teenager in Richtung Wäldchen. Becky schaut ihnen hinterher. «Wie schade, dass die Beziehung der beiden ein Rohrkrepierer ist.»

«Hm. Offenbar zieht er zurück nach London, hat ihr aber noch nichts davon gesagt.»

«Wirklich?»

Ich nicke. «Das kapiere ich irgendwie nicht, du etwa? Seit ich davon weiß, denke ich die ganze Zeit darüber nach.»

Eine SMS erscheint auf meinem Handy.

«Oh Gott», stöhne ich und öffne sie. «Sie ist von Charlie.»

«Was schreibt er denn?», fragt Becky.

Ich überfliege den Text und lächele, dann gebe ich ihr mein Handy.

Entschuldige, dass ich mich nicht verabschiedet habe, aber wir haben uns spontan dazu entschlossen, ein paar Tage bei unseren Freunden in Carcassonne zu verbringen, bevor wir nach Hause fahren. Es hat mich gefreut, dich kennenzulernen, Jess. Genieß den Rest deines Urlaubs, Charlie x
(PS: Ich habe meine Strickjacke weggeschmissen!)

Später an diesem Abend hüpft William voran, Natasha und ich schlendern durch das Wäldchen zu Beckys und Sebs Häuschen. William hat eine große Tüte mit Süßigkeiten dabei, ich eine Flasche Champagner. Ich habe mich für unsere letzte Nacht sogar ein wenig schick gemacht, aber nur, weil Natasha mein gelbes Kleid ganz oben in meinem Koffer entdeckt und darauf bestanden hat, dass ich es heute Abend trage.

Seitdem hat sie nicht aufgehört zu reden.

«Ben wollte mir erst nicht sagen, dass er nach London zieht», sagt sie und strahlt. Sie kann ihre Begeisterung nicht verbergen. «Er hat das Thema gemieden, weil er nicht wollte, dass ich glaube, er rennt mir hinterher.»

«Nach dem, was Adam mir erzählt hat, wollte er sowieso nach London. Ich nehme an, ihr wollt euch wiedersehen?»

«Wir wollen uns auf einen Drink treffen, ja.» Ein Lächeln breitet sich auf ihrem Gesicht aus. «Oh, ich finde immer noch, dass er zu jung ist ...»

«Aber du magst ihn, und er mag dich.»

«Na ja, das stimmt», sagt sie zögernd.

«Natasha, ich weiß, dass du eigentlich nach dem *Habitat-Geschirr-Mann* suchst, aber zwischen Ben und dir stimmt die Chemie, Altersunterschied hin oder her. Und man weiß ja nie ... Vielleicht kauft ihr *doch* eines Tages zusammen Teller.»

«Einen Schritt nach dem anderen, Jess.»

Ich unterdrücke ein Lächeln. «Eigentlich ist das mein Satz.»

Als wir ankommen, riecht es schon nach Rauch und gebratenem Fleisch. Die glühende Asche rötet Sebs Gesicht, der mit Ben plaudert.

«Oh verdammt, ich habe die Würstchen vergessen», merke ich und schlage mir mit der flachen Hand gegen die Stirn.

Becky nimmt mich beim Arm, bevor ich mich umdrehen und zurückgehen kann. «Du brauchst keine Würstchen.»

«Aber sie sind *hausgemacht*», protestiere ich.

«Das ist egal.»

«Nein, ist es nicht. Sie haben ein Vermögen gekostet. Sie kommen eindeutig von den allerprivilegiertesten Schweinen Frankreichs.»

Natasha hakt sich bei mir ein. «Du brauchst keine Würstchen, keinen Champagner oder sonst etwas. Nicht dort, wo du hingehst.»

«Was meinst du damit?», sage ich und runzele die Stirn.

«Du gehst», antwortet sie.

«Nein.»

«Ich fürchte, doch.» Plötzlich steht Adam vor mir, die Autoschlüssel in der Hand. Er trägt ein schwarzes Hemd, den obersten Knopf offen, und eine schmale anthrazitfarbene Hose, die auf seinen Hüften sitzt. Sein Haar ist noch ein wenig feucht nach dem Duschen. Er ist auf eine Weise gutaussehend, die einem den Atem nimmt.

«Was ist hier los? Ist das eine Verschwörung?»

«Ja!», ruft William, und ich begreife, dass ich absolut keine Chance habe.

Ich sitze auf dem Beifahrersitz in Adams Auto, aber eigentlich denke ich gar nicht darüber nach, wohin wir fahren oder warum. Ich spüre nur, dass er immer die Fähigkeit haben wird, mich zu verblüffen, zu überraschen, mein Herz zu entzünden.

«Ich gebe auf. Wohin fährst du mich?»

Er sieht mich von der Seite an. «Wir gehen zum Höhlenklettern.»

«Ich hoffe, du machst einen gottverdammten Witz», gebe ich zurück.

«Ich *mache* einen gottverdammten Witz.»

Ich lache. «Gut.»

Adams Auto saust durch die Landschaft. Ich schalte die Klimaanlage aus und öffne das Fenster, schließe die Augen und lasse die Luft mein Gesicht liebkosen.

«Geht's dir gut?», fragt Adam. Er berührt meine Hand, hält dann inne und zieht sie wieder zurück.

«Mir geht es gut. Danke.»

«Wir sind jetzt da», sagt er und biegt in eine Auffahrt ein.

KAPITEL 79

Ein hübsches Schild mit der Aufschrift *Château La Pradoux* begrüßt uns, gemeinsam mit dem üppigen Duft von Thymian und Glyzinien.

Langsam fahren wir über die Kiesauffahrt auf zwei hohe Eisentore zu. Dahinter erhebt sich auf einem weichen, terrassenartig angelegten Rasen das Château.

Adam steigt aus dem Auto, um mir die Tür zu öffnen. Ich wühle in meiner Handtasche. «Ist dieses Hotel nicht die Konkurrenz?», frage ich.

«Eher meine Inspiration. Obwohl es hier keine Kinder gibt, und sie haben einen Michelin-Stern. So gut wie Bens Burger auch sind, glaube ich doch, dass wir davon noch ein gutes Stück entfernt sind.»

«Und warum sind wir dann hier?»

«Ich dachte, wir könnten hier in Ruhe miteinander reden. Es gibt offenbar noch einigen Redebedarf, und ...»

«Adam, bitte nicht. Ich will nicht mehr darüber sprechen.»

«Gut, ich habe nämlich gelogen. Ich wollte nur ein wunderbares Abendessen an unserem letzten Abend. Und ich habe gehört, sie machen hier eine spitzenmäßige Lammkeule.»

Er reicht mir seinen Arm.

Ein Kellner begrüßt Adam beim Vornamen und führt uns hinein. Jedes einzelne Element der Renaissance-Architektur wurde meisterhaft und aufwendig restauriert. Wir schreiten über einen polierten Fußboden, durch einen luxuriösen Empfangssalon mit hohen Kristallvasen, in denen voll erblühte Pfingstrosen und Lilien stehen. Wir werden über eine steinerne Treppe zu einem Restaurant geführt, das von Kerzenschein erleuchtet ist. Hier ist es ganz ruhig, man hört nur das Geplauder der Gäste. Wir gehen durch die hohe Tür auf die Terrasse. Adam nimmt mich bei der Hand und verschränkt seine Finger mit meinen.

Man zeigt uns einen Tisch ganz am Rand, von dem aus wir auf den gepflegten Garten und den Weingarten schauen können. Es ist der perfekte Platz, um der Sonne zuzuschauen, wie sie hinter den Hügeln versinkt.

«Eins muss man dir lassen, Adam, du kennst immer die allerbesten Plätze.»

Der Kellner kommt mit der Weinkarte. Ich sehe Adam dabei zu, wie er sie konzentriert studiert, dann merkt er, dass ich ihn beobachte. Er lächelt, und ich schaue weg.

Die Preise sind auf der Weinkarte nicht aufgeführt, ein sicheres Zeichen dafür, dass hier das Zeug im Wert eines Kleinkredits ausgeschenkt wird. Adam übersetzt, und ich lasse ihn gern bestellen. Der Himmel verfärbt sich langsam brombeerfarben.

«Du siehst wunderschön aus», sagt Adam. Ich bin überrascht, und er fügt hinzu: «Sorry. Ich musste es dir sagen.»

Ich nehme einen Schluck Wein, um mich von meinen heißen Wangen abzulenken, und nehme mir vor, Natasha nachher dafür zu danken, dass sie auf dem gelben Kleid bestanden hat.

Das Essen ist köstlich, und obwohl wir gar nicht so viel trinken, berauscht mich die Nacht – die Umgebung, das

Schwelgen in Erinnerungen, seine Gegenwart. Und dann ist da noch das merkwürdige und wunderbare Gefühl der Sicherheit; das Wissen, dass ich mich, was William betrifft, auf diesen Mann verlassen kann. Wir lachen viel. Über den seltsamen Mann, der in Manchester unter uns wohnte und der seine Unterhosen vor dem Schlafzimmerfenster trocknete. Über die Nacht, in der wir spät heimkamen und er mich ganz romantisch die Treppen hochtragen wollte, wobei er mir den Kopf an der Decke stieß, sodass an Sex nicht mehr zu denken war und ich drei Tage Kopfweh hatte.

«Erinnerst du dich an das erste Mal, als ich dir sagte, dass ich dich liebe?», fragt er.

Ich werde plötzlich ganz steif, weil ich nicht genau weiß, ob ich eine Unterhaltung darüber ertrage, dass wir einst so viel mehr waren, als wir heute sein können.

«Das war nach Patrick Goldsmiths Party», sagt er. Ich knete unter dem Tisch die Serviette. «Oh ja, ich erinnere mich.»

«Wir sind auf dem Heimweg in einen Regenschauer geraten und mussten rennen. Als wir wieder zu Hause waren, war dir die Wimperntusche bis zum Kinn verlaufen, das Haar klebte dir im Gesicht, und deine Nase war ganz blau vor Kälte.»

«Wie schön, dass du dich an die besten Einzelheiten so gut erinnerst.»

Er lacht. «Das tue ich. Weil ich weiß, dass ich damals immer noch dachte, wie wunderschön du doch bist. Und ich musste es einfach sagen. Dass ich dich liebte.»

Ich winde mich. «Du musst mich daran nicht erinnern, Adam. Das wird schon ... mit mir. Ich komme mit all dem klar», sage ich. Wenn ich es oft genug vor mich hin bete, glaube ich es vielleicht irgendwann.

«Das weiß ich. Das wollte ich auch gar nicht sagen.»

Ich schlucke. «Und was wolltest du dann sagen?»

Er atmet tief durch und beginnt zu reden. «Als ich mich halbnackt vor dir im Bett hingekniet und dich gebeten habe, mich zu heiraten ...»

«Du warst *nackt*», verbessere ich ihn. «Nicht halbnackt. *Nackt.*»

«Egal. Es war ein furchtbarer Heiratsantrag. Ich wusste schon in dem Moment, dass du einen besseren verdient hast. Aber ich musste dir unbedingt sagen, was ich fühlte. Und die Tatsache, dass du eines Tages die Huntington-Krankheit haben wirst, ändert rein gar nichts. Absolut nichts», fährt er fort, während mir Tränen in die Augen steigen. «Ich liebe dich, ob du nun ein langes und gesundes Leben oder ein kürzeres, herausfordernderes lebst. Du wirst immer die Frau sein, in die ich mich damals verliebte.»

Ich richte mein Besteck aus, um ihn nicht ansehen zu müssen. Dann begreife ich, dass Adam immer noch redet und plötzlich neben mir kniet, und der Typ rechts von uns verschluckt sich fast an seinem Rotbarbenfilet.

«Jess. Willst du mich heiraten?»

Ich bringe kein Wort heraus.

«Oh. Ich habe etwas vergessen», sagt er, greift in seine Tasche und zieht die Hand wieder hervor. Dann beginnt er, seine Taschen abzutasten. In seinem Blick liegt Panik. Das Paar links von uns ist ganz hingerissen. Selbst der Klavierspieler hält inne.

«Oh mein Gott, ich habe ihn verloren!», murmelt er.

Dann besinnt er sich und greift in seine Hemdtasche. Ich spüre, wie mir das Herz gegen die Rippen schlägt. «Ich habe ihn extra hier reingesteckt, damit ich ihn nicht vergesse.»

«Das hat ja prima geklappt.» Ich witzele, weil mir sonst

nichts einfällt. Nichts Richtiges. Aber dann streckt er ihn mir entgegen: einen Diamantring, der im Kerzenlicht funkelt. Ich versuche, ihn nicht so lange anzuschauen, weil ich mich auf die Sache nicht einlassen kann, bloß wegen *des Rings* ... Aber nur fürs Protokoll: Er ist unglaublich schön. Ich meine damit nicht groß oder auffällig, sondern einfach nur wunderschön – Platin, glaube ich, mit einem Diamanten in Form einer Mandel darauf. Aber hier geht es nicht um einen Ring. Es geht nicht um das Zittern seiner Hand und den Schimmer seiner tintenschwarzen Augen. Es geht nicht einmal darum, dass ich nur zu gern ja sagen würde. Es geht um etwas Größeres.

«Adam ... das geht nicht», sage ich. Uns beiden wird unangenehm bewusst, dass uns das ganze Restaurant beobachtet. «Warum stehst du nicht auf?»

Er schaut sich peinlich berührt um und setzt sich wieder. Er sieht zutiefst gedemütigt aus.

Ich hasse mich selbst dafür, aber ich weiß, dass ich keine Wahl habe.

KAPITEL 80

«Adam, du weißt nicht, worum du mich da bittest.»

Er wartet, dass ich es ihm erkläre.

«Wenn du gesehen hättest, in welchem Zustand meine Mutter in letzter Zeit war, würdest du auf keinen Fall hier sitzen ... hier knien ... und mich bitten, dich zu heiraten.» Ich beiße die Zähne zusammen, bis ich mich stark genug fühle fortzufahren. «Sie kann kaum mehr sprechen, Adam. Sie kann nicht gehen, sie kann nicht essen, sie kann nicht mehr auf die Toilette gehen. Die meiste Zeit kann sie nicht einmal sitzen – sie liegt fast nur noch im Bett. Und mein armer Dad muss das alles hilflos mitansehen und kann überhaupt nichts gegen ihren Verfall tun. Sie sind beide nicht in der Lage, das Leben zu führen, das sie sich gewünscht haben.»

Er schaut auf seine Serviette und wickelt sie sich um den Finger. Dann antwortet er: «Sag mir eins, Jess: Warum ist dein Vater wohl noch bei ihr? Die meisten Beziehungen würden so etwas nicht überleben, oder?»

Ich antworte nicht. Darüber habe ich nie nachgedacht, ich war einfach davon ausgegangen, dass mein Dad immer da sein würde.

«Glaubst du, dass er bleibt, weil sie ihm leidtut?»

Ich zucke bei der Vorstellung zusammen.

«Oder weil er es für seine Pflicht hält? Oder womöglich *deinetwegen* – weil du am Boden zerstört wärst, wenn er ginge?»

Tränen treten mir in die Augen. «Vermutlich ist es alles zusammen.»

«Blödsinn, Jess. Er ist jeden einzelnen Tag bei ihr, *weil er sie liebt.*»

Ich schlucke.

«Er hasst die Krankheit vielleicht. Er hasst sicher, was sie ihr angetan hat. Aber er liebt deine Mutter. Aus seiner Sicht ist sie all das wert, was er für sie tun muss. Und ich habe nun mal zufällig dieselben Gefühle für dich.»

Meine Hände zittern, und ich halte mich am Tischtuch fest.

«Jess, hör mir zu. Seit du mir von der Krankheit erzählt hast, habe ich jede einzelne Minute damit verbracht, Artikel darüber zu lesen, Videos von Menschen zu schauen, die sie haben, einschließlich derer in den allerletzten Stadien. Ich habe die Berichte gelesen, den Leitfaden der Huntington's Disease Association, die Blogs und die Foren. Ich weiß *genau*, was diese Krankheit den betroffenen Menschen antut. Ich habe dich in dem vollen Wissen, worauf ich mich einlasse, gebeten, mich zu heiraten.» Er verstummt einen Augenblick und fährt dann fort: «Und die Sache ist die, Jess: Ich weiß, dass das alles so ungeheuer schwierig für dich wird. Für uns. Aber noch ist es nicht so weit. Du bist gesund. In diesem Moment, in dem du hier in diesem Restaurant sitzt und die schönste Frau bist, die ich je in meinem Leben gesehen habe, hast du die Huntington-Krankheit noch nicht. Also musst du aufhören, dir um deine Zukunft Sorgen zu machen, und einfach *leben.* Vorzugsweise mit mir als deinem Ehemann.»

Ich schüttele den Kopf, schniefe und hebe den Blick. «Aber Adam ... wie kann irgendwer so etwas wollen?»

«Ich bin aber nicht irgendwer.»

«Nein, das weiß ich, aber ...»

«Ein Eheversprechen gilt für gute und schlechte Zeiten, in Gesundheit und Krankheit. Die meisten Leute müssen am Anfang noch nicht darüber nachdenken, aber ich habe es getan. Die ganze Zeit. Und ich *will es.*»

Ich zögere und weiß nicht recht, was ich sagen soll. Dann merke ich, dass ich eigentlich gar nichts sagen muss, weil sich längst ein Lächeln auf meinem Gesicht ausgebreitet hat.

«Tja, jetzt, da wir das geregelt haben – und der Klavierspieler weiterspielt –, versuche ich es ein zweites Mal», sagt er.

Ich lache und wische mir die Tränen weg.

Er streckt mir den funkelnden Ring entgegen. «Ich muss mich jetzt aber nicht schon wieder hinknien, oder? Ich meine, einmal ist in Ordnung, zweimal wirkt irgendwie verzweifelt.»

Ich lache. «Nein, musst du nicht.»

Er zögert. «Okay, ich werde dich jetzt nicht in Verlegenheit bringen. Aber ich frage dich noch einmal, Jess. Willst du mich heiraten?»

Ich schaue dem einzigen Mann in die Augen, den ich je geliebt habe.

Wir sind kein perfektes Paar, aber wir sind füreinander geschaffen. Es hat zehn Jahre, ein Baby, eine tödliche Krankheit und eine Achterbahnfahrt der Gefühle gebraucht, um das zu erkennen. Also gibt es jetzt wohl nur eine Antwort.

«Okay, Adam.»

Er runzelt die Stirn. «Ist das ein Ja?»

«Ja. Das ist ein Ja.»

«Herrgott noch mal, das war vielleicht eine schwere Geburt», sagt er und steht auf, um die Arme um mich zu schlingen. Der Typ mit dem Rotbarbenfilet applaudiert.

KAPITEL 81

In dieser Nacht liege ich schlaflos in Adams Armen. Unter meinen Händen fühle ich das sanfte Heben und Senken seiner Brust. Der Mond leuchtet durch die Lücke zwischen den Fensterläden und wirft geheimnisvolle Schatten in das Zimmer.

Ich kann nicht schlafen, weil ich zu aufgeregt bin, oder was auch immer es ist, das da so unerwartet und wunderbar in mir sprudelt. Zum ersten Mal seit Jahren sehe ich der Zukunft voller Optimismus entgegen, dass alles in Ordnung kommen wird, ganz gleich, was das Leben mir zumutet.

Ich muss lächeln, als Adam mich im Schlaf näher an sich heranzieht. Er beugt sich vor, um mich zu küssen, und legt seine Lippen mit geschlossenen Augen auf meine.

«Du bist ja wach», flüstere ich.

«Gerade erst aufgewacht. Wie viel Uhr ist es?»

«Oh, ich weiß nicht ... sechs oder so.»

Seine Hand gleitet meinen Rücken hinab, und ich schmiege mich an ihn und streife mit den Lippen über die Stoppeln an seinem Kinn. Dann klingelt mein Handy.

Eine Sekunde muss ich mich sammeln, bis ich das Geräusch einordnen kann, dann rappele mich auf und gehe zum Handy, das ich auf meiner Tasche unter dem Fenster habe liegen lassen.

«Dad?», sage ich ängstlich.

Mein Vater hat dieses Zittern in der Stimme, das keinen Zweifel daran lässt, dass dies der Anruf ist, vor dem ich mich die letzten zehn Jahre gefürchtet habe.

«Jess, ich rufe wegen deiner Mum an.»

KAPITEL 82

Ich erinnere mich kaum an die Heimreise. Ich weiß nur, dass ich noch am selben Tag einen Rückflug bekommen habe, allein. William habe ich in Beckys Obhut gelassen, zusammen mit meinem Auto und meinen Habseligkeiten.

Ich erinnere mich allerdings daran, dass ich traurig hinaus auf die Wolken schaute und dachte, wie friedlich und blau und vollkommen hier oben alles aussah. Ich wusste, sobald das Flugzeug wieder sank, würde ich in eine weit dunklere Welt geworfen werden.

Fünf Tage später ist der Fall eingetreten, über den Dad und ich die letzten zehn Jahre geredet haben. Und erst jetzt begreife ich, wie wenig ich darauf vorbereitet war. Ich glaube auch nicht, dass man sich auf so etwas überhaupt vorbereiten kann.

Meine Mum stirbt einen elenden, hässlichen Tod. Das Würgen und Ringen um Luft, das in den letzten Monaten schlimmer geworden ist, macht es so grausam. Die Ärzte glauben, dass sie ein Stückchen Essen in die Luftröhre bekommen und dadurch eine Lungenentzündung entwickelt hat, aber ihr Körper ist bereits zu schwach, um damit fertigzuwerden. Sie ist vollgepumpt mit Antibiotika, aber ihre Lungen sind zu geschädigt, zu erschöpft.

Es ist nicht so, dass die Leute nicht versuchen, es ihr zu

erleichtern. Alle geben ihr Bestes. Aber ihr Bestes hilft nicht. Und der Anblick meiner Mum in diesem Zustand wird mich auf ewig verfolgen. Selbst wenn sie unter Beruhigungsmitteln steht, wirkt sie gequält.

Dad und ich wechseln uns an ihrem Bett ab. Wir streicheln ihre Hände, schauen zu, wie sie sich unter ihrem dünnen Baumwollnachthemdchen bewegt, wie ihre Haut sich über ihren Knochen spannt.

Das Herz meines Vaters bricht mit jedem Schrei mehr, der sich ihr entringt. Und ich bin so überwältigt von der puren Schrecklichkeit von all dem, dass es mich an manchen Tagen meine ganze Kraft kostet, aus dem Fenster zu schauen und nicht jeden einzelnen Menschen aus voller Seele zu verachten, der sich einfach nur um seine Angelegenheiten kümmert. In den letzten Tagen habe ich so viel geweint, dass meine Augen pausenlos gerötet sind.

Adam hat William kurz nach meiner Rückreise in meinem Auto nach Manchester gefahren. Jetzt gerade bleibt er bei ihm in meinem Haus. Mein Sohn sagt immer wieder, dass er seine Grandma sehen will, aber ich habe es nicht über mich gebracht. Ich habe es auf die Ärzte geschoben und behauptet, dass sie es nicht erlauben. Ich habe ihm zwar in Frankreich absolute Ehrlichkeit versprochen, doch ich bin mir sicher, dass es absolut keinen Sinn hat, ihn sehen zu lassen, wie seine Grandma langsam von ihrem eigenen Körper erstickt wird.

«Du solltest jetzt nach Hause gehen und dich hinlegen, mein Schatz», sagt Dad jetzt schon zum vierten Mal zu mir.

Aber die Entscheidung zu gehen, ist immer wieder wie ein Lotteriespiel. Ich will bei ihr sein, wenn sie stirbt. Ich dachte schon vor Tagen, dass es passieren würde, als sie noch, so gut sie konnte, kommunizierte.

Ich habe mich mehrfach innerlich darauf eingestellt, dass es das jetzt war, überzeugt davon, dass sie in diesem Zustand sicher nicht mehr weiterkämpfen würde. Aber dennoch ist sie noch da und klammert sich am Leben fest. Ich hasse den Teil von mir, der sich wünscht, es möge endlich vorbei sein. Sie sieht gar nicht mehr aus wie meine Mum, sie riecht nicht wie meine Mum und klingt nicht so wie sie.

«Ich gehe bald, Dad.» Aber ich rühre mich nicht. Stattdessen lasse ich meinen Blick durch das Zimmer wandern, zum Fensterbrett, zu den Bildern, die Dad aus dem Pflegeheim mitgebracht hat, zusammen mit kleinen Kinkerlitzchen, die sie sich in den Momenten ansehen kann, wenn ihre Konzentration ausreicht.

Auf dem Fensterbrett steht ein Bild von ihnen an ihrem Hochzeitstag, einem warmen Septembersonnabend, von dem sie beide immer behaupteten, es wäre der wärmste Tag des Jahres gewesen. Mit neunzehn war meine Mum eine sehr junge Braut. Ihr Kleid war hochgeschlossen, mit Spitzenärmeln, und sie trug einen Hut dazu – ein flottes Ding mit einer breiten Krempe und einem Schleier, der ihren Rücken hinunterfloss.

Dieser Hut interessierte mich immer sehr, als ich noch ein kleines Mädchen war; ich probierte ihn auf und tanzte vor dem Schlafzimmerspiegel, drehte mich und ließ den Tüll fliegen. Die Ausstrahlung meiner Mutter sieht man sogar auf dem Bild. Mein Dad sieht darauf sehr elegant aus und grinst so zufrieden wie eine Katze, die das Schälchen mit der Sahne ausgeleckt hat. Sie stehen nebeneinander, bereit, gemeinsam in das Abenteuer ihres Lebens aufzubrechen.

Fünf oder sechs andere gerahmte Bilder stehen da, darauf sind Menschen, Orte und – im Fall unserer alten Hündin

Lady – auch Tiere, die sie liebte. Das Bild, an dem ich hängenbleibe, zeigt uns beide zusammen an meinem siebten Geburtstag. Wir stehen beide hinter der Torte, die sie gebacken hatte. Sie hat die Form eines Prinzessinnenschlosses und ist riesig und mit pinkfarbenen Türmchen und winzigen Rosen berankt.

Die Leute haben immer gesagt, wir sehen uns ähnlich, aber auf diesem Foto sieht man es am besten. Ich habe dieselben vollen Lippen, bin ebenso blass und habe Sommersprossen im Gesicht. Meine einzige Hoffnung ist, dass ich, wenn ich an der Reihe bin, ebenso kämpferisch sein werde wie sie.

Das neueste Foto auf dem Sims ist von mir. Ich habe es in einem Supermarkt ausgedruckt, wo ich Dad und mir vor ein paar Tagen Sandwiches gekauft habe. Das Bild habe ich mit meinem Handy gemacht, und es zeigt Adam und William, wie sie am See stehen und lachen. Ich weiß nicht, ob Mum es überhaupt bemerkt hat, aber ich hoffe es sehr. Neulich habe ich ihr und Dad auch meinen Verlobungsring gezeigt. Sie hat zum ersten und einzigen Mal gelächelt, seit ich wieder zu Hause bin.

Um mir die Beine ein bisschen zu vertreten, stehe ich auf und will den Vorhang ordnen, der sich in einer Ecke ballt, seit die Krankenschwester ihn heute Morgen aufgezogen hat. Beim Aufstehen streife ich Mums Hand und merke, dass sie ganz kalt ist. Mein Herz beginnt zu klopfen. Ich habe Angst, dass es schon passiert ist. Dann kommt ein Geräusch ganz tief aus ihrer Kehle.

«Jess», flüstert Dad, aber er sieht mich nicht an, sondern nur das Gesicht der Frau, die er sein gesamtes erwachsenes Leben lang geliebt hat. Er hält sie fest, während sie immer wieder krächzt und keucht. Ihr Atem wird ganz leise, setzt dann aber wieder ein. Ich stehe wie angewurzelt da, dann ändert sich etwas.

Das Leben entweicht schneller aus dem Körper meiner Mum, als ich es erwartet hätte. Ihr Gesichtsausdruck wird ganz weich. Keine Bewegungen mehr, kein Zucken, keine Geräusche, kein Keuchen, nichts mehr von dem, woran wir uns alle gewöhnt hatten. Und bei all den Tränen und dem Erschrecken und der überwältigenden Trauer ist das Zimmer plötzlich von etwas erfüllt, das noch vor der Trauer kommt.

Das Zimmer ist von Frieden erfüllt.

KAPITEL 83

Zwölf Monate später, Sommer 2017

Adam dreht den Zündschlüssel des VW-Bulli. Der Motor erwacht zum Leben, und William und ich jubeln. Ich konnte den Reiz dieses Autos bisher nicht nachvollziehen, aber Adam ist total hingerissen. Wir haben den Bulli letztes Jahr gekauft und ihn drei Monate lang an den Wochenenden aufgearbeitet. Ich habe Adam noch nie so glücklich gesehen wie jetzt hinter dem Steuer. Man könnte glauben, er säße in einem Lamborghini.

Der Bulli ist salbeigrün und weiß und hat innen Ledersitze, neu eingebaute Holzschränke und karierte Vorhänge, die mit gelben Bändern zusammengehalten werden. Wir haben den Bulli Lisa genannt, nach Adams Mutter. An den Frontscheibenschutz ist sein Lieblingsfoto gepinnt: der kleine Adam und seine Mutter vor dem Familienbulli.

Wenn man gern schneller vorankommen möchte als ein durchschnittlicher Rasenmäher, sollte man nicht unbedingt mit einem Vehikel über hügeliges Terrain fahren, das 1962 gebaut wurde. Unsere Fahrt von Manchester nach Südfrankreich dauerte viel länger, als wir gedacht hatten – und das will etwas heißen, angesichts meines Pessimismus, was diese Reise anging.

Und doch erreichten wir tatsächlich unser Ziel, und die letzten Wochen über hat der Bulli uns viel Freude gemacht, hat uns in die abgelegensten Städtchen gebracht und sich überhaupt benommen, als gehörte er hierher und wäre ein waschechter Franzose. Obwohl ich also keinen Anlass zur Sorge habe und mich endlich entspannen könnte, bleibt mein Herz jedes Mal fast stehen, wenn wir wieder eine dieser heimtückischen Bergstraßen hinauftuckern.

«Warum guckst du so ängstlich, Mum?», fragt William.

«Och, ich weiß nicht – vielleicht wegen des Abgrunds neben uns?»

«Das hier ist ein *Hügel*», schmunzelt Adam und legt den zweiten Gang ein.

«Wenn du es sagst», erwidere ich und bin sehr erleichtert, als die Straße breiter wird und wir an die Stelle kommen, wo wir Enzo treffen sollen, den Guide, mit dem wir letztes Jahr zum Canyoning gegangen sind.

Ich steige aus, schaue auf das Tal hinaus und muss an die eine grundlegende Lektion denken, die ich im letzten Jahr gelernt habe.

Die Zukunft ist für jeden unsicher.

Die meisten von uns denken nicht darüber nach, dass wir morgen überfahren werden können. Wir leben vor uns hin, schuften uns ab und betrachten alles als selbstverständlich.

Ich dagegen betrachte nichts als selbstverständlich. Gar nichts. Ich genieße jeden Kuss von meinem Sohn, jeden Bissen Schokolade, freue mich über jedes Blatt, das im Herbst vom Baum fällt, und jedes Lachen mit meinen Freunden.

Ich habe ein gutes Leben.

Ein großartiges Leben.

Ich habe nicht mehr jeden Tag Angst vor der Zukunft, denn das würde bedeuten, dass ich meine begrenzte Zeit verschwende. Ich lebe mein wundervolles, reiches Leben mit einem Mut, den ich früher nie hatte. Manchmal braucht man die Dunkelheit, um zu erkennen, wie sehr wir strahlen.

Das bedeutet nicht, dass das letzte Jahr einfach gewesen wäre, zumal sich in dieser Woche der Todestag meiner Mum jährt. In den Ferien nach Frankreich zurückzukehren, hat uns allen dabei geholfen, Dad eingeschlossen, der uns vor ein paar Tagen nachgereist ist. Er vermisst sie sehr. Wir alle vermissen sie.

Ich vermisse ihr Lächeln. Ich vermisse ihre Weisheit. Ich vermisse ihre Kuchen. Und ich vermisse ihren frechen Humor, den sie nie verlor, egal was das Leben mit ihr anstellte.

Zweifellos waren es schwierige zwölf Monate.

Und manchmal, wenn ich ein Glas fallen lasse oder gereizt bin oder den Namen des neuen Nachbarn vergesse, überwältigt Panik mich. Doch ich bin zu dem Schluss gekommen, dass es unmöglich ist, anders zu leben, zumal ich nun mal gesehen habe, was ich gesehen habe, und weiß, was ich weiß. Aber ich lehne es ab, mich von meiner Angst beherrschen zu lassen. Wenn es eines gibt, das ich von meiner Mum gelernt habe, dann ist es Kämpfen. Ich werde keine Zeit mit Traurigkeit verschwenden. Es hilft, dass wir wunderschöne Dinge erlebt haben.

Unseren Umzug, zum Beispiel. Als der Verkauf des Châteaus abgewickelt und Adam wieder in England war, wurde uns schnell klar, dass wir drei uns in meinem winzigen Reihenhäuschen ständig auf die Füße traten – besonders jetzt, da mein Sohn beinahe so groß ist wie ich und das gesamte Sofa einnimmt, wenn er sich drauffallen lässt.

Also suchten wir uns etwas Größeres. Um ehrlich zu sein, war es sehr lustig, uns an den Wochenenden anderer Leute

Häuser anzusehen. Es tat mir fast ein bisschen leid, dass wir so bald etwas Passendes fanden.

Wir wohnen jetzt seit drei Monaten in einem Backsteinhaus mit vier Zimmern in Didsbury, und ich liebe es. Ich finde toll, dass die hohen Fenster jedes Zimmer mit strahlendem Licht erfüllen, ich liebe die große alte Treppe, die so wirkt, als gäbe es sie schon seit Anbeginn der Zeit, und ich liebe alle Astlöcher und Maserungen der schweren Holztüren. William ist überglücklich mit seinem neuen Zimmer, das praktisch eine Kultstätte für die tägliche Fußballsendung *Match of the Day* ist – knallbunt und vollkommen frei von jedwedem Geschmack, mit Postern von Fußbällen und Fußballspielern auf jedem Quadratzentimeter Wand.

Und wir können uns auf die Hochzeit freuen, über deren Durchführung es allerdings einige Diskussionen gegeben hat, wenn man es mal so ausdrücken will. Ich dachte an etwas Bescheidenes, an ein Hotel oder einen Pub mit einer Handvoll Freunden. Adam hatte mehr etwas im Stil der Eröffnungsfeiern der Olympischen Spiele in Rio im Sinn.

Wir haben uns in der Mitte getroffen und planen eine Weihnachtshochzeit, mit fünfzig Freunden und Familienmitgliedern; klein, aber ausreichend üppig, um mit all unseren Freunden zu teilen, dass wir uns erneut gefunden haben. So ist es eine vernünftige, angemessene Sache. Noch mehr für die Hochzeit zu bezahlen, kommt einfach nicht in Frage. Wir sind nicht pleite, aber der Gewinn aus dem Verkauf des Châteaus fließt größtenteils in Adams neues Unternehmen. Er will sich eine Existenz als Projektentwickler schaffen und hat schon ein wunderschönes, aber baufälliges Haus gefunden, das zuletzt ein Pflegeheim war. Es ist längst nicht so groß wie das *Château de Roussignol*, hat aber dieselben Probleme wie dieses einst. Nichts bringt meinen zukünftigen Mann mehr auf Trab als ein undichtes Dach und Hausschwamm.

Er will es renovieren, Wohnungen daraus machen und das Gebäude dann entweder verkaufen oder die Wohnungen selbst vermieten. Dann will er sich sein nächstes Projekt suchen. Deshalb hatten wir bis vor drei Wochen wenig Zeit für Ferien. Aber diese drei Wochen haben wir genutzt, um Frankreich zu erkunden und noch ein paar Tage in der Dordogne zu verbringen. Die letzte Nacht haben wir im *Château de Roussignol* verbracht, als Gäste der neuen Eigentümer.

Es ist wunderbar, zurück zu sein und all die Erinnerungen aus dem letzten Jahr wiederzubeleben: die rankenden Blumen an den Wänden, die Nachtigallen und Schmetterlinge, die duftende Luft und die warme Brise.

Wir gehen denselben Wanderweg zum Wasserfall, und wie letztes Jahr ist Enzo dabei. Ich muss daran denken, wie lächerlich ängstlich ich war. Nicht, dass ich es jetzt gern sehe, dass William ins türkisfarbene Wasser springt und sich von den Strudeln davontragen lässt. Ich klettere vorsichtig hinterher und quieke jedes Mal, wenn mein Fuß wieder den Halt verliert. Aber obwohl ich eine Gänsehaut habe, ist mir nicht mehr kalt. Ich bin zu sehr damit beschäftigt, mir mit meinem Sohn eine Wasserschlacht zu liefern und mit meinem Verlobten zu lachen. Ich spüre, wie das eiskalte Wasser meine erhitzten Wangen kühlt und die Sonne meine Haut wieder trocknet.

«Okay, du hattest recht», sage ich zu Adam. «Das ist wirklich ganz gut.»

Er wirft mir einen Blick zu. «*Ganz gut?* Es ist großartig. Man muss sich nur trauen.»

Ich will schon etwas erwidern, aber William kommt so hastig zu mir gewatet, dass er beinahe vornüberfällt. «Mum! Als Nächstes kommt der hohe Felsen. Springst du auch? *Bitte.*»

«Deine Mum muss absolut gar nichts beweisen», sagt Adam und fügt dann, an mich gewandt, hinzu: «Musst du wirklich nicht.»

Ich trete an den Rand des Kliffs und schaue hinunter. Das Wasser rauscht tief unten vorbei, und in meinem Bauch kribbelt es vor Adrenalin. Ich beiße die Zähne zusammen und atme tief durch.

«Wir könnten zusammen springen.» William lässt seine Hand in meine gleiten. Adam nimmt meine andere Hand, und ich hebe das Kinn, bis ich das leuchtende Blau des Himmels sehe.

William steht zu meiner Linken, Adam zu meiner Rechten. Sie zählen herunter bis null, und wir springen Hand in Hand ins tosende Wasser unter uns. Da gibt es noch etwas, das ich im letzten Jahr gelernt habe.

Wenn man von Liebe umgeben ist, hat man nichts zu befürchten.

ANMERKUNGEN DER AUTORIN

Nach vielen Jahrzehnten konnten Wissenschaftler im Dezember 2017 einen Durchbruch in der Forschung zur Huntington-Krankheit erzielen.

Eine Studie an Erkrankten hat bewiesen, dass ein neues Präparat tatsächlich die Konzentration des Nerven schädigenden Proteins Huntingtin im Körper senken kann. Das Forscherteam des University College London spricht von einer realistischen Hoffnung, damit die Krankheit zumindest verlangsamen oder sogar ihren Ausbruch verhindern zu können.

Während ich das hier schreibe, wird jedoch noch auf Ergebnisse einer Langzeitstudie gewartet. Diese werden zeigen, ob ein gesenkter Huntingtin-Spiegel tatsächlich den Verlauf der Krankheit verändert.

Um mehr über die Huntington-Krankheit selbst oder über Hilfsmöglichkeiten zu erfahren, können Sie sich an die Huntington's Disease Association in Großbritannien (www.hda.org.uk), an die Huntington's Disease Society of America (www.hdsa.org) oder an die Deutsche Huntington-Hilfe (www.dhh-ev.org) wenden.

DANKSAGUNG

Ich weiß gar nicht, wo ich anfangen soll, wenn ich all jenen danken will, die sich für dieses Buch eingesetzt haben. Aber Sheila Crowley bei Curtis Brown ist schon mal ein guter Anfang. Ohne Sheilas Ehrgeiz, Kraft und Vision gäbe es *Was in unseren Sternen steht* nicht. Auf gar keinen Fall hätte dieses Buch meine Karriere als Autorin in eine so unerwartete und wunderbare Richtung katapultiert.

Mein Dank gilt außerdem Rebecca Ritchie für ihre begeisterte Unterstützung und allgemeine Freundlichkeit. Und Anne Bihan, deren harte Arbeit und Leidenschaft für diesen Roman der Grund dafür ist, dass er in so viele Sprachen übersetzt wird.

Eine der mir am häufigsten gestellten Fragen lautet: «Würden Sie sich freuen, wenn es einen Film zu Ihrem Buch gäbe?» Ich hätte mir derlei hochfliegende Hoffnungen niemals erlaubt, bis Luke Speed von Curtis Brown mir die Neuigkeit überbrachte, dass *Was in unseren Sternen steht* von der Produktionsgesellschaft Temple Hill optioniert wurde. Einen riesigen Dank an beide.

Ich danke meiner amerikanischen Lektorin Pamela Dorman bei Penguin. Es ist eine Ehre und ein Vergnügen, mit ihr zu arbeiten. Ich bin nicht nur dankbar, die Chance zu haben, für die Leser in den USA zu schreiben, sondern auch für die

Sorgfalt, mit der sie dieses Buch behandelt hat – und für alles, was ich während des Lektoratsprozesses von ihr lernen konnte.

Es war eine Freude, mit meinem langjährigen Verlag Simon & Schuster UK an der Neuausrichtung meiner Schreibkarriere zu arbeiten. Ich danke Suzanne Baboneau, Jo Dickinson und Sara-Jade Virtue für ihre Hingabe, die unermüdliche, harte Arbeit und, in S-Js Fall, für den Gin. Dank auch an Clare Hey für ihre Begeisterung und ihre Anmerkungen zur ersten Fassung des Romans.

Ich stehe bei der Huntington's Disease Association in der Schuld. Sie hat mir bei der Recherche für dieses Buch geholfen. Die Aufgabe kam mir unüberwindbar vor, bis ich Bill Crowder kennenlernte. Seine Anleitung und stete Bereitschaft, auf meine zahllosen Fragen zu antworten, war unbezahlbar, ebenso wie die Zeit, die Cath Stanley meinem Roman gewidmet hat: Sie hat die finale Fassung gegengelesen.

Danke an die Huntington's Disease Society of America, die mir erlaubt hat, den Abschnitt von ihrer Website zu verwenden, der in Kapitel 26 zu finden ist.

Danke auch an Frédérique Polet, meine Lektorin von Editions Presses de la Cité, die mein ziemlich eingerostetes Schulfranzösisch und die daraus stammenden Dialoge aufpoliert hat.

Zu guter Letzt gilt mein Dank meiner wunderbaren Familie: Mark, Otis, Lucas, Isaac und meiner Mutter und meinem Vater. Aber auch meinem Onkel Colin für die Datenverarbeitung und meinem Bruder Stephen dafür, dass er das allerbeste Licht für meine Autorenfotos gefunden hat.

MIX
Papier aus verantwortungsvollen Quellen
FSC® C083411
www.fsc.org

Das für dieses Buch verwendete Papier ist FSC®-zertifiziert.